U0582392

历朝通俗演义（插图版）——民国演义 Ⅱ

袁氏复辟

蔡东藩 著

北方联合出版传媒(集团)股份有限公司
万卷出版公司

© 蔡东藩 2015

图书在版编目（CIP）数据

民国演义 .2, 袁氏复辟 / 蔡东藩著 . — 沈阳：万
卷出版公司, 2015.1（2021.7 重印）
（历朝通俗演义）
ISBN 978-7-5470-3119-3

Ⅰ .①民… Ⅱ .①蔡… Ⅲ .①章回小说—中国—现代
Ⅳ .① I246.4

中国版本图书馆 CIP 数据核字（2014）第 154326 号

出 品 人：王维良
出版发行：北方联合出版传媒（集团）股份有限公司
　　　　　万卷出版公司
　　　　　（地址：沈阳市和平区十一纬路 25 号　邮编：110003）
印 刷 者：河北盛世彩捷印刷有限公司
经 销 者：全国新华书店
幅面尺寸：168mm×233mm
字　　数：294 千字
印　　张：17.75
出版时间：2015 年 1 月第 1 版
印刷时间：2021 年 7 月第 4 次印刷
责任编辑：胡　利
责任校对：尹葆华
封面设计：向阳文化　吕智超
版式设计：范思越
ISBN 978-7-5470-3119-3
定　　价：41.00 元
联系电话：024-23284090
传　　真：024-23284448

常年法律顾问：李　福　版权所有　侵权必究　举报电话：024-23284090
如有印装质量问题，请与印刷厂联系。联系电话：0318-6658666

目 录

第一回

谋世袭内府藏名
恋私财外交启衅

前回书中，叙到欧战发生，中国宣告中立，日本兴兵至胶州湾，攻打德国租占的青岛。青岛原有德兵驻扎，约不过一二千人，明知众寡不敌，守不住这个青岛，但若拱手让人，殊不甘心。胶州总督，系管辖青岛的德将，职守所在，当即下令拒敌。*德人虽败，勇力可嘉。* 日本兵舰，未能直入胶州湾，遂由龙口登岸，进兵潍县西境，抄入青岛背后，以便腹背夹攻。唯龙口、潍县等处，完全是中国领土，日兵进境，明是侵犯中立条规，袁政府与他交涉，他只自由行动，不肯撤回，但说是攻取青岛，仍为中国帮忙，俟得青岛后，当完全交还中国。看官！你想天下人有这等侠义么？同是中国人，尚且争权夺利，互阅不休，况中日不相联属，怎肯把处心积虑的青岛谋取到手，还要完璧归赵呢？*透彻之至。* 袁总统聪明过人，岂有不晓得的道理？唯势力既不及日本，更且想仰仗日人，赞助帝制，那时只好模糊过去，不过与日人划一战线，让他数十里中立地面，听令出入，战线以外，不得运兵。日人得了运兵路径，已是心满意足，当与袁政府约定，仗着一股锐气，夹攻青岛。德兵多方防守，相持至三月有余，两造伤亡，恰也不少。毕竟德人势孤力弱，弄得饷尽援绝，无法可施，不得已悬旗乞降，好好一个青岛，由德人经营十多年，建筑完固，至此国际纷争，竟被日人乘间占去了。*为好拓地者作一棒喝。*

　　袁总统也无心过问，按日里收揽大权，规复专制，所有新颁章程，又增添了若干条。就中有立法院组织法，及地方自治试行条例，名目上是改良旧制，维持共和，其实是徒有虚名，掩饰人目。当时有一个在京人员宋育仁，居然倡议复辟，欲请出宣统帝来，仍登大宝。为文武二圣人先声。会被袁总统闻知，即下一申令，说他邪词惑众，紊乱国宪，着即驱逐回籍。就是王闿运、劳乃宣等，主张君主立宪，袁总统尚满口共和，自谓帝王总统，均非所愿。谁知他口是心非，暗地里却着着进行，到了三年十二月终旬，先改定大总统选举法，公布出来，录述如后：

大总统选举法

　　第一条　有中华民国国籍之男子，完全享有公权，年满四十岁以上，并居住国内满二十年以上者，有被举为大总统资格。

　　第二条　大总统任期十年，得连任。

　　第三条　每届行大总统选举时，大总统代表民意，依第一条所定，敬谨推荐有被选举为大总统资格者三人。

　　前项被推荐者之姓名，由大总统先期敬谨亲书于嘉禾金简，钤盖国玺，密贮金匮于大总统府，特设尊藏金匮石室尊藏之。

　　前项金匮之管钥，大总统掌之。石室之管钥，大总统及参政院院长国务卿分掌之，非奉大总统之命令，不得开启。

　　第四条　大总统选举会，以下列各员组织之：

　　一　参政院参政　互选五十人。

　　二　立法院议员　互选五十人。

　　前项各款之互选，用记名连记投票法，以得票较多数者为当选，由内务总长监督之。

　　届组织大总统选举会，立法院在闭会期内时，以在京议员之名次在前者五十人，为大总统选举会会员。

　　第五条　大总统选举会，由大总统召集，于每届选举期前三日以内组织之。

　　第六条　大总统选举会，以参政院议场为会场，以参政院院长为会长。参政院院长，如系副总统兼任，或有其他事故时，以立法院议长为会长。

第七条　选举大总统之日，大总统敬谨将所推荐有被选举为大总统资格者之姓名，宣布于大总统选举会。

第八条　大总统选举会，除就被推荐三人投票外，得对于现任大总统投票。

第九条　选举大总统，以会员四分之三以上到会，用记名单记投票法。得票满投票人总数三分之二以上者为当选。若皆不足当选票额时，就得票多数之二人行决选，以得票较多数者为当选。

第十条　每届应行选举大总统之年，参政院参政，认为政治上有必要时，得以三分之二以上之同意，为现任大总统连任之议决，由大总统公布之。

第十一条　大总统任期未满，因故去职时，应于三日内组织大总统临时选举会。临时选举未举行前，大总统职权，由副总统依约法第二十九条之规定代行之。如副总统同时因故去职，或现不在京，及有其他事故，不能代行时，由国务卿摄行其职权。但第三条第一项、第二项所规定之职权，不得代行或摄行。

第十二条　届行临时选举之日，由代行或摄行大总统之职权者，咨行大总统临时选举会会长，指任会员十人，监视开启尊藏金匮石室，恭领金匮到会，当众宣布。就被推荐三人中，依第九条之规定，投票选举。

第十三条　现任大总统连任，或当选大总统继任，均应于就职时，为下列之宣誓。余誓以至诚遵守宪法，执行大总统之职务，谨誓。宪法未公布施行以前，前项誓词，须声明遵守约法。

第十四条　副总统之任期，与大总统同。任满时，由连任或继任之大总统推荐有第一条资格者三人，准用选举大总统之规定行之。

第十五条　本法自公布日施行。本法施行之日，中华民国二年十月五日所宣布之大总统选举法废止之。

依这选举法看来，是大总统一任十年，且得连任，或一次或两次三次，并未明定限制。试想做了大总统，已是年满四十，人生上寿，不过百年，若连任数次，便是终身为大总统了。释明上文第一、二、七、八、十三各条。后任的大总统，须由前任的大总统推荐三人，署名金简，密贮金匮，将来选举后任大总统时，除对于现任大总统，得票举连任外，只有金简中所写的姓名，可以选举，此外不能羼入。照此制度，明明是总统得以世袭，如袁总统有子十余人，他若写着三个儿子的姓名，藏将起来，俟后任选举，总要把他三个儿子中，选出一人，否则唯有老袁永远活着，仍归他连任下去，别人是永世无望了。释明上文第三及十二各条。小子曾记前清雍正年间，雍正帝定立储法，默选储君，书名纳匣，藏在正大光明殿额的后面。袁总统做过前清大员，想是熟悉掌故，所以把雍正成制，抄袭了来。以袁总统比雍正帝，阴鸷相似，而胆略尚恐未逮。还有一篇告令，说明改正选举法，实为总统绝续时，预防争乱起见，小子也似信非信，只好付诸阙如。唯总统选举法，既已改定，袁总统应如法照行，他使就意中所爱的三人，书藏金匮，或说是黎元洪、徐世昌及袁大公子克定，或说是克定、克文、克良、克端等类，统是袁家公子。大约此说近是。但袁总统素好秘密，书藏时无人在旁，只由他一手做成，因此外人无从知晓，不过凭虚推测罢了。

隔了两天，复定出国玺条例。国玺分作三项，一为中华民国玺，凡遇国家大典礼大政事及国际交换国书等项，应用此玺；二为颁爵袭职，及封赠册轴等所用，叫作封策之玺；三为给予勋位勋章，及其他荣典文书等所用，叫作荣典之玺。此外如大总统印，陆海军大元帅印，一时不便称玺，仍然沿称为印，附入国玺条例中。改印为玺，非帝制而何？

光阴似驶，又是民国四年，元旦觐驾等礼仪，且不必说。唯袁总统新颁官制，策令群僚，授徐世昌为上卿，杨士琦、钱能训为中卿，赵尔巽、李经羲加上卿衔，各部总长，除陆海军两部外，并授中卿，独章宗祥、汤化龙，资望稍轻，以少卿加中卿衔，梁士诒、周树模、汪大燮、贡桑诺尔布等，均授中卿，董康、庄蕴宽等，均授少卿。他如文官加给嘉禾章，武官加给文虎章，或酌援勋位，无非是施泽如春，有加无已的至意。语带双敲。一面令教育部整饬学校，提倡忠孝节义，所有小学校中，应读论、孟二书。列入科目，不得废经。一面颁附乱自首特赦令，凡在民国三年十二月前，所有附乱人等，或被胁，或盲从，均得向地方行政官署，悔罪自首，当由地方行政官呈请大总统特赦，给予免罪证书，回籍营业。总算皇恩浩荡。

是时白狼已平，余匪肃清，就是民党中人，亦无隙可乘，只有假借文字，诋毁老袁，也没有甚么效力。欧洲各国，日务战争，旧有中外交涉，尽行搁置，无暇向中国寻隙。美国虽守中立，未曾与战，但距华较远，又素抱和平宗旨，与中国没甚龃龉。

只有东邻日本，眈眈在侧，自攻取青岛后，屯兵不撤，日夕绸缪，不但青岛领土权，被他占去，就是青岛街市上，所有营业行政等权，亦归日人占领。袁总统得此消息，不由得吃了一惊。看官道是何故？原来青岛中有一德华银行，前由德人经理，老袁曾存着巨款，约计二千万马克，*马克，德币名。*预备将来恢复帝制，提出使用。此次闻日人干涉营业，恐他囫囵吞去，无从追索，岂不是白费金钱，破坏好事？领土权可*以抛弃，私款是万难割舍的！*当下情急智生，亟通牒英、德、日三国，宣告撤销山东战域。牒文内列着三种理由，一是青岛战争，现已完毕，二是胶、莱、龙口各处情形，已甚安靖，三是中国应设兵防海，阻禁匪徒，侵入胶、莱各处作乱。为此三大要件，不能不要求日本撤兵。哪知牒文才发，日本政府，却已有照会到来，他的照会中，却含混说着道："君有大志，何必亲近德意志，难道我大日本帝国，就不能作一帮手么？"*隐隐约约，确是妙文！*袁总统接阅照会，巧巧碰入心坎，踌躇了好一会，便邀请顾问员有贺长雄、西坂大佐等，秘密商议一番，托他电达本国政府，极力赞助。一面电嘱驻日公使陆宗舆，疏通日本内阁。

那时日本内阁首相，名叫大隈重信，他本是个勋戚旧臣，外交能手，既得了这个消息，便视为奇货可居，当下提出元老院，议决二十一条件，向袁要索，作为日后的报酬。*未曾出力帮助，先已要索酬金，求人者其鉴诸。*看官曾否阅过清史？当中日战争以前，老袁曾任朝鲜公使，彼时屡与日本反对，遂酿成中日战事，害得丧师失律，割地赔款，才行了案。日人中岛端氏，且于民国二年冬季，著有支那分割的命运一书，日人称中国为支那。内述袁氏秘史，种种揶揄，讥笑他一钱不值，难道老袁毫不记忆，毫无闻见，反欲向他求助么？*若非利令智昏，何至于此？*古语说得好："人必自侮，然后人侮。"袁氏为帝制起见，竟惹出二十一件大要挟来，小子有诗叹道：

> 欲成王道贵无私，知白何如守黑时。
>
> 只手难遮天下目，欺人反使别人欺。

毕竟二十一条件，说的甚么？待小子下回表明。

总统与皇帝，原是不同，但据袁氏之总统选举法，是已得任终身总统，且为世袭总统矣，与皇帝几无区别，宁必称帝而后快乎？总之袁氏心目中，全然不脱俗念，念兹在兹，曰唯帝制，释兹在兹，亦曰唯帝制。夫既欲为帝，既自称为帝可也，何必鬼鬼祟祟，向人求助，反为东邻所轻视乎？呜呼袁氏！为了帝制二字，憧扰胸中，欲为帝则恐人反对，不为帝又难餍私心，人欲胜，天理泯，而心力为之交疲矣。人谓袁氏智，袁氏其果智乎哉！

第二回

廿一款恃强索诺
十九省拒约联名

却说日本政府，议决二十一条件，电致驻华日使。日使叫作日置益，接奉政府文件，即于民国四年一月十八日，亲至总统府，谒见老袁，彼此行过了礼，略叙寒暄，日置益便从袖中取出文件，当面呈递。袁总统接阅一周，不禁皱起眉来，摇首数次，口中却支吾道："这……这等条件，未免太酷，教敝国如何承认？"日置益从旁冷笑道："敝国上下，素疑总统为排日派，今始知言不虚传了。"故意翻跌。袁总统忙答辩道："敝国与贵国，是最近邻邦，同种同文，理应格外亲善，况我自受任总统，更思借重邻谊，作一臂助，为什么说我排日呢？"情见乎词。日置益笑了又笑道："总统既有意结好，何不将敝国要求，完全承认，藉明亲善的本心？"口中有力。袁总统皱着眉道："这事我不便作主，我是民国的总统，不是帝国的元首，可以随便签约的。"若为帝国元首，难道把中国领土，完全送日么？日置益复道："总统大志，敝国亦已深悉，倘或此次条约，总统不愿允从，非但有碍总统利益，就是为中国计，亦觉岌岌可危。即如中国乱党，多半寓居敝国，现正竭力进行，敝政府虽未表同情，但若总统不肯从敝国要求，敝国即不能限制乱党，后事如何，非敝政府所能悬揣。窃谓为总统利益计，为中政府利益计，总统必须允诺，否则敝国疑总统不肯顾全邦交，或更提出严厉条件，亦未可知，还请总统三思！"数语是暗攻袁氏阴私，纯用威吓手段。

袁总统迟疑半晌，方道："且与外交总长商议，再行答复。"日置益方起身告别。

隔了两天，日置益又访会外交总长孙宝琦，仍提交要求条件，且语孙总长道："这事为两国利益起见，须守极端秘密，幸勿将条件内容，泄露别国。"孙总长问是何意？日置益正色道："敝国人民，多言贵国用远交近攻的政策，亲近英、美，排斥敝国，所以极力反对，敝政府为顾全邦交起见，不忍决裂，为此命本驻使特进忠告，慎守秘密，毋得漏言。"袁氏惯用秘密，日本即以秘密二字作为要求，夫是谓之自取。孙总长无词可驳，只得唯唯如命，唯答言所交条件，应俟与总统熟商，方可定夺。日置益订明后会，告辞而去。看官！试想日本既野心勃勃，要求至二十一条件，何妨明目张胆，为什么要守秘密呢？我亦要问。原来日本雄长亚东，屡思并吞中国，奈因列强互峙，致多牵掣，眼看这锦绣江山，不能由他吞去，此次趁着欧洲战争，及袁总统谋帝乞助的时候，正好暗度陈仓，硬迫中国允约。等到他国闻知，生米已做成熟饭，干涉也来不及了，这正是倭人的妙计！

孙总长既接收条件，当向总统府请示。袁总统乃召集国务卿等，先开秘密会议，大家看到条件，统是面面相觑，不敢发言。独段祺瑞奋然道："这项条件，绝对是不能承认，不如却还了他，省却许多疑议。"是激烈派。袁总统嗫嚅道："我国积弱得很，倘若一条不依，定致邦交决裂，酿成战衅，这却如何是好？"徐世昌方接口道："折冲樽俎，责在外交，应由孙总长往会日使，婉言解释，表明为难情形，要他改换条约，方便磋商。"是持重派。孙宝琦闻到此言，暗暗心急，忙向袁总统道："宝琦不才，恐难胜任，请大总统另简材能，宝琦情愿辞职。"这是无上的善策！袁总统顾宝琦道："你若解职，何人可代？"孙宝琦答道："不如陆子欣。"袁总统徐徐点首，并语徐世昌道："且叫陆子欣出去当冲，何如？"徐世昌随口赞成，因即散会。

越日，即调任孙宝琦为审计院长，改任陆徵祥为外交总长。陆徵祥也拟告辞，经袁总统召他入府，温言劝勉，并有许多密嘱，乃不得不勉为所难，即日就职，当下照会日使，约定二月二日，在外交部迎宾馆开非正式会议。外交总长陆徵祥、次长曹汝霖及翻译各官，先行守候。过了午牌，方见日本公使日置益，带着参赞书记官，到了迎宾馆，两下开议。陆徵祥词甚简单，但请日置益转达日本政府，改换条文。日置益不肯照允。曹汝霖方插嘴道："贵公使洞明时势，晓达政体，应知中国已成民主国，政府是国民的公仆，若果遽允要求，必致激起国民反对的风潮，将来双方均有不便，还请审慎为是。"日置益微哂道："中外人士,哪个不晓得袁总统独揽大权?今日为了两国交涉,反把国民作为后盾,岂非可笑?"乐得奚落。曹汝霖被他一驳,几乎无可解嘲,还是陆徵祥接口道："敝国若承认贵国条件,岂不要惹起他国交涉?但望贵国顾全友谊,休使敝国为难,敝国当深感厚情。"日置益又答道："陆总长对此谈判,是否担任全权?抑须请示总统?"陆总长道："今日与贵公使开谈,前已声明为非正式会议,不过先行讨论罢了。"日置益道："此项交涉,本驻使屡奉本国训令,要求贵国即予同意,今日既非正式会议,应请贵总长请命总统,速开正式谈判,以便早日解决,本驻使亦可复命销差了。"言至此,即起身离座道："明日再会。"随与参赞书记官等,扬长去了。

过了三日,日置益复至外交部,与陆总长谈判多时,毫无结果,日置益乃去。嗣是又隔十多天,彼此未曾晤谈。看官道是何因?原来英、法、俄各国,曾与日本订立协约,在欧战期内,日本不得独谋利益,此次日本与中国交涉,当然要据约质问。日政府答复各国,只开了十一条件,还有十条严重的条文,一律瞒住。日置益闻这消息,所以暂时搁着,不来催促,至日政府答复各国后,复至外交部反复劝诱,陆总长等仍不承认,到了三月三日会议,已是第六次了。日置益气焰汹汹,对着陆总长道："本驻使与贵总长磋商,已经数次,迁延至一月有余,仍然是茫无头绪,莫非轻视敝国不成?即如条文中第一款,就是山东方面的问题,请速承认原案,将历年中德条约范围以内的权利,一概转给敝国,另订中日山东条约,了结目前的要案。"陆徵祥淡淡答道："山东问题,应俟欧战解决,再行提议,今尚不便。"说到"便"字,日置益已跃起道："这话未免欺人了!眼前要案,尚待迁延,岂他国理应尊重,我日本独可轻蔑么?"陆总长正思答辩,日置益掉头不顾,悻悻径去。强国公使,如是!如是!

次日,日本政府才将二十一条件,通告欧洲列强,大致说是:"中日议约,中国全无诚意,因此追加条件,严重交涉"云云。自有此番通告,于是日本二十一条件,登在外国新闻纸上。我国辗转译出,才识条件内容的真相。事关国耻,特全录原文如下:至此才录原文,著述者岂亦代守秘密耶?

中华民国四年一月十八日,日本公使日置益提出条件原文:分五号二十一款。

第一号 日本国政府及中国政府,互愿维持东亚全局之和平,并期将现在两国友好善邻之关系，益加巩固，兹议定条款如下：（一）中国政府，允诺日后日本国政府拟向德国政府协定之所有德国关于山东省所得各种权利利益让与等项，概行承认。（二）中国政府，允诺凡山东省内，并其沿海一带土地及岛屿，概不让与或租与他国。（三）中国政府，允准日本建造由烟台或龙口接连胶济路线之铁路。（四）中国政府，允诺为外国人居住贸易起见，从速自开山东省内各主要城市，作为商埠。其应开地方，另行协定。

第二号　日本国政府及中国政府，因中国向认日本国在南满洲及东部内蒙古，享有优越地位，兹议定条件如下：（一）两订约国互相协定，将旅顺、大连租借期限，并南满洲及安奉两铁路期限，均展至九十九年为期。（二）日本国臣民，在南满洲东内蒙古，盖造商工业应用之房厂，或为耕作，可得其需要土地之租借权，或所有权。（三）日本国臣民，得在南满洲东内蒙古，任便居住往来，并经营商工业等各项生意。（四）中国政府，允将在南满洲及东内蒙古各矿开采权。至于拟开各矿，另行商订。（五）中国政府，允于下开各项，先经日本国政府同意，然后办理。甲在南满洲及东内蒙古，允准他国人建造铁路，或为建造铁路向他国借用款项之时。乙将南满洲及东内蒙古各项税课作抵，向他国借债之时。（六）中国政府，允诺如在南满洲及东内蒙古，聘用政治财政军事各顾问教习，必须先向日本国政府商议。（七）中国政府，允将吉长铁路办理经营事宜，委任日本国政府，其年限自本年画押日起，以九十九年为期。

第三号　日本国政府及中国政府，因现在日本国资本家，与汉冶萍公司有密切关系，愿增进两国公司利益，兹议定条款如下：（一）两缔约国互相约定，俟将来相当机会，将汉冶萍公司作为两国合办事业，并允如未经日本国政府同意，所有属于该公司一切权利产业，中国政府，不得自行处分，亦不得使该公司任意处分。（二）中国政府允准，所有属于汉冶萍公司各矿之附近矿山，如未经该公司同意，一概不准该公司以外之人开采。并允此外有所措办，无论直接间接，对该公司恐有影响之举，必须先经该公司同意。

第四号　日本国政府及中国政府，为切实保全中国领土之目的，兹订立专条如下：中国政府允准，所有中国沿岸港湾及岛屿，概不让与或租与他国。

第五号　（一）在中国中央政府，须聘用有力之日本人，充为政治财政军事等各

民国时期的烟民

顾问。（二）所有在中国内地所设日本病院寺院学校等，概允其土地所有权。（三）向来中日两国，屡起警察案件，酿成争衅，故须将必要地之警察，作为中日合办，或在此等地方之警察官署，聘用多数日本人，策划改良中国警察机关。（四）由日本采办一定数量之军械。譬如在中国政府所需军械之半数以上。或在中国设立中日合办之军械厂，聘用日本技师，并采买日本材料。（五）允将接连武昌，与九江、南昌路线之铁路，及南昌、杭州间与南昌、潮州间之铁路权，许与日本国。（六）在福建省内筹办铁路矿山及整顿海口船厂在内，如需外国资本之时，先向日本国协议。（七）允认日本人在中国有布教之权。

　　如上所述，第一号分四款，是谋吞山东，第二号分七款，是谋占南满洲，及东部内蒙古，第三号分二款，是谋并汉冶萍公司，第四号专件，及第五号七款，简直是要将中国主权，让与日本，不啻为日本的保护国了。总括数语，以便国民记忆。中国人民，多至四百余兆，虽有一大半愚弱，究竟还有几个热心的志士，勇敢的国民，一经览到二十一条件，群以为亡国惨兆，就在目前，于是奔走呼号，力图挽救，有刺血上书的，有断指演说的，有情愿毁家纾难，储金救国的；什么抵制日货，什么组织民团，闹得全国不安，差不多有天翻地覆的景象。就是外国舆论，亦多诋斥日本，说他非理要求。独袁总统高坐中央，从容自若，今日授几个卿大夫，明日颁几条新法例，几似确有把握，毫不张皇。至三月五日以后，外交总长陆徵祥等，邀日置益至署，开正式谈判。日置益咆哮如故，经陆总长等低首下心，愿将条款中第一二三号，酌量承认。日置益尚未肯干休。各省人民，热度愈高，每日驰电到京，争请拒约。袁总统尚电饬各省官吏，令他严加取缔，所有议约事件，誓当力争，不轻承认。外交部亦电达各省，略言："日本条款，正在严重交涉，不肯放弃主权"等语。无如条约让步的消息，已约略传将出来，各省将军巡按使，亦有些忍耐不住，便由江苏将军冯国璋，联络十九省将军，一一具衔，电达中央。略云：

　　日款发生，亡国预兆。国家既处如此危险之地位，国璋等对于中华民国，同膺捍卫之责，义不容袖手旁观，一任神州之陆沉。且天下兴亡，匹夫有责，国璋等分属军人，必尽其军人救国之天职。凡欲破坏吾国领土之完全者，吾辈军人，必以死力拒之。诚能若此,何至亡国。中国虽弱,但其国民尚能投袂奋起,以身殉国,所望大总统与政府,群起严词峻拒,勿稍畏葸,我军民等当始终为后盾也。乞鉴察!

又电致外交部云:

中日交涉发生,各省人民,具爱国热心,纷纷电请拒绝,暨呈递条陈意见书者,计先后二百余起,不闻贵部一置可否于其间。在无知人民,议论纷纭,谓政府讳莫如深,甘心媚外。唯是外交公例,有应守秘密之义务,贵部核议之事件,固未便宣布国内,在大部为国家代表,当交涉之冲,任交涉大事,应如何上保主权,下顾舆情,折冲樽俎,化干戈为玉帛,以慰京外人民之希望。迭据贵部宣言,亦明明自命为鞠躬尽瘁,严重交涉,不肯放弃主权之利。国璋等闻言之下,钦佩莫名,乃何以按之事实,迥不相同?全案尚未了结,而权利之丧失,已复不少,下此更不忍言。且国际交涉,为何等事?此次要索条件,又为何等事?岂得轻图一时之省事,贻中国将来莫大之隐忧?如果丧失主权,则日后国家沦于附属,所以为民国前途危,为大部当局惜,而不能无疑焉。目前讨论条件,尚可以口舌力争,为杜弊防患之本,如使条约成立,则将来日人之照约行为,尚不知有何能力,足以制止?况在修正期限之时,岂容一味退让?想大部办理交涉之初,具何等毅力苦心,以情理度之,必不出此。然责备贤者,春秋之义,以大部之明,或不至堕日人术中,质其条约上之精神,以为我允其要求,彼当为我保全领土之完全。然以中国水陆之广大,纵有事故,日人有何兵力,足以保我而无失?现邦交素睦,尚为此极醋烈之要求,一有微劳,势必无以复加,而问罪立至。用敢不揣冒昧,备词质问,并联合各省,联络防务,为外交后盾,望勿畏强御,按以公法,权以公理,和平解决,是所厚望。至内容如何办法,仍乞秘密示知,不胜翘企之至!

此外如长江巡阅使张勋,及广东惠州镇守使龙觐光等,亦均通电政府,决请拒约。还有陆军总长段祺瑞,且因中央电达各省,愤然主战。正是:

强权世界无公理,民国干城有武夫。

　　欲知袁总统如何主张，且至下回续叙。

　　日本公使日置益，提出二十一条件，不交我国外文部，竟面递袁总统，是已可见日人之用心，为袁氏称帝之交换条件，故直接与老袁交涉，不必依国际公法，须与外文部磋议也。迨袁氏以条件严酷，乃执外交部三字以相饷，而日使至外交部，即有秘密之嘱告，秘密秘密，此二字中，非含有极大关系欤？且日使嘱守秘密，而老袁果唯命是从，双方会议数次，而全国人士，尚未知条件之内容，迨经外报宣布，舆论哗然，即官僚派人，亦多极力反对。试观十九省将军之联衔拒约，见得人心未死，公道犹存，为老袁计，不即当看风转舵，临崖勒马耶？乃及此而犹不悟，而袁氏真愚矣，而日人之威吓胁迫，乃因此而益甚矣。呜呼哀哉！是正民国之气数！

第三回

榻前会议忍辱陈词
最后通牒恃威恫吓

却说十九省将军，及张巡阅使、龙镇守使等，联电中央，力请拒约。袁总统不得不答，当有复电宣布文：

电呈均悉。立国于此风云变态无常之世界，必具有一种自立不挫之精神，有自立不挫之精神，人虽谋我，焉能亡我？民国肇造，如初生之孩，资人扶助，庶无颠倒之患。各省将军受任以来，皆能以拥护共和为己任，热诚爱国为前提，洵民国之幸也。本大总统受国民之付托，唯有鞠躬尽瘁，死而后已，对于国家存亡重要之关系，讵敢忽略？仍是欺人语。日来中外对于中日交涉，尤多猜疑，忐忑不安，国民爱国之热诚，于此可见。唯天下自有公理，无论如何艰难解决之问题，持以公理，自能剖决。如金虽坚，炼之以火，未有不熔。但天下之大患，防不胜防，往往防之于此而漏之于彼，今日危难，不止一端，要唯同心相济，合力进行。而保护外人，尤宜谨慎，我尽东道之谊，斯无衅隙之生，误会消灭，国交巩固，各将军勿为疑似之言所动，是所至盼！

越数日，又有一告诫的电文云：

　　近来关于中日交涉，政府接到各省将军及师长等电报多起，均有所献替。此项电文，具徵公忠。唯该将军既属军职，自应专致力于军事，越俎代谋，实非所宜。现在政府正殚精竭能，以解决此目前所遇之问题，虽不敢谓事事能取信于国民，但国家之利益，断无不保护唯谨。该将军等正宜尽心军事，不必兼顾外交。须可令尔秘密卖国！如有造谣生事者，仰该将军协同地方官禁止，至要勿误！

　　此外又有数电，无非说是："中日协商，渐就和平，可无他虞。各将军巡按使，总宜劝谕人民，持以镇静，一俟交涉解决，自当宣布内容"云云。就是外交部总次长，亦有公电传达，略称："前后会议，已历多次，现日使已允将条件寄回政府，请示修正，暂停谈判。昨至十三次会议，知全案确已修正，当即通融磋商，以期和平解决，京中报纸，及外间谣传，统属无凭，必待全案公布，是非乃定"等语。各省大吏，及全国志士，接阅此等电文，才把一种激昂愤勇的气概，稍稍恬退。究竟日本是否让步，政府能否力争，大家还是疑信参半。

　　嗣经交涉了结，才识当时会议的情形，由小子依次演述。自初次谈判以迄第七次谈判，彼此争辩，茫无头绪，上文已约略叙明。至第八次会议，乃是三月九日，谈判进行，逐条讨论。陆总长徵祥，先提出第一号第一条，须俟至欧战平定，加入讲和大会，再行定议。且声言中国政府，如承认第一条，须以交还胶澳为对待条件。日使日置益道："我国用兵胶澳，损失颇多，理应如何解决？"陆徵祥答道："自贵国用兵青岛，敝国人民，损失甚巨，应向贵国索偿，难道还转加敝国吗？且战事已平，所有税关邮电，应照向来办法办理，军用铁路电线，即行撤废，租界外军队，先行撤回。到胶澳交还时，租界留兵，亦应尽行撤去。"日置益微笑道："有这许多条件么？现且暂从缓议。请问这第一号第二条，是否允诺？"议入第二条。陆徵祥道："第二条么？敝国允自行声明，不将山东沿海及岛屿，让与他国。"日置益道："第三条呢？"入第三条。陆徵祥道："第三条所说烟潍或龙潍铁路，倘德国允抛弃借款权利，当先向贵国资本家商借；就是第四条商埠问题，敝国允自行添开罢了。"第三、四条，接连表过。日置益道："第一号共计四款，据贵总长意见，当转达敝国政府，请示定夺。唯第二号的条件，须完全允诺为是。"陆总长道："旅顺、大连湾的租借期，及南满洲的铁路权，前清已有成约，当可商量。唯安奉铁路，与该数处情形不同，不能援以为例。"*议及第二号第一条。*日置益忿然道："旅顺、大连等处，不过连类带及，此条注意，实为安奉铁路，若安奉铁路的租借期，不肯允诺，何容向贵国要求？"陆总长再三辩论，日置益只是不从，嗣且攘臂起座道："此条不允，无须别论，当决诸兵力便了！"*又肆恫喝。*曹汝霖插口道："贵公使何必动怒，总可和平议决。"日置益道："这条不允，那条又不允，教我如何答复政府？且敝国上下，愤激得很，如不达目的，就使劳师费饷，亦所不惜。本驻使为全国代表，若事事通融，岂不要受全国唾骂么？"陆总长到了此时，只得答应下去。日置益方才复座，问及第二三条。陆总长道："南满洲可添开商埠，贵国人民，可与敝国合办农垦公司，若欲内地杂居，及土地所有权，是与我主权有碍，贵国政府，向来声言保全中国领土，此条件似违初意。"日置益道："我国并不要占你土地，不过令人民营业，较为便利罢了。"*明是殖民，何得谓非占我领土？*曹次长又应声道："如贵国人民，欲杂居内地，须归敝国管辖，贵国应撤回领事裁判权。"日置益又复摇首。陆徵祥道："且先议下文各条。*搁过第二条，转入第四、五、六、七各条。*第四条的开矿权，除已探勘及开采各区，准可通融，唯须按照中国矿业条例办理，第五条略加更改，如敝国需借款造路，或抵借外债，可先向贵国资本家商议。第六条南满洲的顾问，尽先聘用贵国人，东部内蒙古，殊不适用。第七条吉长铁路，应改为全路借款，重订合同。"日置益闻言，又勃然道："第二号的要点，实在二三两条，余外尚是枝叶，贵政府不允照办，敝政府万难容忍。就是这第三号的汉冶萍公司问题，与敝国人民有密切关系，倘贵政府倡言充公，或提议国有，或借第三国为抵制，实与敝国投资家，生出无穷危险，贵国亦须绝对承认此约，方免后虑。"陆徵祥道："敝国政府，当声明不充公，不国有，不借用第三国外资，可好么？"*说明第三号第一条。*日置益道："第二条应如何解决？"陆徵祥道："这条是又碍领土权，不便承认。"日置益复道："第四号第五号呢？"陆徵祥迟疑半晌道："均不便承认。"*撇去第四、五两号。*日置益向外一望，天色已暮，便道："贵国太无诚意，看来此事是难了呢。"言毕，即起身别去。

过了一两日，闻日政府调集海军，准备出发，一面借换防为名，增派陆兵至山东、奉天，大有跃跃欲试的形势。袁政府未免心慌，只得质问增兵理由，再请日置益商议，迭经三次，无非为南满洲、东内蒙及汉冶萍公司诸条件，双方仍然未决。日置益乘马驰回，马忽跃起，竟将日置益掀下地来。亏得马夫将马带住，日置益才保全性命，但左足已是受伤，由仆役舁入使馆，卧床呻吟去了。人不如马。袁总统闻日使受伤，当遣曹次长汝霖，向日本使署问疾，备极殷勤，日置益总算道谢，并言"日政府已停止派兵，只中政府须顾全邦交，毋再固执"等语。曹汝霖又道："贵公使近患足疾，且待痊后再商。"日置益道："敝国政府，日望贵国允诺，令我急速办了，我适患伤足，病不能行，还请贵政府原谅，会议地点，改至敝署方好哩。"曹汝霖道："且请示总统，再行报命。"于是珍重而别。

越二日，日置益请参赞小幡为代表，至外交部为非正式会议，且约至日使署续议期间。陆总长以为未便，小幡不从，乃订定三月二十三日，开第十三次会议。届期陆、曹二人，同往日本使馆。日置益尚高卧未起，两人忍气吞声，不得已至病榻前，与日置益晤商，世人称为榻前会议，便是此举。可耻！可叹！日置益坐在床上，向陆总长道："本驻使已奉政府训令，第一号准示通融，第二号应一律求允，但敝政府为友谊起见，亦格外让步。内地杂居的日人，可服从中国警章税课，唯须由敝国领事承认；若关于土地诉讼等项，可由两国派员会审；土地所有权，改为永租。这是已让到极点，不能再让了。"承情之至。陆徵祥再请修正，日置益频频摇首，且要求三四五号允诺。陆徵祥告辞道："且回去陈明总统，再议何如？"日置益点首示允。嗣后复在榻前会议两次，至日置益足疾渐愈，稍能起行，又在日使馆会议三次，都是因南满洲问题，中国允日人选采矿产九处，且开放满洲商埠，供日人贸易，并允杂居置地，唯关系诉讼案件，应归华官办理。日置益未肯允从。

转瞬间已是四月六日，日置益足疾全愈，乃重至外交部会议，所议仍为南满洲杂居问题，终未解决。越二日，又来会议，提出第五号问题。陆徵祥因关系主权，婉词谢绝。又越二日，复开会议，仍要求解决第五号问题。陆徵祥答言"贵国军械精良，不能受约束拘束，余难置议"云云。日置益终不肯少让。至四月十三日及十五日，复要索东蒙问题，应由中国予以南满相同的利益。陆徵祥初未肯允，嗣允在东蒙开辟数处，日置益终未满意。临行时，且谓："讨论已毕，不消再议，本驻使当详复政府，候令施行罢了。"这已是第二十四次会议，自散会后，停议了八九天，至二十六日下午，日置益复气宇轩昂，乘着马车，径至外交部，由陆总长等迎入。略写日使状态，已觉气焰逼人。日置益大言道："现奉本政府训令，将所有全案，已加修正，若贵国再不允从，也无庸再谈了。"说至此，即取出日本政府修正案，递交陆总长，当由陆总长接阅，但见纸上写着：

第一号

（第一款）仍前。（第二款）改为换文。彼此互换，因称换文。中国政府声明凡在山东省内，并其沿海一带土地及各岛屿，无论何项名目，概不让与或租与他国。（第三款）修正。中国政府允准自行建造由烟台或龙口接连胶济路线之铁路，如德自愿抛弃烟潍铁路权之时，可向日本资本家商议借款。（第四款）修正。中国政府允诺为外国人居住贸易起见，从速自开山东省内合宜地方为商埠。附属换文所有应开地点及章程，由中国政府自拟，与日本公使预先决定。

第二号

（第一款）仍前。唯附属换文，旅顺、大连租借期，至民国八十六年，即西历一千九百九十七年为满期。南满铁路交还期，至民国九十一年，即西历二千零二年为满期。其原合同第十二款所载开车之日起，三十六年后，中国政府可给价收回一节，毋庸置议。安奉铁路期限，至民国九十六年，即西历二千零七年为满期。（第二款）修正。日本臣民在南满洲为盖造商工业应用之房厂，或为经营农业，可得租赁或购买其须用地亩。（第三款）仍前。唯附带声明。前二款所载之日本国臣民，除须将照例所领护照向地方官注册外，应服从由日本国领事官承认警察法令及课税。至民刑诉讼，日本人为被告，归日本国领事官，中国人为被告，归中国官吏各审判。彼此均得派员到堂旁听。但关于土地之日本人，与中国人民事诉讼，按照中国法律及地方习惯，由两国派员共同审判。俟将来该地方司法制度完全改良之时，如有关于日本国臣民之民刑一切诉讼，则完全由中国法庭审理。（第四款）改为换文。中国政府，允诺日本国臣民在南满洲左开各矿，除已探勘或开采各矿区外，速行调查选定，即准其探勘或开采。在矿业条例确定以前，仿照现行办法办理。（一）奉天省本溪县牛心台石炭矿，本溪县田什付沟石炭矿，海龙县杉松岗石炭矿，通化县铁厂石炭矿，锦县暖池塘石炭矿，辽阳县起至本溪县止，鞍山站一带铁矿。（二）吉林省南部，和龙县彩龙岗石炭矿，吉林县缸窑石炭矿，桦甸县夹皮沟金矿。（第五款）第一项改为换文。中国政府声明，嗣后在东三省南部需造铁路，由中国自行筹款建造。如需外款，中国允诺先向日本国资本家商借。第二项改为换文。中国政府声明，嗣后将东三省南部之各种税课（除已由中央政府借款作押之关税及盐税等类）作抵，由外国借款之时，须先向日本资本家商借。（第六款）改为换文。中国政府声明，嗣后如在东三省南部聘用政治财政军事警察外国各顾问教官，尽先聘用日本人。（第七款）修正。中国政府，允诺以向来中国与外国资本家所订之铁路借款合同规定事项为标准，速从根本上改订吉长铁路借款合同。将来中央政府，关于铁路借款附于外国资本家，以致现在铁路借款合同事项为有利之条件时，依日本之希望，再行改订前项合同。中国对案第七款关于东三省中日现行各条约，除本协约另有规定外，一概仍旧实行。关于东部内蒙古事项：（一）中国政府，允诺嗣后在东部内蒙古之各种税课作抵，由外国借款之时，须先向日本国政府商议。（二）中国政府，允诺嗣后在东部内蒙古需造铁路，由中国自行筹款建造，如需外款，须先向日本国政府商议。（三）中国政府，允诺为外国人居住贸易起见，从速自开东部内蒙古合宜地方为商埠。其应开地点及章程，由中国自拟，与日本国公使商妥决定。（四）如有日本国人及中国人愿在东部内蒙古合办农业及附设工业时，中国政府应行允准。

第三号修正

日本国与汉冶萍公司之关系人，极为密接，如将来该公司关系人与日本资本家商定合办，中国政府，应即允准。又中国政府允诺，如未经日本资本家同意，将该公司不归国有，又不充公，又不准使该公司借用日本国以外之外国资本。

第四号修正

按左开要领，中国自行宣布，所有中国沿岸港湾及岛屿，概不让与或租与他国。换文。对于由武昌联络九江、南昌路线之铁路，又南昌至杭州及南昌至潮州之各铁路之借款权，如经明悉他外国并无异议，应将此权许与日本国。（换文第二案）对于由武昌联络九江、南昌路线之铁路，又南昌至杭州及南昌至潮州之各铁路之借款权，由日本国与向有关系此项借款之他外国，直接商妥以前，中国政府应允将此权不许与他外国。换文。中国政府，允诺凡在福建省沿岸地方，无论何国，概不允建设造船厂军用蓄煤处海军根据地，又不准其他一切军务上施设；并允诺中国政府，不以外资自行建设，或设施上开各事。

第五号

改为陆总长言明如下：（一）嗣后中国政府认为必要时，应聘请多数日人为顾问。（二）嗣后日本国臣民，愿在中国内地，为设立学校病院，租赁或购买地亩，中国政府应即允准。（三）中国政府，日后在适当机会，遣派陆军武官至日本，与日本军事当局，协商采办军械，或设立合办军械厂之事。日置益公使言明如下：关于布教权问题，日后应再行协议。

　　陆总长阅毕全文，便向日置益道："我看这修正案中，有几件还应酌商，最难承认的，是原文第五号，改为本总长言明。本总长前请撤销五号，不便开议，经贵公使要求说明理由，方由本总长约略说及，提出数条，声明不便允诺的情形。今贵政府修正案，断章取义，误为言明，本总长碍难承认。"日置益道："这已是敝国政府最后的修正，务请允诺。如果全体同意，敝政府即可交还胶澳了。"仍是诱迫。陆总长道："这非本总长所能专擅。"日置益道："请即转达贵总统，指日答复为要。"陆总长点首示允，日置益起身去了。

　　是夕，即闻山东、奉天两方面，又有日本派兵到，且有日本军舰，游弋渤海口外，人心惶惑，谣言益盛。经袁总统与陆总长等会议，复再行让步，承认数条，拒绝数条，至第五号仍完全拒绝。当于五月一日提交日使，并说明无可再让的理由。日置益道："是否最后答复？"陆总长道："这已是最后答复了。"日置益狞笑道："照敝国的修正案，贵政府尚难承认，我国将行最后的手段了。请贵政府莫怪！"陆总长也无可置辞，彼此告别。不料日本果然厉害，竟提出最后通牒来了。这最后通牒，差不多是哀的美敦书，即战书译文。小子有诗叹道：

　　　　前车已覆后车师，来日大难只自知。
　　　　试看扶桑最后牒，挟强胁弱竟如斯。

　　欲知最后通牒的详情，请至下回再阅。

　　本回叙中日文涉之经过情形，历写口头辩论，及书面修正，简而能赅，不烦不漏，可为国民前车之鉴。且于外交总次长，忍辱状态，及日使日置益威吓手段，亦演写大略，跃然纸上。即如袁总统告诫电文，亦录叙篇首，中国不幸，遭此难题，极宜

21

披示国民，共图抵制，而彼此鬼鬼祟祟，一私索，一私许，是何理由？岂民主国之政策，应如是乎？袁政府不足责，而吾国民之恇弱不振，或虚骄无能，亦当乘此反省，毋再蹈覆辙为也。

第四回

忍签约丧权辱国
倡改制立会筹安

却说日本政府，因中国未肯承认全案，竟用出最后手段，胁迫袁政府。自陆总长提交最后答复后，日本下动员令，宣言关东戒严，驻扎山东、奉天的日兵，预备开战，渤海口外的日舰，亦预备进行，各埠日商，纷纷回国，似乎即日决裂。各国公使，亦多至外交部署中，探听消息，劝政府和平解决，幸勿开战。**强国总帮助强国。**袁总统却也为难，唯面上犹持一种镇静态度。**总教皇帝做得成，余事固无容过虑。**五月六日，由日使派人到外交部，提出一种警告书，内言非完全承认日本修正案，决提交最后通牒。袁政府不能决答，当于是日夜间，遣曹次长汝霖，用个人名义，访会日使，商议交涉，又承认了好儿款。日置益不允。俟曹汝霖回署后，即于次日下午，由日置益带同馆员，至外交部迎宾馆，晤见陆、曹两人，亲递最后通牒。牒文写着：

今回帝国政府，与中国政府所以开始交涉之故，一则欲谋因日德战争所发生时局之善后办法，一则欲解决有害中日两国亲交原因之各种问题，冀巩固中日两国友好关系之基础，以确保东亚永远之和平起见，于本年一月向中国政府交出提案，开诚布公，与中国政府会议，至于今日，实有二十五回之多。其间帝国政府，始终以妥协之精神，解释日本提案之要旨，即中国政府之主张，亦不论巨细，倾听无遗。何时倾听，我未之见。其欲力图解决此提案于圆满和平之间，自信实无余蕴。自信已深，何肯退让？其交涉全部之讨论，于第二十四次会议，即上月十七日，已大致告竣。帝国政府统观交涉之全部，参酌中国政府议论之点，对于最初提出之原案，加以多大让步之修正，于同月二十六日，更提出修正案于中国政府，求其同意。同时且声明中国政府对于该案如表同意，日本政府即以因多大牺牲而得之胶州湾一带之地，于适当机会附以公正至当之条件，以交还于中国政府。五月一日，中国政府对于日本政府修正案之答复，实与帝国政府之预期全然相反。且中国政府对于该案，不但毫未加以诚意之研究，且将日本政府交还胶州湾之苦衷与好意，亦未尝一为顾及。查胶州湾为东亚商业上军事上之一要地，日本帝国，因取得该地，所费之血与财，自属不少。既为日本取得之后，毫无交还中国之义务。然为将来两国国交亲善起见，竟拟以之交还中国。何其客气？而中国政府不加考察，且不谅帝国政府之苦心，实属遗憾。中国政府，不但不顾帝国政府关于交还胶州湾之情谊，且对于帝国政府之修正案，于答复时要求将胶州湾无条件交还，并以日德战争之际，日本国于胶州湾用兵所生之结果，与不可避之各种损害，要求日本担任赔偿之责，其他关系于胶州湾地方，又提出数项要求，且声明有权加入日德讲和会议。明知如胶州湾无条件之交还，及日本担负因日德战争所生不可避之损害赔偿，均为日本所不能容忍之要求，而故为要求。且明言该案为中国政府最后之决答，因日本不能容认此等之要求，则关于其他各项，即使如何妥商协定，终亦不觉有何等之意味，其结果此次中国政府之答复，于全体全为空漠无意义。且查中国政府对于帝国政府修正案中，其他条项之回答，如南满洲及东部内蒙古，就地理上政治上商工利害上，皆与帝国有特别关系，为中外所共认。此种关系，因帝国政府经过前后二次之战争，更为深切。然中国政府，轻视此种事实，不尊重帝国在该地方之地位，即帝国政府，以互让精神，照中国政府代表所言明之事，而拟出之条项，中国政府之答复，又任意改窜，使代表者之陈述，成为一篇空言，或此方则许，而彼方则否，致不能认中国当局者之有信义与诚意。此段直是训令。至关于顾问之件，学校病院用地之件，兵器及兵器厂之件，与南方铁道之件，帝国政府之修正案，或以关系外国之同意为条件，或只以中国政府代表者之言明，存于记录，与中国主权与条约，并无何等之抵触。然中国政府之答复，唯以与主权条约有关系，而不应帝国政府之希望。帝国政府，因鉴于中国政府如此之态度，虽深惋惜，几再无继续协商之余地，然终眷眷于维持极东平和之帝国，务冀圆满了结此交涉，以避时局之纷纠，于无可忍之中，更酌量邻邦政府之情意，将帝国政府前次提出之修正案中之第五号各项，除关于福建互换公文一事，业经两国政府代表协定外，其他五项，可承认与此次交涉脱离，日后另行协商。因此中国政府，亦应谅帝国政府之谊，将其他各项，即第一号第二号第三号第四号之各项，及第五号中关于福建省公文互换之件，照四月二十六日提出之修正案所记载者，不加以何等之更改，速行应诺帝国政府。兹再重行劝告，对此劝告，期望中国政府至五月九日午后六时为止，为满足之答复，如到期不受到满足之答复，则帝国政府，将执认为必要之手段。合并声明。

陆、曹两人，共同阅毕，不由得发了一怔，几乎目定口呆。怪他不得。还是曹汝霖口齿较利，便对日置益道："五号中所说五项，应即脱离，究竟是哪五项呢？"日置益道："就是聘用顾问，学校病院租用地，以及中国南方诸铁路，与兵器及兵器厂，暨日本人布教权。这五项允许脱离，容后协商便了。"容后协商四字，又是后来话柄。陆徵祥道："敝国与贵国，素敦睦谊，难道竟无协商的余地么？"日置益道："通牒中已经说明，敝政府不能再让。就使本驻使有意修正，也是爱莫能助了。"乐得客气。说毕即行。曹汝霖随送道："贵驻使是全国代表，凡事尚求通融一点。"日置益稍稍点头。到了次日，又至外交部中，递交说明书，内开七款如下：

（一）除关于福建省交换公文一事之外，所谓五项，即指关于聘用顾问之件，关于学校用地之件，关于中国南方诸铁路之件，关于兵器及兵器厂之件，及关于布教权之件是也。

（二）关于福建省之件，或照四月二十六日日本提出之对案，均无不可。此次最后通牒，虽请中国对于四月二十六日日本所提出之修正案，不加改订，即行承诺，此系表示原则。至于本项及四五两项，皆为例外，应特注意。

（三）以此次最后之通牒要求之各项，中国政府倘能承认时，四月二十六日对于中国政府关于交还胶州湾之声明，依然有效。

（四）第二号第二条土地租赁或购买，改为暂租或永租，亦无不可。如能明白了解，可以长期年限。且无条件而续租之意，即用商租二字亦可。又第二号第四条，警察法令及课税承认之件，作为密约，亦无不可。

（五）东部内蒙古事项，中国于租税担保借款之件，及铁道借款之件，向日本政府商议一语，因其南满洲所定之关于同种之事项相同，皆可改为向日本资本家商议。又东部内蒙古事项中商埠一项，地点及章程之事，虽拟规定于条约，亦可仿照山东省所定之办法，用公文互换。

（六）日本最后修正案第三号中之该公司关系人，删除关系人三字，亦无不可。

（七）正约及其他一切之附属文书，以日本文为正，或可以中日两文皆为正文。

日置益递交此书，也不再置一词，匆匆去讫。袁总统即召集要人，连夜会议，未得要领。越日上午，续议一切，亦不能决定。至下午二时，又召集国务卿、左右丞、各部总长，及参政院长黎元洪，并参政熊希龄、赵尔巽、梁士诒、杨度、李盛铎等，开特别会议。由陆总长先行报告，然后袁总统出席开议。大众计无所出，唯陆海军总长，与参政中的激烈人物，尚主张拒绝，宁可决裂。袁总统只沉着脸，淡淡地答道：“山东、奉天一带，已遍驻日兵，倘或交涉决裂，他即长驱直入，我将如何对待？实力未充，空谈何益？与其战败求和，不若目前忍痛，从前甲午的已事，非一般鉴么！”试问甲午之衅，谁实启之？今乃甘心屈辱，想是一年被蛇咬，三年怕烂稻索。徐世昌亦接着道：“越能忍耻，才得沼吴，现在只可和平了事，得能借此交涉，返求自强，未始不可收效桑榆呢。”语虽近是，无如全国上下，未肯卧薪尝胆奈何？大众闻言，不敢主战，随即多数赞成，决定承认。当由袁总统饬令备文答复，复经再三讨论，方拟定复文，派外交部员施履本，赍交日使察阅。日置益尚要求第五项下，添入“日后协商”四字，且言万不能省。施履本不能与辩，带还原书，乃再行改正。其文云：

中国政府，为维持远东和平起见，允除第五项五款，应俟日后另议外，所有第一、二、三、四项各款，及第五项关于福建交换文书之件，照日本二十六日修正案，及通牒中附加七条件之解释，即日承诺，俾中日悬案，从此解决，两国亲善，益加巩固。中政府爰请日使择日惠临外交部，整理文字，以便早日签定。此复。

复文缮就，即于五月九日，由陆总长徵祥，曹次长汝霖，赴日本使馆，当面送交。还要亲手送去，真正可怜。过了一天，日使日置益，赴外交部答谢。至十五日，日置益复至外交部迎宾馆，开条约会议，无非是照日本修正案，加入七条件解释，及各项来往照会，共同订定，作为中日合约。到了二十日，两造文书，统已办齐，乃商定二十五日，在外交部迎宾馆，彼此签字。约中署名，一面是大日本国大皇帝特命全权公使从四位勋二等日置益，一面是大中华民国任命中卿一等嘉禾勋章外交总长陆徵祥，互相比较，荣辱何如？共计正文三份，换文十三件，换文即照会。小子前已叙录约文，看官即可复阅，毋庸一一重述了。应用简笔。袁总统恐丧失权利，或致众愤，除密电各省将军巡按使，劝令维持秩序，静图自强外，又下令约束军民云：

环球交通，凡统治一国者，莫不兢兢于本国之权利。其权利之损益，则视其国势之强弱以为衡。苟国内政治修明，力量充足，譬如人身血气壮硕，营卫调和，乃有以御寒暖燥湿之不时，而无所侵犯。故有国者诚求所以自强之道，一切疲玩之惰气，与虚骄之客气，有邱山之损，而无丝毫之益，所宜引为大戒。我中国自甲午、庚子两启兵端，皆因不量己力，不审外情，上下嚣张，轻于发难，卒至赔偿巨款，各数万万，丧失国权，尤难枚举。当时深识之士，咨嗟太息于国之将亡，使其上下一心，痛自刻责，涤瑕荡垢，发愤为雄，犹足以为善国，乃事过境迁，恬嬉如故，厝火积薪之下，而寝处其上，酣歌恒舞，民怨沸腾，卒至鱼烂土崩，不可收拾。予以薄德，起自田间，大惧国势之已濒于危，而不忍生民永沦浩劫，寝兵主和，以固吾圉。民国初建，生计凋残，含垢忍辱，与民休息，而好乱之辈，又各处滋扰，为虎作伥。予以保国卫民，引为责任，安良除暴，百计维持。不幸欧战发生，波及东亚，而中日交涉，随之以起。外交部与驻京日本公使，磋商累月，昨经签约，和平解决。所有经过困难情形，已由外交部详细宣告，双方和好，东亚之福，两祸取轻，当能共喻。虽胶州湾可望规复，主权亦勉得保全，然南满权利，损失已多，创巨痛深，引为惭憾。已则不兢，何尤于人？我之积弱召侮，事非旦夕，亦由予德薄能鲜，有以致之。顾谋国之道，当出万全，而不当掷孤注，贵蓄实力，而不贵骛虚声。近接各处函电，语多激烈，其出自公义者，固不乏人，亦有未悉实情，故为高论，置利害轻重于不顾，言虽未当，心尚可原。乃有倡乱之徒，早已甘心卖国，而于此次交涉之后，反借以为辞，纠合匪党，诪张为幻，或谓失领土，或谓丧主权，种种造谣，冀遂其煽乱之私。此辈

27

平日行为，向以倾覆祖国为目的，而其巧为尝试，欲乘国民之愤慨，借簧鼓以开衅，极其居心，至为险狠。责人不责己，如公道何？若不严密防范，恐殃及良善，为患地方，尤恐扰害外人，牵动大局。着各省文武各官，认真查禁，勿得稍涉大意，致扰治安。倘各该地方，遇有乱徒借故暴动，以及散布传单，煽惑生事，立即严拿惩办，并随时晓谕商民，切勿受其愚惑。至于自强之道，求其在我，祸福无门，唯人自召，群策群力，庶有成功。仍望京外各官，痛定思痛，力除积习，奋发进行。我国民务扩新知，各尽义务，对于内则父诏兄勉，对于外则讲信修睦，但能惩前毖后，上下交儆，勿再因循，自可转弱为强，权利日臻巩固。切不可徒逞血气，任意浮嚣，甲午、庚子，覆辙不远，凡我国民其共戒之！此令。

此外又有外交部通电，陈述交涉经过状况，及颁布条约全文，声言："徵祥身任外交，奉职无状，一片爱国愚忠，未能表白于天下，特恳请大总统立予罢斥，另选贤能，以补前愆"云云。参政院长黎元洪，亦发一长电除自己引咎外，兼责典兵大吏，平日观望，且愿辞去参谋总长一职。还有陆军总长段祺瑞，复电言"始终主战，奈各部长及参政院诸公，多半主和，口众我寡，致蒙此耻，已呈请辞职避贤，免至积垢"等语。其他书函杂沓，不胜枚举，总之是民国以来第一种国耻，全体吏民，须时时记着，卧薪尝胆，发愤图存，我中华民国前途，或尚不至灭亡呢。*大声疾呼，愿国民热度，勿再效五分钟！*

自国家经此一蹶，总道袁总统惩前毖后，开诚布公，把一副鬼鬼祟祟的手段，尽行改变，一心一意地整顿起来。就是那当道诸公，也应激发天良，力图振刷，效那范蠡、文种的故事，生聚教训，徐图兴复。谁知总统府中，愈觉沉迷，京内外的文武官吏，依旧是攀龙附凤，颂德歌功，前时要求变政的人物，已尽做反舌鸟，呈请辞职的达官，又仍做寄生虫，转眼间桐枝叶落，桂树花荣，北京里面，竟倡出一个筹安会来。*慨乎言之。*这筹安会的宗旨，是主张变更国体，会中的发起人，乃是几个不新不旧、亦新亦旧的大名角，顿时惹起风潮，闹得四万万人民昏头磕脑，也不知怎样才好。小子有诗叹道：

亡羊思补已嫌迟，何事彼昏尚不知？

怪象日增名巧立，"筹安"二字向谁欺。

究竟这班大名角，是何等样人？待小子下回表明。

五九国耻之由来，孰使之？袁氏使之也。袁氏欲借日本以利己，日本即借袁氏以利国，出尔反尔，咎有攸归。观袁氏之约束军民，有云祸福无门，唯人自召，吾谓袁氏不必责人，第返而自责可耳。不然，约已成，权已丧，勉图补苴且不遑，尚欲潜图帝制为耶？观筹安会之发生，而袁氏之甘心媚外，其情弊愈不可掩矣。

第五回

贺振雄首劾祸国贼

罗文干立辞检察厅

却说筹安会发起，共有六人，这六人为谁？第一个姓杨名度，第二个姓孙名毓筠，第三个姓严名复，第四个姓刘名师培，第五个姓李名燮和，第六个姓胡名瑛。杨度是前清保皇党中翘楚，与康有为、梁启超等，向是好友，革命以后，复夹入民党里面，嗣复得老袁信任，充参政院的参政。孙毓筠是革命健儿，辛亥一役，曾在安徽地方，出过风头，癸丑后，组织政友会，与国民党脱离关系，也充参政院参政的头衔。严复是素通英文，兼长汉文，从前翻译西书，很有名望，因他是福建侯官县人，尝呼他为严侯官，此次袁总统创设参政院，采访通才，就把他网罗进去。刘师培前名光汉，博通说文经学，上海国粹丛报中，尝见他的著作，确是有些根底，袁总统也特地招徕，命他参政。李燮和乃陆军中将，革命时攻打南京，他曾与列。还有一个胡瑛，尝随宋教仁厮混几年，不知何故变志，也投入袁氏幕中。**各叙履历，回应上文"不新不旧、亦新亦旧"二语。**这六人结作寅僚，镇日里聚首一堂，不是谈风月，就是论时事。可巧总统府中，有一位外国顾问官，系是美国有名的博士，叫作古德诺，他倡出一篇大文，历言民主政体，不及君主政体。**何不条陈本国，乃来倡导中国耶？**杨度见了此文，得着依据，正好随声附和，借酬宠遇，当与孙毓筠、严复等五人，秘密商量，乘此出点风头，做一回掀天震地的事业。孙毓筠、严复等，相率赞成，大家靠着十年芸窗的功夫，互凑几句强词夺理的文字，不到半日，已将宣言书及入会章程统行拟定，其词云：

我国辛亥革命之时，国中人民，激于情感，但除种族之障碍，未计政治之进行，仓猝之中，创立共和国体，于国情之适否，不及三思。一议既倡，莫敢非难，深识之士，虽明知隐患方长，而不得委曲附从，以免一时危亡之祸。故清室逊位，民国创始，绝续之际，以至临时政府正式政府递嬗之交，国家所历之危险，人民所感之困苦，举国上下，皆能言之，长此不国，祸将无已。近者南美中美二洲共和各国，如巴西、阿根廷、秘鲁、智利、犹鲁卫、芬尼什拉等，莫不始于党争，终成战祸。葡萄牙近改共和，亦酿大乱。其最扰者，莫如墨西哥，自爹亚士逊位之后，干戈迄无宁岁，各党党魁，拥兵互竞，胜则据土，败则焚城，劫掠屠戮，无所不至，卒至五总统并立，陷国家于无政府之惨象。我国亦东方新造之共和国，以彼例我，岂非前车之鉴乎？美国者，世界共和之先达也，美人之大政治学者古德诺博士，即言世界国体，君主实较民主为优，而中国则尤不能不用君主国体。此义非独古博士言之也，各国明达之士，论者已多，而古博士以共和国民，而论共和政治之得失，自为深切明著。乃亦谓中美情殊，不可强为移植。彼外人轸念吾国者，且不惜大声疾呼，以为吾民忠告，而吾国人士，乃反委心任运，不思为根本解决之谋，甚或明知国势之危，而以一身毁誉利害所关，瞻顾徘徊，惮于发议，将爱国之谓何？国民义务之谓何？我等身为中国人，民国之存亡，即为身家之生死，岂忍苟安默视，坐待其亡？用特纠集同志，组成此会，以筹一国之治安。将于国势之前途，及共和之利害，各摅所见，以尽切磋之义，并以贡献于国民。国中远识之士，鉴其愚诚，惠然肯来，共相商榷，中国幸甚。发起人杨度、孙毓筠、严复、刘师培、李燮和、胡瑛。

附筹安会章程

第一条　本会以发挥学理，商榷政论，以供国民之研究为宗旨。

第二条　愿充本会会员者，须具入会愿书，由本会会员四人以上之介绍，理事长之认可。

　　第三条　本会置理事六人，由发起人暂任，并互推理事长一人，副理事长一人。

　　第四条　本会置名誉理事若干人，参议若干人，由理事长推任。

　　第五条　本会置干事若干人，由理事推任之，其事务之分配，随时酌定。

　　事务所暂设北京石驸马大街。

　　宣言书及章程，统已备齐，当即推杨度为理事长，孙毓筠为副，严复、刘师培、李燮和、胡瑛四人为理事，就在预定地点，设立事务所，新开场面，悬起一块招牌，就是"筹安会"三大字。京内人民，还是莫明其妙，看那筹安会招牌，只道国中果然出了伟人，能把这风雨飘摇的民国，筹划得安安稳稳，倒也是千载一时的盛遇。后来看到宣言书，才识会中宗旨，要想改革国体，把袁大总统异上台去，做一个革命大皇帝，于是一传十，十传百，统说这个筹安会，是产出皇帝的私窠子，将来是凶是吉，尚难分晓。正在疑义未定的时候，那京中已是警吏如林，不准他街谈巷议，稍一漏言，便牵入警局，请他坐在拘留所中，多则几十天，少亦三五天，小百姓营业要紧，自然不敢多言，免滋祸祟。想袁氏应曰，余能弭谤矣，乃不敢言。有一班痴心妄想的人物，纷纷入会，都想做点投机事业，希图后来富贵。还有京内的新闻纸，什么《民视报》，什么《亚细亚报》，统为筹安会鼓吹，煌煌大字，逐日照登。隔了几日，忽由《顺天时报》中，载出一篇贺振雄上肃政厅呈文，略云：

　　为扰乱国政，亡灭中华，流毒苍生，贻祸元首，恳请肃政厅长代呈大总统，严拿正法，以救灭亡而谢天下事。窃闻天下兴亡，匹夫有责，奸奴误国，人得而诛，我古神州四千余载，君主相传，干戈扰攘，万民涂炭，四海疮痍，稽披历史，至为寒心。自唐、虞揖让，天下讴歌，暨汤、武征诛，人民杀伐，国无宁岁，民无安时。七雄相并，五霸竞争，秦吞六国，汉约三章，王莽出，光武兴，曹操称雄，司马逞智，南北六朝，梁、唐五代，陈后主，隋炀帝，武则天，安禄山，宋太祖，元世宗，明朱氏，清觉罗，各代君主，而今安在？唯留祸害，传染中华。自古愚人，相争相夺，称帝称王，因一时昏迷不悟，徒博眼前虚荣，而遗子孙实祸，诚可怜而可哀也。在昔闭关时代，相争相夺，犹是一家，今则环海交通，群雄眈视，一召灭亡，万劫难复。叔宝全无心肝，何至于此？吾民国共和创造，未及五载，而沙场血渍，腥臭犹闻，人民痛苦，呻吟未已。我大总统手创共和，力任艰巨，四年以来，宵衣旰食，剑寝履皇，维持国政，整理军务，削平内乱，亲睦外交，不知耗多少心血，费几许精神，始克臻此治理。现方筹备国会，规定法院，整饬吏治，澄肃官方，唯日孜孜，不遗余力，民生国计，渐有秩序，四年之间，国是已经大定。内外官吏，诚能以国家为前提，输弻鸿猷，绥厥中土，国力日见其发展，国基日见其巩固。而谓吾中国不适于共和，不能不用君主政体，真狗彘不食之语也。吾敢一言以告我同胞曰：有吾神圣文武之袁大总统，首任一期，规模即已大备，若得连任，国政即可完全，不十年间，我中华民国共和程度，必能驾先进之欧美，称雄地球。况我大总统高瞻远瞩，硕画伟谋，既铲除四千余载专制之淫威，开创东亚共和之新国，不独人民颂祷馨香，铜像巍峨，即世界各国，亦莫不钦仰其威信。何物妖魔，竟敢于青天白日之下，露尾现形，利禄薰心，荧惑众听，尝试天下，贻笑友邦。窥若辈之倒行逆施，是直欲陷吾元首于不仁不义之中，非圣非贤之类，蹈拿破仑倾覆共和，追崇帝制之故辙，贻路易十六专制魔王流血国内之惨状，其用心之巧，藏毒之深，喻之卖国野贼，白狼枭匪，其计尤奸，其罪尤大。呜呼！国之将亡，必有妖孽，妖孽者谁？即发起筹安会之杨度、孙毓筠、严复、刘师培、李燮和、胡瑛诸贼也。振雄生长中华，伤心大局，明知若辈毒势弥漫，言出祸至，窃恐覆巢之下，终无完卵，与其为亡国之奴，曷若作共和之鬼，故敢以头颅相誓，脑血相溅，恳请肃政厅长，代呈我大总统，立饬军政执法处，严拿杨度一干祸国贼等，明正典刑，以正国是，以救灭亡，以谢天下人民，以释友邦疑义。元首幸甚！国民幸甚！谨上。

越宿，又有一篇李诲上检察厅呈文，亦登载《顺天时报》，但见上面录着：

为叛逆昭彰，摇动国本，恳准按法惩治，以弭大患事。窃维武汉首义，全国鼎沸，我大总统不忍生灵涂炭，出肩艰巨，不数月间，清室退位，以统治权授之我大总统，组织政府，定为共和国体。人心之倾向，于以大定，南北统一，当时我大总统就职宣言，曾经郑重声明，不使帝制复活。迨正式政府成立，世界友邦，遂次第承认。民国三年五月公布中华民国约法，我大总统又谓谨当率我百职有司，恪守勿渝。三年十一月，宋育仁等倡为复辟之谬说，我大总统又经根据约法，严切申诫。国体奠定，既已炳若日星，薄海人民，方幸有所托命，虽内忧外患，尚未消弭，而我大总统雄才大略，硕画宏谟，期以十年，何患我国家不足比肩法、美？乃国贼孙毓筠、杨度、严复、刘师培、李燮和、胡瑛等，组织筹安会，其发词中，以共和国体，不适于吾国民情，历引中美南美诸邦，以共和酿乱之故，指为前鉴，主张变更国体，昌言无忌。似此谬种流传，乱党必将乘机煽动，势必危及国家，万一强邻伺隙，利用乱党之扰乱，坐收渔人之利，而祸何堪设想。当国体既定之后，忽倡此等狂瞀之说，是自求扰乱，与暴徒甘心破坏，结果无殊。虽自诩忠爱，实为倡乱之媒，其罪岂容轻恕？赣、宁之乱，虽为暴民专制之征，而我大总统命将出师，期月之内，一律肃清。迄今暴徒敛迹，政治悉循轨道，此岂中南美诸邦之所可企及？安得以此颠破共和？夫国体原无绝对的美恶，恒视时势为转移。吾国今后国体，果当何若，固不能谓其永无变更，但一日在共和国体之下，即应恪守约法，不能倡言君主，反对共和，以全国家之纲纪。且共和国家以多数之国民组织而成，即迫于时势之需要，有改弦更张之日，则国体之选择，当然由代表民意之机关，以大多数人民心理之所向决之。事势之所至，自然而然，决非少数妄人，所能轻议。今大总统德望冠于当世，内受国会之推戴，外受列强之承认，削平内乱，巩固国交，凡所以对内对外，不敢稍避险阻者，无非欲保全国家，今轻议变更国体，万一清室之中，或有一二无知之徒，内连乱党，外结强邻，乘机主张复辟，陷我大总统于至困难之地位，而国家亦将随之倾覆，该国贼等虽万死不足以蔽其辜。伏查三年十一月二十四日申令有云："民主共和，载在约法，邪词惑众，厥有常刑。嗣后如有造作谰言，著书立说，及开会集议以紊乱国宪者，即照内乱罪从严惩办，以固国本而遏乱萌。"明令具在，凡行政司法各机关，允宜一体遵守。今杨度、孙毓筠等，倡导邪说，紊乱国宪，未经呈报内务部核准，公然在石驸马大街，设立筹安会事务所，传布种种印刷物，实属弁髦法纪，罪不容诛。检察厅代表国家，有拥护法权惩治奸邪之责，若竟置若罔闻，则法令等于虚设，法之不存，国何以立？诲凛匹夫有责之义，心所谓危，不敢安于缄默，用特据实告发，泣恳遵照民国三年十一月二十四日申令，立将杨度、孙毓筠等按照内乱罪，从严惩治，以弭大患。国民幸甚！民国幸甚！

看官，你道这贺振雄、李诲两人，是何等出身？原来两人都籍隶湖南，贺振雄曾加入革命，颇有文名，至是留寓都门，不得一官，因此郁愤得很，特借这筹安会，畅骂一番，借发牢骚。李诲是李燮和族弟，与燮和志趣，不甚相合，所以也上书弹劾，居然有大义灭亲的意思。两人先后进呈，眼巴巴地望着消息，且各抄录数份，分送各报馆，哪知《民视报》《亚细亚报》中，非但不登载原文，反各列一条时评，冷嘲热讽，讥诮他不识时务，迂谬可笑，确是迂儒，确是谬论。只有《顺天时报》，照文登录，一字不遗。想是挂外国招牌。过了一日，筹安会的门首，竟站着许多警兵，荷枪鹄立，盘查出入，似替那会中朋友，竭力保护。贺振雄无权无力，只好闷坐寓中，长吁短叹。独李诲是曾任湖南省议员，且因他族兄列居显要，平时与京中大老，颇相往来，于是复上书内务部道：

孙毓筠等倡导邪说，紊乱国宪，公然在石驸马大街，设立筹安会事务所。如其遵照集会结社律，已经呈报大部，似此显违约法，背叛民国之国体，大部万无核准之理。如其未经呈报大部核准，竟行设立，蔑视法律，亦即蔑视大部。二者无论谁属，大部均应立予封禁，交法庭惩治。顷过筹安门首，见有警兵鹄立，盘查出入，以私人之会所，而有国家之公役，为之服务，亦属异闻。若云为稽察而设，则大部既已明知，乃竟置若罔闻，实难辞玩视法令之责。去岁宋育仁倡议复辟，经大部递解回籍，交地方官察看。以此例彼，情罪更重，若故为宽纵，何以服人？何以为国？为此急不择言，冒昧上呈。

这呈文送入内务部，好几天不得音信，依然似石沉大海一般，唯闻总检察厅长罗文干，却挂冠去职，挈领眷属，出京回籍去了。洁身远引，吾爱之重之。原来罗文干身任厅长，平时颇守公奉法，备著廉勤，及闻筹安会设立，已骂杨度等为误国贼，有心讦发。可巧李诲的呈文，又复递入，他读一句，叹一语，至读完以后，竟愤激得了不得，到司法部中，去谒司法总长章宗祥，略输数语，便将李诲原呈奉阅。章宗祥披览后，忽而皱眉，忽而摇首，到了看毕，向罗文干冷笑道："这等文字，睬他什么？"罗文干听了此语，不禁还问道："总长以筹安会为正当么？"章宗祥道："国家只恐不安，能筹安了，岂不是我辈幸福？"罗文干越忍耐不住，又道："他是鼓吹帝制的。"章宗祥道;"我与你同任司法,老实对你说,你我只自尽职务罢了。昨日内务总长朱桂老,朱启钤字桂莘。也曾说李诲多事,把他呈文撕毁。罗兄,你想这事可办么?"李诲呈内务部文,就章宗祥口中叙明。说得罗文干哑口无言,迟了半晌,方答出一个"是"字。随即告辞归寓,踌躇了一夜,竟于翌晨起床,缮就一封因病告假书,着人送至办公处,一面收拾行囊,整备启行。等到乞假邀准,遂带着眷属数人,乘夜出京,飘然自去。小子有诗赞道:

> 举世昏昏我独醒,出都从此避膻腥。
>
> 试看一棹南归日,犹见清风送客亭。

罗厅长去后,在京各官,有无变动情形,且至下回再叙。

读贺振雄呈文,令人一快,读李诲呈文,令人愈快。贺呈在指斥筹安会,骂得淋漓酣畅,令杨度等无以自容,足为趋炎附势者戒。李呈则引证袁氏申令,阳斥筹安会,隐攻袁总统,非特杨度等闻而知愧,即老袁闻之,亦当忆念前言,不敢自悖。然而杨度等之厚颜如故,袁总统之厚颜亦如故,即达官显宦,俱置若罔闻,几不识廉耻为何事。于此得一罗厅长,能嘒然不淆,引身自去,较诸彭泽辞官,尤为高洁。斯世中有斯人,安得不极力表扬,为吾国民做一榜样耶?

第六回

情脉脉洪姨进甘言
语詹詹徐相陈苦口

却说罗文干辞职后，帝制风潮，愈演愈盛。筹安会兴高采烈，大出风头，都中人士，争称杨度等六人，为筹安六君子，他亦居然以君子自命，按日里放胆做去。看官！试想这六君子有何能力，敢把这创造艰难的民国，骤变为袁氏帝国？难道他不管好歹，不计成败，一味地卤莽行事么？小子于前数十回中，早已叙明袁氏心肠，隐图帝制，还有袁公子克定，主动最力，想看官谅俱阅悉。此次杨度等创设筹安会，明明是袁氏父子，嗾使出来，所以有这般大胆，但就中还有一段隐情，亦须演述明白，可为袁氏秘史中添一逸闻。**别开生面，令人刮目。**

老袁一妻十五妾，正室于氏，即克定生母，性颇端谨，克定欲劝父为帝，曾禀白母前，请从旁怂恿，不意被母谯呵，且密戒老袁，休信儿言。**老袁有此妇，小袁有此母，却也难得。**急得克定没法，转去求那庶母洪姨。洪姨是老袁第六妾，貌极妍丽，性尤狡黠，最得老袁宠爱，看官若问他母家，乃是宋案正凶洪述祖的胞妹。洪述祖字荫芝，幼年失怙，家世维艰，幸戚友介绍，投身天津某洋行写字间，做练习生。他姿质本来聪明，一经练习，便觉技艺过人，洋行大班，爱他敏慧，特擢充跑街一席。适老袁奉清帝旨，至小站督练新军，需办大批军装，述祖福至心灵，便设法运动，愿为承办。袁乃姑令小试，所办物品，悉称袁意，嗣是有所购置，尽委述祖。述祖遂得与袁相接，曲意承颜，无微不至。袁亦非洪不欢，竟命他襄办军务。既而述祖因发给军饷，触怒某标统，标统系老袁至亲，入诉老袁，极谈彼短，老袁未免动疑，欲将述祖撤差。述祖闻此音耗，几把魂灵儿吓去，后来想出一法，把同胞妹子，盛饰起来，送入袁第，只说是购诸民间，献侍中梆。美人计最是上着。老袁本登徒后身，见了这个粉妆玉琢的美人儿，哪有不爱之理？到口馒头，拿来就吞，一宵枕席风光，占得人间乐趣。是时洪女年方十九，秀外慧中，能以目听，以眉视，一张樱桃小口，尤能粲吐莲花，每出一语，无不令人解颐。袁氏有时盛怒，但教洪女数言，当即破颜为笑，以故深得袁欢，擅专房宠。起初还讳言家世，后来竟自陈实情，老袁不但不恼，反称述祖爱己，愈垂青睐。*爱屋及乌，理应如此。*总计袁氏诸妾，各以入门先后为次序，洪女为袁篷室，已排在第六人，本应称她为六姨，老袁诚令婢仆，不准称六姨太，只准称洪姨太，婢仆等怎敢忤旨，不过戏洪为红，叫她作红姨太罢了。

洪姨亦知人戏己，阴诉老袁，袁即欲斥退婢仆，偏洪姨又出来解劝，令婢仆仍得留着，婢仆等转怨为德，易戏为敬，因此袁氏一门，由她操纵，无不如意。*洪女确有权术，我亦非常佩服。*克定知洪姨所言，父所乐从，遂入洪姨室，语洪姨道："母知我父将为皇帝么？"*开口便呼姨为母，确是洪姨太。*洪姨不禁避座道："公子如何呼妾为母，妾何人斯？敢当此称？"克定道："我父为帝，我当承统，将来当以母后事姨，何妨预称为母。"洪姨复逊谢道："妾为君家一姬人，已属如天之福，何敢再作非分想？公子此言，恐反折妾的寿数，妾哪里承当得起？"克定道："我果得志，决不食言。"说至此，即向洪姨跪下，行叩首礼。洪姨慌忙跪答，礼毕皆起。克定又道："我父素性多疑，若非从旁怂恿，尚未肯决行帝制，还请母为臂助，方得成功。"*又是一个母子，我想洪姨心中，应比吃雪更凉。*洪姨道："这事不应操切，既承公子嘱委，当相机进言，徐图报命。"克定大喜，又连呼几声母娘，方才退出。

这时候的洪姨太，已是喜出望外，便默默地想了一番，打定主意，以便说动老袁，每届老袁退休，絮絮与谈前史事，老袁笑道："你不要做女博士，研究什么史料？"洪姨装着一番媚容，低声语袁道："妾有所疑，故需研究。"老袁道："疑什么？"洪姨道："汉高祖，明太祖，非起自布衣么？"老袁应声道："是的。"洪姨微笑道："他两人起自布衣，犹得一跃为帝，似老爷勋望崇隆，权势无比，何不为子孙计，乃甘做一国公仆，任他举废么？"*用旁敲侧击法，转到本题，确是一个女说客。*老袁闻言，不由得心中一动，便道："我岂不作此想？但时机未至，不便骤行。"洪姨道："胜会难逢，流光易逝，老爷年近六十，尚欲有待，究竟待到何时？"老袁默然不答，只以一笑相还。是夜，便宿在洪姨寝室，喁喁密语，竟至夜半，方入睡乡。

翌日起床，出外办公，宣召杨度入对。杨度不知何事，急忙进谒，但见老袁揽镜捻须，一时不便惊动，静悄悄地立在门侧，至老袁已转眼相顾，方近前施礼。老袁命他旁坐，悄语道："共和二字，我实在不能维持，你何不召集数人，鼓吹改制？"杨度愕然，半晌才答道："恐怕时尚未至。"*英雄所见略同。*老袁又问道："为什么呢？"杨度道："现在欧战未了，日本第五项要求，虽暂撤回，仍旧伺机欲动，我国若有所变更，将惹起外人注目，倘日本复来作梗，为之奈何？"老袁捻须笑道："日本果欲要挟，何事不可为口实，你亦太多虑哩。"杨度又道："就使日本不来反对，也须预筹款项，才得行事。"老袁道："这个自然，你明日再进来罢。"杨度奉命而出。

老袁复踱入内室，见众妾在前，好似花枝招展，环绕拢来，不由得自言自语道："从前咸丰帝玩赏四春，我今日却有十数春哩。"*满意语。*众姨尚不知何解，独洪姨上前，竟跪称万岁。*好做作。*老袁一面扶起，一面大笑道："我未为帝，呼我万岁尚早呢！"洪姨道："势在必行，何必迟疑。"老袁又笑问道："你可说出充足的理由么？"洪姨道："理由是极充足了，万岁爷在前清时代，已位极人臣，今出为民国元首，威足服人，力足屈人，赣、宁一役，就是明证。今若上继清朝，立登大宝，哪个敢来反抗？这是从声势上解释，已无疑义。若讲到情理上去，也是正当。前日隆裕后使清帝退让政权，另组共和政体，到今已是三年，我国未尝盛强，且日多变乱，是共和政体，当然是不适用。万岁爷果熟察时变，默体舆情，实行君主立宪，料国民必全体赞成，且与隆裕后当日让位的初衷，亦未尝相忤，何必瞻前顾后，迟迟无行呢？况现在欧战未定，各国方自顾未遑，日本交涉，又已办了，万岁爷乘此登基，正是应天顺人的时候，此机一失，后悔何追。"*巧言如簧，委婉动人。*老袁听她一番议论，煞是中意，又见她笑靥轻盈，娇喉宛转，越觉得无语不香，无情不到，恨不得拥她上膝，亲一回吻，叫她一声乖乖。只因碍着众人面目，但笑向洪姨道："算了，你真可谓女辩士了。"众妾见了此态，也乘风吹牛，叫着几声万岁，老袁还不屑理她，一心一意地爱那洪姨。是夜又在洪姨处留宿。*想为她奏对称旨，颁赏特别雨露去了。妙语如珠。*

　　且说杨度既奉密令，即于次日复入总统府，当由袁总统接见，面交发款凭条二纸，计数二十万两。杨度领纸出来，款项既有了着落，又得古德诺一篇文字，作为先导，便邀集孙毓筠、严复等人，开会定章，悬牌开市。贺振雄、李海等，未识隐情，还要上呈文，劾六君子，真是瞎闹，反令杨度等暗中笑煞。嗣后闻贺振雄落魄无聊，反将他笼络进去，用了每月六十金薪水，雇他做筹安会中办事员。英雄末路，急不暇择，也只好将就过去。但前日吠尧，此日颂舜，人心变幻，如此如此，这也是民国特色了。拜金主义，智士所为，休要笑他。唯世道人心，究未尽泯，有几个受他牢笼，有几个仍然反对，旧国会议员谷钟秀、徐傅霖等，在上海发起共和维持会，周震勋、邹稷光等在北京发起治安会，接连是古伯荃上《维持中华民国意见书》，梁觉、李彬、刘世骈诸人，又纷纷弹劾筹安会员，朝阳鸣凤，相续不休。

　　还有参政严修，系老袁数十年患难至交，闻帝制议兴，不禁私叹道："我不料总统为人，竟尔如此。近来种种举动，令我越看越绝望了。"及筹安会发生，谒袁力阻，情词恳挚，几乎声泪俱下。老袁亦为动容，随即答道："究竟你是老朋友，他们实在胡闹，你去拟一道命令，明日即将他们解散便了。"严修唯唯而退，次日持稿请见，为总统府中司阍所阻。严修谓与总统有约，今日会谈，阍人大声道："今晨奉总统命，无论何人，概不传见，请明启进谒罢。"想又为洪姨所阻。严修恍然大悟，即日乞假去了。

　　又有机要局长张一麟，也是袁氏十余年心腹幕友，此次亦反对帝制，力为谏阻，谓帝制不可强行，必待天与人归。老袁不待说完，便问何谓天与？何谓人归？张一麟道："从前舜、禹受禅，由天下朝觐讼狱，统归向舜、禹所在处，舜、禹无可推辞，不得已入承大位，这是孟子曾说过的。就是'天与人归'一语，孟子亦曾解释明白，不待一麟赘陈。"老袁点首道："论起名誉及道德上的关系，我决不做皇帝，请你放心。"尚知有名誉道德，想是孟子所谓平旦之气。一麟接口道："如总统言，足见圣明，一麟今日，益信总统无私了。"言毕辞出，同僚等或来问话，一麟还为老袁力辩，且云："杨度等设立筹安会，无非是进一步做法，想是借此题目，组织一大权宪法，若疑总统有心为帝，实属非是，总统已与我言过了，决意不做皇帝呢。"哪知已被他骗了。

　　众人似信非信，又到徐相国府中，探问消息。凑巧肃政史庄蕴宽，从相国府中出来，与众人相遇，彼此问明来意。庄蕴宽皱着眉道："黑幕沉沉，我也是窥他不透，诸君也不必去问国务卿了。"大众齐声道："难道徐相国也赞成帝制么？"庄蕴宽道："我因李诲、梁觉等，屡进呈文，也激起一腔热诚，意欲立上弹章，但未知极峰意见，究竟如何，特来问明徐相国。偏他是吞吞吐吐，也不是赞成帝制，又不是不赞成帝制，令我愈加迷茫，无从摸他头脑。"大众道："我等且再去一问，如何？"庄蕴宽道："尽可不必，我临行时，已有言相逼，老徐已允我去问总统了。"大众听到此语，方才散归。

看官，你道这国务卿徐世昌，究竟向总统府去也不去？他与老袁系多年寅谊，平素至交，眼见得袁氏为帝，自己要俯伏称臣，面子上亦过不下去；况此次来做国务卿，也是朋情难却，勉强担任，若拥戴老袁，改革国体，非但对不住国民，更且对不住隆裕后，宣统帝。不过他是气宇深沉、手段圆滑的人物，对着属僚，未肯遽表己意，曲毁老袁，所以晤着庄蕴宽，只把浮词对付，一些儿不露痕迹。老官僚之惯技。待送庄氏出门，方说一句进谒总统的话头，略略表明意见。是日午后三下钟，即乘舆出门，往谒袁总统。既到总统府，下车径入。老袁闻他到来，当然接见。两下分宾主坐定，谈及许多政治，已消磨了好多时，渐渐说到筹安会，徐世昌即逼紧一句道："总统明见究竟是民主好么？君主好么？"老袁笑着道："你以为如何是好？"还问一句，确是狡狯。徐世昌道："无论什么政体，都可行得，但总须相时而动，方好哩。"老袁道："据你看来，目下是何等时候？"徐世昌道："以我国论，适用君主，不适用民主。但全国人心，犹倾向民主一边，因为民国创造，历时尚短，又经总统定变安民，只道是民主的好处，目下且暂仍旧贯，静观大局如何，再行定议。"语至此，望着老袁面色，尚不改容，他索性尽一忠告道："杨度等组织筹安会，惹起物议，也是因时候太早，有此反抗呢。"老袁不禁变色道："杨度开会的意思，无非是研究政体，并未实行，我想他没甚大碍，那反对筹安会的议论，实是无理取闹，且亦不过数人，岂就好算是公论吗？况我的本意，并不想做什么皇帝，就是这总统位置，也未尝恋恋，只因全国推戴，不能脱身，没奈何当此责任，否则我已五十七岁了，洹上秋水，随意消遣，可不好么？"还要骗人。徐世昌道："辱承总统推爱，结契多年，岂不识总统心意？但杨度等鼓吹帝制，外人未明原委，还道是总统主使，遂致以讹传讹，他人不必论，就是段芝泉等，随从总统多年，相知有素，今日亦未免生疑，这还求总统明白表示，才能安定人心。"这数语好算忠谏。老袁勃然道："芝泉么？他

41

自中日交涉以来，时常与我反对，我亦不晓得他是什么用意。他若不愿做陆军总长，尽可与我商量，何必背后违言，你是我的老友，托你去劝他一番，大家吃碗太平饭，便好了。"言毕，便携去茶碗，请徐饮茶。前清老例，主人请客饮茗，便是叫客退出的意思，徐世昌居官最久，熟练得很，当即把茶一喝，起身告辞。为此一席晤谈，顿令这陆军总长段祺瑞，退职闲居，几做了一个嫌疑犯，小子有诗叹道：

> 多年友谊不相容，只为枭雄好面从。
>
> 尽说项城如莽操，谁知尚未逮谦恭。

欲知段总长退职情形，待至下回续表。

历朝以来诸元首，多自子女误之，而女嬖为尤甚。盖床笫之言，最易动听。加以狐媚之工，莺簧之巧，其有不为所惑者几希？袁氏阴图帝制，已非一日，只以运动未成，惮于猝发，一经洪姨之怂恿，语语中入心坎，情不自已，计从此决，于是良友言，无不逆耳，即视若腹心之徐相国，亦不得而谏止之。长舌妇真可畏哉！一经著书人描摹口吻，更觉甘言苦口，绝不相同，甘者易入，苦者难受，无怪老袁之终不悟也。

第七回

袁公子坚请故军统
梁财神发起请愿团

却说段祺瑞自督鄂还京，虽仍任陆军总长，兵权已被大元帅摘去，他已怏怏不乐，屡欲辞职，至中日交涉，又通电各省，屡次主战，袁总统已加猜忌，至是闻徐世昌言，决意去段，只一时想不出替身，犹在踌躇未决。忽见长子克定，自门外趋入，向他禀白道："筹安会中，已通电各省，现已得几处复电，很加赞成，想此后办事，当不致有意外呢。他的原电，交儿带来奉阅，爷可一瞧。"说着，便从袖中取出电稿，双手捧呈，但见起首列着，统是各省长官的头衔，接连是某某商会，某某教育会，某某联合会，以及蒙古、青海、西藏等处，极至华侨处，亦俱列着。入后方叙及正文，词云：插入筹安会通电，笔法一变。

本会宗旨，原以讨论君主民主，何者适于中国。近月以来，举国上下，议论风起。本会熟筹国势之安危，默察人心之向背，因于日昨投票议决，全体一致，主张君主立宪。盖以立国之道，不外二端，首曰拨乱，次曰求治，今请逆其次序，先论求治，次论拨乱。专制政体，不能立国于世界，为中外之公言。既不专制，则必立宪，然共和立宪，与君主立宪，其义大异。君主国之宪政程度，可随人民程度以为高下，故英、普、日，各不相同。共和国则不然，主权全在人民，大权操于国会，乃为一定不移之义，法、美皆如是也。若人民智识，不及法、美，而亦握此无上之权，则必嚣乱纠纷，等于民国二年之国会，不能图治，反以滋乱，若矫而正之，又必悬共和之名，行专制之实，如我国现行之总统制，权力集于元首一人，斯责任亦集于元首一人。即令国会当前，亦不能因责任问题，弹劾元首，使之去位。一国中负责任者，为不可去位之人，欲其政治进步，乌可得也？故中国而行前日之真共和，不足以求治，中国而行今日之伪共和，更不足以求治。只此二语，颇中肯綮。唯穷乃变，唯变乃通，计唯有去伪共和，行真君宪，开议会，设内阁，准人民之程度，以定宪政，名实相符，表里如一，庶几人民有发育之望，国家有富强之机，此求治之说也。或曰："民权学说，不必太拘，即共和，亦可准人民程度，以定宪政，何必因此政为君主。"不知政党不同形式如何，但使太权不在国会，总谓之伪共和。因恋共和之虚名，不得已而出于伪，天下岂有以伪立国，而能图存之理？又况祸变之来，并此伪者亦必不能保存，何以故？君主国之元首，贵定于一，共和国之元首，贵不定于一，即不能禁人不争。曩者二次革命，即以竞争元首而成大乱，他日之事，何独不然？无强大之兵力者，不能一日安于元首之位，数年一选举，则数年一竞争，斯数年一战乱耳。彼时宪法之条文，议员之笔舌，枪炮一鸣，概归无效。所为民选，变为兵选，武力不能相下，斯决之于相争。墨西哥五总统并立之祸，必试演于东方。中原瓦解，外力纷乘，国运于兹，斩焉绝矣。未来之祸，言之痛心，即令今日定一适宜之宪政，纲举目张，百度俱理，他日一经战乱，势必扫荡无遗，国且不存，何云宪政？救亡之法，唯有废除共和，改立君主，屏选举之制，定世袭之规，使元首地位，绝对不可竞争，将不定于一者，使定于一。是则无穷隐祸，概可消除，此拨乱之说也。本会以为谋国之道，先拔乱而后求治，我国拨乱之法，莫如废民主而立君主，求治之法，莫如废民主专制，而行君主立宪，此本会讨论之结果也。谨以所得布告于军政学商各界，及全体国民。筹安会。

老袁阅罢，掷置案旁，且沉着脸道："这等书呆子，徒然咬文嚼字，有甚么功效？你以为各省军官，复电赞成，还道是天大的喜事？哪知我的身旁，如统领陆军的段祺瑞，尚且不肯助我，你想此事可能成功么？"克定正恨着老段，便道："陆海军权，已归属大元帅，谅老段亦无能为力，摔去了他，便易成事。"老袁道："我正为此踌躇，因恐把段撤去，继任非人，岂不要酿成兵变？"克定道："何不邀王聘卿出来，聘卿资格，较段为优，得他任陆军总长，何患军人不服？"老袁道："你说固是，倘他不肯出来，奈何？"克定道："待儿子亲往一邀，定当劝他受任。"老袁道："很好，你且去走一遭罢。"

看官，你道王聘卿是何等人物？他名叫士珍，与段同为北洋武备学生，唯段籍安徽，王籍直隶，籍贯不同，派系遂因之互异。前清时，士珍官阶，高出段上，嗣与段先后任江北提督，有王龙段虎的名称。唯当小站练兵时，王、段两人同为老袁帮办，因此与袁氏亦有旧谊。至清帝退位后，士珍却无意为官，避居不出。<u>既已高卧东山，不应再为冯妇。</u>此次克定奉命，径乘了专车，至正定县中，向王宅投刺，执子侄礼，谒见士珍。士珍不意克定猝至，本拟挡驾，转思克定远道驰至，定有要公，不能不坦怀相见。克定抱膝请安，士珍殷勤答礼，彼此坐定，先叙寒暄，继及国事。寻由克定传述父命，请他即日至京，就任陆军总长。士珍忙谢道："芝泉任职有年，阅历已深，必能胜任。若鄙人自民国以来，四载家居，无心问世，且年力亦日就衰颓，不堪任事，还乞公子转达令尊，善为我辞。"克定道："芝泉先生，现因多病，日求退职，家父挽留不住，只得请公出代，为恐公不屑就，特命小侄来此劝驾，万望勿辞。"<u>段未有疾，克定偏会说谎，想是从乃父处学来。</u>士珍只是不从，克定再三劝迫，一请一拒，谈论多时。士珍复出酒肴相待，兴酣耳热，克定重申父命，定要士珍偕行。士珍道："非我敢违尊翁意，但自问老朽，不堪受职，与其日后旷官，辜负尊翁，何如今日却情，尚可藏拙。"克定喟然道："公今不肯枉驾，想是小侄来意未诚，此次回京，再由家父手书敦请便了。"未几席散，克定遂告别返都，归白老袁，又由老袁亲自作书，说得勤勤恳恳，务要他出来相助。克定休息一宵，次日早起，复赍了父书，再行就道，往至士珍家。士珍素尚和平，闻克定又复到来，不敢固拒，重复出见。克定施礼毕，即恭恭敬敬地呈上父书，由士珍展阅，阅毕后，仍语克定道："尊翁雅意，很是感激，我当作书答复，说明鄙意，免使公子为难。"克定不待说毕，即突然离座，竟向士珍跪下，<u>前跪洪姨，此跪士珍，袁公子双膝，未免太忙。</u>急得士珍慌忙搀扶，尚是扯他不起，便道："老朽不堪当此重礼，请公子快快起来！"克定佯作泣容道："家父有命，此番若不能劝驾，定要谴责小侄。况国事如麻，待治甚急，公即不为小侄计，不为家父计，亦当垂念民生，一为援手呢。"<u>责以大义，可谓善于说辞。</u>说着时，几乎要流下泪来。士珍见此情状，不好再执己意，只得婉言道："且请公子起来，再行商议。"克定道："老伯若再不承认，小侄情愿长跪阶前。"于是士珍方说一"诺"字，喜得克定舞蹈起来，忙即拜谢，起身后，士珍乃与订定行期，克定即回京复命。越日，即由老袁下令，免段祺瑞陆军总长职，以王士珍代任。士珍亦于此日到京，入见老袁，接篆履新了。千呼万唤始出来。

　　老袁既得了王士珍，军人一方面，自以为可免变动，从此无忧，独财政尚是困难，所有运动帝制，及组织帝制等事，在在需钱，非有大富翁担负经费，不能任所欲为。左思右想，尚在徘徊，凑巧有一位大财神登台，演一出升官发财的拿手戏，于是金钱也有了，袁老头儿也可以无恐了。唯这大财神何姓何名？看官可记得前文叙过的梁士诒么？如梁山泊点将，又是一个登台。梁本为总统府内秘书长，足智多才，能探袁氏私隐，先意承欢，所以老袁非常器重。他遂结识了几个要人，招集了若干党羽，更仗那神通机变的手段，把中央政府的财政权，一古脑儿收入掌握。历届财政总长，无论何人，总不能脱离梁系，都中人士，遂赠他一个绰号，叫作梁财神。但梁系粤人，附梁的叫作粤派，另有一派与他对峙，乃是皖派首领杨士琦。杨为政事堂左丞，势力颇大，联络多数旧官僚，与粤派分竖一帜，互相排挤。老袁素性好猜，忽而信梁，忽而信杨，杨既得志，梁渐失势，秘书长一职，竟至丢去。嗣又以搜括财政，不能无梁，复召为税务督办，梁仍靠着财力，到处张权。忽交通部中闹出一件大参案来，牵连梁财神，梁正无法解免，常想寻个机会，迎合袁意，省得受罪。适闻老袁为财政问题，有所顾虑，他遂乘机而入，愿将帝制经费，一力承当。看官！你道梁士诒绰号财神，果有若干私财，肯倾囊取出，替袁氏运动帝制么？无非从百姓身上，想出间接搜括的手段，取作袁氏用费，就算是理财能手。财神亦徒有虚名，究不能点石成金。但袁氏生平挥霍，视金钱若泥沙，什么国民捐，什么救国储金，什么储蓄票价，还有种种苛税，种种借款，多被取用，消耗殆尽。此次梁财神出筹巨款，究从何处下手呢？原来京城里面，本有中国、交通两银行，归政府专办，平时信用，到还不失，梁为罗括现款起见，竟令两银行滥发纸币，举所有准备金，多运入袁氏库中，供袁使用。老袁倒也不顾甚么，但教有款可筹，便视为财政大家，佐命功臣，因此待遇梁士诒，比从前做秘书长时，还要优渥，所有参案的关系，早已无形消灭了。

　　梁士诒复进见老袁，献上一条妙计，乃是"民意"二字。老袁愕然道："你也来说民意么？糊涂似费树蔚，昨来见我，亦说是要顾全民意，究竟'民意'二字，是怎么解释？我驳斥了数语，他竟悻悻出去，弃职回籍，若非是克定的连襟，我简直是不肯恕他呢。"费树蔚辞职事，就从此销纳进去。士诒不慌不忙，从容说道："总统所说的费树蔚，是否任肃政史？"官衔亦随手叙明。老袁答了一个"是"字。士诒道："树蔚所说，是顾全民意，士诒所说，是利用民意，同是'民意'两字，用法却有不同呢。"老袁听了，不由得点首道："燕孙毕竟聪明，能言人所未言。"我说你也毕竟聪明，能识燕孙隐语。燕孙即士诒表字。士诒道："就借这'民意'二字，号召天下，不怕天下不从。"老袁道："谈何容易。"士诒道："据鄙意看来，亦没有什么难处。"老袁道："计将安出？"士诒道："总统今日，只管反对帝制，照常行事。士诒愿为总统效力，一面联络参政院，令作民意代表的上级机关，一面另设公民团，令作民意代表的下级机关，上下联合，民意便可造成。据士诒所料，不消数月，便可奏效。"老袁道："我也并不欲为帝，无非因时局艰难，稍有举动，即遭牵制，你前日做过秘书长，所有外来文件，想亦多半过目，能有几件事不被反对吗？我现在所居的地位，差不多是骑虎难下，做也不好，不做也不好呢。"士诒道："似总统英明圣武，何事不可为，要做就做，何必多疑。"一吹一唱，煞是好看。老袁道："这便仗你帮忙呢。"士诒忙起身离座，应了几个"是"字，随即辞出，返至寓中，密请沈云霈、张镇芳、那彦图等到寓，会议了半日。沈云霈等统是赞成。

士诒又想了妙法，语沈云霈道："足下系参政的翘楚，参政院中，目下已代行立法院，便是一个完全的民意机关，得足下提倡起来，怕不是全体一致么。"联合沈云霈便是此意。沈云霈道："彼此都为公事，自当尽力。"公字应撤去右边。士诒又向张镇芳道："公系贵戚，应比鄙人格外热心，我想现在的事情，最好是组织公民请愿团，无论官学商工，及男女长幼，统好入会，京内作总机关，外省作分机关，越多越好，不怕帝制不成。"张镇芳道："闻筹安会中，现亦这般办法，向各省去立分会了。"士诒道："要做皇帝，就做皇帝，还要说什么筹安，空谈学理。俗语说得好，'秀才造反，一世不成。'这就是筹安会的定评。我等设立公民团，竟从请愿入手，岂不是直捷痛快么？"要想盖然筹安会，所以极力批驳。沈云霈等齐声道："梁公卓见，的是高人一着，我们就这么办去，只这会长须借重梁公。"士诒道："会长一席，我却不能承认，不瞒诸公说，我是要内外兼等，未便专任一事，还请诸公原谅。"张镇芳道："照此说来，请何人做会长？"士诒道："沈公责无旁贷，副会长就请张、那二公担任，便好了。"沈云霈道："会长须由会员全体推举，兄弟亦不便私相承认。"士诒捻着几根胡髭微微笑道："不是士诒夸口，士诒要举老沈，会员敢另举他人么？"势焰可畏。云霈道："且待开会再议。"士诒道："明后日就可开会了。"言讫，数人复闲谈片时，一同散去。

过了两日，士诒已邀集若干会员，寻个公共处所，开起成立大会来。开会结果，举定沈云霈为会长，张镇芳、那彦图为副会长；文牍主任，举了谢桓武、梁鸿志、方表为副；会计主任，举了阮忠枢、蒋邦彦、夏仁虎为副；庶务主任，举了胡璧城、权量、乌泽声为副；交际主任，举了郑万瞻，袁振黄、康士铎为副。大家各认定职任，协力进行。当由文牍员拟定宣言书，由会长等鉴定。正要刊布，忽闻有一位御干儿，从湖北回京，也来协助帝制，正是：

　　　到底义儿应尽义，且看功狗互争功。

欲知来者为谁，俟小子下回报名。

　　王聘卿退归原籍，家居不出，是民国中一个自爱人物，偏袁公子一再固请，至于情不能却，再出为陆军总长。似为友谊起见，不应加訾，但泄柳闭门，干木逾垣，隐士风徽，何等高尚。若徒徇私谊，转违公理，毋乃所谓不揣其本而齐其末者？冯妇下车，难免士笑，王聘老殆有遗憾欤？梁财神之品格本出王氏下，而智谋则过之，以如此机变才，倘加以德性，何难立大业于生前，贻盛名于身后，乃热心富贵，不惜为袁氏作伥，身名两裂，何苦乃尔？总之利禄二字，最足误人。能打破此关，方不致与俗同污，王聘卿且如此，而梁财神无论矣。

第八回

义儿北上引侣呼朋

词客南来直声抗议

却说上回所叙的御干儿，看官道是何人？就是当时署理鄂督的段芝贵。又是一个大名鼎鼎的人物。芝贵履历，前文亦已见过，为何叫他作御干儿呢？说来又是话长。小子援有闻必录的老例，把大略演述出来：相传老袁当小站练兵时，芝贵官衔，尚不过一个候补同知。他在直隶听鼓，未得差遣，抑郁无聊，意欲投效老袁麾下，挽某当道替他吹嘘。老袁虽然收录，仍然置诸闲散，不给优差。适阮忠枢为袁幕僚，总司文案，芝贵遂与他结识，求为汲引。忠枢替他想一方法，教他秘密进行，定可得志。看官道是何事？原来天津地方平康里，蓄艳颇多，韩家班尤为著名，阮忠枢备员军署，每当文牍余暇，辄邀二三友人，往韩家班猎艳，曾与歌妓小金红，结不解缘。小金红有一姊妹行，叫作柳三儿，色艺冠时，高张艳帜。阮得瞻丰采，也暗暗称羡，会老袁招阮私宴，醉后忘形，偶询及平康人物，阮即以柳三儿对。袁颇欲一亲颜色，只以身作达官，不便访艳。前清时犹有此碍，以视今日何如。当下与阮密商，拟乘夜阑人静时，微服往游。阮愿作导线，即与袁约定时间，届期先往韩家班，与柳三儿接洽，待到夜半，果见老袁易服而来，由阮呼三儿出见，佳丽当前，令人刮目。经老袁仔细凝视，果然是当代尤物，风韵绝伦。三儿亦眉挑目逗，卖弄风骚。月上柳梢头，人约黄昏后，差不多似此情景。两下倾心，一见如故。既而华筵高张，欢宴终夕，比至天朗，袁偕阮返，犹觉余情未忘。嗣是暇辄过从，倍加恩爱，本欲替他脱籍，因恐纳妓招谤，或干吏议，所以迟迟未决。阮忠枢窥透隐情，遂叫段芝贵代为赎身，间接献纳，不怕老袁不堕入毂中，格外青睐。芝贵得此教益，即依计而行，黄金朝去，红粉夕来，又有阮为绍介，潜送袁寓。柳三儿得为袁氏四姨太，段芝贵亦竟获优差，由袁下札，委任全军总提调，杨翠喜之献奉，想亦由此策脱胎。袁、段情谊，日久愈亲。每日早起，段又必诣袁问安，老袁戏语芝贵道："我闻人子事亲，每晨必趋寝门问安，汝非我子，何必如此。"芝贵道："父母生我，公栽培我，两两比较，恩谊相同，如蒙不弃，愿作义儿。"乐得攀援，莫谓小段无识。老袁听到此语，不免解颐一笑。芝贵只道袁已承认，竟拜倒膝前，呼袁为父。老袁推辞不及，口中虽说他多事，但已受了四拜，仿佛是认作干爷了。

后来老袁被谴，芝贵亦为杨翠喜事，挂名参案，革职回籍。见清史。至清室已覆，袁为总统，他自然重张旗鼓，又复上台，癸丑革命，平乱有功，旋即出督武昌，继段祺瑞后任。此次闻京中倡言帝制，就赶忙离了湖北，只说是入觐总统，拼命驰来。当下邀集朱启钤、周自齐、唐在礼、张士钰、雷震春、江朝宗、吴炳湘、袁乃宽、顾鳌等，密议鼓吹帝制，与筹安会分帜争功。可巧公民请愿团，已经发现，料知梁财神势力不小，只好合拢一起，较为妥当。梁财神闻芝贵进京，亦知他是有名的义子，将来要升作御干儿，不得不与他周旋，融成一片，两情不谋而合。况是彼此熟识，一经会面，臭味相投，当即互相借重，定名为请愿联合会。那时请愿团的宣言书，已经印就，由段芝贵等审视，见书面写着道：

民国肇建，于今四年，风雨飘摇，不可终日。父老子弟，苦共和而望君宪，非一日矣。自顷以来，二十二行省及特别行政区域，暨各团体，各推举尊宿，结合同人，为共同之呼吁，其书累数万言，其人以万千计，其所薪向，则君宪二字是已。政府以兹事体大，亦尝特派大员，发表意见于立法院，凡合于巩固国基，振兴国势之请，代议机关，所以受理审查以及于报告者，亦既有合于吾民之公意，而无悖于政府之宣言，凡在含生负气之伦，宜有舍旧图新之望矣。唯是功亏一篑，则为山不成，锲而不舍，则金石可贯。同人不敏，以为吾父老子弟之请愿者，无所团结，则有如散沙在盘，无所权商，则未必造车合辙。又况同此职志，同此目标，再接再厉之功，胥以能否联合进行为断。用是特开广座，毕集同人，发起全国请愿联合会，议定简章，凡若干条。此后同心急进，计日程功，作新邦家，慰我民意，斯则四万万人之福利光荣，非特区区本会之厚幸也。

末附有请愿联合会章程，共十一条，条文如下：

第一条　本会以一致进行，达到请愿目的为宗旨。

第二条　凡已署名请愿者，皆得为本会会员。

第三条　本会设职员如下：一、会长一人，副会长二人，由会员中公举之。二、理事若干人，由会员公推之。但各团体请愿领衔者，当然为本会理事。三、参议若干人，由会长及全体职员会公推之。四、干事分为文牍、会计、庶务、交际四科，各科主任干事一人，余干事若干人，由会长副会长合议推任之。

第四条　会长代表本会，主持办理本会一切事务。

第五条　副会长辅助会长，办理本会一切事务。会长有事故，副会长得代理之。

第六条　理事随时会商会长，办理本会特别要务。

第七条　参议随时建议本会，赞理一切会务。

第八条　干事商承会长，分科执行本会一切事务，其各科办事细则另定之。

第九条　本会开会，分为两种：一、职员会得由会长随时召集之，二、全体大会，遇有特别事故时，由会长召集之。

第十条　本会设事务所于安福胡同。

第十一条　本会章程，如有认为不适当时，得开大会，以过半数之议决修改之。

段芝贵等阅毕，便道："正、副会长，可曾举定么？"梁士诒即申述沈云霈为会长，张镇芳、那彦图为副会长，余如文牍、会计、庶务、交际等员，亦一一说明。段芝贵道："甚好，就照此进行罢。我即拟返鄂，凡事应由诸公偏劳。"梁士诒道："这也不必过谦，但参议干事等员，尚须推选若干人。"段芝贵道："章程中应由会长等主持，但请沈会长与在会诸公推选便是。"沈云霈时亦在座，忙接口道："这也须大家斟酌。但会名既称为全国联合，应该将各省官民，招集拢来，愈多愈妙。此事颇要费时日呢。"段芝贵笑道："沈先生你真太拘泥了。各省官吏，哪一个不想上达？但用一个密电，管教他个个赞成。若是公民请愿，也很是容易，只叫各省官吏，用他本籍公民的名义，凑合几个有声望的绅士，联名请愿，便好算作民意代表了。老先生，你道真要令四万万人，悉数请愿么？"**好简捷法子。**梁士诒道："这语还是费事。依愚见想来，在京官僚，多是各省的阔老，若教他列名请愿，并把自己的亲戚朋友，添上几十百个名儿，便可算数。难道他们的亲友，因未曾通知，定要来上书摘释么？"说毕，哈哈大笑。**梁财神的妙法，又进一层。**段芝贵道："话虽如此，但各省长官的推戴书，却也万不可少。还有各处报纸，乃是鼓吹舆情的机关，先须打通方好哩。"梁士诒道："香岩兄！**段芝贵字香岩。**你是个长官巨擘，何妨做各省的领袖。"段芝贵忙回答道："兄弟已密电各省将军，联衔请愿，唯复电尚未到齐，一俟组合，自当恭达上峰，只办事须有次序，先请改行君宪，后乃上书推戴，方是有条不紊呢，"梁士诒道："这个自然。若讲到报纸一节，京报数家，已多半说通，只有上海一方面，略费手续，现极峰已派人往沪，买嘱各报，并拟向上海设一亚细亚分馆，专力提倡。天下无难事，总教现银子，还怕什么？"大家统鼓掌赞成。会议已毕，又由正、副会长，推选参议干事数人。经彼此认定，方才散去。段芝贵入觐老袁，已不止一次，所有秘密商议，也不消细述，等到大致就绪，方出京还鄂去了。

嗣是以后，请愿书即联翩出现，都递入参政院。参政院中已由沈云霈运动成熟，自然陆续接收。参政院长黎元洪，本心是反对帝制，但自己已被软禁，不便挺身出抗，只好假痴假聋，随他胡乱。那时梁士诒、杨度等，已先后到总统府中，报告若干请愿书。老袁很是欣慰，意欲令黎院长汇书进呈，好做民意相同的话柄。当下嘱托梁士诒等，往说黎元洪。黎元洪不肯照允，且上书辞参政院长，及参谋总长兼职。经政事堂批示，不准告辞。是时武昌督军段芝贵已与各省将军联衔，电请变易国体，速改君主。这边方竭力请愿，那边忽现出一篇大文章，冷讽热刺，硬来作对。看官道是何人所作？乃是当代大文豪，即前任司法总长梁启超。梁自司法总长卸任，又由老袁任他为币制总裁，继复令入参政院参政。他见老袁热心帝制，不愿附和，即辞职出京，到了上海，即撰成一篇煌煌的大文，题目叫作《异哉所谓国体问题者》，综计不下万言。小子录不胜录，曾记有一段紧要文字，脍炙人口，特断章节录如下：

　　盖君主之为物，原赖历史习俗上一种似魔非魔的观念，以保其尊严。此种尊严，自能于无形中发生一种效力，直接间接以镇福此国。君主之可贵，其必在此。虽然，尊严者，不可衰者也。一度衰焉，而遂将不复能维持。譬诸范雕土木偶，名之曰神，异诸閎殿，供诸华龛，群相礼拜，灵应如响，忽有狂生，拽倒而践踏之，投诸溷牏，经旬无朕，虽复异取以重入殿龛，而其灵则已渺矣。譬喻新颖。自古君主国体之国，其人民之对于君主，恒视为一种神圣，于其地位，不敢妄生言思拟议，若经一度共和之后，此种观念，遂如断者之不可复续。试观并世之共和国，其不患共和者有几？而遂无一国焉能有术以脱共和之轭，就中唯法国共和以后，帝政两见，王政一见，然皆不转瞬而覆也，则由共和复返于君主，其难可想也。我国共和之日，虽曰尚浅乎，然酝酿之则既十余年，实行之亦既四年。当其酝酿也，革命家丑诋君主，比诸恶魔，务以减杀人民之信仰，其尊严渐衰，然后革命之功，乃克集也。而当国体骤变之际，与既变之后，官府之文告，政党之宣言，报章之言论，街巷之谈说，道及君主，恒必以恶语冠之随之，盖尊严而入溷牏之日久矣。今微论规复之不易也，强为规复，欲求畴昔尊严之效，岂可更得？是故吾独居深念，亦私谓中国若能复返于帝政，庶易以图存而致强，而欲帝政之出现，唯有二途：其一则今大总统内治修明之后，百废俱兴，家给人足，整军经武，尝胆卧薪，遇有机缘，对外一战而霸，功德巍巍，亿兆敦迫，受兹大宝，传诸无穷；其二经第二次大乱之后，全国鼎沸，群雄割据，剪灭之余，乃定于一。夫使出于第二途耶，则吾侪何必作此祝祷？果其有此，中国之民，无孑遗矣，而戡定之者，是否为我族类，益不可知，是等于亡而已。独至第一途，则今正以大有为之宜，居可有为之势，稍假岁月，可冀旋至而立有效，中国前途一线之希望，岂不在是耶？故以为吾侪国民之在今日，最勿生事以重劳总统之廑虑，俾得专精一志，为国家谋大兴革，则吾侪最后最大之目的，庶几有实现之一日。今年何年耶？今日何日耶？大难甫平，喘息未定，强邻胁迫，吞声定盟，水旱疠蝗，灾区遍国，嗷鸿在泽，伏莽在林，在昔哲后，正宜撤悬避殿之时，今独何心？乃有上号劝进之举。夫果未熟而摘之，实伤其根，孕未满而催之，实戕其母，吾畴昔所言中国前途一线之希望，万一以非时之故，而从兹一蹶，则倡论之人，虽九死何以谢天下？愿公等慎思之！诗曰："民亦劳止，汔可小息。"自辛亥八月迄今，未盈四年，忽而满洲立宪，忽而五族共和，忽而临时总统，忽而正式总统，忽而制定约法，忽而修改约法，忽而召集国会，忽而解散国会，忽而内阁制，忽而总统制，忽而任期总统，忽而终身总统，忽而以约法暂代宪法，忽而催促制定宪法。大抵一制度之颁行，平均不盈半年，旋即有反对之新制度起而推翻之，使全国民彷徨迷惑，莫知适从，政府威信，扫地尽矣。今日对内对外之要图，其可以论列者，不知凡几，公等欲尽将顺匡救之职，何事不足以自效？何苦无风鼓浪，兴妖作怪，徒淆国民视听，而贻国家以无穷之戚也。

如上所述，十成中仅录一二，已说得淋漓爽快，惹起国民注目，老袁高坐深宫，或尚未曾闻知，那梁士诒、杨度等人，已见到梁任公启超号任公。这篇文字，关系甚大，虽欲设法驳斥，奈总未能自圆其说，足以压倒元白。于是京城里面，也把梁任公大文，彼此传诵，视作圣经贤传一般，渐渐地吹入老袁耳中。老袁恨不得将梁启超当即捉来，赏他几粒卫生丸，只一时不好发作，意欲悬金为饵，遣人暗刺，又急切觅不到聂政、荆卿。黄金也有失色的时候，莫谓钱可通神。没奈何与梁士诒等商量，先令参政院汇呈请愿书。至请愿书已上，却派左丞杨士琦，到参政院宣言，发表政见，竟反对帝制起来，小子有诗叹道：

> 分明运动反推辞，作伪心劳只自知。
> 南让者三北让再，许多做作亦胡为？

毕竟杨士琦如何宣言，待至下回说明。

文字之感人大矣哉！然亦有一言而令人感者，有数百言而终不足令人感者，盖情理二字，为之关楗耳。试观上回所录之筹安会宣言书，与本回之请愿联合会宣言书，毫无精采，笔不足醒阅者之目。及梁任公所撰之文，仅录一斑，已觉夏夏生光，百读不厌，虽由文笔之明通，亦本理由之充足，故虽有御干儿之权力，及大财神之声势，反不敌一挂冠失职之文士。或谓任公之文，尚有保皇口吻，仍未脱前日私见，斯评亦似属允当。然观其譬喻之词，与推阐之语，实属颠扑不破，似此新旧互参之论说，无论何人，当莫不为之感动，是真一转移人情之妙笔也。惜乎言长纸短，犹未尽录原文耳。

第九回

竞女权喜赶热闹场
征民意咨行组织法

却说杨士琦奉袁总统命，到了参政院，发表政见。参政院诸公，也未识他如何宣言，有几个包打听的人物，似已晓得士琦来意，是代袁总统宣言，不愿赞成帝制的。是日黎院长元洪，亦得此消息，特来列席。诸参政亦都依席就位，专待士琦上演说台，宣讲出来。士琦既上演台，各席拍掌欢迎，毋庸细表。但见士琦取出一纸，恭恭敬敬地捧读起来。应该如此。其辞道：

本大总统受国民之付托，居中华民国大总统之地位，四年于兹矣。忧患纷乘，战兢日深，自维衰朽，时虞陨越，深望接替有人，遂我初服。但既在现居之地位，即有救国救民之责，始终贯彻，无可委卸，而维持共和国体，尤为本大总统当尽之职分。近见各省国民，纷纷向代行立法院请愿，改革国体，于本大总统现居之地位，似难相容。然本大总统现居之地位，本为国民所公举，自应仍听之国民。且代行立法院，为独立机关，向不受外界之牵掣，今大总统固不当向国民有所主张，亦不当向立法机关，有所表示。唯改革国体，于行政上有绝大之关系，本大总统为行政首领，亦何敢畏避嫌疑，缄默不言？以本大总统所见，改革国体，经纬万端，极应审慎，如急遽轻举，恐多窒碍。本大总统有保持大局之责，认为不合时宜。至国民请愿，不外乎巩固国基，振兴国势，如征求多数国民之公意，自必有妥善之上法。且民国宪法，正在起草，如衡量国情，详晰讨论，亦当有适用之良规，请贵代行立法院诸君子深注意焉。

杨士琦一气读完，当即退下演坛，仍归代表座席。黎元洪起向士琦道："大总统的宣言书，确有至理。"刚说到一"理"字，梁士诒已起立道："大总统的意思，无非以民意为从违，现在民意是趋向君宪，要大总统正位定分，所以纷纷请愿；本院主张，亦应当尊重民意呢。"说至此处，但听一片拍掌声，震响全院。黎元洪反说不下去，只好退还原座，默默无言。**仍做泥菩萨。**沈云霈接入道："大总统既有宣言书，本院自当宣布，倘国民仰体总统本意，不来请愿，也毋庸说了，如或请愿书仍然不绝，还须想出一个另外法儿，作为最后的解决。否则群情纠纷，求安反危，如何是好？"梁士诒道："依愚见想来，不如速开国民会议，以便早日解决。"沈云霈道："国民会议，初选才毕，恐一时赶办不及呢。"**仍是忠厚人口吻。**士诒先向他递一眼色，然后申词解释道："事关重大，若非经国民会议，大总统亦不便轻易承认哩。"**尚是伪言，休被瞒过。**大众又多半拍掌，总算全院通过。杨士琦告辞而去，黎院长怏怏出门，乘车自回。余人陆续散归。

不到数天，请愿团又次第发生，除筹安会及公民请愿团外，还有商会请愿团。北京商会的发起人，叫作冯麟霈，上海商会发起人，叫作周晋镳，教育会请愿团，自北京梅宝玑、马为珑等发起，北京社政进行会，自挥毓鼎、李毓如发起，甚至北京人力车夫，及沿途乞丐，也居然举出代表，上书请愿，这真是想入非非，无奇不有。又有一个妇女请愿团，发起人乃是安女士静生，**雌风又大振了。**这安女士是何等名媛，也来赶热闹场？小子事后调查，她是个山东峄县人氏，表字叫作慈红，幼读诗书，粗通笔墨，及长，颇有志交游，不论巾帼须眉，统与她往来晋接。而且姿色秀媚，言态雍和，所有闻名慕色的人物，一通謦欬，无不倾倒，并替她极力揄扬，由是安名日噪。当民国创造时，她尝高谈革命，鼓吹共和，如平权自由等名词，都是她的口头禅。她又自言曾游历外洋，吸入新智识，将来女权发达，定当为国效劳，可惜今尚有待，无所展才云云。**为全国女学生写影。**旁人听到此言，愈觉惊羡。庸耳俗目，无怪其然。未几，北上到京，充任某女校校长，至帝制发生，她以为时机可乘，也拟邀合京中女学校学生，组织一妇女请愿团。有人诘她忽言民主，忽言君主，前后悬殊，不无可鄙。

她却嫣然一笑道："我等身当新旧过渡时代，断不能与世界潮流，倒行逆施。我有时赞成民主，有时赞成君主，实是另具一番眼光，随时判断，能识时务，方为俊杰，迂儒晓得甚么呢？"见风使帆，原是紧要。当下遂至交民巷中，觅了一间古屋，悬出一块木牌，上写中国妇女请愿会七字，并刊行一篇小启，颇说得娓娓可听。究竟是她手笔，抑不知是谁捉刀，小子也不必细查，但见她小启云：

吾侪女子，群居喋寂，未闻有一人奔走相随于诸君子之后者，而诸君子亦未有呼醒痴迷醉梦之妇女，以为请愿之分子者。岂妇女非中国之人民耶？抑变更国体，系重大问题，非吾侪妇女所可与闻耶？查约法向载中华民国主权在全国国民云云，既云全国国民，自合男女而言，同胞四万万中，女子占半数，使请愿仅男子而无女子，则此跛足不完之请愿，不几夺吾妇女之主权耶？女子不知，是谓无识，知而不起，是谓放弃。夫吾国妇女智识之浅薄，亦何可讳言？然避危求安，亦与男子同此心理，生命财产之关系，亦何可任其长此抛置，而不谋一处之保持也？静生等以纤弱之身，学识谫陋，痛时局之扰攘，嫠妇徒忧，幸蒙昧之复开，光华倍灿，聚流成海，撮土为山，女子既系国民，胡可不自猛觉耶？用是不揣微末，敢率我女界二万万同胞，以相随请愿于爱国诸君子之后，姊乎妹乎！盍兴乎来！发起人安静生启。

自这小启传布后，倒也有数十个女同志，联翩趋集，当拟定一篇请愿书，呈入参政院。唯妇女手续，未免少缓，因此请愿亦稍落人后了。接连又有妓女请愿团出现，为首的叫作花元春。好一个名目，应作花界领袖。花元春是京中阔妓，与袁大公子为啮臂交，大公子尝语元春道："他日我父践天子位，我当为东宫太子，将选汝入宫，充作贵人，比诸沦迹风尘，操这神女生涯，谅应好得多哩。"闲置宫中，有什么好处？元春微哂道："妾系路柳墙花，怎得当贵人重选？但大公子既为大阿哥，如蒙不弃贱陋，得充一个灶下婢，也光荣得多了。"大公子喜甚，自是鸨母鸨儿等，均呼他为大阿哥，大公子亦直受不辞。会各处请愿团，先后竞集，不下数十处，袁大公子遂嘱花元春，发起妓女请愿团，借备一格。花元春自命时髦，乐得借这名目，出点风头，当向大公子乞得缠头，浼人撰了一篇稿子，刊发出去，遍散勾栏中。各妓女都向元春问讯，元春道："车夫乞丐，也都集会请愿，我姊妹们虽陷入烟花，难道比车夫乞丐还不如么？况袁皇帝登极，记念我们亦有微劳，当亦特沛恩施，岂非一纸书可抵万金么？"众妓闻言，喜欢无似，且闻她结交大公子，应有好消息微示，这种机会，千载一时，如何不赞成呢？当即推元春领名，托平时相识的文士，著成一篇请愿书，也投入参政院去了。花花色色，无不完备。

　　参政院收集请愿书，又是数十件，重复开会，集众议事。黎院长告假不到，由副院长汪大燮主席。开议后，意见不一，有的说应提前召集国民会议，有的说应另筹征求民意妥善办法。两下里议论纷歧，当由汪大燮决定，将两说统行存录，咨送政府，请总统自择。大众倒也赞成，汪大燮即提出两种议案，备好咨文，赍递政府。越日得总统咨复，当提交国民会议，征求正确民意。这复文既到参政院，当有一个参政员顾鳌，出来反对道："我是主张另筹办法，不主张国民会议的，试思国民会议，是民国约法机关，不应解决国体。且国民会议，人数无多，也不得谓为多数真正民意，无论对内对外，均是不相宜的。"言毕趋出，即往访沈云霈，申述成见。云霈道："我原说过国民会议是不甚妥当的，燕孙主张此说，我亦只好依议。"如云霈言，足见财神势力。顾鳌道："我们同去见他，何如？"云霈应允，遂与偕行。既至梁士诒寓所，投刺入见。士诒迎入客厅，顾鳌即自述来意。士诒哈哈大笑道："我岂不知国民会议，是不能解决国体问题的？但总统既有命令，组织国民会议办法，应该将此层题目，先行做过，方不致自相矛盾。巨六兄，巨六即顾鳌字。你是个法律大家，谓国民会议，不宜解决国体，他人没有你的学问，总道是国体问题，当然属诸国民会议，否则设此何用？"一个乖过一个。云霈道："今总统已有咨复，说是要提交国民会议，你想国民会议的议员，尚需复选，辗转需时，恐今年尚不能到京开会呢。"梁士诒道："我有一个极妙的方法，现且不必发表，但教沈君就请愿联合会名义，要求参政院中，另订征求民意机关，且批驳国民会议为不合法，那时参政院总要续行开会，我好在会席间宣布意见。照我办法，今年内定可请极峰登位呢。"还想卖点秘诀，财神惯使机巧。沈云霈笑道："我却依你，看你有法无法，"梁士诒道："你且瞧着，决不欺你。"沈、顾二人，因即告别。

　　沈云霈即属文牍员，撰成最后请愿文，要求参政院另议办法，并说国民会议，未便解决国体。这篇文字，赍达参政院，院中又要开会议决，黎院长仍然告假，免不得耽延一天。哪知请愿书陆续递入，都主张另订办法。副院长汪大燮，本是个通变达权的智士，明知老袁意思，迫不及待，遂不俟黎院长销假，就召集诸人开会。梁士诒首先到院，沈云霈、顾鳌、杨度、孙毓筠等依次到来，当由汪大燮报告，说明接收请愿书件数，并言请愿书中，一致赞成另订征求民意办法。梁士诒起座道："最好是开国民大会，就把国民会议议员初选当选人，选出国民代表，决定国体，一则范围较广，二则手续不烦，岂非是一举两得么？"原来是这个秘计。杨度忙抢着道："梁参政所言甚是，不过由初选当选议员，选出国民代表，来京开议，仍需时日，这还该想一变通办法。"梁士诒道："何妨由备省当选人，在本籍自由投票，似此征求民意，既普及国民全体，且免得远道濡迟，这是最好没有的了。"确是妙法。大众齐拍掌道："好极，好极。"顾鳌道："这也应拟定一个组织法，由本院咨请施行。"法律家所言，处处不离一法字。梁士诒道："这个自然。"主席汪大燮亦插入道："这须先推起草委员，拟定国民代表组织法，方可咨送政府。"梁士诒道："这会名叫国民代表大会，会里的章程，就叫作国民代表大会组织法，可好么？"大众又拍手赞成。当下由主席推定起草委员，共计八人，便是梁士诒、汪有龄、施愚、陈国祥、江瀚、王劭廉、王树枏、刘若曾八大参政。八人认定起草，便即散会。不到三天，梁士诒等即到参政院，递交国民代表大会组织法的稿子，共十七条，由主席宣读后，又经诸人审查，略行参改，把十七条减为十六条，条文列左：

第一条　关于全国国民之国体请愿事件，以国民代表大会，代表国民全体之公意决定之。

第二条　国民代表，以记名单记投票法选举之，以得票比较多数者为当选。

第三条　国民代表大会，以下列当选人组织之：一、各省名特别区域之代表人数，以其所辖现设县治之数为额；二、内外蒙古三十二人；三、西藏十二人；四、青海四人；五、回部四人；六、满、蒙、汉八旗二十四人；七、全国商会及华侨六十人；八、有勋劳于国家者三十人；九、硕学通儒二人。

第四条　各省及各特别行政区域之国民代表，由国民会议各县选举会初选当选之复选选举人，及有复选被选资格者选举之。

第五条　蒙、藏、青海、回部之国民代表，由国民会议蒙、藏、青海联合选举会之单选选举人选举之。

第六条　满、蒙、汉八旗之国民代表，由国民会议中央特别选举会，八旗王公世爵世职之单选选举人选举之。

第七条　全国商会及华侨之国民代表，由国民会议中央特别选举会，有工商实业资本一万元以上，或华侨在国外，有商工实业资本三万元以上者之单选选举人选举之。

第八条　有勋劳于国家者之国民代表，由国民会议中央特别选举会，有勋劳于国家者之单选选举人选举之。

第九条　硕学通儒之国民代表，由国民会议中央特别选举会，硕学通儒，或高等专门以上学校三年以上毕业，或与高等专门以上学校毕业有相当资格者，或在高等专门以上学校，充教员二年以上者之单选选举人选举之。第五条至本条第一项之单选选举人，以依法经由全国选举资格审查会审查合格者为限。

第十条　国民代表选举监督，依下列之规定：一、各省以各该最高级长官，会同监督；二、各特别行政区域地方，以该最高级长官监督之；三、第三条第二、三、四、五款，以蒙藏院总裁监督之；四、第三条第六、七、八、九款，以内务总长监督之。

第十一条　选举国民代表场所设于监督所在地，届选举日期，就报到之选举人由监督召集之，举行选举。各省各特别行政区域，遇有必要情形，该监督得以关于国民代表选举事项，委托各县知事行之

第十二条　选举国民代表日期，由各监督定之。

第十三条　国民代表决定本法第一条事件，以记名投票结果，由各该监督报告代行立法院，汇综票数，比较其决定意见，定为国民代表大会之总意见。前项之票纸，应于开票报告后，封送代行立法院备案决定国体投票日期，由各监督定之。

第十四条　决定国体投票之标题，由代行立法院议决，咨行政府，转知各监督于投票日，宣示国民代表。

第十五条　依本法所定，关于选举投票之筹备事宜，由办理国民会议事务局办理。

第十六条　本法自公布日施行。

这便是国民代表大会组织法全案，经全院通过，即添入一篇咨文，送交政事堂去

了。这一咨有分教：

假托民权更国体，揭开面具见雄心。

未知袁总统曾否照允，容至下回再详。

前半回写安静生，下半回写梁士诒，余下皆宾也。安静生发起妇女请愿团，谓能识时务，方为俊杰；梁士诒则秘密设法，务使帝制之底成，是殆皆希宠求荣，投机营利者。夫礼时为大，能乘时而奋发，未始非一智士；然一存私见，则虽有时可乘，亦无非为揣摩迎合之流，不足为豪杰士。况袁氏之潜图帝制，固知其不可而为之者耶？民国成立，迄今未安，甚且日濒危险，盖由权利思想，中入人心，无论男妇，统挟一干利之念以行事，而于是气节扫地，廉耻道丧，国事从此泯芬矣，可悲可叹！

第十回

逼故宫劝除帝号
传密电强胁舆情

却说袁总统接到参政院咨文，好似一服清凉散，把这盼望帝制的热心，安慰了许多，当命秘书员草定命令，颁布出来。有云：

参政院代行立法院，咨称：本院前据各直省、各特别行政区域，内外蒙古、青海、回部、前后藏，满洲八旗公民、王公，暨京外商会、学会、华侨联合会等，一再请愿改革国体，当经本会开会议决，将请愿书八十三件，咨送政府，并建议根本解决之法，或提前召集国民会议，或另筹征求民意妥善办法。叠准大总统咨复，以国民会议议员复选报竣为期，以征求正确民意为准，以从宪法上解决为范围，具见大猷制治，精一执中，曷胜钦佩。而自本院咨送八十三件请愿书以后，复有全国请愿联合代表沈云堃等，全国商民冯麟霈，全国公民代表阿穆尔灵圭等，中国回教俱进会，回族联合请愿团，暨回疆八部代表王常等，哈密、吐鲁番回部代表马吉符等，锡林果勒盟代表程承铎等，云南迤西各土司总代表邓汇源等，新疆、蒙、回全体王公代表，暨宁夏驻防满蒙代表扬增炳等，北京二十区市民董文铨等，北京社政进行会恽毓鼎等，南京学界丁伟东等，贵州总商会徐治涛等，筹安会代表杨度等，暨全国商会联合会蔚丰厚各处票商等，前后请愿前来，咸以为中国二千余年，以君主制度立国，人民心理，久定一尊，辛亥以后，改用共和，实于国情不适，以致人无固志，国本不安，诚由共和制度，元首以时更替，国家不能保长久之经划，人民不能定专一之趋向。兼之人希非分，祸机四伏，或数年一致乱，或数十年一致乱，拨乱尚且不遑，政治何由可望？南美、中美十余国，坐此扰攘，几无宁岁，而墨西哥为尤甚。四稔纷竞，五年相残，人民失业，伤亡遍地，前车之覆，可为殷鉴。我国迭经变故，元气未复，国家政治，亟待进行，人民生计，亟待苏息，唯有速定君主立宪，以期长治久安，庶几法律与政治，互相维持，国基既以巩固，国势亦以振兴，全国人民，深思熟虑，无以易此。即外国之政治学问名家，亦多谓中国不适共和，唯宜君宪，足见人心所趋，即真理所在。全国人民，迫切呼吁，实见君主立宪，为救国良图，必宜从速解决，而国民会议，开会迟缓，且属决定宪法机关，国体未先决定，宪法何自发生？非迅速特立正大之机关，征求真确之民意，不足以定大计而立国本。再三陈请，众口一词。本院初以建议在前，复经大总统咨复，办法已定，不敢轻意变更。而舆论所归，呼吁相继，本院尊重民意，重付院议，佥谓兹事重大，自未便拘常法以求解决。国家者，国民全体之国家也，民心之向背，为国体取舍之根本。唯民意既求从速决定，自当设法提前开议，以顺民意，与本院前次建议，所谓另筹妥善办法，以昭郑重者，实属同符。即与我大总统咨复，所谓国家根本大计，不得不格外审慎者，尤相吻合。谨按约法第一章第二条中华民国主权，本之国民全体，则国体之解决，实为最上之主权，即应本之国民之全体，兹认定名为国民代表大会，即以国民会议初选当选人为基础，选出国民代表，决定国体。似此则凡直省及特别区域，满、蒙、回、藏均有代表之人。征求民意之法，普及国民全体，以之决大计而定国本，庶可谓正大机关。而真确之民意，可得而见，较之国民会议为尤进也。兹据约法第三十一条之规定，于十月六日开会，议决国民代表大会组织法，经三读通过。现在全国人民，亟望国体解决，有迫不及待之势，相应抄录全案，并各请愿书，咨请大总统迅予宣布施行等因。除将代行立法院议定之国民代表大会组织法公布外，特此布告，咸使闻知。此令。

又令云：

参政院代行立法院，议定国民代表大会组织法，特公布之，此令。

这令一下，老袁已心满意足，料得皇帝一席，稳稳到手，便将民国四年的双十节，停止国庆纪念庆祝宴会。一面召梁士诒、江朝宗二人，入总统府秘密会议室，嘱咐了许多言语，叫他作为专使，即日去走一遭。两人唯唯听命，就去照办。看官道是何事？乃是令两人去逼清宫，撤去清帝名号，来做那袁皇帝的臣仆。**第一出逼宫，早已演过，此时要演第二出了。**自隆裕皇太后病逝后，清宫里面，内事由瑾、瑜二太妃主持，外事由世续、奕劻、载沣等办理。宣统帝尚是幼年，除随着陆润庠、伊克坦等讲读汉、满文字外，无非踢皮球，滚铁圈，习那小孩子的顽意儿，晓得什么大事；不过表面上存着帝号，满族故旧尚称他一声万岁。其实是宫庭荒草，荆棘铜驼，回首当年，已不胜黍离之感。**袁氏若果明睿，试看清室模样，应亦灰心帝制。**幸亏皇室经费，还得随时领取，聊免饥寒。不意梁士诒、江朝宗两人，一文一武，奉着袁氏的命令，竟来胁迫清室，逼他撤销帝号。世续接着，与两人晤谈起来，世续依据优待条件，当然拒绝。恼动了江朝宗，竟用着威武手段，攘臂奋拳，似要赏他几个五分头，吓得世续倒退几步。还是梁士诒从旁解劝，教江朝宗不要莽撞，且请世续禀明两太妃，允否候复。**财神脸总讨人欢。**世续见梁士诒放宽一着，自然随声附和，说着禀过太妃，再行报命。两人方才回来，到总统府复旨。

老袁静待数日，不闻答复，正要遣原使催逼，忽见梁士诒报道："清庆王奕劻病殁了。"老袁道："何日逝世，我没有闻他生病，为何这般速死？"士诒道："闻他前日为废帝事件，入宫商议，大家哭作一团，想这老头儿伤心过甚，回家呕血，气竭身亡。"老袁道："莫非他拥护清室，不肯撤销帝号吗？"士诒道："他愿否撤销帝号，尚未曾探悉底细。"老袁道："我只教溥仪小子，撤销帝号，并不要抄他老头儿家产，伤心什么？"**想是以己度人。**士诒道："这也怪他不得。"老袁道："为什么呢？"士诒道："从前清帝退位，曾订有优待条件，说明清帝名号，仍不变更，今要他撤销帝号，未免有碍前约，帝号可废，将来各种条文，均恐无效，岂不要令他闷死吗？"老袁道："天无二日，民无二王，我若为帝，难道溥仪尚得称帝么？"士诒道："主子明鉴，天下事总须逐渐进行，现在令清室撤销帝号，不如令清室推戴主子，他既协同推戴，俟主子登了大宝，然后令他撤销帝号，那时名正言顺，还怕他反抗不成？"老袁闻言，不禁起座，抚士诒的右肩道："你真是个智囊，赛过当年诸葛了。"士诒慌忙谢奖，几乎要磕下头去。老袁把他扶住，又密与语道："这也要仗你

玩耍的溥仪

去疏通呢。"士诒道："敢不效力。"定策首功，要推此人。老袁又商及国民代表大会
一事，士诒道："这可令办理国民会议事务局，密电各省，指示选举及投票方法，定
可全体一致，毋须过虑。"老袁点首，士诒乃退。

这办理国民会议事务局长，就是顾鳌，闻着这个消息，忙与梁士诒拟定秘密办
法，禀明老袁，依次发电，通告各省将军巡按使。最关紧要的，约有数电，小子特摘
录如下：

各省将军巡按使鉴：中略查关于国民会议议员初选机宜，前经本局密电，申明办
法，请转饬各初选监督照办在案，想各该初选监督，当能体会入微，善为运用。目下
情势，较前尤为紧要，应请贵监督迅即密饬所属各初选监督，对于该县之初选当选
人，应负完全责任，尽可于未举行初选之前，先将有被选资格之人，详加考察，择其
性行纯和，宗旨一贯，能就范围者，预拟为初选当选人，再将选举人设法指挥，妥为
支配，果有窒碍难通，亦不妨隐加以无形之强制，庶几投票结果，均能听我驰驱。且
将来选举国民代表，及选举国民会议议员，自可水到渠成，不烦缕解。此事实为宣布
选举之最要关键，务希飞电各初选监督，慎密照办。其无通电地方，应即迅用密饬，
加急星夜飞递，以免贻误。如实有赶办不及之处，即将初选酌量延期数日，亦无不
可。倘或敷衍竣事，致令桀黠滥竽，则重咎所归，实在各该初选监督。再查国民代表
选举，在各省系以各该最高级长官，会同监督之，此后凡关于国民代表选举事宜，如
系军政同城，希即妥协密商办理，并饬知各该初选监督，一体遵照为要。办理国民会
议事务局印。

这道密电，已将选举方法，指示明白，还有将国民代表大会组织法中，有关运用
各条，分别密示。开列如下：

（一）本法第一条所称国体请愿事件，以国民代表大会决定之等语。查此次国体
请愿，其请愿书不下百起，请愿人遍于全国，已足征国民心理之所同，故此次所谓以
国民代表大会决定云者，不过取正式之赞同，更无研究之隙地。将来投票决定，必须
使各地代表，共同一致，主张改为君宪国体，而非以共和君主两种主义，听国民选择

自由。故于选举投票之前，应由贵监督暗中物色可以代表此种民意之人，先事预备，并多方设法，使于投票时，得以当选，庶将来决定投票，不致参差。

（二）本法第二条，国民代表，以记名单名投票法选举之，以得票比较多数者为当选等语。查此项代表，虽由各选举人选出，而实则先由贵监督认定。本条取记名单名主义，既以防选举人之支吾，且以重选举人之责任。唯既取多数当选主义，则必须先事筹维。贵监督应于投票之先，将所有选举人，就其所便，分为若干部分，随将预拟之被选举人，按各部分一一分配之，何部分选举何人，何人归何部分选举，均各于事前支配妥协，各专责成。更于投票时派员监视，更分别密列一单，密令照选，庶当选者，不致出我范围。

（三）本法第四条，各省各特别行政区域之代表，由国民会议各县选举会初选当选之复选选举人，及有复选被选资格者选举之等语。查本条所称复选选举人，与复选被选资格，实系两种资格，并非谓一人须兼有此两条件，本局曾于另电解释在案。本局之规定，其精神亦系为各监督留伸缩之微权。如果选举人报到甚少，不足以昭示大公，则由贵监督自行遴选合于复选被选资格之人，以充其数，庶决定投票日期，不致多所为难。

（四）本法第十一条，所称届选举日期，就报到之选举人，由监督召集之，举行选举等语。查本条之规定，系因此次决定国体，事关国家大计，初选举行以后，即不可过为迟延，故届选举日期，只就报到之选举人召集投票，而不及员额之限制。且各选举人人数过少，各监督尚可援本法第十条后段之规定，以增其额数。唯形式上必须力求普遍，庶于此次设立国民代表大会之真意相符。

（五）本法第十二条，选举国民代表日期，由各监督定之等语。查此项选举，必须运动成熟，而后可以举行，预定时期，反多窒碍，故由各监督自定，以期伸缩自如。唯此项选举，事关国本，不能不力取整齐。若各省日期，过于悬绝，不特将来代行立法院咨行投票，难于汇综，而全国各瓯，参差不齐，亦不足以聿新观听。应请贵监督将办理此事情形，随时电知本局，以便通盘筹酌，免误事机。特此电闻，即希查照。办理国民会议事务局印。

这时候的筹安会，联合请愿会，都已成为明日黄花，上下一心，专注意国民代表大会，就中最占势力的，要算梁财神。<small>财神应到处欢迎。</small>因联合请愿会，及国民代表大会，统由他一力造成，所以他的一言一动，差不多是老袁代表。即如沈云霈、张镇芳、那彦图等，无一非附骥成名，时人称为十三太保，就是小子四十八回中所述，两派凑合的首领十三人。唯筹安六君子，除杨度、孙毓筠，依附梁财神，尚有余焰外，余子已渐渐失势，就是筹安会门首，也没人过问，几可张罗。杨度看不过去，把筹安会三字的招牌，取消了他，换了一个宪政协进会的牌号，悬将出来。大众厌故喜新，还道杨皙子多才多艺，又有什么好法儿，免不得再去结好。后来探悉内容，仍是换汤不换药，自又掉转了头，从热闹中钻营去了，小子有诗叹道：

> 万恶都从无耻来，朝秦暮楚算多才。
> 如何鼎革维新后，尚集蝇蛆酿祸胎？

钻营自钻营，恬退自恬退，有好几个袁氏私交，不愿在帝制旋涡中，厮混过去，竟先后递呈辞职书。欲知姓甚名谁，俟至下回报闻。

国民代表大会，开手组织，即停止国庆日庆祝，并遣梁、江二人，至清宫迫除帝号，老袁岂自知死期将至，迫不及待，急欲窃帝号以自娱，如当日吴三桂之所为耶？庆亲王奕劻，为清室罪臣，即为袁氏功人，老袁闻其已死，绝不怜念，卖主者可授为殷鉴。本回虽随笔叙入，已可于言外见意。至梁财神之见识，尤高出老袁，袁不若新莽，而梁则过于刘歆，至若操纵选举，指示机宜，几欲令全国舆情，都入财神掌握。财神之才力，固可谓不弱矣；特无如天人之未与何也？

第十一回

遇刺客险遭毒手
访名姝相见倾心

却说袁政府盛倡帝制，有几个老成练达的人物，料知帝制难成，先后递呈辞职书，出都自去。第一个便是李经羲，第二个便是赵尔巽，第三个便是张謇。这三位大老，统是袁氏老朋友，张謇与老袁，且有师弟关系，*小子走笔至此，更不得不特别表明。忘师蔑友，越见得利令智昏。*袁总统世凯，籍隶项城，系前清河道总督袁甲三侄孙，侍郎保恒侄儿，父名保庆，也曾为江南道员。世凯少时，尝应童子试于陈州，府试考列前十名，到了院试，督学为瞿鸿，见他试文中不守绳墨，摈斥不录，世凯引为大恨。闻李鸿章总督直隶，即往投天津，执世家子礼，投刺进谒。李接见后，颇加赏识，给他差委。保恒得知消息，遂往见鸿章道："舍侄跅弛不羁，后恐败事，幸毋重用。"鸿章微哂道："尔何故轻觑尔侄？我看尔侄功名，将来定出尔我之上呢。"保恒乃退。*两人所见，俱有特识。*嗣是鸿章晤着世凯，奖励中兼寓劝勉，颇欲他陶冶成才，奈他是少年傲物，不肯就范。适吴军门长庆，驻师朝鲜，与袁氏向系世好，因此世凯复弃李投吴，吴又与语道："尔尚年少，应先读书，我幕府中多名士，尔可去问业，借聆教益。"世凯无奈，只好唯唯从命。看官！你道吴幕中是何等名流？一是海门周家禄，一就是通州张謇，周见世凯文字，颇多奖词，独张謇不稍假借，批示从严，世凯又郁郁不乐，后来入跻显要，竟任直督，尝延周入幕，与张竟不通闻问。

至清廷创议变法，世凯力请立宪。张乃致书与论宪政，始通款好。至是世凯为民国总统，张入任农商总长，新例上似分主辅，旧谊上总属师生。叙入袁、张历史，具有关系。自从帝制风潮，日益澎湃，张却怀着旧交，入内规谏。偏偏忠言逆耳，反碰了一鼻子灰，那时无可恋栈，不如掉转了头，你走你的阳关道，我走我的独木桥。就是李经羲、赵尔巽二人，也明知多言无益，索性归休。大家同一思想，遂密检行囊，混出京城，到了都门外面，方遣人赍送辞职书，婉言告别。只有国务卿徐世昌，一时不便脱身，权且挨延过去。

谁知都城里面的新闻，愈出愈奇，忽传段祺瑞有被刺情事，急遣人探听消息，回报段幸无恙，不过略受虚惊，所有刺客，也不知来历，无从究诘了。世昌暗暗点头，嗟叹不已。原来段祺瑞解职闲居，因恐为袁所忌，仍然留住都门，蛰伏不出。他素性向喜弈棋，除昼餐夜寝外，唯与一二知己，围棋消遣。某夕风雨凄清，旅居岑寂，他在书斋中兀坐，未免郁闷，随手就书架上，检出一本棋谱，借着灯光，留神展阅。约有一二小时，不觉疲倦起来，正思敛书就寝，忽听窗外的风声，愈加猛烈，灯焰也摇摇不定，几乎有吹灭形状，那门帘也无缘无故地揭起一角，仿佛有一条黑影，从隙窜入。说时迟，那时快，他身边正备着手枪，急忙取出，对着这条黑影儿，噗的一响，这黑影儿却闪过一边，接连又是一响，那黑影儿竟向床下进去了。人耶？鬼耶？他至此反觉惊疑，亟捻大灯光，从门外呼进仆役，入室搜寻，四觅无人。又由他自掌洋灯，从床下一照，不瞧犹可，瞧着后，不禁猛呼道："有贼在此！"仆役等便七手八脚，向床下牵扯，好容易拖了出来，却是一个热血模糊的死尸，大家统乱叫道："怪极！怪极！"再从尸身上一搜，只有手枪一支，余无别物。祺瑞亦亲自过目，勉强按定了神，踌躇半晌，才语仆役道："拖出去罢，明晨去掩埋便了。"仆役不知就里，各絮语道："这个死尸，不是刺客，便是大盗，正宜报明军警，彻底查究为是。"祺瑞道："你们晓得甚么？现在的时势，多一事不如少一事，这死尸是为了金钱，甘心舍命，我今日还算大幸，不遭毒手。明晨找口棺木，把他掩埋，自然没事，倘有人问及，但说我家死了一仆，便好了结。大家各守秘密，格外加谨，此后有面生的人物，不许入门。如违我命，立加惩处，莫谓我无主仆情。"办法很是。仆役等方将死尸拖出院中，祺瑞申嘱仆役，不准多说，方携灯归寝去了。此夕想亦未必卧着。

翌日，仆役等奉命施行，舁出尸棺，就义冢旁掩埋了事。大家钳住了口，不敢多嘴。但天下事总不免走漏风声，段寓内出了此案，不消两三日，已传遍都中。唯刺客不知何人，从明眼人推测出来，已知他来历不小，暗地为段氏庆幸，且佩服段氏处置。段祺瑞经了此险，越发杜门谢客，遵时养晦，连几个围棋好友，也不甚往来了。过了数日，且托辞养病，趋至西山，觅室静处，不闻朝事。老袁还阴怀猜忌，密嘱爪牙，侦探他的行动。嗣闻他闭户独居，没甚变端，才稍稍放心。唯山东将军靳云鹏，素附段氏，段既去职，靳失内援，遂南结江苏将军冯国璋，为自卫计。当时谣诼繁兴，竟说靳为段氏替身，冯、靳相结，不啻冯、段相联。渐渐地传入老袁耳中，于是忌段忌靳，并忌及冯。内饬长子袁克定，自练模范军，抵制段氏，外借换防为名，调陆军第四师第十师屯驻上海，第五师中的一旅，驻扎苏州，安武军的第一路，倪嗣冲属部。驻扎南京，无非是防冯为变，预加钤制的意思。防东不防西，仍是失着。还有一位铁中铮铮的大人物，厕身参政，通变达权，惹起袁氏注目，日加疑忌，险些儿埋没英雄，坑死京中，这人非别，就是前云南都督蔡锷。绣幡开遥见英雄俺。锷自云南卸任，奉召入京，袁总统优礼有加，每日必召入府中，托言磋商要政，其实是防他为变，有意钤束。锷亦恐遭袁忌，自敛锋芒，每与老袁晤谈，伪作呆钝，且自谓年轻望浅，阅历未深，除军学上略知一二外，余均茫昧，不识大体。老袁故意问难，锷亦假作失词。谁料老袁却善窥人意，暗地笑着，尝语左右道："松坡蔡锷字。的用心，也觉太苦了。古人说得好：'大智若愚，大巧若拙'，他想照此行事，自作愚拙，别人或被他瞒过，难道我亦受他蒙蔽么？"既是解人，何不推诚相与？左右凑趣道："谁人不愿富贵，但教大总统给他宠荣，哪一个不知恩报恩哩。"老袁点首无言，嗣是格外优待，迭予重职，初任为高等军事顾问，又兼政治会议议员，及约法议员，更任将军府将军，继复为陆海军统率处办事员，又充全国经界局督办，并选为参政院参政。满拟把各项荣名，各种要任，笼络这滇南人杰。偏他是声色不动，随来随受，得了一官，也未尝加喜，添了一职，也未尝推辞，弄得袁总统莫明其妙。

一日，复召锷入府，语及帝制，锷即避座起立道："锷初意是赞成共和，及见南方二次革命，才知我国是不能无帝，当赣、宁平定后，锷已拟倡言君主，变更国体，因鉴着宋育仁已事，不敢发言，今元首既有此志，那正是极好的了，锷当首表赞成。"老袁听到此语，好似一服清凉散，吃得满身爽快，但转念蔡锷是革命要人，未必心口如一，乃出言诘锷道："你的言语，果好作么？如好作真，为什么赣、宁起事，你尚欲出作调人，替他排解呢？"这一问颇是厉害。锷随口答道："彼一时，此一时，那时锷僻处南方，离京很远，长江一带，多是民党势力范围，锷恐投鼠忌器，不得不尔，还乞元首原谅！"老袁听了，拈须微笑，随后与他说了数语，方才送客。这位聪明绝顶的蔡松坡，自经老袁一番诘问，也捏着一把冷汗，亏得随机答应，遮盖过去，免致临时为难。但羁身虎口，总未必安如泰山，归寓以后，满腹踌躇，自悔当时入京，未免卤莽，几不啻自投罗网，窜入阱中。况随身又带着家眷，若要微服脱逃，家眷势必遭害。左思右想，无可奈何，忽自言自语道："呆了，呆了，孙膑遇着庞涓，足被刖了，还能脱身自由，我负着七尺壮躯，一些儿未曾亏缺，难道就不能避害么？"言毕，复想了一会儿，打定主意，方得安枕。

自此以后，遇着一班帝制派的人物，往往折节下交，起初与六君子十三太保等，统是落落难合，后来逐渐亲昵，反似彼此引为同调，连六君子十三太保，也觉是错怪好人，自释前嫌，遂组织一个消闲会，每当公务闲暇，即凑合拢来，饮酒谈心。某夕，酒后耳热，大家乘着余兴，复谈起帝制来，蔡锷便附和道："共和两字，并非不良，不过我国人情，却不合共和。"说至此，即有一人接口道："松坡兄！你今日方知共和二字的厉害么？"蔡锷闻声注视，并非别人，就是筹安会六君子的大头目，姓杨名度，表字晳子，再点姓名，令人记忆。当下应声道："俗语有云：'事非经过不知难'。蘧伯玉年至五十，才觉知非，似锷仅逾壮年，已知从前错误，自谓颇不弱古人，晳子兄何不见谅？"杨度又道："你是梁任公的高足，他近日已做成一篇大文，力驳帝制，你却来赞成皇帝，这岂不是背师么？"蔡锷又笑应道："师友是一样的人伦，从前晳子兄与梁先生，是保皇会同志，为什么他驳帝制，你偏筹安，今日反将我诘责，我先要诘问老兄，谁是谁非？"以矛刺盾，巧于词令。杨度还欲与辩，却经旁座诸友，替他两面解嘲，方彼此一笑而罢。

小子叙述至此，又不能不将梁、蔡两人，说明一段师生旧谊。原来蔡锷系湖南宝庆县人，原名艮寅，字松坡，髫年丧父，侍母苦读，十四入邑庠，旋至省城时务学校肄业。这时务学校，便是新会人梁启超所创办，梁见他聪慧能文，很加器重，他复喜读兵书，有志军学，尝自谓当学万人敌，不应于毛锥中讨生活。以此梁愈称赏，目为高弟。至戊戌政变，时务学校辍业，锷复借资往沪，就业南洋公学。毕业后，回至湖南，适唐才常遥应孙文，举义汉口，他颇与唐同志，竟去入党。不幸事机被泄，唐被逮戮，没奈何遁迹海外，径往东瀛。巧值梁在日本主撰新民丛报，闻高弟到来，殷勤接待，并为筹集学费，令入日本陆军学校。校中多中国人，半系膏粱子弟，见他衣服陋劣，均嗤为篓人子，他亦不屑与较，唯一意求学。嗣是益通战术，到了卒业以后，复航海西归，闻前时唐氏案中，未被株连，遂放着胆趋至广西，投效戎行，得为下级军官，历著成绩。时李经羲正巡抚广西，调入抚署，一见倾心，即任为军事参谋，兼练军学堂总办。一切筹划，无不建功。嗣随李调任云南，就新军协统的职任。云南起义，因大众公推，进为都督，送李出省，临别依依。蔡松坡有再造共和之功，故补述履历，应亦从详。此次杨度诘问，尚是未释疑团，经他从容辩驳，反觉他理直气壮，无瑕可指。唯杨度尚是未服，慢慢地检出一张纸儿，递给蔡锷道："你既赞成帝制，应该向上头请愿，何不签个大名？"蔡锷接过一看，乃是一张请愿书，便道："我在总统面前，已是请愿过了，你要我签个名儿，有何不可？"遂趋至文案旁，提起湖南毛笔，信手一挥，写了蔡锷两字，又签好了押，还交杨度。大家见他这般直爽，争推他是识时俊杰，夸奖一番。是乃不入耳之谈。蔡锷复道："锷是一介武夫，素性粗鲁，做到哪里，便是哪里，不似诸君子思深虑远，一方面歌功颂德，一方面忧谗畏讥，反被人家笑作女儿腔，有些儿扭扭捏捏呢。"奚落得妙。杨度道："你何苦学那刘四，无故骂人，你既不喜这女儿腔，为何也眷恋着小凤仙呢？"点出小凤仙，叙笔不直。大众闻个小凤仙三字，多有些惊异起来，正欲转问杨度，但听蔡锷回应道："小凤仙么？我也不必讳言，现在京中的八大胡同，车马喧阗，昼夜不绝，无论名公巨卿，统借她为消遣地，就是今日在座诸公，恐也没一个不去过的。但我去赏识小凤仙，也是比众不同，小凤仙的脾气，人家说他不合时宜，其实她也是呆头呆脑，不惯作妓女腔，与人不合，与我却情性相投，所以我独爱她呢。"杨度笑着道："这叫作情人眼里出西施哩。"大众道："看不出这位松坡兄，也去管领花丛，领略那温柔滋味。"蔡锷也微笑道："人情毕竟相同，譬如诸公赞成帝制，我也自然从众。古圣有言：'好德如好色。'难道诸公好去猎艳，独不许我蔡锷结识一妓么？"对杨度言如彼，对大众言如此，绝妙口才。大众复道："准你，准你，但你既赏识名妹，应该做一东道主，公请一杯喜酒。"语未毕，杨度又接口道："应设两席，一是喜酒，一是罚酒。"蔡锷道："如何要罚？"杨度道："行动秘密，有碍大公，该罚不该罚？"蔡锷道："秘密二字，太言重了，难道我去狎妓，定要向尊处请训？况你已经得知，如何算得秘密？不如缓一两天，公请一席罢。"大众拍手赞成，是时酒兴已阑，杯盘狼藉，便陆续离席，次第散归。

看官！欲知小凤仙的情由，小子正好乘间一叙。小凤仙是浙江钱塘县人，流寓京师，堕入妓籍，隶属陕西巷云吉班，相貌不过中姿，性情却是孤傲，所过人一等的本领，是粗通翰墨，喜缀歌词，尤生成一双慧眼，能辨别狎客才华，都中人士，或称她为侠妓。蔡锷软禁京都，正具醇酒妇人计策，破掉那袁政府的疑心，既闻小凤仙侠名，遂易服为商贾装，至云吉班探访。小凤仙出来相见，便识他为非常人，略略应酬，即询及职业。蔡锷诡言业商，小凤仙嫣然道："休得相欺，奴自坠入火坑，接客有年，未尝有丰采似君，令人钦仰，今日可谓仅见斯人了。"几不亚梁红玉。蔡锷道："都门繁盛，游客众多，王公大臣，不知凡几，公子王孙，不知凡几，名士才子，不知凡几，我贵不及他，美不及他，才不及他，怎得谓仅见斯人？"凤仙摇首道："如君所言，均非奴意。试思举国委靡，国将不国，贵乎何有？美乎何有？才乎何有？奴独重君，因君面目中有英雄气，不似那寻常人士，醉生梦死呢。"妓寮中有此特色，不愧仙名。蔡锷闻言，暗暗称奇，但恐为袁氏指使，未便实告，只好支吾对付。小凤仙竟叹息道："细观君态，外似欢娱，内怀郁结，奴虽女流，倘蒙不弃，或得为君解忧，休视奴为青楼贱物呢。"蔡锷非常激赏，但初次相见，究未敢表示真相，经小凤仙安排小酌，陪饮数觥，乃起座周行。但见妆台古雅，绮阁清华，湘帘綦几，天然美好，回睹红颜，虽未甚妖媚动人，却另具一种慧秀态度。会被小凤仙瞧着，迎眸一笑，蔡锷颇难以为情，掉转头来，旁顾箱箧上面，庋阁卷轴，堆积如山，信手展阅，多是文士赠联，乃指小凤仙道："联对如许，何联足当卿意？"小凤仙道："奴略谙文字，未通三昧。但觉赠联中多是泛词，不甚切合，君系当世英雄，不知肯赏我一联否？"蔡锷慨允不辞。当由小凤仙取出宣纸，磨墨濡毫，随即镇纸下笔，挥染云烟，须臾即写好一联，但见联语云：

不信美人终薄命，古来侠女出风尘。

小凤仙瞧这一联，很是喜慰，便连声赞好。且云美人侠女四字，未免过誉。蔡锷不与多说，随署上款，写了凤仙女史粲正六字，再署下款。凤仙忙摇手道："且慢！

奴有话说。"蔡锷停住了笔，听她道来。究竟凤仙所说何词，且至下回分解。

段祺瑞为袁氏心腹，相知有年，徒以帝制之反抗，至欲置诸死地，刺客之遣，非袁氏使之，谁使之欤？本回所述，虽未明言主使，而寓意自在言中，段氏之不遭毒手，正老天之使袁自省耳。袁氏不悟，复忌及蔡锷，杀之不能，乃欲縻之，縻之不足，乃更宠之。曾亦思自古英雄，岂宠縻所得羁縻乎？徒见其心劳日拙而已。然如蔡锷之身处旋涡，不惜自污，以求有济，亦可谓苦心孤诣，而小凤仙之附名而显，尤足为红粉生色。巾帼中有是人，已为难得，妓寮中有是人，尤觉罕闻。据事并书，所以愧都下士云。

第十二回

伪交欢挟妓侑宴
假反目遣眷还乡

　　却说蔡锷停住了笔，静听小凤仙的话儿。小凤仙却从容道："上款蒙署及贱名，下款须实署尊号。彼此溷迹都门，虽贵贱悬殊，究非朝廷钦犯，何必隐姓埋名，效那鬼蜮的行径。大丈夫行事当磊磊落落，若疑我有歹心，天日在上，应加诛殛。"袁皇帝专知罚咒，凤儿莫非学来。蔡锷乃署名松坡，掷笔案上。小凤仙用手支颐，想了一会，竟触悟道："公莫非蔡都督么？"蔡锷默然。小凤仙道："我的眸子，还算不弱，否则几为公所绐。但都门系龌龊地方，公何为轻身到此？"蔡锷惊异道："这语错了，现在袁总统要做皇帝，哪一个不想攀龙附凤，图些功名？就是女界中也组织请愿团，什么安静生，什么花元春，统趁势出点风头，我为你计，也好附入请愿团，借沐光荣，为什么甘落人后么？"小凤仙嗤的一笑，退至几旁，竟尔坐下。蔡锷又道："我说如何？"小凤仙却正色道："你们大人先生，应该攀龙附凤，似奴命薄，想升么意外光荣，公且休说，免得肉麻。"蔡锷又道："你难道不赞成帝制么？"小凤仙道："帝制不帝制，与奴无涉，但问公一言，三国时候的曹阿瞒，人品何如？"蔡锷道："也是个乱世英雄。"小凤仙瞅着一眼道："你去做那华歆、荀彧罢，我的妆阁中，不配你立足。"锦心绣口，令人拜倒。蔡锷道："你要下逐客令了，我便去休。"

言毕，即挺身出外。小凤仙也不再挽留，任他自去。蔡锷返寓后，默思烟花队中，却有这般解人，真足令人钦服。他此次入京，总算不虚行了。

过了两天，又乘着日昃时候，往访小凤仙，凤仙见了，却故作嗔容道："你何不去做华歆、荀彧，却又到这里来？"蔡锷道："华歆呢，荀彧呢，自有他人去做，恐尚轮我不着。"小凤仙又道："并不是轮你不着，只恐你不屑去做，你也不用瞒我呢。"可见上文所述，都是以假对假。蔡锷笑着道："我也曾请愿过了，恐你又要讥我为华歆、荀彧呢。"小凤仙道："英雄做事，令人难测，今日为华歆、荀彧，安知他日不为陈琳？"蔡锷一听，不由得发怔起来。小凤仙还他一笑道："奴性粗直，挺撞贵人，休得见怪。"蔡锷道："我不怪你，但怪老天既生了你，又生你这般慧眼，这般慧舌，这般慧心，为何坠入平康，做此卖笑生涯？"言至此，但见英宇轩爽的女张仪，忽变了玉容寂寞的杨玉环，转瞬间垂眉低首，珠泪莹莹。蔡锷睹此情状，不禁嗟叹道："好个梁红玉，恨乏韩蕲王。"小凤仙哽噎道："蕲王尚有，恨奴不能及梁红玉。"说到"玉"字，已是泣不成声，竟用几作枕呜呜咽咽地哭起来了。感激涕零，宜作松坡知己。蔡锷被她一哭，也觉得无限感喟，陪了几点英雄泪。凑巧鸨母捧茗进来，还疑是凤仙又发脾气，与客斗嘴，连忙放开笑脸，向锷说道："我家这凤儿，就是这副脾气不好，还望贵客包涵。"口里说着，那双白果眼睛，尽管骨碌碌地看那蔡锷上下不住。无非是要银钱。蔡锷窥透肺肝，便道："你不要来管我们。"一面说，一面已从袋中，取出一个皮夹，就皮夹内检出几张钞票，递给鸨母道："统共是一百元，今天费你的心，随便办几个小碟儿，搬将进来，我就在此夜餐，明天我要请客，你可替我办一盛席，这洋钱即可使用哩。"鸨母见了钞币，好似苍蝇叮血一般，况他初次出手，便是百元，正是一个极好的主顾，便接连道谢，欢天喜地地去了。

此时小凤仙已住了哭，把手帕儿揩干眼泪，且对着蔡锷道："你明日要请何人？"蔡锷约略说了几个，小凤仙道："好几个有名阔老，可惜……可惜！"蔡锷道："可惜什么？"小凤仙道："可惜我不配做党家奴。"蔡锷道："我有我的用意，你若是我的知己，休要使着性子。"小凤仙不待说完，便道："这便是我们该死，无论何等样人，总要出去招接。"说至此，眼圈儿又是一红。蔡锷道："不必说了，我若得志，总当为你设法。"小凤仙又用帕拭泪道："不知能否有这一日？我只好日夜祷祝哩。"蔡锷正欲问她履历，适鸨母已搬进酒肴，很是丰盛，鸨母又随了进来，装着一副涎皮脸儿，来与蔡锷絮聒，一面且谆嘱凤仙道："你也有十六七岁了，怎么尽管似小孩子，忽笑忽哭，与人呕气。"小凤仙听到此语，就溜了蔡锷两眼。蔡锷便向鸨母道："你不要替她担愁，你有事尽管出去，不必在此费神。"鸨母恐蔡锷惹厌，乃不敢多嘴，转身自去。到了门外，尚遥语小凤仙道："你要殷勤些方好哩，休得慢客，若缺少什么菜蔬，只管招呼便是了。"无非是钞票的好处。

小凤仙应了数声。蔡锷待她去远，竟屏退侍儿，立起身来，把门阖住，小凤仙道："关了门儿，成什么样？"蔡锷随答道："闭门推出窗前月，吩咐梅花自主张。"于是两人对酌，小语喁喁，复由蔡锷问及小凤仙履历，凤仙自言本良家子，因父被仇人陷害，乃致倾家破产，鬻己为奴，辗转入勾栏。起初负着志气，不肯接客，经鸨母再三胁迫，方与鸨母订约，客由自择，每月以若干金奉母。鸨母拗不过，乃任她所为。不过随时监督，偶或月金不足，才与她唠叨数语罢了。小凤仙述毕，又不知流了若干泪珠。后复转询蔡锷意旨，蔡锷道："来日方长，慢慢儿总好说明。"小凤仙懊恼起来，竟勃然变色道："公尚疑我么！"语甫毕，竟忍痛一咬，嚼舌出血，喷出席上道："奴若泄君秘密，有如此血。"仿佛花月痕中的秋痕。蔡锷道："这又是何苦呢！我已知卿的真诚了，但属垣有耳，容待后言。"小凤仙乃徐徐点首，待至酒兴已阑，方由小凤仙启门，叫进两碗稀饭，蔡锷喝了几口，即便放下，当由侍儿绞给手巾，揩过了脸，随身掏出计时表，仔细一阅道："时不早了，我要回寓哩。"小凤仙慨然道："儿女情肠，容易消磨壮志，我也不留你了。"至理名言，不意出于妓女。蔡锷道："明日复要相见哩。"小凤仙向他点头，锷即出门去了。

次日傍晚，又复到云吉班，由小凤仙接着，即问酒席有无备就。小凤仙道："已预备停当了，敢问贵客可邀齐否？"蔡锷道："即刻就来。"小凤仙即令鸨奴等整设桌椅，办齐杯箸，一刹那间，电灯放光，四壁荧荧，外面已有车马声蹴踏而来。蔡锷料知客至，正要出迎，但听得一人朗声道："松坡，你真是个诚实的君子，今宵践言设席哩。"蔡锷望将过去，乃是参政同僚顾鳌，便答道："巨六兄！你首先到来，也是全信，也好算一个诚实人哩。"语毕，便导引入室。小凤仙也出来应酬，顾鳌正要称赏，接连便是杨度、孙毓筠、胡瑛、阮忠枢、夏寿田等数人，陆续报到，由蔡锷一一导入。杨度见了小凤仙，眼睁睁地看了一会儿，小凤仙反不好意思起来，只望蔡锷身边，闪将过去。蔡锷也已觉着，笑语杨度道："你想是认错了，这是小凤仙，不是小赛花。"阮忠枢即插嘴道："人家已吃醋了，皙子还要眈眈似贼，作什么呢？"杨度方转向忠枢道："不信这个俏女郎，偏能笼络大蔡做一个臧文仲，真是匪夷所思。"蔡锷道："狗口里无象牙，你何为被小赛花所迷，演出一出穆柯寨？"插入谐语，随笔成趣。胡瑛道："我等是来吃喜酒，并不是来讨便宜，大家省说几句，还是言归正传为是。"于是相将入座。蔡锷随道："梁公为了何事，到此时还不见来？"杨度笑道："想是赴海龙王处借宝去了。"话未说完，外面已有人传入道，梁大人到了。财神爷到来，应另具一番笔墨。蔡锷忙自出迎。大家亦一律起座，但见硕大无朋的梁财神，大摇大摆地踱将进来，脸上已含着三分酒意，对着诸人道："我与敝友谈心，多饮几杯，累得诸君久待，抱歉异常。"大家都谦词相答，因台面已经摆齐，遂公推梁士诒坐了首席，财神居首，然有寓意。余人依齿坐定，蔡锷乃坐了主席，招呼龟奴，呈上局票。各人都依着熟识的名妓，写入票中，独杨度握住了笔，想了一会儿，大家都道："皙子敢是怕羞，为何不写小赛花？"杨度不睬，随下笔写一"花"字，大众又道："写错了，写错了，'花'字在下，为何翻转头来？"正说着，杨度已接写"元春"二字。大众又道："这是袁大公子的禁脔，花界请愿团的首领，哪肯轻易到来？"杨度道："我去叫她，自然就来。"蔡锷亦凑趣道："元春不至，怎显得这位杨大人？"一是筹安会的领袖，一是请愿团的领袖，彼此同志，应当就征。待至列坐写齐，方交与龟奴，随票征召去了。

小凤仙即携着酒壶，各斟一杯状元红。梁财神发言道："我等在此吃喜酒，恐蔡夫人又在寓吃冷醋，我却要请教松坡，如何调停？"暗应后文。杨度道："这又是松坡的故事了，我也微闻一二。"蔡锷道："男儿做事，宁畏妇人？"梁财神道："这也休说！对着外面如此硬朗，一入闺中，恐闻了狮吼，便弄得没主张，或转向床前做矮人呢。"蔡锷愤然道："梁公且看！我不是这般庸懦，已准备与她离婚。"顾鳌道："你是结发夫妻，为甚么无缘无故，说起离婚两字来？若归我判断，简直不准。"胡瑛复插入道："列位同来贺喜，为何说这扫兴话？且蔡君新得美人，正是燕尔的时候，我们应猜拳吃酒，贺他数杯呢。"孙毓筠、夏寿田等齐声赞成，遂由胡瑛开手，与蔡锷猜了数拳。余人挨次轮流，互有输赢。刚刚轮完，只听门帘一响，走进了好几个粉头，各打扮得异样鲜妍，仿佛如花枝儿一般，钗光鬓影，脂馥粉香，正是目不胜接，鼻不胜闻。各粉头均依着相识，在后坐下，独杨度所叫的花元春，还是未到。蔡锷笑道："这花姑娘想又请愿去了，皙子今日恐要倒霉呢。"杨度道："想不至此。"胡瑛道："还不如再行猜拳，既贺了蔡松坡，也须续贺凤姑娘。况她的姊妹们，来此不少，何不叫她敬酒呢？"小凤仙连忙推辞，胡瑛不从，当更摆好台杯，令各粉头猜拳。顿时呼五喝六，一片清脆声，振彻耳鼓，钗钏亦激得铿锵可听。小凤仙输了几拳，饮得两颊生红，盈盈春色，蔡锷恐她不胜酒力，便语小凤仙道："你素不善饮，我与你代几杯罢。"梁财神接口道："不准，不准。"说着时，外面已报"花小姐到了。"**足见声价**。杨度喜慰非常，几欲出座欢迎，大众也注目门外，但见一个很时髦的丽姝，大踏步跨进门槛，见首席坐着梁财神，便先踱至梁座旁，略弯柳腰，微微一笑道："有事来迟，幸勿见罪。"**不向杨座前道歉，独至梁座前告罪，写尽妓女势利**。梁亦拈须一笑，她乃慢慢地走至杨度身旁，倚肩坐下。杨度笑问道："你有甚么贵干？"元春即接口道："无非为着请愿事，与姊妹们续议进行，若非你来召我，我简直要告假呢。"杨度闻了此言，似觉得格外荣宠，连面上都奕奕有光。大家听了"请愿"二字，又讲到帝制上去，如何推戴，如何筹备，各谈得津津有味。蔡锷也附和了数语。孙毓筠向杨度道："我等拳已轮遍，只有花小姐未曾轮过了。"杨度道："啊哟，我几忘记了。"**一心佐命，怪不得他失记**。花元春却也见机，便伸出玉手，与全席猜了一个通关，复与小凤仙猜了数拳，略憩片刻，便起身告辞，竟自去了。梁财神目送道："怪不得她这样身价，将来要备选青宫。今日到此，想还是皙子乞求来的。"杨度把脸一红，只托言酒已醉了。蔡锷随招呼进饭，一面令小凤仙斟酒一巡，算是最后的敬礼。大众饮干了酒，饭已搬入，彼此随意吃了半碗，当即散座。有洗脸的，有吸烟的，又混乱了一阵，各粉头陆续归去。自梁财神以下，也依次告归。蔡锷一一送出，仍返至小凤仙室中。小凤仙道："这等大人先生，有几个含着国家思想，令我也不胜杞忧哩。"蔡锷道："天下兴亡，匹夫有责，这为我辈男子说的，与汝等何干？"小凤仙正色道："我辈与汝辈何异，你莫非存着男女的界限，贵贱的等级么？但我闻现在世界，人人讲平等，说大同，既云平等，还有甚么男女的界限？既云大同，还有甚么贵贱的等级？你曾做过民国都督，岂尚未明此理？真正可笑。"蔡锷笑道："算我又说错了，又被你指斥哩。"言毕欲行，小凤仙道："夜已深了，不如在此权宿一宵。"蔡锷道："我不如回去的好。"正要出房，那鸨母已抢入道："我有眼无珠，不识这位蔡大人，现问明蔡大人的车夫，方才知晓，现已将车夫打发回去，定要蔡大人委屈一夜呢。"_{应上文蔡锷乔装。}言至此，便将蔡锷苦苦拦住，锷乃返身入房，鸨母随入，向小凤仙道："你也瞒得我好，今日贵客到临，我才料这位大人，不在人下，亏得问明车夫，方知来历。凤仙，我今年正月中，与你算命，曾说你是有贵人值年，不意竟应着这位蔡大人身上呢。"蔡锷对她一笑，她复接连是大人长，大人短，说个不了，惹得蔡锷讨厌，便道："我就在此借宿，劳你费心一日，差不多到两句钟了，请去安睡罢！"鸨母乃去。未几，即令龟奴搬入点心数色，蔡锷复道："我已饱了，你们尽管去睡罢！"龟奴去后，小凤仙掩户整衾，不消细说。这一夜间，两人密叙志愿，共倾肺腑，锦帐缔同心之蒂，红绡证啮臂之盟，苏小小得遇知音，关盼盼甘殉志士，这真所谓佳话千秋了。

且说蔡锷自结识小凤仙，时常至云吉班戏游，连一切公务，都搁置起来，袁氏左右，免不得通报老袁，袁总统叹道："松坡果乐此不倦，我也可高枕无忧，但恐醉翁之意不在酒，只借此过渡，瞒人耳目呢。"适长子克定在侧，即向他嘱咐道："闻他与杨皙子等日事征逐，你等或遇着了他，不妨与他周旋，从旁窥察。此人智勇深沉，恐未必真为我用，我却很觉担忧呢。"_{枭雄见识，确是高人一筹。}克定唯唯从命。老袁又密遣得力侦探，随着蔡锷，每日行止，必向总统府报告。蔡锷早已觉着，索性花天酒地，闹个不休。并且与梁士诒商量，拟购一大厦，为藏娇计。凑巧前清某侍郎，赋闲已久，将挈眷返里，愿将住屋出售，梁即代为介绍，由锷出资购就。侍郎已去，锷即庀工鸠材，从事修葺，并索梁第的花园格式，作为模范。日夜监工，孳孳不倦。梁士诒密告老袁，老袁尚疑信参半，防闲仍然未懈。蔡锷乃再设一法，与娘子军商议密谋。看官可记得上文离婚的说话么？蔡夫人吃醋一语，不过是梁士诒戏言，蔡锷竟直认不讳，且云已准备离婚。其实蔡夫人并非妒妇，不过因蔡锷溷迹勾栏，劝他保身要紧，不应征逐花丛。锷佯为不从，与妻反目；蔡夫人却也不解，还是再三规劝。锷越发负气，简直是要与决裂。蔡夫人不敢违抗，只好向隅暗泣，自嗟薄命。一夕，蔡锷归寓，已过夜半，仆役等统入睡乡，只有夫人候着，锷一进门，酒气醺醺，令人难受。他夫人忍耐不住，又婉语道："酒色二字，最足戕性，幸君留意，毋过沉溺。"蔡锷道："你又来絮聒了，我明日决与你离婚。"夫人涕泣道："君为何人？乃屡言离婚么？妾虽愚昧，颇明大义，岂不知嫁夫随夫，从一而终？况君尚没有三妻四妾，妾亦何必怀妒，不过因君体欠强，当知为国自爱，大丈夫应建功立业，贻名后世，怎好到酒色场中，坐销壮志呢？"好夫人。蔡锷听了，不禁点首。随即出室四瞧，已是寂静得很，毫无声息，乃入室闭户，与夫人并坐，附耳密语，约莫有一两刻钟，夫人哑然失笑道："我不会唱新剧，奈何教我作伪腔？"蔡锷道："我知卿诚实，所以前次龃龉，不得不这般做作。现在事已急了，若非与卿明言，卿真要怪我薄幸。试想我蔡锷辛苦半生，赖卿内助，得有今日，岂肯平白地将你抛弃？不过卿一妇人，尚知为国，我难道转不如卿么？且醇酒妇人，无非为了此着，还乞卿卿原谅！"夫人道："至亲莫若夫妇，你至今日，才自表明，你亦未免太小心了。古人云：'出家从夫。'妾怎得不从君计？"不愧为蔡氏妇。蔡锷起座，向夫人作了一揖，夫人道："你又要做作了。"是夜枕席谈心，格外亲昵，彼此统嘱咐珍重，才入黑甜。

翌晨，蔡锷起来，盥洗已毕，即乘车赴经界局，召集属吏，议派员分至各省，调查界线，草议就绪，略进早膳，复赶车至总统府，投刺求见。侍官答言总统未起，锷故意做懊丧状，且语侍官道："我有要事面陈，倘总统起来，即烦禀报，请立传电话，召我到来。"侍官应诺，锷乃自去。既而老袁起床，侍官自然照禀，老袁即命达电话，传至蔡寓。忽得回报云："蔡将军与夫人殴打，捣毁什物不少，一时不便进言，只好少缓须臾。"老袁闻这消息，正在怀疑，可巧王揖唐、朱启钤进谒，即与语道："松坡简直同小孩子一般，怎么同女眷屡次吵闹。汝两人可速往排解，问明情由。"王、朱二人奉命，径诣蔡宅，但见蔡锷正握拳舒爪，切齿痛骂。蔡夫人披发卧地，满面泪痕，室中所陈品物，均已掷毁地上，破碎不全。装得真像。他二人趋入，婉言劝解，蔡锷尚怒气未平，向着二人道："我家直闹得不像了，二公休要见笑！试想八大胡同中，名公巨卿，足迹盈途，我不过忙里偷闲，到云吉班中，去了几次，这个不贤的妇人，一天到晚，与我争论，今日更用起武来，敲桌打凳，毁坏物件，真正可恶得很，我定要收拾这婆娘，方泄此恨。"说至此，尚欲进殴夫人。王、朱二人，慌忙拦阻，且道："夫妻斗嘴，是寻常小事，为何斗成这种样儿？松坡！你也应忍耐些，就是尊夫人稍有烦言，好听则听，听不过去，便假作痴聋便了，如何与妇女同样见识？"随语蔡寓婢媪道："快扶起你太太来。"婢媪等方走近搀扶，蔡夫人勉强起来，带哭带语道："两位大人到此，与妾做一证人，妾随了他已一二十年，十分中总有几分不错，谁料他竟这般反脸无情？况妾并不要什么好吃，什么好穿，不过因他沉溺勾栏，略略劝诫，他竟宠爱几个粉头，要将妾活活打死，好教那恩爱佳人，进来享福！两公试想，他应该不应该呢？"*两人口吻似绘，想都就床第中预备了来。*王揖唐忙摇手道："蔡夫人，你亦好少说两句罢。"蔡夫人道："我已被他尽情痛殴，身上已受巨创，看来我在此地，总要被他打死，不如令我回籍，放条生路。况他朝言离婚，暮言离婚，他是不顾脸面，我却还要几分廉耻，今日我便回去，免得做他眼中钉。"言已，呜咽不绝。王、朱两人，仔细审视，果见她面目青肿，且间有血痕，也代为叹息。一面令婢媪搀进蔡夫人，一面复劝解蔡锷。蔡锷只是摇头，朱启钤道："家庭琐事，我辈本不便与闻，但既目睹此状，也不应袖手旁观。松坡！你既与尊阃失和，暂时不便同居，不如令她回去。但结发夫妻，总要顾点旧情，赡养费是万不可少呢。"*是教你说出此语。*蔡锷方道："如公所言，怎敢不遵？这是便宜了这婆娘。"朱启钤还欲答言，只听里面复说着道："我今日就要回去哩。"蔡锷愤愤道："就是此刻，何如？"里面复答应道："此刻也是不难。"蔡锷即从怀中取出钞票数纸，交与一仆道："你就送这泼妇去罢！这钞票可作川资。"王揖唐道："女眷出门，应有一番收拾，不比我们要走便走，你且听她。总统召你进府，你快与我同去。"蔡锷又故做懊丧道："我为了这泼妇，竟失记此事了。"言毕，即偕二人出门，各自乘车，径至总统府去了。蔡夫人乘这时候，草草整装，带了仆妇数名，出都南下。小子有诗咏蔡锷的妙计道：

> 一枰下子且争先，况复机谋策万全。
> 身未离都家已徙，好教脱壳作金蝉。

蔡夫人既去，不必再表，下回且将蔡锷谒见老袁事，续叙出来。

本回全为蔡锷写照，即写小凤仙处，亦无非为蔡锷作衬。小凤仙一弱妓耳，宁真有如此慧眼，如此细心？况蔡锷怀着秘谋，对于一二十年之结发妇，尚且讳莫如深，直待遣归时始行吐露，岂仅晤二三次之小凤仙，反沥肝披胆，无隐不宣乎？著书人如此说法，实借小凤仙，以显蔡锷，且托小凤仙以讥劝进诸人，中间插入请客一段，并非无端烘染，至遣归蔡夫人一事，尤为真实不虚。文生情耶？情生文耶？阅至此，令人击节称赏。

第十三回

五公使警告外交部
两刺客击毙镇守官

　　却说蔡锷至总统府，当由朱、王二人，先行入报，并谈及蔡寓情形。袁总统道："我道他有干练才，可与办国家大事，谁知他尚未能治家呢。"慢着，你也未必能治家。当下传见蔡锷，锷入谒后，老袁也不去问他家事，但云："早晨进来，我尚未起，究竟为什么事件，须待商议？锷即以各省界划，亟待派员调查，应请大总统简派等情。老袁道："我道是何等重事，若为了经界事件，你不妨拟定数员，由我过印，便好派去。"锷乃应诺。老袁又顾及王、朱二人道："国民代表大会，究若何了？"朱启钤道："近接各省来电，筹备选举投票，已有端倪，不日当可藏事了。"老袁又道："近省当容易了事，远省恐一时难了呢。"言已，向蔡锷注视半晌，王揖唐已从旁窥着，便道："省分最远，莫如滇南，松坡在滇有年，且与唐、任诸人，素称莫逆，何勿致书一催，叫他赶办呢。"蔡锷便接着道："正是，锷即去发一密电，催他便了。"老袁道："闻上海的亚细亚报馆，屡有人抛掷炸弹，馆中人役，有炸死的，有击伤的，分明是乱党横行，扰害治安，实在要严行缉办，尽力芟除方好哩。"杀不尽的乱党，为之奈何。王揖唐道："该报馆内总主笔薛子奇，曾有急电传来，该报于十月十日出版，次日晚间，即发生炸弹案，被炸毙命，共有三人，击伤约四五人，亏得没有重要人物。近日又发现二次炸弹，幸无伤害。该报馆日夕加防，中外巡捕，分站如林，想从此可免他虑呢。"亚细亚报馆弹案，借此略略叙过。老袁又道："上海各报，对着帝制问题，不知若何说法？"王揖唐道："闻各报也赞成帝制，并没有甚么异论呢。"老袁拈着须道："人心如此，天命攸归，乱党其奈我何呢？"仿佛新莽。蔡锷听不下去，只托言出外发电，先行辞退。朱、王二人，又颂扬数语，随即告辞。

蔡锷既出总统府，忙到电局中发一密电，拍致云南将军唐继尧，及巡按任可澄两人，文中说是"帝制将成，速即筹备"八字。这八字所寓的意思，是叫唐、任筹备兵力，并不是筹备选举，看官不要误会。只当时蔡锷发电，是奉袁氏命令，侦吏自然不去检查，况只说"筹备"二字，语意含糊得很，就使被人察觉，也没甚妨碍。自密电发出后，匆匆归寓，特属妥人王伯群，密诣云南，叫他面达唐、任，速即备兵举义，自己当即日来滇，赞助独立等语。伯群去后，他稍稍放下了心，专意伺隙出都，事且慢表。

且说国务卿徐世昌，见袁总统一意为帝，始终不悟，意欲继李经羲、张謇诸人的后尘，洁身出京，免为世诟。但恐老袁猜忌太深，疑有他志，反为不妙，因此于无法中想了一法，借着老病二字，作为话柄，向袁请假。袁总统不得不准，且命他出赴天津，静养数天，俟旧病全愈，再行来京供职。这数语正中徐氏心怀，乐得脱离秽浊，去做几日闲散的人物。袁氏之命徐赴津，恐其联段为变，否则何必替他择地。这国务卿的职务，遂命陆徵祥兼代。陆本是个好好先生，袁总统叫作什么，他也便做什么。过了两三天，又由总统府中，派委董康、蔡宝善、麦秩严、夏寅官、傅增湘等，稽查国民代表选举事务，一面催促各省，速定选举代表投票日期，及决定国体投票日期。当时函电纷驰，内出外入，无非是强奸民意的办法。董康、蔡宝善等，且因各省复报投票期间，迟速不一，复商令办理国民会议事务局，电咨各省，限定两次投票期间，自十月二十八日起，至十一月二十日止，不得延误。至最关紧要的又有两电，文字很多，小子但将最要数语，分录如下：

按参政院代行立法院原咨，内称：本月十九日开会讨论，金以全国国民前后请愿，系请速定君主立宪，国民代表大会投票，应即以君主立宪为标题，票面应印刷君主立宪四字，投票者如赞成君主立宪，即写"赞成"二字，如反对君主立宪，即写"反对"二字。至票纸格式，应由办理国民会议事务局拟定，转知各监督办理。当经本院依法议决，相应咨请大总统查照施行等因，奉交到局。除咨行外，合亟遵照电行各监督查照，先期敬谨将君主立宪四字，标题印刷于投票纸，钤盖监督印信，并于决定国体投票日期，示国民代表一体遵行。

前电计达，兹由同人公拟投票后，应办事件如下：（一）投票决定国体后，须用国民代表大会名义，报告票数于元首及参政院；（二）国民代表大会推戴电中，须有恭戴今大总统袁世凯，为中华帝国皇帝字样；（三）委任参政院为国民代表大会总代表电，须用各省国民大会名义。此三项均当预拟电闻。投票毕，交各代表阅过签名，即日电达。至商军政各界推戴电，签名者愈多愈妙。投票后，三日内必须电告中央。将来宣诏登极时，国民代表大会，及商军政各界庆祝书，亦请预拟备用，特此电闻。

各省将军巡按使，叠接各电，有几个敬谨从命，有几个未以为是，但也不敢抗议，乐得扯着顺风旗，备办起来。谁知国内尚未起风潮，国外已突来警耗，日、英、俄三国公使，先后到外交部，干涉政体，接连是法、意两国，亦加入警告，又惹起一场外交问题来了。天下本无事，庸人自扰之。相传五九条约，老袁违背民意，私允日本种种要索。他的意思，无非想日本帮忙，为实行帝制的护身符。所以帝制发现，日使日置益氏，动身归国，中外人士，多疑老袁授意日使，要他返商政府，表示赞同。但外交总长陆徵祥，及次长曹汝霖，并未受过袁氏嘱托，与日使暗通关节，此次闻着谣言，曾在公会席间，当众宣言道："中日交涉方了，又倡出帝制问题，恐外人未必承认，这个难题目，我等却不能再做呢。"这一席话，分明是自释嫌疑，偏被袁氏闻知，即取出勋二三位的名目，分赏陆、曹，不值铜钱的勋位，乐得滥给。并宣召两人入内，密与语道："外交一面，我已办妥，你等可不必管了。"陆、曹二人，唯唯而出，总道是安排妥当，不劳费心，哪知十月二十八日午后一句钟，驻京日本代理公使，暨英、俄两公使，同至外交部，访会外交总长。陆徵祥当然接见，彼此坐定，即由日本代理公使开口道："贵国近日，筹办帝制，真是忙碌得很，但里面反对的人，也很不少，倘或帝制实行，恐要发生事变，现在欧战未了，各国都静待和平，万一贵国有变乱情形，不但是贵国不幸，就是敝国亦很加忧虑。本代使接奉敝政府文件，劝告贵国，请贵政府注意。"言毕，即从袖中取出警告文来，当由陆总长接着，交与翻译员译作华文。英公使徐徐说道："日本代表的通告，本公使亦具同情。"俄公使也接入道："日代表及英公使的说话，本公使也非常同意。"陆总长正要答话，翻译员已译完日文，交给过来，但见纸上写着：

中国近时进行改变国体之计划，今似已猛进而趋入实现其目的之地步。目下欧战尚无早了之气象，人心惶虑，当此之时，无论世界何处，苟有事态，足以伤害和平安宁者，当竭力遏阻，借杜新纠纷之发现。中国组织帝制，虽外观似全国无大反对，然根据日政府所得之报告，而详察中国之实状，觉此种外观，仅属皮毛而非实际，此无可讳饰者也。反对风潮之烈，远出人意料之外，不靖之情，刻方蔓延全国。观袁总统过去四年间之政绩，可见各省之纷扰情状，今已日渐平靖，而国内秩序，亦渐恢复，如总统决计维持中国之政治现状，而不改其进行之方针，则不久定有秩序全复，全国安宁之日。但若总统骤立帝制，则国人反对之气志，将立即促起变乱，而中国将复陷于重大危险之境，此固意中事也。日政府值此时局，鉴于利害关系之重大，故对于中国或将复生之危险状况。不能不深虑之。且若中国发生乱事，不仅为中国之大不幸，且在中国有重大关系之各国，亦将受直接间接不有计量之危害，而以与中国有特殊关系之日本为尤甚。且恐东亚之公共和平，亦将陷于危境。日政府睹此事态，纯为预先防卫，以保全东方和平起见，乃次计以目下时局中大可忧虑之原因，通告中政府，并询问中政府能否自信可以安稳，达到帝制之目的。日政府以坦白友好之态度，披沥其观念，甚望中华民国大总统听此忠告，顾念大局，而行此展缓改变国体之良计，以防不幸乱祸之发作，而巩固远东之和平。日政府故已发给必要之训令，致驻北京代理公使，日政府行此举动，纯为尽其友好邻邦责任之一念而起，并无干涉中国内政之意，并此声明。

陆总长览毕，竟发了一回怔，半晌才发言道："敝国政体，正待国民解决，并非定要改变。就是我大总统，也始终谨慎，不致率行，请贵公使转达贵国政府，幸毋过虑！"日代使哼了一声道："袁总统的思想，本代使也早洞悉了。中国要改行帝制，与仍旧共和，都与敝国无涉，不过帝制实行，定生变乱，据我看来，还是劝袁总统打消此念。贵总长兼握枢机，责任重大，难道可坐观成败么？"*应被嘲笑。*陆总长被他讥讽，不由得脸上一红。英公使复接着道："总教贵政府即日答复，能担保全国太平，各国自不来干涉了。"陆总长答声称"是"。日、英、俄公使，乃起座告辞。陆送别后，返语曹汝霖道："总统曾说外交办妥，为何又出此大乱子？我正不解。"曹汝霖道："既有三国警告，总须陈明总统，方可定夺。"陆徵祥道："那个自然，我与你且去走一遭，何如？"汝霖点首，遂相偕入总统府。

老袁正坐在怀仁堂，检阅各省电文，欢容满面，一闻陆、曹进谒，立即召见，便道："各省决定君主立宪，已有五省电文到来了。"陆、曹两人，暗暗好笑，你觑我，我觑你，简直是不好发言。还是老袁问及，才说明三国警告事，并将译文递陈。老袁瞧了一遍，皱着眉道："日使日置益，已经承认了去，为什么又有变卦呢？"陆徵祥道："他还要我即日答复哩。"老袁道："答复也没有难处，就照现在情形，据实措词便了。且我也并非即欲为帝呢。"还要自讳。陆总长道："是否由外交部拟稿，呈明大总统裁夺，以便答复？"老袁道："就是这样办法罢。"陆、曹二人退出，当命秘书草定复稿，经两人略略修饰，复入呈老袁。老袁又叫他窜易数字，然后录入公牍，正式答复。其文云：

贵国警告，业经领会。此事完全系中国内政，然既承友谊劝告，因亦不能不以友谊关系，将详细情形答复。中国帝制之主张，历时已久。我国人民所以主张帝制者，其理由盖谓中国幅员广大，五族异俗，而人情浮动，教育浅薄。按共和国体，元首常易，必为绝大乱端，他国近事，可为殷鉴。不但本国人生命财产，颇多危险，即各友邦侨民事业，亦难稳固。我民国成立，已历四稔，而殷户巨商，不肯投资，人民营业，官吏行政，皆不能为长久计划。人心不定，治理困难，国民主张改革国体之理由，实因于此也。政府为维持国体起见，无不随时驳拒，乃近来国民主张之者，日见增加，国中有实力者，亦多数在内。风潮愈烈，结合愈众，如专力压制，不独违拂民意，诚恐于治安大有妨碍。政府不敢负此重责，唯有尊重民意，公布代行立法院通过之法案，组织国民代表大会，公同议决此根本问题而已。当各省人民，向立法院请愿改变国体时，大总统曾于九月六日，向立法院宣示意见，认为不合时宜。十月十日大总统申令，据蒙、回王公及文武官吏等呈请改定国体，又告以轻率更张，殊非所宜，并诫各选举监督，遵照法案，慎重将事。十月十二日，又电令各省选举监督，务遵法案，切实奉行，勿得急遽潦草各等因。足见政府本不赞成此举，更无急激谋变更国体之意也。本国约法主权，本于国民全体，国体问题，何等重大，政府自不得不听诸国民之公决。政府处此困难，多方调停，一为尊重法律，一为顺从民意，无非冀保全大局之和平也。大多数国民意愿，现既以共和为不适宜于中国，而问题又既付之国民代表之公决，此时国是，业经动摇，人心各生观望，政府即受影响，商务已形停滞，奸人又乘隙造谣，尤易惊扰人心。倘因国是迁延不决，酿成事端，本国人固不免受害，即各友邦侨民，亦难免恐慌。国体既付议决，一日不定，人心一日不安，即有一日之危险，此显而易见者也。当国体讨论正烈之际，政府深虑因此引起变故，一再电询各省文武官吏，能否确保地方秩序，该官吏等一再电复，佥谓国体问题，如从民意解决，则各省均可担任地方治安，未据有里面反对炽烈，情形可虑之报告，政府自应据为凭信。至本国少数好乱之徒，逋逃外国，或其他中国法权不到之处，无论共和君主，无论已往将来，纯抱破坏之暴信，无日不谋酿祸之行为。然只能造谣鼓煽，毫无何等实力。数年以来，时有小乱发现，均立时扑灭，于大局上未生影响。现在各省均加意防范，凡中国法权不到之处，尚望各友邦协力取缔，即该乱人等，亦必无发生乱事之余地矣。当贵国政府劝告之时，各省决定君主立宪者，已有五省，各省投票之期，亦均不远。总之在我国国民，则期望本国长治久安之乐利，在政府则并期望各友邦侨民，均得安心发达其事业，维持东亚之和平，正与各友邦政府之苦心，同此一辙也。以上各节，即希转达贵政府为荷。

越数日，日本代理公使，又到外交部，代表日本政府，声言中政府答复文，甚不明了，请再明白答复。当经陆总长面答道"目下国体投票，已有十多省依法办理，总之民意所趋，非政府所能左右，敝政府如可尽力，无不照办，借副友邦雅意"等语。**欺内欺外，全是说谎。**日代使乃去。嗣复接法、意两国警告文，大致与三国警告相同，又由外交部答复，只推到民意上去，且言"政府必慎重将事，定不致有意外变乱，万一乱党乘机起衅，我政府亦有完全对付的能力，请不必代虑"云云。于是各国公使，乃暂作壁上观，寂静了好几天。各省投票，亦依次举行，全是遵照政府所嘱，硬迫国民代表，赞成君主立宪。袁总统方觉得顺手，快慰异常。

到了十一月十日晚间，忽来了上海急电，镇守使郑汝成被刺殒命，**风潮来了。**老袁不禁大惊。看官阅过前文，应知郑汝成为袁氏爪牙，老袁正格外倚重，为何忽被刺死呢？小子就事论事，但知刺客为王明山、王晓峰二人，当民国四年十一月十日，系日本大正皇帝登极期间，郑汝成为上海长官，例应向驻沪日本领事馆，亲往庆贺。是日上午十时，郑汝成整衣出署，邀了一个副官，同坐汽车，向日本领事馆进发。路过外白渡桥，但听得扑的一声，黑烟迸裂，直向汝成面旁扑过，幸还没有击着，慌忙旁顾副官，那副官也还无恙，仍勉强地坐着，正要开口与语，哪知炸弹又复掷来，巧巧从头上擦过，汝成忙把头一缩，侥幸不曾中弹，那粒炸弹却飞过汽车，向租界上滚过去了。**两击不中，故作反笔。** 副官也还大胆，忽向怀中取出手枪，拟装弹还击，不防那抛掷炸弹的刺客，竟跃上汽车，一手扳着车拦，一手用枪乱击，接着数响，那副官已受了重伤，魂灵儿离开身子，向森罗殿上，实行报到；还有一个掌机的人员，也跟着副官，一同到冥府中去；只有郑汝成已中一弹，还未曾死，要想逃遁，千难万难，看那路上的行人，纷纷跑开，连中西巡捕，也不知去向，急切无从呼救，正在惊惶万分的时候，复见一刺客跃入车中，用着最新的手枪，扳机猛击，所射弹子，好似生着眼睛，颗颗向汝成身上，钻将进去。看官！试想一个血肉的身躯，怎经得如许弹子，不到几分钟工夫，已将赫赫威灵的镇守使，击得七洞八穿，死于非命。**了结一员上将。** 那时两个刺客，已经得手，便跃下汽车，觅路乱跑，怎奈警笛呜呜，一班红头巡捕，及中国巡捕，已环绕拢来，将他围住。他两人手中，只各剩了空枪，还想装弹退敌，无如时已不及，那红头巡捕，统已伸着蒲扇般的黑掌，来拿两人，两人虽有四手，不敌那七手八脚的势力，霎时间被他捉住，牵往捕房，当由中西谳官，公同审讯。两人直认不讳，自言姓名，叫作王明山、王晓峰，且云："郑汝成趋奉老袁，残害好人，我两人久思击他，今日被我两人击死，志愿已遂，还有什么余恨？只管由你枪毙罢了。"谳官又问为何人主使，两人齐声道："是四万万人叫我来打死郑汝成的"。言已，即瞑目待死，任你谳官问长问短，只是一语不发。

当下由上海地方官等，飞电京都。老袁闻知，很是悲惜，即电饬上海地方官，照会捕房，引渡凶犯，一面优议抚恤，结果是王明山、王晓峰两犯，由捕房解交地方官问成极刑，枪决在上海高昌庙。郑汝成的优恤，是给费二万，赐田三千，又封他为一等侯爵。看官记着，这五等分封，便是郑汝成开始。小子有诗吊郑汝成道：

驻牙沪渎显威容，谁料仇人暗揕胸。

飞弹掷来遭殒命，可怜徒博一虚封。

郑汝成殒命后，隔了五六日，日本东京赤坂离所，又有一个华人蒋士立，被击受伤，毕竟为着何事，且至下回表明。

五国警告，以帝制进行恐惹内乱为词，似为公义上起见，而倡议者偏为日本国。日使日置益氏，既与老袁订有密约，归国运动，何以日本政府，复命代理公使，严词警告耶？既而思之，各国之对于吾华，本挟一均势之见，袁氏独求日本为助，秘密进行。而英、俄已窃视其旁，默料日人之不怀好意，思有以破坏之，故必今日本之倡议警告，然后起而随之，此正各国外交之胜算也。袁政府方自信无患，而郑汝成之被刺，即接踵而来，刺客为王明山、王晓峰，虽未明言主使，度必为民党无疑。或谓由郑汝成之隐抗帝制，袁以十万金购得刺客，暗杀郑于上海，斯言恐属无稽。纠之不善，不如是甚，吾于袁氏亦云。而郑氏忠袁之结果，竟至于此，此良禽之所以择木而栖，良臣之所以择主而事也。

第十四回

京邸被搜宵来虎吏
津门饯别夜赠骊歌

　　却说蒋士立被刺东京，也因鼓吹帝制的缘故。当筹安会发生以后，不特中国内地，分设支部，就在日本国中，亦派人往设分会。蒋士立即为东京支部的头目，信口鼓吹，张皇帝政。看官！你想日本里面，是民党聚集的地方，他们统反对袁氏，自然反对蒋士立。当下有民党少年，寻至蒋士立寓所，赠他两粒卫生丸，一丸及胸，一丸及腹。幸亏蒋士立躲闪得快，只伤皮肤，未中要害，还算保全性命。*侥幸侥幸。*袁总统闻汝成刺死，士立受伤，不禁恨恨道："一不做，二不休，我便实行了去，看他一班乱党，究竟如何对待？"*恐未能支持到底。*正说着，忽见袁乃宽进来，乃宽与老袁同姓，向以叔侄相称，至是遂悄声低语道："侄儿特来报告一件要事。"老袁听不清楚，便厉声道："说将响来，亦属何妨。"乃宽尚柔声道："各省筹办投票，已统有复电，唯命是从，独滇省没有确实复电，闻蔡锷与唐、任二人勾通，叫他反抗帝制，这事不可不防呢！"老袁道："你有甚么真凭实据？"乃宽道："凭据尚没有查着。"老袁不禁失笑道："糊涂东西，你既未得凭据，说他什么！"乃宽嗫嚅道："他的寓所，应有证据藏着，何妨派人一搜哩。"老袁道："若搜不出来，该怎样处？"乃宽道："就是搜检无着，难道一个蔡松坡，便好向政府问罪吗？"老袁被他一激，便道："既如此，便着军警去走一遭罢。"当下令乃宽传达电话，向步军统领及警察总厅两处，令派得力军警，往蔡寓搜查密件。

步军统领江朝宗，及警察总厅长吴炳湘，哪敢违慢，即选派干练的弁目，会同两方军警，冒夜往搜。巧值蔡锷寄宿云吉班，蔡寓中只留着仆役，闻了敲门声响，还道是蔡锷回来，双扉一启，即有两个大头目，执着指挥刀，率众趋入，吓得仆役等缩做一团，不晓得他甚么来历。但见大众入门，并不曾问及主人，大踏步走近室内，专就那桌屉箱橱中，任情翻弄。那军警执着火炬，照耀如同白昼，忽到这处，忽到那处，目光灼灼，东张西顾，最注意的是片纸只字，断简残篇，约有两三个小时，并不见有甚么取出，只箱橱内有一小凤仙摄影，及桌屉内几张请客单，袖好了去，那时一哄而出。

仆役等才敢出头，大家哄议道："京都里面，大约没有强盗，也差不多。若是强盗到来，何故把值钱的什物，并未劫去？这究竟是何等样人？"有一个老家人道："你等瞎了眼珠，难道不看见来人衣服，上面都留着符号，一半是步军，一半是警察么？"大家又说道："我家大人，并没有甚么犯罪，为何来此查抄？"老家人道："休得胡说，我去通报大人便了。"当下飞步出门，竟往云吉班。适值蔡锷将寝，由老家人闯将进去，报称祸事，蔡锷吃了一惊，丞趿履起床，问明情由。经老家人略略说明，才把那心神按定，想了片刻，方道："寓中有无东西，被他拿去？"老家人答言："没有，只有一张照相片，被他取去，想便是这里的凤……"，说到"凤"字，已被蔡锷阻住道："我晓得了，你去罢，不必大惊小怪，我俟明天就来。"老家人退出，小凤仙忙问道："为着何事？"蔡锷微笑道："想是有人说我的坏话，所以派人往搜。"*一猜就着。*小凤仙急着道："你寓内有无违禁文件？"蔡锷道："你休耽忧！我寓中只有几张《亚细亚报》，余外是没有了。"*单说《亚细亚报》，妙极。*小凤仙道："朋友往来的书信，难道也没有么？"*顾虑及此，也是解人。*蔡锷低声道："都付丙了。"*预防久了。*小凤仙道："你的家人，曾说将照片取去，莫非就是我的摄影？"蔡锷道："恐不是呢，如果取了去，我倒为你贺喜，此番要选入皇宫，去做花元春第二呢。"*诙谐得妙。*小凤仙啐了一声，随即就寝，蔡锷也安睡了。

到了次日，起身回寓，看那桌屉箱橱中，都翻得不成样儿，仔细检点，除小凤仙的小影外，却没有另物失去。*请客单原不在话下。*他正想赴军警衙门，与他理论，巧值内务总长朱启钤，着人邀请，遂乘车直至内务部。朱启钤慌忙出迎，彼此同入内厅，寒暄数语，便说起昨夜搜检的事情，实系忙中弄错，现大总统已诘责江、吴二人，并央自己代为道歉。蔡锷冷笑道："难得大总统厚恩。唯锷性情粗莽，生平没有秘密举动，还乞诸公原谅！"朱启钤又劝慰了数语，并将小凤仙的照片，取还蔡锷，便道："这个姑娘儿，面目颇很秀雅，怪不得坡翁见赏。"蔡锷道："这乃是锷的坏处，不自检束，有玷官箴，应该受惩戒处分的。"朱启钤笑道："现在已成了习惯，若为了此事，应受惩戒，恐内外几千百个官吏，都应该惩戒哩。"官吏都是如此，所以国不成国。说毕，又闲谈了一会儿，蔡锷随即告辞。后来探听得搜检事情，实是袁乃宽进谗，并与小凤仙有些关系。原来小凤仙经蔡锷赏识，名盛一时，袁乃宽亦思染鼎，三往不见，遂愤愤道："这个婆娘，不中抬举，你道蔡松坡年少多才，哪知他是个乱党呢。"当下越想越气，竟至袁氏前攻讦，不意落了个空，反被老袁训斥一顿。上文特揭小凤仙照片，便寓此意，但色为祸媒，不可不戒。蔡锷自经此搜查，极思摆脱樊笼，遂往与小凤仙密商。小凤仙正坐在卧室，手中执着一书，静心阅着，俟蔡锷入房，才将书放下，立起身来，问及搜检事情。蔡锷略述一遍，随从案上取书一瞧，乃是一本意大利建国三杰传，便问小凤仙道："此书的内容，你道可好么？"小凤仙道："好得很，好得很，非是文不足传是人。"蔡锷道。"作书的人，便是前司法总长梁任公。"小凤仙道："我也晓得他，可惜我不能一见。"蔡锷道："他是我的师长哩。"小凤仙不禁大喜道："他现在哪里？既与你是师生，求你介绍，俾我一见。"爱才如命。蔡锷道："我师前日，曾到天津，畀我一书，说我若往津门，应过去叙谈一切。"小凤仙道："那是好极的了，我明日便同你去。"蔡锷听了，想："与她说明行径，转恐漏泄机关，致碍行动，不如到了天津，再说未迟。"随即接入道："我就同你去罢！但我师正反对帝制，明日往访，却不宜外人知道呢。"小凤仙点首称是。是晚蔡锷回寓，略略收拾，也不与家人说明，仍往云吉班住宿。

次日午前，竟雇着一乘摩托车，先给车资，挈小凤仙上车同坐，招摇过市。故意令人共睹。行至前门外面，望见一所京菜馆，便与小凤仙下车，至馆中午餐。餐毕，两人出门，不再上摩托车，竟自向市中买些食物，缓步儿行至车站。可巧车站中正当卖票，蔡锷竟挨入人丛，买了两张票纸，偕小凤仙趋出月台，竟上京津火车。才经片刻，钲声一响，车轮齐动，竟似飞地去了。

那时虽有侦探在旁，但是奉令密查，不便出来拦阻，只好眼睁睁地由他自去，转身去报袁总统。老袁确是厉害，复遣密探到津，监伺蔡锷行动。蔡锷到津后，往访梁任公，已是南去，乃投宿某旅社，夜间与小凤仙说明行踪，拟即乘此南下。小凤仙对着蔡锷，沉沉地望了一会儿，不觉地情肠陡转，眼眶生红，半晌才说道："我与你拟同生死，你去，我便随你同行。"蔡锷道："我是要去督兵打仗的。"小凤仙忙接口道："你道我是个弱女儿，不能随你杀贼么？"事虽难行，语颇雄壮。蔡锷道："卿虽具有壮志，但此行颇险，若与卿同行，不但于卿无益，并且与我有害；不但与我有害，且阻碍共和前途，卿何必贪爱虚名，致受实祸。"小凤仙忍不住泪，带哭带语道："依这般说，简直是把我撇弃吗？"蔡锷道："卿何必自苦，他日战胜回来，聚首的日子正长哩，奈何作此失意语？"小凤仙才道："我虽是儿女子，也知爱国，怎忍令英雄志士，溺迹床帏？但此去须要保重，免我远念。想你即日就要动身，我便借此客馆中，备着小酌，与你饯别罢。"说着，即呼馆佣入内，令叫几样可口的菜蔬，及佳酿一壶，佣夫遵嘱去讫，须臾即送入酒肴，由两人对饮起来。絮絮言情，语长心重，到了酒酣耳热的时候，小凤仙复道："本拟为君唱歌饯行，但恐耳目甚近，不便明歌，你可有纸笔带来吗？"蔡锷说一个"有"字，即从袋中取出铅笔，及日记簿一本，递与小凤仙，小凤仙即舒开纤腕，握笔书词，词云：

柳摇金骊歌一曲开琼宴，且将之子饯。蔡郎呵！你倡义心坚，不辞冒险，料着你食难不咽。蔡郎蔡郎！你莫认作离筵，是我两人大纪念。

帝子花燕婉情你休留恋！我这里百年预约来生券，你切莫一缕情丝两地牵。如果所谋未遂，或他日呵，化作地下并头莲，再了生前愿。

学士巾蔡郎呵！你须计出万全，力把渠魁殄。若推不倒老袁呵，休说你自愧生前，就是侬也羞见先生面，要相见，到黄泉。

小凤仙写着，蔡锷是目不转睛的，瞧她写下，口中接连赞美，看到末两阕连自己也眼红起来。及至写完，见纸上已湿透泪痕，小凤仙尚粉颈低垂，沉沉不语，好一歇方抬起头来，看她已似泪人儿一般，勉强说道："班门弄斧，幸勿见笑。"蔡锷此时，也不觉心如芒刺，一面携了手巾，替小凤仙拭泪，一面与语道："字字沉痛，语语回环不意卿却具此捷才，真不枉我蔡松坡结识一场呢。"小凤仙恐未必能此，但余观近人著有《松坡轶事》，*亦载入此词，想作者未忍割爱，故选录及之。*小凤仙道："我已早知有今日了。这数阕俚词，预备已久，将来赓续了去，为群谱一传奇，倒也是一番佳话。但自愧才疏，有志未逮，俟君成功后，同续何如？"蔡锷道："好极，但我意须较为雄壮，莫再颓唐。"小凤仙接着道："英雄语自然不同。我辈儿女子，笔底下要想沉壮，也觉为难呢。"蔡锷道："你第一阕也雄壮得很；第二阕前半俱佳，后半结语，似嫌萧疯，难道你我竟相见期么？"小凤仙道："功成名立，偕老林泉，这是我的夙愿，诚能得此，那是莫大的幸福了。"*造物忌才，怎肯畀你如愿。*说着时，外面的报时钟，已接连敲了三下。蔡锷惊道："夜已深了，快收拾睡罢。"将残看冷酒，搬过一旁，随即睡下。

趋宿起来，盥洗才毕，但见窗棂外面，已有人前来探望。至开门出去，那探望的人，都扬长走了。蔡锷悄语小凤仙道："侦探又来了。"小凤仙道："这却如何是好？"蔡锷道："不要紧的，我自有计。"当下吃过点心，就取出纸笔，挥就一篇因病请假的呈文，用函固封，竟向邮局寄往京城。*索性明报。*他本有失眠喉痛症，索性借此机会，就日本医院医治，除每日赴院一次外，仍挟小凤仙作汗漫游。各侦探往来暗伺，了无他异，唯尚监伺左右，不肯放松。蔡锷佯作不知，背地里却与凤仙谋定，实行那金蝉脱壳的妙计。一夕，与凤仙对坐，狂饮室中，议论风生，津津有味。俄而有拍案声，痛骂声，远达户外。各侦探忙去窃听，前一套说话，是评论花丛，后一套说话，是詈及正室。忽喜忽怒，仿佛是醉后胡言。未几竟叫作腹痛起来，连呼如厕。侦探疾忙避开，他即出室，令馆佣前导，一手抠衣，一手捧腹，向厕所去了。侦探未及尾随，并以厕所中无关机密，自然散去。

翌晨往视，还是户阄深扃，高卧未起，迟至午刻，方觉有人走动，重复窃窥，只见小凤仙起床，云鬓蓬松，尚未梳沐，待午餐已过，又约有一两小时，小凤仙整妆出门，携了皮夹，掩户自去。到了晚间，亦并未回来，次日也不见返寓，各侦探往问账房，账房亦没有知晓。大家动了疑心，启户入视，什物已空，只桌上留着一函，由司账展开一阅，乃是钞票数张，并附有一条，谓作房饭代价，顿时面面相觑，莫明其妙。*连我亦是不懂。*司账人虽然惊诧，但教钱财到手，倒也不遑细究。唯各侦探奉命前来，急得甚么相似，忙至车站探问，好容易查得小凤仙消息，已于昨晚返京，独蔡锷不知去向。*奇极妙极。*

看官！你道这蔡松坡究竟到哪里去了？他知侦探随着，万难南行，计唯东渡扶桑，迂道至滇，方可脱身。当日探得日本邮船，名叫山东丸，乘夜出口，遂借着腹痛为名，就厕后复退馆佣，即觑人不备，逸出后门，孤身赴港，登舟买票，竟往日本。真个是人不知，鬼不觉，安安稳稳地到了东瀛。*其身虽安，其心甚苦*。复续上呈文，电达京中。那时前呈已邀批发，给假两月。至续呈到京，老袁未免一急，但表面上不好指斥，只好批令调治就愈，早日回国，用副倚任等语，过了数天，又接到蔡锷手书，略云：

趋侍钧座，阅年有余，荷蒙优待，铭感次骨。兹者帝制发生，某本拟涓埃图报，何期家庭变起，郁结忧虑，致有喉痛失眠之症。欲请假赴日就医，恐公不我许，故微行至津东渡。且某之此行，非仅为己病计，实亦为公之帝制前途，谋万全之策，盖全国士夫，翕然知共和政体，不适用于今兹时代，固矣。唯海外侨民，不谙祖国国情，保无不挟反对之心，某今赴日，当为公设法而开导之，以执议公者之口。倘有所闻见，锷将申函钧座，敷陈一切，伏乞钧鉴！

老袁看毕，忍不住气愤道：“瞒着了我，潜往东洋，还要来调侃我，真正可恨！我想你这竖子，原是刁狡极了，但要逃出老夫手中，恐还是不容易哩。”乃一面电给驻日公使陆宗舆，叫他就近稽查，随时报告，一面密派心腹爪牙，召入与语道：“我看蔡锷东渡，托言赴日就医，其实将迂道赴滇，召集旧部，与我相抗，你等可潜往蒙自，留心邀截，他从海道到滇，非经蒙自不可，刺杀了他，免贻后患。”*两路防闲，计密且毒，奈天不容汝何？*遂厚给川资，遣他去讫。

是时杨度、阮忠枢等，闻小凤仙返京，即去探访详问蔡锷病况，及归国时期。小凤仙却淡淡答道：“蔡老赴日养疴，早一日好，早一日归国，并没有一定期间。”阮忠枢道：“闻你曾同赴天津，为何不偕往日本？”小凤仙道：“他的结发夫妻，还要把他遣归，何况是我呢？”阮忠枢无词可答，遂与杨度同归，转报老袁，老袁道：“同去不同来，分明是有别意，但我已摆布好了，由他去罢。”慢着！正是：

纵有阴谋如蝎毒，谁知捷足已鸿飞。

蔡锷已去，京中已产出一个短命皇帝来了。欲知详细，请看下回叙明。

蔡锷一行，为再造共和张本，故五十二回中，已全力写照，本回复将京寓被搜，及津门话别事，竟体演述，不肯少略。盖一以见蔡锷之智，一以见小凤仙之慧，英雄儿女，自有千秋，而三叠骊歌，并为后文伏笔。至潜身东渡时，尤写得惝恍迷离，非经揭破，几令人无从揣测。作者述小凤仙语，谓非是文不足传是人，吾还以赠诸作者。

第十五回

胁代表选上推戴书
颁申令接收皇帝位

却说民国四年十一月中，正各省将军巡按使，制造民意，纷纷投票的时候，结果是全国代表，选就了一千九百九十三人。至解决国体，却是全体一致，赞成君主立宪。当下由各省驰电到来，京中一班攀龙附凤的人物，统是欢喜不尽。老袁此时不知喜欢的什么相似。袁总统即命财政部连拨若干款项，寄交各省，作为各代表路费，即日到京，再由参政院中，举行全国国民代表大会，申决国体，及公上推戴书。哪知朱启钤、周自齐等，已早有密电传达外省，叫他预备国民推戴书。真会巴结。电文云：

各省将军巡按使鉴：国体投票解决后，应用之国民推戴文内，有必须照叙字样，曰：国民代表等，谨以国民公意，恭戴今大总统袁世凯为中华帝国皇帝，并以国家最上完全主权，奉之于皇帝。承天建极，传之万世。此四十五字，万勿丝毫更改为要。再此种推戴书，在国体未解决之前，希万分秘密，并盼先复，至奏折一切格式，均照旧例，唯跪奏改为谨奏。其他仪式，俟拟定再行通告。启钤、自齐、士诒、镇芳、忠枢、在礼、乃宽、士钰、震春、炳湘印。

自各省接到此电，便把那依样葫芦，描画起来，当将电文中四十五字，列入推戴书中，一字不易，再添了几句起末文，拍电进去。还有直隶巡按使朱家宝，居然首先称臣，于十一月二十八日，为着地方政务，上了三折，统是改呈为奏，起首称臣朱家宝，末称伏乞皇帝陛下圣鉴等语。*未奉明令，即称帝称臣，可谓忠臣第一。*老袁并不指斥，已是实行承认。转眼间又过十天，各省国民代表，均领了公文路费，陆续到京，各路火车，统有招待的专使，酬应非常周到。京城里面的招待所，更布置得装潢灿烂，目眩神迷。这等国民代表，趋入所中，几疑身到华胥，仿佛别有天地。到了十二月十一日上午九时，参政院中，召集全国代表一千九百九十三人，申决国体投票。各参政员全体到齐，只有黎元洪请假未到，院外大排军警，看似欢迎代表，实是监督代表。那一千九百九十三人，晓得什么玄妙，一个个鱼贯而入。到了会场，但见中间拥着两个大匦，左匦上贴着君宪两字，右匦上贴着共和两字，当有一班招待人员，与各代表附耳密谈。各代表均唯唯从命。大家领票照书，均向左匦投入，至开匦验票，左匦中一纸不少，足足有一千九百九十三票，统是赞成君宪。右匦中当然不必开验，便照例宣布，大众呼了三声“帝国万岁”。参政员杨度、孙毓筠，就乘此提议道：“全国代表，既一致赞成君宪，应即奉当今袁大总统为皇帝。”大众拍手赞成。杨度、孙毓筠又道：“本院由各省委托，为全国总代表，尤应用总代表名义，恭上推戴书。”大众又一齐拍手。于是推秘书员起草，那秘书员成竹在胸，才高倚马，立刻草成八九百字，即向大众朗读道：

奏为国体已定，天命攸归，全国商民，吁登大位，以定国基，合词仰乞圣鉴事。窃据京兆，各直省，各特别行政区域，内外蒙古、西藏、青海、回疆、满蒙八旗，全国商会，及华侨有勋劳于国家，硕学通儒各代表等，投票决定国体，全数主张君主立宪，业经代行立法院咨陈政府在案。同时据京兆，各直省，各特别行政区域，内外蒙古、西藏、青海、回疆、满蒙八旗，全国商会，及华侨有勋劳于国家，硕学通儒各代表等，各具推戴书，均据称：“国民公意，恭戴今大总统袁公世凯为中华帝国皇帝，并以国家最上完全主权，奉之于皇帝，承天建极，传之万世”等因。兼由各国民大会委托代行立法院为总代表，以全国民意，吁请皇帝登极前来。窃维帝王受命，统一区夏，必以至仁复民而育物，又必以神武戡乱而定功。《书》云：“一人有庆，兆民赖之。”《诗》曰：“燕及皇天，克昌厥后。”盖唯应天以顺人，是以人归而天与也。

溯自清帝失政，民罹水火，呼吁罔应，溃决势成，罪己而民不怀，命将而师不武。我圣主应运一出，薄海景从，逆者革心，顺者效命。岌然将倾之国家，我圣主实奠安之。斯时清帝不得已而逊位，皇天景命，始集于圣主，我圣主有而弗居也。南京仓猝草创政府，党徒用事，举非其人，民心皇皇，无所托命，我圣主至德所覆，迩安远怀，去暴归仁，若水之就下，孑然待尽之人民，唯我圣主实苏息之。斯时南京政府，不得已而解散，皇天景命，再集于我圣主，我圣主仍有而弗居也。民国告成，四方和惠，群丑窃柄，怙恶不悛，安忍阻兵，自逃覆载。我圣主赫然震怒，临之以威，天讨所加，五旬底定，以至仁而伐不仁，盖有征而必无战。慕义向化者，先归而蒙福，迷复不远者，后至而洗心，皆我圣主实抚育而安全之。斯时大难既平，全国统一，皇天景命，三集于我圣主，我圣主固执谦德，又仍有而弗居也。夫唯煌煌帝谛，圣人无利天下之心，而天施地生，兆民必归一人之德。往者国家初建，参议院议员，推举临时大总统，斯时全国人心，咸归于我圣主，国运于以肇兴。继此国会成立，参议院众议员，推举大总统，全国人心，又咸归于我圣主，国基于以大定。然共和国体，不适国情，上无以建保世滋大之弘规，下无以谋长治久安之乐利，盖唯民心有所舍也，则必有所取，有所去也，则必有所归。今者大旆民衷，全国一心，以建立帝国，民归盛德，又全国一心以推戴皇帝。我中华文明礼义，为五千年帝制之古邦，我皇帝睿智圣武，为亿万姓归心之元首。伏维仰承帝眷，俯顺舆情，登大宝而司牧群生，履至尊而经纶六合。轩帝神明之胄，宜建极以承天，姒后继及之规，实抚民而长世。谨奏。

读毕，大众无不赞成，即刻通过，复齐呼"皇帝万岁"三声。自九点钟起，至十一点半钟，已经手续完备，大众当即散会，回寓午餐去了。下午一句钟，秘书员已缮好奏折，即刻进呈，哪知奏折才呈，申令即下，却教他另行推戴，把那推戴书发还。还要装腔。其文云：

上略查《约法》内载民国之主权，本于国民之全体。既经国民代表大会，全体表决，改用君主立宪，本大总统自无讨论之余地。唯推戴一举，无任惶骇。天生民而立之君，天命不易，唯有丰功盛德者，始足以居之。本大总统从政，垂三十年，迭经事变，初无建树，改造民国，已历四稔，忧患纷乘，愆尤丛集，救过不赡，图治未遑，岂有功业足以称述？前此隐迹洹上，本已无志问世，遭遇时变，谬为众论所推，不得不勉出维持，舍身救国。然辛亥之冬，曾居政要，上无裨于国计，下无济于民生，追怀故君，已多惭疚。今若骤跻大位，于心何安？此与道德不能无惭者也。致治保邦，首重大信，民国初建，本大总统曾向参议院宣誓，愿竭能力，发扬共和，今若帝制自为，则是背弃誓词，此于信义无可自解者也。本大总统于正式被举就职时，固尝掬诚宣誓，此心但知救国救民，成败利钝不敢知，劳逸毁誉不敢计，是本大总统既以救国救民为重，固不惜牺牲一切以赴之。但自问功业，既未足言，而关于道德信义诸大端，又何可付之不顾？在爱我之国民代表，当亦不忍强我以所难也。尚望国民代表大会总代表等，熟筹审虑，另行推戴，以固国基。本大总统处此时期，仍以原有之名义，及现行之各职权，维持全国之现状。除咨复代行立法院，并将国民代表大会，总代表推戴书，及各省区国民代表推戴书等件，送还代行立法院外，合行宣示，俾众周知。此令。

杨度、孙毓筠二人，已预知申令即下，早已约定各省代表，再行到会，恭候圣旨。各代表似傀儡一般，随拨随动，到了傍晚，仍至参政院会齐。果然九天纶綍，宣布下来，大众恭读一遍，都有些疑惑不定。但听杨度宣言道："大总统盛德谦冲，所以有此申令，但全国民意，既趋一致，大总统亦未便过拂舆情，理应由本院再用总代表名义，呈递第二次推戴书。"大众复随声附和，仍推秘书起草。不料十五分钟的时候，便拟成二千六百多字的长文。圣主出世，应该有此奇才，曹子建且当拜倒。是时电灯四映，云集一堂，复由秘书朗声宣读，大众模模糊糊地听了一会儿，无非是什么功烈，什么德行，十成中只解一二，也都赞成了事，乃宣告散会，立即缮成第二次推戴书。次日即奉大总统申令云：

据全国总代表大会总代表代行立法院奏称：窃总代表前以众议佥同，合词劝进，吁请早登大宝，奉谕推戴一举，无任惶骇等因。仰见圣德渊衷，巍巍无与之至意，钦仰莫名。唯当此国情万急之秋，人民归响之诚，几已奫涌沸腾，不可抑遏。我皇帝倘仍固执谦退，辞而不居，全国生民，实有若坠深渊之惧。盖大位久悬，则万几丛脞，岂宜拘牵小节，致国本于阽危？且明谕以为天主民而立之君，唯有功德者足以居之，而谓功业道德信义诸端，皆有问心未安之处，此则我皇帝之虚怀若谷，而不自知其冲逾量者也。总代表具有耳目，敢昧识知，请先就功烈言之：当有清末造，武备废弛，师徒屡熠，国威之不振久矣。我皇帝创练陆军，一授以文明国最精之兵法，划除宿弊，壁垒一新。手订数条，洪纤毕备。募材选俊，纪律严明，魁奇杰特之才，多出于部下，不数年遂布满寰区，成效大彰，声威丕著。当时外人之莅观者，莫不啧啧称叹，而全国陆军之制，由此权舆。厥后戡定四方，屡平大难，实利赖之，此功在经武者一也。及巡抚山东，拳匪煽乱，联军内侵，乘舆播迁，大局糜烂。唯我皇帝坐镇中原，屹若长城之独峙，匪乱为之慑伏，客兵相戒不犯。东南半壁，赖以保障。以一省之治安，砥柱中流，故虽首都沦陷，海内骚然，卒得转危为安，金瓯无缺。当是时也，构难虽曰乱民，而纵恶实由亲贵，不惩祸始，无从媾和，强邻有压境之师，客军无返旆之日，瓜分豆剖，祸迫眉睫，而元恶当国，莫敢发言。我皇帝密上弹章，请诛首罪，顽凶伏法，中外翕然，和局始克告成，河山得免分裂，此功在匡国者二也。寻授北洋大臣，其时风鹤尤惊，人心未靖，乃扫荡会匪，萑苻绝迹，廓清积案，民教相安。收京津于浩劫之余，返銮舆于故宫之内，遂复高掌远蹠，厉行文明诸新政，无不体大思精，兼营并举，规模式廓，气象万千。论者谓我皇帝为中国进化之先河，文明之渊海，洵符事实，非等虚词，此功在开化者三也。革命事起，风潮剧烈，不数月间，四方瓦解，皇室动摇，天意厌清，人心思乱。清孝定景皇后，知大势之已去，满族之孤危，痛哭临朝，几不知税驾之何所。斯时我皇帝改步，为应天顺人之举，躬自践阼以安四海，夫谁得而议之者！乃犹恪恭巨节，艰难支拄，委曲维持，以一身当大难之冲，几遭炸弹而不恤。孝定景皇后，乃举组织共和政府之全权，与夫保全皇室之微意，悉挈而付托我皇帝，始有南北议和，优待皇室之条件。人知清廷逊位之易，结局之良，而不知我皇帝之苦心调剂，固竭其旋转乾坤之力也。于是南北复归于统一，清室获保其安全，四万万之生灵，弗陷于涂炭，二万万之疆圉，得完其版图，于风雨飘摇之中，而镇慑奠安，卒成共和四年之政局。国家得与人民休养生息，不至沦胥以尽，此功在靖难者四也。民国初建，暴民殃徒，攘臂四出，叫嚣乎政党议会，厖突乎官署戎行，挑拨感情，牵掣行政。我皇帝海涵天覆，一以大度容之。彼辈野心弗戢，卒有赣宁之暴动，东南各省，再见沉沦，幸赖神算早操，三军致果，未及旬月，而逆氛尽扫，如拉枯朽，遂得正式礼成，大业克跻，列邦交庆。彼辈毒无可逞，犹复勾结

狼匪，肆其跳梁，大兵一临，渠魁授首，神州重奠，戈甲载橐，卒使闾阎安堵，区宇
救宁，以臻此雍洽和熙之治。盖自庚子拳匪之乱，辛亥革命之变，癸丑六省之扰，皆
足以颠覆我中国，非我皇帝，孰能保持镇抚，使四千年神明之裔，食息兹土，不致沦
亡？此则我皇帝之大有造于我中国，而我蒸黎子孙所共感而永矢勿谖也，此功在定乱
者五也。不但此也，溯自通海以来，外交之失策，不可胜计，国际之声誉，几无可
言。以积弱衰疲之国，孤立于群雄角逐之间，托势之危，莫此为甚。而意外变局，又
往往无先例之可援，措置偶一失宜，后患不堪设想。唯我皇帝，睿智渊深，英谋霆
奋，遇有困难之交涉，一运以精密之谟猷，靡不立解纠纷，排除障碍，卒得有从容转
圜之余地。而远人之服膺威望，钦迟丰采者，亦莫不输诚结纳，帖然交欢。弭祸衅于
樽俎之间，缔盟好于敦槃之际，此功在交际者六也。凡此六者，皆国家命脉之所存，
万姓安危之所系；若乃其余政教之殷繁，悉由宵旰勤劳之指导，虽更仆数之，有不能
尽，我皇帝之功烈，所以迈越百王也。请再就德行言之：我皇帝神功所推暨，何莫非
盛德所滂流？荡荡巍巍，原无二致。至于一身行谊，则矩动天随，亦有非浅识所能测
者。如今兹创业，踵迹先朝，不无更姓改物之嫌，似有新旧乘除之感。明谕引此以为
惭德，尤见我皇帝慈祥忠厚之深衷，而不自觉其虑之过也。夫廿载以来，往事历历可
徵，我皇帝之尽瘁先朝，其于臣节，可谓至矣。无如清政不纲，晚季尤多瞀乱，庚子
之难，一二童騃，召侮启戎，成千古未有之笑柄。覆宗灭祀，指顾可期，非赖我皇帝
障蔽狂流，逆挽滔天之祸，则清社之屋，早在斯时。迨我皇帝位望益隆，所以为清
室策治安者，益忠且挚。患满人之孱弱也，则首练旗兵；患贵胄之暗昧也，则请遣游
历；患秕政之梦扰也，则厘定官制；患旧俗之锢蔽也，则订立宪章。凡兹空前之伟
画，一皆谋国之前图。乃元辅见疏，忠谠不用，宗支干政，横揽大权，黩货玩戎，斫
丧元气。自皇帝退休三载，而朝局益不可为矣。乃武昌难作，被命于仓皇之际，受任
于危乱之秋，犹殷殷以扶持衰祚为念。讵意财力殚耗，叛乱纷乘，兵械两竭于供，海
陆尽失其险。都城以外，烽燧时惊，蒙藏边藩，相继告警。而十九条宣誓之文，已自
将君上之大权，尽行摧剥而不顾。谁实为之？固非我皇帝所及料也。后虽入居内阁，
而祸深患迫，已有岌岌莫保之虞。老成忧国之衷，至于废寝忘餐，扪膺涕泣，然而战
守俱困，险象环伏，卒苦于挽救之无术。向使冲人嗣统之初，不为谗言所入，举国政
朝纲之大，一委元老之经营，将见纲举目张，百废俱举，治平有象，乱萌不生，又何

至有辛亥之事哉？至万不得已，仅以特别条件，保其宗支陵寝于祚命已坠之余，此中盖有天命，非人力所能施。而我皇帝之极意绸缪者，其始终对于清廷，洵属仁至而义尽矣。夫历数迁移，非关人事，曩则清室鉴于大势，推其政权于国民，今则国民出于公意，戴我神圣之新君。时代两更，星霜四易，爱新觉罗之政权早失，自无故宫禾黍之悲。中华帝国之首出有人，庆睹汉官威仪之盛。废兴各有其运，绝续并不相蒙。况有虞宾恩礼之隆，弥见兴朝覆育之量，千古鼎革之际，未有如是之光明正大者。而我皇帝尚兢兢以惭德为言，其实文王之三分事殷，亦无以加此，而成汤之恐贻口实，固远不逮兹。此我皇帝之德行，所为夐绝古初也。然则明谕所谓无功薄德云云，诚为谦抑之过言，而究未可以过抑人民之殷望也。至于前此之宣誓，有发扬共和之愿言，此特民国元首循例之词，仅属当时就职仪文之一。盖当日之誓，根于元首之地位，而元首之地位，根于民国之国体，国体实定于国民之意向，元首当视民意为从违。民意共和，则誓词随国体为有效，民意君宪，则誓词亦随国体为变迁。今日者国民厌弃共和，趋向君宪，则是民意已改，国体已变，民国元首之地位，已不复保存，民国元首之誓词，当然消灭。凡此皆国民之所自为，固于皇帝渺不相涉者也。以上歌功颂德之词，尚可勉强敷衍，至把誓词抵赖，亏他说得出，亏他推得清。我皇帝唯知以国家为前提，以民意为准的，初无趋避之成见，有何嫌疑之可言？而奚必硁硁守仪文之信誓也哉？要之我皇帝功崇德茂，威信素孚，中国一人，责无旁贷。昊苍眷佑，亿兆归心，天命不可以久稽，人民不可以无主。伏冀冲勉抑，渊鉴早回，毋循礼让之虚仪，久旷上天之宝命。亟颁明诏，宣示天下，正位登极，以慰薄海臣民喁喁之渴望，以巩我中华帝国有道之鸿基。代表不胜欢欣鼓舞恳款迫切之至，除将明令发还，本国民代表大会总代表推戴书，及各省区国民代表推戴书等件，仍行赍呈外，谨具折上陈，伏乞睿鉴施行等情。据此，天下兴亡，匹夫有责，予之爱国，讵在人后？但亿兆推戴，责任重大，应如何厚利民生？应如何振兴国势？应如何刷新政治，跻进文明？种种措置，岂予薄德鲜能，所克负荷？前此掬诚陈述，本非故为谦让，实因惴惕交萦，有不能自已者也。乃国民责备愈严，期望愈切，竟使予无以自解，并无可诿避。第创造宏基，事体繁重，洵不可急遽举行，致涉疏率。应饬各部院就本管事务，会同详细筹备，一俟筹备完竣，再行呈请施行。凡我国民，各宜安心营业，共谋利福，切勿再存疑虑，妨阻职务。各文武官吏，尤当靖共尔位，力保治安，以副本大总统轸念生民之至意。除将国民代表大会总代表推戴书，及各省区国民代表推戴书，发交政事堂，并咨覆全国国民代表大会总代表代行立法院外，合行宣示，俾众周知。此令。

小子随读随录，录毕后，禁不住惭愤起来，乃口占一绝道：

揖让征诛是昔型，六朝篡窃亦彰明。
如何下效河间妇，狎客催妆甘背盟？

老袁既接收帝位，遂有好几种做作施行出来，看官请续阅下回，便有分晓。

两次推戴书，统计不下三千余字，乃不到半日，即草缮俱竣，是明明预先备办，第临时掩人耳目而已。且袁氏尚未承认帝制，而我圣主我皇帝之词，连篇累牍，不识若辈何心，乃竟厚颜若此？袁氏半推半就，真似倚门卖娼，装出许多丑态。吾谓欲做皇帝，简直就做，何必许多做作，愈形其丑耶？作伪心劳日拙，我为诸参政羞，我并为袁皇帝羞。

第十六回

贿内廷承办大典
结宫眷入长女官

却说袁世凯既承认为帝，京城里面，热闹得甚么相似。当由总统府传出消息，称说袁皇帝登极期间，便是民国五年一月一日。那时一班趋炎附热的官儿，及鬻贱贩贵的商人，都伸着项颈，睁着眼珠，希望那升官发财，有名有利。还有一千九百九十三个国民代表，统以为此番进京，佐成帝业，就使不得封侯拜相，总有一官半职，赏给了他；或另有意外金钱，作为特赐，于是朝朝花酒，夜夜笙歌，镇日在八大胡同中，流连忘返。全国代表，如是如是，几令国民羞杀。哪知一声霹雳，震响天空，政府中颁发命令，叫他各归故里，仍安本业。新妇已经登堂，还要媒人何用。看官！你想各代表到了京都，已将半月，所得川资，统已向楚馆秦楼中，花费了去，而且还有酒债饭债，及各种什物债，满望将来名利双收，了清债务，偏偏要他回里，他们统变做妙手空空，连回去的盘费，统是无着，哪里还好偿债？大家才知道着了道儿，叫苦不迭，至此方知，真是笨伯。没奈何吁告同乡，替他设法。还是杨度、孙毓筠等，脚力稍大，向办理国民会议局中，支出二万元款子，分给代表，每人百元，才得草草摒挡，溜出京城，回乡过年去了。只所有欠项，始终未曾还清，仍是酒店饭店，及各什物店中的晦气，这且休表。

且说帝位已定，明令迭颁，一面用压制法，一面用笼络法，计匝旬间，除无关帝制外，约有好几道命令，小子也不胜抄录，节述如下：

十二月十三日申令，此次改变国体，全出国民公意，如有好乱之徒，造谣煽惑，勾结为奸，当执法以绳，不少宽贷。

十五日策令，封黎元洪为武义亲王。黎固辞，申令不许。

十六日申令，清室优待条件，永不变更，将来制定宪法，继续有效。因清室内务府咨照参政院，赞成袁氏称帝，乃有此令。

同日申令，特任溥伦为参政院院长。黎已封王，故改任清宗室溥伦，以示羁縻。

同日申令，关于立法院议员选举事宜，迅速筹办，准于来年以内召集。同日教令，修正政事堂组织令，凡大总统发布之命令，由政事堂奉行，政事堂钤印，国务卿副署。与清制内阁奉上谕同。

同日批令，蒙古章嘉呼图克图等，奏请正位，实属倾诚爱国，深堪嘉尚，着交蒙藏院传奖。

十八日策令，特任冯国璋为参谋总长，未到任以前，着唐在礼代理，因冯氏劝进较后，特欲调入京都，免生异志。

同日申令，旧侣及耆硕数人，均勿称臣。

同日申令，满、蒙、回、藏待遇条件，继续有效。

十九日申令，着政事堂饬法制局将民国元年以来法令，分别存留废止，悉心修正，呈请施行。

同日批令，代理国务卿陆徵祥等，奏请准设大典筹备处，已悉。

二十日申令，徐世昌、赵尔巽、李经羲，张謇为嵩山四友，颁给嵩山照影各一帧。

二十一日策令，特封龙济光、张勋、冯国璋、姜桂题、段芝贵、倪嗣冲为一等公，汤芗铭、李纯、朱瑞、陆荣廷、赵倜、陈宦、唐继尧、阎锡山、王占元为一等侯，张锡銮、朱家宝、张鸣岐、田文烈、靳云鹏、杨增新、陆建章、孟恩远、屈映光、齐耀琳、曹锟、杨善德为一等伯，朱庆澜、张广建、李厚基、刘显世为一等子，许世英、戚扬、吕调元、金永、蔡儒楷、段书云、任可澄、龙建章、王揖唐、沈金鉴、何宗莲、张怀芝、潘矩楹、龙觐光、陈炳焜、卢永祥为一等男，李兆珍、王祖同为二等男。

同日策令，特任陆徵祥为国务卿，仍兼外交总长。

二十二日策令，追封赵秉钧为一等忠襄公，徐宝山为一等昭勇伯。

同日申令，永远革除太监等名目，内廷供役，改用女官。

二十三日策令，特封刘冠雄为二等公，雷震春为一等伯，陈光远、米振标、张文生、马继增、张敬尧为一等子，倪敏菜、张作霖、肖良臣为二等子，林葆怿、饶怀文、吴金标、王金镜、鲍贵卿、宝德全、马联甲、马安良、白宝山、昆源、施从滨、黎天才、杜锡钧、王廷桢、杨飞霞、江朝宗、徐邦杰、李进才、吕公望、马龙标、吴炳湘为一等男，吴俊升、王怀庆、吴庆桐、冯德麟、王纯良、李耀汉、马春发、胡令宣、莫荣新、谭浩明、周骏、刘存厚、叶颂清、张载阳、张子贞、刘祖武、石星川为二等男，石振声、何丰林、臧致平、吴鸿昌、王懋赏、唐国谟、方更生、张仁奎、陈德修、殷恭先、周金城、李绍臣、康永胜、常德盛、张殿如、马福祥、张树元、李长泰、许兰洲、朱熙、孔庚、方玉普、马龙潭、裴其勋、朱福全、隆世储、方有田、陈树藩、陆裕光、杨以德为三等男。又予一二等轻车都尉世职，共七十余人，名不备录。

这数令颁发出来，朝野注目，统说新天子登基在即，所以有此布置，就是老袁心中，也以为恩威并济，内外兼筹，布置得七平八稳，可以任所欲为了。唯筹备大典处，是筹备登极大典，相传于十一月初二日，即已密行设立，至十九日始见发表，尚是掩耳盗铃的计策。起初严守秘密，未敢动用国帑，左支右绌，办理为难。当有二姨太黄氏，与三姨太何氏，首先发起拟将家人私蓄拨出若干，作为筹备处的资本金。统计袁氏妻妾十六人，子十五人，女十四人，每人助一万元，可得四十五万元。他日皇帝登极，各得优先利益，仿佛如前清幕吏，先垫款项，称为带肚子一般。皇帝家中，亦沿此习，确是一段笑史。袁氏正室于夫人，与次子克文，三女淑顺，本未曾赞同帝制，且以为此等恶习，不应出自帝家，因此不愿入股。此外当一致赞成，当下凑集四十二万元，开手筹办，但须觅一亲信可靠的人物，充作处长，方免舞弊。女眷们的金钱，来处不易，所以格外审慎。这消息传达出去，即有人运动斯缺，情愿承认。看官道是何人，就是皇帝伯伯的爱侄儿，名叫乃宽。

他既与老袁认作叔侄，当然如骨肉至亲，无所嫌避，所以出入府中，无论袁氏姬

张作霖受封子爵后的朝服照

妾，尽得相见。且因他语言柔媚，体态殷勤，容易得人欢心，往来无间，此次即至二姨太三姨太前，乞求推荐，愿先献番佛十万尊，作为孝敬。看官试想，两位姨太太，只携出了二万元，拼入优先股，今复得了十万元，除二万外，还有八万元好处，哪有不允之理？**好一场赚钱生意。**当下满口承认，即夕向老袁进言道："大典筹备处，已有四十余万元凑集，不日可开办了。但处长一席，总须择一心腹人，方可胜任。"老袁接口道："这个自然。"二姨太便道："据妾想来，莫如御侄乃宽。"三姨太又道："他本是同宗，办事又向来勤谨，真是所举得人了。"**可见金钱之魔力。**老袁笑道："卿等慧眼，想必不错，我便叫他任事罢。"次日，即召乃宽入内，令为大典筹备处处长。乃宽自然受命，拜谢鸿恩，一面复潜向两姨太处，申鸣谢悃。**曾拜倒石榴裙下否？** 任事以后，第一件是筹办皇帝的龙袍，第二件是筹办后妃的象服。此时京城里面的绸缎绣货庄，要算是山东巨宦开设的瑞蚨祥。该肆闻信，料是一场大主顾，忙到筹备处设法运动，兜揽生意。处长袁乃宽亲与商议，先将回扣议妥，**这一着最是要紧。**然后与议龙袍的做法。先是袁皇帝授意乃宽，服制尚红，大约是火德主政的意思。乃宽便仰承圣意，拟用着赤金线，盘织龙衮，且通体须缀饰明珠，嵌入金刚钻，还要一顶平天冠，四周垂旒，每旒约用东珠一串，冠檐须缀饰绝大珍珠，才见光彩夺目。这两种代价，由店主人估算起来，差不多要五六十万元。乃宽暗想，现在只有四十万元，连一件龙袍的价值，还是不敷，如何好再办别种服饰？眉头一皱，计上心来，当下与店主人商量，教他垫款包办，一俟皇帝发极，算清账目。店主人乐得应允，便双方订约，再由店中恭绘衮冕格式，呈入御览。老袁很是合意，即嘱他照式织制，并限于阳历年终取用。该店奉旨承办，日夜赶制。

此外一切用品，但把要紧的物件，购办起来。不到数日，已将四十万元用罄。那时筹备处尚未正式批准，急得乃宽没法，只好再请教二姨太。二姨太究竟女流，一时想不出甚法儿，仍嘱乃宽代筹。乃宽道："非请财神爷上台，这事恐办不了。"二姨太笑着道："我知道了，你放心去罢。"**财神大名，应该知道。**乃宽退出后，不到两日，即由财神爷认五百万元。既而筹备处正式成立，五百万果然拨到。袁皇帝又密与财神爷商妥，此后一切经费，归他筹拨，待登位后，愿把首揆一席，酬答丰功。**财神拜相，恐非所长。**财神爷颇也乐允。袁皇帝嘉慰非常，复命将前清三殿，募工修筑，也归袁乃宽一手承办。乃宽连得美差，感激无地，自不消说。

　　唯女官令下，一班妇女请愿团，也想去攀龙附凤，龙可攀，凤不许附，却也为难。显扬门楣，恐怕是要倒楣。但一时无门可入，未免望洋兴叹，空存这富贵的念头。独有安女士静生，本是请愿团的领袖，更兼腹中有点文墨，口才又很过得去，曾充某女校校长，闻到此令，不禁大喜道："佳运来了，新朝挑选女官长，舍我其谁？"于是淡扫蛾眉，往朝至尊，名刺上镌入妇女请愿团长，及某女校校长头衔，呈递进去。适袁皇帝办公无暇，令诸皇妃招待。那安女士不慌不忙，从容步入，见了各位皇妃，请安跪拜，无不如仪。诸皇妃虽备选六宫，究竟还是候补资格，未曾经过这般恭维，此时见安女士巧言令色，般般可人，遂格外谦恭，待以客礼。安女士固辞未获，勉强旁坐，彼问此答，真个舌上生莲，令人爱羡。渐渐说到女官一事，安女士据实禀陈，竟效毛遂自荐。诸皇妃道："这事须经过睿断，我等未敢做主，但得宸衷首肯，似汝才调，当然可作女官长，何患不成？"安女士道："天下未必无才女，如臣妾的菲材，恐未必上邀睿赏哩。"诸皇妃道："且待禀明后，再行通报。"安女士拜谢而退。

　　次日又去进谒，诸皇妃欢迎如昨，且与语道："昨夜已替你禀陈，御意拟召你接谈，方可酌夺施行。"安女士道："何时得蒙召见？"诸皇妃道："便在今夕，我等当为介绍人，不过须略待时刻，请少安毋躁便了。"安女士重复拜谢。待至天晚，竟蒙诸皇妃赐给晚餐。可谓富贵逼人来。餐毕，又过了两句钟，老袁才入室休息，诸妃即带着女士晋谒老袁，安女士三跪九叩，从容尽礼。老袁问了数声，应对无不称旨，便面谕道："你可出外待命罢。"越日，即密令心腹，调查安女士履历，所有请愿团长及某校长的头衔，的确无讹，并且都中人士，有口皆碑，遂据实禀复。老袁尚在迟疑，无非怕她是革命党。又经诸姬妾从旁怂恿，乃特选入宫，命为侍从女官长。这安女士得充是选，即日入内，提起全副精神，趋承意旨。除袁皇帝外，无论皇后妃嫔，及皇子公主等，一入安女士眼中，便能识他心性，揣摩迎合，靡不中觳。因此入值府中，上和下睦，差不多如家人妇子一般。袁皇帝即命她招选女官，定额一百二十人。安女士仗着才能，即恭拟招选女官章程，进呈睿鉴，当蒙批准，因将章程宣布，厘分八条，胪列如下：

　　（一）须身家清白，及品谊纯正。（二）年龄在十四岁以上，二十五岁以下。

（三）略具姿色，又体质健全，无其他暗疾者。（四）未出室及未受聘之闺女。（五）或孀妇而未经生育者。（六）无烟酒赌博诸嗜好。（七）三年后即开放出宫，其有愿留者听。（八）三年期满后，由女官长奏请皇上，择尤优奖。

这章程颁布后，女界争先恐后，群来报名。安女士又增订新例，凡欲应选诸妇女，当报名时，须预缴银币十元，如不合格，此款不得索还，能合格当选，还要各缴一百元，叫作入宫费，这乃是安女士理财的妙法，好坐取这一二万元，饱入私囊。又订定每月俸给，女官长月俸，计洋四百元，还有公费百元，女官分一、二、三、四等阶级，一等月俸二百元，四等六十元。安女士又有特别好处，按照八五成发给，余银也自己享受了。至若女官的膳餐费，衣服妆饰费，统要女长官经理，每月开具细账，向庶务处支领，免不得要浮报若干。统计安女士进账，实属不少，不过每月孝敬皇妃，却也要耗去一半。各皇妃爱她敏慧，都向老袁处说项，老袁晓得甚么，还是自诩知人。小子有诗咏安静生道：

几生修得到宫廷，福至应教心独灵。
纵使皇纲悲短命，绣囊已贮万钱青。

岁月将阑，登极期日近一日，不料外面的鼙鼓声，竟动地而来。欲知何处兴兵，且至下回续叙。

本回专叙大典筹备处，及女官长二事，而于承认帝位后种种措置只汇叙一段，不复详说，阅者得毋嫌其太略乎？曰非略也。各种命令，具见明文，不特政府公报，记载特详，即如各处新闻纸，亦备列无遗，海内人士，无不闻知。独宫廷秘幕，非经揭述，鲜有识其隐者。观袁乃宽之谋得筹备处长，及安静生之乞得女官长，无在非打通内线，才得如愿。袁皇帝亦幸而短命耳，否则内嬖外宠，贻祸无穷，其不至覆国者几希。

第十七回

云南省宣告独立
丰泽园筹议军情

却说京城里面，正演那大登殿的戏剧，那时江西、四川、广东诸省，却也有几个江湖草寇，羡慕老袁，曲为摹仿，悬着好几块皇帝招牌，居然称孤道寡起来。江西有两个草头王，一个是南康县人邱宝龙，一个是万年县人雷葆福。四川的草头王叫作王虎林，原籍广东香山县；还有他同帮李半仙，是羽客出身，遥应王虎林，组织保皇会，就在香山县中，拣一僻静所在，高搭仙棚，号召徒众，瞎闹了好几天。官兵奉了大将军令，前来搜剿，杀得这班草头王，东窜西逃，结果是捉到断头台，陆续毕命。*皇帝下台，大都如此，袁皇帝何尚未悟？* 只有李半仙闻风逃走，不知去向。*究竟是个羽士，有点法术？* 这本是幺麽小丑，不足挂齿。但也由老袁想做皇帝，引出这班草头王来。老袁闻着，暗想他无拳无勇，也想自称皇帝，真似癞蛤蟆想吃天鹅肉，令人忍笑不禁。*哪里及得来你。* 接连又有上海民党联络海军学生陈可钧，夺得黄浦江口的肇和兵舰，驶入江心，开起炮来，攻击制造局。海军司令李鼎新急督领海琛兵舰，放炮还击，党众势不能敌，只好窜去。独陈可钧无从奔逃，当被拿住，枪毙了事。另有一部民党，从陆路进攻制造局，也被护军使杨善德派兵防堵，不能得手。民党完全失败，李鼎新受谴议处，杨善德蒙奖叙功。陆海军官弁，又保举了好几人。袁皇帝以为平乱有余，毫不足虑，就是海外的华侨，及各项留学生，并海内反抗帝制的各种联合会，联电到京，诘责政府，老袁全不在意；甚且半途搁沉，未曾送达总统府中，连袁氏也未曾过目。到了十二月二十三日，忽由政事堂接到云南密电，翻阅以后，自国务卿下，统不胜惊愕起来。看官道是何电？乃是一篇严问老袁，差不多似哀的美敦书。其文云：

北京大总统钧鉴：自国体问题发生后，群情惶骇，重以列强干涉，民气益复骚然，佥谓大总统两次即位宣誓，皆言恪遵约法，拥护共和，皇天后土，实闻此言，亿兆铭心，万邦倾耳。记曰："与国人交，止于信。"又曰："民无信不立。"今失言背誓，何以御民？比者代表议决，吏民劝进，推戴之诚，虽若一致，然利诱威迫，非出本心，而变更国体之原动力，实发自京师，其首难之人，皆大总统之股肱心膂，盖杨度等六人所倡之筹安会，煽动于前，而段芝贵等所发各省之通电，促成于继，大总统知而不罪，民惑实滋。查三年十一月四日申令，有云："民主共和，载在约法，邪词惑众，厥有常刑，嗣后如有造作谰言，紊乱国宪者，即照内乱罪从严惩办"等语。今杨度等之公然集会，朱启钤等之秘密电商，皆为内乱重要罪犯，证据凿然，应请大总统查照前项申令，立将杨度、孙毓筠、严复、刘师培、李燮和、胡瑛等六人，及朱启钤、段芝贵、周自齐、梁士诒、张镇芳、雷震春、袁乃宽等七人，即日明正典刑，以谢天下。更为拥护共和之约言，涣发帝制永除之明誓，庶几民嚣顿息，国本不摇。尧等凤蒙爱待，忝列司存，既怀同舟共济之诚，复念爱人以德之义，用敢披沥肝胆，敬效忠告，伏望我大总统改过不吝，转危为安，否则此间军民，痛愤久积，非得有中央拥护共和之实据，万难镇劝。以上所请，乞以二十四小时答复，谨率三军，翘企待命。开武将军督理云南军务唐继尧，云南巡按使任可澄叩。

政事堂以事关重大，不敢隐匿，只好转呈袁皇帝。袁皇帝览毕，却也皱起眉来，半晌才道："日前曾接云南各种电呈，并没有反叛形迹，这道密电，莫非乱党假冒不成？"便召入国务卿陆徵祥，嘱咐道："你可用政事堂名义，电询云南，是否假冒才是。"陆徵祥应命而出，即拟电拍发，大旨说是："顷悉来电，与前三日致统率办事处参谋部及本堂电，迥不相同，本堂决不信云南有此事，想系他人捏造代发，请另具邮书，亲笔署名"云云。电发后，竟没有复电到来。政事堂中，尚眼巴巴地望着邮音，谁知他已宣布独立，竖起讨袁旗帜来了。

小子于十三回，曾说蔡锷遣王伯群至滇，密告唐继尧准备起义，拥护共和，唐遂遍谕军人赶紧预备，专待蔡锷到来，协力讨袁。适前江西都督李烈钧由日本至香港，亦有密电约唐，令他举事。唐亦复电相邀，请作臂助。十二月十七日，李偕熊克武、龚振鹏、方声涛到滇，与唐晤谈竟夕。越日，即在忠烈祠会议，巡按使任可澄，及军官黄毓成、赵复祥、罗佩金、邓大中、杨蓁、董鸿勋、黄永社等，统到会场，当由唐继尧邀同李烈钧，入会开议，讨论军事财政外交诸大端。计划已定，只有蔡锷未到，尚是按兵不动。又过两天，那蒙犯霜露，历经艰险的蔡将军，竟由海登陆，直抵云南。小子叙述至此，恐看官又要动疑，上文五十四回中，不曾叙过老袁密计，两路防备么？<small>紧呼前文，笔法严密。</small>难道蔡将军有飞行术，竟能凭空到滇，得免网罗？这是看官最要的疑问，由小子答述出来。原来蔡锷先到日本，参政戴戡亦与他有密约，踵迹东来，还有殷承、刘云峰、杨益谦三人，与蔡锷向系故交，自遭民党嫌疑，遁迹东洋，此次悉行会晤，遂想迂道入滇。无如驻日公使陆宗舆，奉袁密令，随时侦查。蔡乃赴日本医院治病，且常寄函政府，报告民党行踪。至濒行时，预拟寄袁书十余通，密交契友，托他隔日一发，自与戴、殷、刘、杨四人登舟赴滇，不但老袁被他瞒过，连陆宗舆也无从觉察。及舍舟登陆，道经蒙自，恐刺客当路，各化装为窭人子，徒步偕行。忽前面遇一大汉，彪形虎躯，状极凶悍，猝问蔡锷道：“你等到哪里去？”蔡锷诡言途次遇盗，银钱行李，俱被劫去，拟归龙州故里。言未毕，那大汉竟厉声道：“你得毋为蔡锷么？”锷不动声色，力辩非是，暗中却取出手枪，枪栝一响，大汉即应声而倒。忽刺斜里又闪出数人，跳跃面前，锷又连发数枪，戴戡等亦出枪助击，约毙数人，只剩一人返身欲奔，被蔡锷追上一步，把他擒住。那人长跪乞饶，具言受袁密令，不得已来此。蔡锷笑道：“饶便饶汝，但汝须传语老袁，此后勿再行此鬼蜮手段。”那人方拜谢去讫。既而阿迷县知事张一鹍，闻蔡入境，也想讨好中央，设法图蔡，可巧南防师长刘祖武，已接唐督来电，嘱他欢迎蔡锷，锷亦因刘是旧部，急往与会，两下相见，欢然道故，并就防营中宴叙一宵。翌晨，由刘军护送入省。张一鹍计不得逞，方才无事。

蔡锷既到省城，唐、任以下，出城郊迎，父老士女，争集道旁，欢声雷动。至入城后，略叙寒暄，即由蔡锷问及军备。唐继尧道：“已预备多日了，专俟君来，以便举义。"蔡锷又问道:"饷械可备就否?"唐继尧道:"除本省库款及兵械外,南洋华侨,愿助款六十万元,安南也有若干枪炮运来,统共核算,足供半年,"蔡锷道:"袁氏叛国,中外同愤,半年以内,当可除袁,唯事不宜迟,请早日宣布独立罢。"唐继尧道:"海外饷械,明后日即可到齐,我等就在阳历年内,举起义旗,可好么?"蔡锷答言甚好。唐继尧乃请他休息一两天,才议行军事直,蔡锷许诺。次日,由南洋运到华侨助款六十万元,并由安南运来枪炮多种,二十二日晚间,开全体大会,议定起义手续,先由唐、任两人名义,电迫袁氏取消帝制,诛除祸首。当下拟好电稿,于二十三日拍发,限他二十四小时答复。哪知复电到来,尚是假惺惺地问他真伪,于是决计讨袁,即于二十五日,宣告云南独立,复邀同贵州护军使刘显世,联名通电各省云:

各省将军,巡按使,护军使,镇守使,师长,旅长,团长,各道尹公鉴,并请转各报馆鉴:天祸中国,元首谋逆,蔑弃约法,背食誓言,拂逆舆情,自为帝制。卒召外侮,警告迭来,干涉之形既成,保护之局将定。尧等忝列司存,与国休戚,不忍艰难缔造之邦,从此沦胥,更惧绳继神明之胄,夷为皂圉,连日致电袁氏,劝戢野心,更要求惩治罪魁,以谢天下。所有原电,迭经通告,想承鉴察。何图彼昏,曾不悔过,狡拒忠告,益煽逆谋。夫总统者,民国之总统也,凡百官守,皆民国之官守也,既为背叛民国之罪人,当然丧失元首之资格。尧等深受国恩,义不从贼,今已严拒伪命,奠定滇黔诸地,为国婴守,并檄四方,声罪致讨,露布之文,别电尘鉴。更有数言,涕泣以陈诸麾下者,阋墙之祸,在家庭为大变,革命之举,在国家为不祥。尧等夙爱平和,岂有乐于兹役?徒以袁氏内阋吾民,外欺列国,有兹干涉,既濒危亡,苟非自今永除帝制,确保共和,则内安外攘,两穷于术。尧等今与军民守此信仰,舍命不渝,所望凡食民国之禄,事民国之事者,咸激发天良,申兹大义。若犹观望,或持异同,则事势所趋,亦略可豫测。尧等志同填海,力等戴山,力征经营,固亦始愿所在,以一敌八,抑亦智者不为。麾下若忍于旁观,尧等亦何能相强,然量麾下之力,亦未必摧此土之坚,即原麾下之心,又岂必欲夺匹夫之志?长此相持,稍更岁月,则鹬蚌之利,真归于渔人,而其豆之煎,空悲于釜鬵。言念及此,痛哭何云。而尧等则与民国共生死,麾下则犹为独夫作鹰犬,坐此执持,至于亡国,科其罪责,必有所归矣。今若同申义愤，相应鼓桴，可拥护者为固有之民国，匕鬯不惊，所驱除者为民国之一夫，天人同庆。造福作孽，在一念之危微，保国覆宗，待举足之轻重。敢布腹心，唯麾下实图利之。唐继尧、蔡锷、任可澄、刘显世、戴戡暨军政全体同叩。

通电既布，乃更议组织军队，首提及出师名义，或拟用共和军，或拟用滇、黔联合军，或拟用中华民国第一军，或拟用靖难军。独蔡锷起身说道："此次举义，系国民放逐独夫，不应沿用'共和'二字，至若其他各名称，非旗帜暗昧，即范围太隘。窃思军人以救国为天职，此时讨袁，仍不外一救国问题，或直称救国军，否则或称护国军，亦无不可。"唐继尧道："不如'护国'两字罢。"大众齐声称善。蔡锷又道："军队出发，必须有一统率机关，这名义却也要紧。"各军官道："应该称元帅府，或临时元帅府。"唐继尧道："元帅二字，名目太尊，似应缓待贤能，不若径称总司令。"蔡锷鼓掌赞成。唐继尧又道："鄙人不才，忝膺重任，好容易经过两年，今蔡公来滇，正是鄙人卸肩的日子，鄙人情愿督师出征，这将军一席，仍让蔡公复任。"蔡锷摇首道："锷来此地，欲保障真正共和，为诸同胞谋幸福，并非为自己谋名利。唐公此举，转予外人口实，疑锷来攫取此席，锷哪里承受得起，只好从此告别了。"唐固让德可风，蔡尤立言正大。言已，抽身欲行。唐继尧连忙挽住，且语道："公不愿为，继尧愿让李君。"李烈钧忙道："蔡公尚不肯受任，烈钧更不敢受了。"蔡锷又道："今日起义，目的在推倒袁政府，他事且慢慢计议。唯与唐公相约，阃以内专属唐公，阃以外属锷与李君分任罢。"唐继尧尚欲有言，军官齐声道："唐将军请勿过谦，还是从蔡公议为是。"唐乃承认下去，随即续议各军组织法及任务分配，分道进行。议定如下：

中华民国护国第一军总司令，归蔡锷担任，出发四川，进图湘、鄂。
中华民国护国第二军总司令，归李烈钧担任，出发广西，进图粤、赣。
中华民国护国第三军总司令，归唐继尧担任，防守云南本省。

先是云南有二师一旅，警备队四十营，至此统编作陆军，共计七师，分隶三军。第一、第二两军，各率三师，还有一师属第三军，兵额不足，另设征兵局，添募新军。又各师均编成梯团，一梯团的兵力，约与混成旅相同。第一、第二两军，各设四梯团，第三军设六梯团，各设司令参谋等官，俾专责成。一面布告人民，各安本业，一面照会各国领事，切实保护侨民，从前各项条约，继续有效。唯自帝制发生后，袁政府与各国所订条约等件，均不承认；且各国官民，如赞助袁政府，及战时禁制品，即当视同仇敌，没收该物。那时各国领事，接收照会，大都默认无言。二十七日，第一军总司令部，已经组成。自总司令蔡锷以下，总参谋长，用了罗佩金，参议处长就任殷承，外如秘书李曰垓，副官长何鹏翔等，统系滇中名流。当日下动员令，饬第一梯团长刘云峰，率领所部，向四川进发去了。

　　警信迭达中央，老袁也惶急起来，忙就总统府内的丰泽园，作军事会议厅，连开御前会议，召集文武官属，筹议南征。大家都想望登极，领太平宴，奏朝天子乐，哪个肯出去打仗，便纷纷献议道："云南一省地方，僻处偏陬，能成什么大事？但教湘、蜀各省，集兵扼守，令他无路可出，自然束手待毙，不到数旬，便可平定了。"**太看得容易。**老袁道："话虽如此，恐他讹言煽惑，摇动邻省，倒也不可不防。"大家复道："癸丑一役，长江南北，统被传染，尚且数旬可平，区区唐继尧怕他甚么！"**狃胜而骄，便是败象。**老袁道："蔡锷也到云南，这人却不可轻视，他托言养疴日本，前几天还有书函寄来，谁知他瞒得我好，竟潜往云南，昨寄电陆宗舆，叫他问明日本医院，据言已于十数日前，回国去了。你道他有这般诡谋，岂非是大患么？"**言下非常懊怅。悔已迟了。**经大众禀慰数语，方电命驻岳陆军第三师长曹锟，率师赴湘，据守要塞，候令征滇，旅长马继增，带领第六师的第十一旅，由鄂赴岳，与曹换防；并电饬四川将军陈宧，速派得力军队，固守叙州，力拒滇兵北上。还有最紧的一着，是谕饬邮政电报各局，凡自云南发出的函电，或与云南事互相关系，均严行搜查，不准拍发。**老袁此策，以为可禁止煽惑，不知消息不灵，反致隔阂，兵贵神速，讵宜出此？**一面再令政事堂，迭驳云南通电，逐渐加严。二十六日的电文，语意尚含规劝，略说："政见不同，尽可讨论，为虎作伥，智士不为，且列强劝告，并非干涉，总统誓言，亦视民意为转移，现既全国赞成君宪，云南前日，亦电表赞同，奈何出尔反尔，有类儿戏"等语。二十七日的电文，归咎蔡锷，说他"潜行至滇，胁诱唐继尧，唐应速自悔罪，休为宵小所惑"云云。到了二十九日，方颁发明令，谓："据参政院奏称，唐、任等有三大罪：一构中外恶感，二背国民公意，三诬国家元首，均着即行褫职，并夺去爵位勋章，听候查办。蔡锷行踪诡秘，诪张为幻，亦着褫职夺官，并夺去勋位勋章，由该省地方官勒令来京，一并听候查办。"另派张敬尧带领第七师，自南苑赴鄂，巩固鄂防；并加张子贞将军衔，暂代督理云南军务，刘祖武少卿衔，代理云南巡按使，令他排击唐、任，自相攻击的意思。

哪知张子贞、刘祖武两人，已在唐将军麾下，效力讨袁，张任将军署内的总参谋长，刘任第三军第四梯团司令官，不但不受袁令，并且声罪致讨，略言："袁氏妄肆更张，僭称帝制，民情不顺，列强干涉，丧权辱国，亿兆痛心，本省举义，势非得已。子贞等忝总师干，心存爱国，近接京电，欲饵以利，要知子贞等为国忘身，既非威所能胁，亦岂利所可诱。"云云。老袁料不可遏，又运动英使朱尔典，转嘱驻滇英领事葛夫，规劝云南取消独立，并嘱托法使康悌，由安南妨害云南边防。两使言语支吾，始终不肯效力，气得老袁火星透顶，说不尽的愤恨。正在短叹长吁，忽由袁乃宽呈进龙袍一件，展将开来，却是五花六色，格外鲜妍，他又不禁转怒为喜，连声叫好。好像小儿得着新衣。乃宽便进谋道："登极期已到了，月朔即要改元，如何年号尚未颁布？"老袁道："年号是已经拟定了，可恨这云南无故倡乱，反弄得我动静两难呢。"乃宽道："这也何妨。"老袁皱着眉，摇着头，半晌才说出数语来。正是：

　　　　不如意事常八九，可与人言无二三。

未知所说何词，且看下回续述。

云南举义，拥护共和，其致中央一电，已足褫袁氏之魄，嗣复通电各省，益足诛袁氏之心。而老袁含糊对付，先由政事堂迭发三电，尚未敢明言其非，及滇军出发，不得已下令褫职，倘或自反而缩，亦何至迁延若此？一则堂堂正正，一则鬼鬼祟祟，以视癸丑一役，其情形殊不相同。盖彼时之袁氏，虽有叛国之心，而无叛国之迹，至此则心迹俱彰，欲掩无自。宜乎一夫作难，而全局瓦解也。然袁氏之心苦矣，袁氏之心苦，而其术亦愈穷矣。

第十八回

庆纪元于夫人闹宴
仍正朔唐都督誓师

却说袁氏叔侄，谈及登位事，老袁愀然道："我本拟改元登极，但据目前情势，只好暂从缓议。云南事我却不怕，但恐外交一方面，又惹起甚么交涉，不得不慎重将事哩。"乃宽道："圣明洞鉴万里，臣侄非常钦佩，唯为了云南小丑，延迟大典，一恐叛徒玩视，愈长嚣陵，二恐改元无期，致多窒碍。试想云南辽远，劳动六师，就使一举荡平，也非数旬不可，那时明诏改元，转与历数未合，这却还求鉴察呢！"老袁道："我正为此事打算，想不出甚么妥当法儿，现在也顾不得许多了，且改了元再说。"乃宽道："登极呢？"老袁道："这……这事且从缓办。"乃宽道："改了元，怎么不登极？"老袁道："我自有我的意见，你不必多言。"*无非是贼胆心虚。*乃宽唯唯而退。越宿，便是阳历除夕，早晨已过，并没有什么改元登极的消息，一班定策佐命的功臣，都往政事堂探听，也不见有何等举动，连国务卿陆徵祥，都猜不透老袁的意思，大众乃回去午餐了。待至未牌以后，方颁出改元的申令道：

> 据大典筹备处奏请建元，着以民国五年，改为洪宪元年。

各官僚见了此令，复统去探问袁乃宽，曾否元旦登极？乃宽又将老袁所嘱，略述一遍，众情又未免诧异，但也不便入内申请，只好啧啧私议罢了。是夕，总统府中，照例守岁，老袁召集家人子女，共聚一堂，开团栾宴，叫作合家欢筵席。并因翌日改元，预表庆贺。当时候补皇妃，候补皇子皇孙，及候补皇女等，全体列席。中央设着两座，两旁依次陪侍。花团锦簇，玉绕珠环，小子叙至此处，爰将袁家眷属，一一指名，略载履历，藉供看官闲览，胪述如下：

袁家姬妾

（一）闵氏朝鲜人，系闵氏养女，相传其本姓金氏，寄养朝鲜王妃母家，小名碧蝉。（二）黄氏绰号小白菜，与袁同里，系豆腐肆中黄氏女。（三）何氏系苏州商人女，小名阿桂。（四）柳氏小名三儿，系天津韩家班名妓。（五）洪氏即洪述祖妹，袁氏第五妾，名红红，亦勾栏中人，袁任鲁抚时，红红与仆私，为袁所杀，故不列入。（六）范氏与袁同里，系袁氏乳媪女，小名凤儿。（七）叶氏扬州人，父叶巽，候补河南知县。父殁家落，女鬻诸绅家，转赠袁为妾。（八）贵儿系盛氏婢女，小名贵儿，亦扬州人，姓名未详。（九）（十）大小尹氏初为第六妾洪氏使女，系同胞姊妹，籍贯未详。（十一）汪氏与袁同里，系榜人女。（十二）周氏本杭州名妓，能诗，别号忆秦楼。（十三）虞氏本袁家侍婢，小名阿香，姓氏未详。（十四）洪氏系洪述祖侄女，小名翠媛，与第六妾洪氏，有姑侄之称。

袁家子

（一）克定于夫人所出。（二）克文闵氏所出，或谓系黄氏子。（三）克良黄氏所出。（四）克端何氏所出。（五）克权第六妾洪氏所出。（六）克桓柳氏所出。（七）克齐何氏所出。（八）克轸叶氏所出。（九）克玖同上。相传与黎黄陂女结婚，即此子。（十）克坚（十一）克安（十二）克度（十三）克相（十四）克捷（十五）克和生母均未详。

袁家女

（一）淑贤闵氏所出，能诗工画，适张氏子。（二）淑顺何氏所出，适沈而寡，留居母家。（三）淑婉叶氏所出，所适未详。（四）淑贞柳氏所出，字杨氏子。（五）淑芳生母未详。（六）淑兰叶氏所出，相传以此女字宣统帝。（七）淑缇（八）淑瑾（九）淑珍（十）淑梅（十一）淑芸（十二）淑玲（十三）淑英（十四）淑口生母均未详。

附：克定长子名家融系世凯长孙，余孙六人从略。

　　老袁坐了首位，左盼右顾，除长女淑贤，三女淑婉，已经适人外，其余统共列席。独于夫人尚未到来，当命人三请四邀，尚是足迹杳然。等到酒已数巡，还是虚左以待，老袁不觉懊恼，令婢仆等再行催逼。于夫人方缓步行来，甫至席间，即闻老袁厉声道："你有什么公干，挨到此时才来？"于夫人道："为什么大惊小怪？皇帝未曾做得，先摆起架子来了。须知你我是患难夫妻，就使你做皇帝，也不能向我呵斥哩。"老袁闻这数语，越觉愤不可遏，便怒气勃勃道："你这黄脸婆子，不中抬举，我若登了大位，先将你贬入冷宫。"于夫人也愤着道："你是个没良心人，不顾夫妻旧谊，倒也罢了，就是我袁家祖宗，世受清室厚恩，你也曾受清爵禄，官居极品，不思竭力报效，反乘着南军革命，逼清退位，妄思为帝，祖宗有灵，恐不容你，清朝的列祖列宗，如或有知，更不容你。你还要朝称皇帝，暮称皇帝，来吓我么？"借于夫人口中，痛骂老袁，令人浮一大白，然亦有据而谈，并非全体捏造。老袁听了，竟立起座来，把袖一卷，几欲以老拳相向。于夫人又接着道："我已早知有今日了。你是姬妾满前，儿孙绕膝，还要我这老东西何用，我还是早死了罢。"说着时，已是涕泪满面，并欲拼着老命，向老袁前撞将过去。亏得众位候补皇妃，两边分劝，力为调解，才免争殴。于夫人负气自去，老袁恨恨不止，阖座为之不欢。就是不祥之兆。

　　洪姨乃献谋贡媚，举酒劝袁，周姨等相继把盏，老袁不忍拂意，勉勉强强地再饮数觥。怎亲闷酒入肚，最易致醉，更兼时逾夜半，禁不住睡眼蒙眬，洪姨扶他入室，和衣安寝，复出室令撤酒肴，一面召入袁乃宽，密商了好多时，复与大众筹划一番，多半称为妙策，只克文、淑顺默不一言。乃宽去后，转眼间天已破晓，由洪姨手取龙袍，挽起老袁，替他穿着。老袁就醉梦中惊醒，问及何事？洪姨诡言："天气骤寒，应加重裘。"老袁含糊道："何不扶我去睡？"洪姨又诡词相应，当命侍从异入肩舆，扶袁登舆而去。向来袁在府中，常以肩舆代步，此时老袁醉梦尤酣，还道是照常往来，无甚惊异，到了居仁堂，才觉醒了一半，开眼四瞧，但见国务卿以下，统已排班鹄立，伺候登基，堂上摆着一个宝座，两旁是檀香雕成的龙形，互相蟠绕，正中是红缎绣成的龙形，作为披垫，返顾自身，也已穿着一件赤龙遍体的帝服，不觉诧为异事。又向头上一摸，尚未戴着冕旒，却不禁暗笑起来，慢腾腾地下了肩舆，复觉背后有人随着，回头一瞧，乃是恭奉帝冕的御侄儿，当下微笑道："你们为什么演这把戏？"语未毕，忽听"皇帝万岁"的声浪，喧集一堂，绕梁不绝，那时不便承认，又不便不承认，只好向大众，说了几句套话，无非是德薄能鲜，容待异日等语。话才说完，大众复叫起"皇帝万岁"来，接连是六君子十三太保，拥到老袁面前，恭请升座。御侄儿且跪进帝冕，老袁却不敢接受，只走到宝座前面，踌躇片时，又徐徐地踱至座后，再徐徐地踱至座前，如是三次，乃决定意见，面谕群僚道："正朔虽颁，登极尚须择吉，尔等且静待后命罢！"究竟不敢登台。群僚乃鼓舞而散。

只御侄儿尚是随着，返至内室，再行诘问，才知是洪姨所为，可巧洪姨邀同诸妾，打扮得花枝招展，前来谒贺，老袁便笑语道："你等想册作妃嫔么？但此举未免太早了。"洪姨道："妾等特来朝贺，几曾见改元以后，尚未登极的天子么？"老袁道："你等晓得甚么？"洪姨道："妾却有点分晓，陛下所虑，无非为了外交的关系，其实此事何足介怀。我袁家做皇帝，与他何干？况陛下做的是中国皇帝，不是想做外国皇帝，更觉与他无涉。今日为元旦令辰，妾等就此朝贺罢！"言毕，拥袁入座，就一同跪下，也是三呼万岁，满口臣妾。引起这位袁皇帝乐不可支，便垂拱南面，实受他三跪九叩首大礼，是谓骄其妻妾。群姬朝毕，袁皇帝兴味盎然，当即下令，改称总统府为新华宫，府内收文处，改作奏事处，府内总指挥处，改作大内总指挥处，复拟规复坛庙制度，并将袁氏历代祖茔，改为陵寝等情，饬大典筹备处敬谨议行。

看官记着，这是中华民国五年第一日，袁皇帝既自建年号，改为洪宪元年元旦，是已与民国断绝关系，论起理来，就是背叛民国，国民并未服从帝制，应该仍用民国正朔。断制谨严，好似洪钟震响。适云南军政府，也于是日成立，罢除将军巡按使名义，合并军巡两署，略照民国元二年旧制，组成都督府。都督一职，由大众公推，仍举了唐继尧，当由公民赵蕃等通电全国，其辞云：

> 北京各堂处部院局所，各省将军巡按使，都统办事长官，巡阅使，护军使，镇守使，全国各报馆商会鉴：袁氏谋覆民国，约法上之谋叛罪，业已成立，当然丧失总统资格。在新总统未经举定以前，云南公民，公举唐公继尧为云南都督，奉民国之正朔，守民国之疆土。昨闻电传伪令，尚有特任督理云南军务，及云南巡按使字样，当然认为无效。唐公与民国共存亡，吾滇千七百余万人，誓与唐公共生死，此为吾滇真

袁世凯称帝祭天

确民意，不容元恶假借，合电奉闻。

唐继尧既任云南都督，当即偕蔡锷、李烈钧等，率领全军，于民国五年正月朔日，亲至校场，祭告天地，正式誓师。当由唐继尧亲读誓文，文云：

维中华民国五年元旦，继尧等谨以牺牲酒醴，昭告昊天后土，而誓于师曰：呜呼！民贵君轻，万邦是式，贼仁残义，一夫可诛。矧国是之久成，何逆谋之可宥？鲁连蹈海，尚耻帝秦，管宁适辽，不甘臣魏，岂有国步方艰，群情望治，遂乃妄修边幅，效井底之蛙鸣，夷我华宗，戴冢中之枯骨者哉？粤自武昌首义，中土云从，五族一家，亿姓同德，扫除专制，创建共和，应世界之文明，为友邦所承认。乃者袁逆世凯，谋叛民国，复兴帝制，黄屋大纛，遽兴非分之思，砺山带河，无复未寒之约。移钟簴于反掌，家天下局势已成，输岁币以寻盟，小朝廷面目安在？急子孙万世之私计，误国家百年之远图。本都督服役民国，作镇滇疆，痛国家之将沉，恨独夫之不剪。爰整义旅，恭行天讨，击祖逖渡江之楫，誓清中原，问新莽指斗之杓，能持几日。嗟尔有众，尚其弼予！呜呼！尔惟克奋厥武，实乃无疆之休，予亦允报汝功，永有不次之赏。嗟尔有众，尚钦念哉！

誓文读毕，全军统呼"民国万岁！"声彻山谷。比皇帝万岁之声，多寡何如？及唐都督等返至督署，父老人民，及男女学生，齐集督署门首，手持鲜花，庆祝共和，复三呼"民国万岁！"真个是众志成城，大将军何等威武！义声载道，小百姓共表同情。眼见得人心不死，正气犹存，我中国一座锦绣江山，不容那袁氏并吞下去，这且不必细说。还有一道讨袁的檄文，也是民国五年元日所发，用着云南护国军名义，历数袁世凯十九大罪，小子欲叙述檄文，先口占一绝云：

揭破阴谋使共知，欲欺人处究难欺。

试看布檄宣袁罪，一纸书同十万师。

欲知檄文中如何说法，且至下回说明。

于夫人闹宴一出，虽未免含着醋意，而受清厚恩数语，却是名正言顺，直使老袁无可置喙。老袁之制造民意，作奸售伪，且不能信于其妻，况他人乎？况全国国民乎？迨至被舁登堂，第绕龙座三匝，始终不敢登座，毋乃为黄脸婆数言，有以夺其气而怵其心欤？厥后闻洪姨言，又激起侈念，迭发数种改制之命令，憧憧往来，朋从尔思，可愤亦可悲也。唯袁氏改元，而民国正朔，应归云南护国军接收，故于唐继尧之正朔誓师，直接叙入，不敢少漏，看似寻常补叙，而用笔实寓有深意，阅者当于夹缝中求之可也。

第十九回

声罪致讨檄告中原
构怨兴兵祸延邻省

却说唐继尧既正式誓师，复作了一篇讨袁的檄文，布告天下。这檄文中列着十九大罪，把袁世凯的隐情，和盘托出，比那陈琳讨曹操，骆宾王讨武曌，尤觉淋漓尽致，令人叫绝。小子特详录如下：

维中华民国五年元旦，云南中华民国护国军军政府，都督唐继尧，第一军司令官蔡锷，第二军司令官李烈钧檄曰：盖闻辅世之德，笃于忠贞，长民之风，高于仁让。使袁声雄夫，野心狼子，逞城狐之凶姿，弄僭窃之高位，则我皇王孝孙，并世仁让，谊承先烈，责护斯民。哀恫郁纡，成兹愤疾，大义敦救，谁能任之？国贼袁世凯粗质曲材，赋性奸黠，少年放僻，失养正于童蒙，早岁狂游，习鸡鸣于燕市；积其鸣吠之长，遂入高门之窦。合肥小李，惊其谲智，谓可任使，稍加提擢，遂蒙草泽，身起为雄。不意其浮夫近能，浅人侈志，昧道懵学，骋弛失轸，遂使颠踬东国，覆公𫗧以招虎狼，狡诈兴戎，缺金瓯以羞诸夏。适清廷昏昧，致稽刑戮，犹包藏秽毒，不知愧耻，殚其暮夜之劳，妄窃虎符之重，黄金横带，卖屏主于权门，黑水滔天，引强敌以自重。虽奸逆著明，清廷知戒，犹潜伏羽势，隐持朝野。降及辛亥，皇汉之义，如日中天，浩气扬飞，喷薄宇宙，风云滂沛，集兴武汉之师，士马精妍，远响东南之鼓；

造黄龙而会饮，纳五族于共和，大势奎集，指日可期。天不佑华，诞兴贼子，蠹彼满室，引狼自庇。袁乃凭藉旧资，攀援时会，伪作忠良，牢宠将卒，胁逼孤寡，夺据朝权，复伪和民声，迷夺时贤，虚结鬼神，信誓旦旦，懦夫惧戒，过情奖许。维时南军渠帅，实亦豁达寡防，坠彼奸计，倒持太阿，骎此凶逆。迨大邦既集，势威益专，遂承资跋扈，肆行凶忒，贿通魃蜮，棋布阴谋，毒害勋良，摇惑众志，造作威福，淆撼国基，背法畔民，破败纲纪，癸丑之役，遂有讨伐之师。天未悔祸，义声失震，曾不警省，益复放横，骄弄权威，胁肩廊庙。是以小人道长，凶德汇征，私托外援，滥卖国权。弑害民会，私更法制，纵兵市朝，威持众论，布散金璧，诱导官邪，冀以其积威积恶之余，乘世风颓靡廉耻灭没之后，得遂其倒行逆施，僭登九五之欲。故四载以还，天无常经，国无常法，民无定心，官无定制，丹素不终朝，功罪不盈月，游探骄兵，睚眦路途，贪官污吏，黩乱朝野，以致庶政败弛，商工凋散，尤复加抽房亩，朝夕敛征，假辞公债，比户勒索，淫刑惨苛，民怨沸腾，凶焰所至，道路以目，此真世道凌夷之秋，天人闭隐之会，四凶所不敢为，汤武所不能宥者矣。维皇汉九有，莫安东陆，时流漂荡，越在迍邅。缅维祖德，孰敢怠荒？复我邦家，义取自拯。故辛亥之役，化私为公，志在匡时，道维共济。袁乃睥睨神器，妄欲盗窃，内比奸邪，既多离德，外遂屏蔽，甘为犬豚。是以四郊多垒，弗知惭怵，海陆空虚，弗思整训，财用匮竭，弗事劝徕，健雄失养，弗兴学艺，室如悬磬，野无青草，犹复养寇外蒙，削国万里，失驭东鲁，屡堕岩疆，遂使满、蒙多离散之民，青、徐有包羞之妇，扼我封疆，搰我心腹，皇皇大邦，苟为侮斁，日蹙百里，媚兹一人。觉我侠士雄夫，所怒目切齿，惊惧忧危，而不可一朝居者也。夫天道健乾，义唯精一，在德则刚，制行为纯，故士不二节，女不二行，廉耻之失，谥曰贱淫，四维不张，国乃灭亡。自民族国家，威灼五陆，雄风所扇，政骛其公，国竞以群，是以乾德精刚，宜充斥里闾，洋溢众庶，旁魄沆瀣，蔚为骏雄，故辛亥之役，黜君崇民，扬公尊国，所以高隆人格，发扬众志，义至精而理至顺，故虽旧德老成，去君不失忠，改官不降节。袁氏身奉先朝，职为臣仆，华山归放，仅及四纪，载瞻陵阙，犹宜肃恭，故主犹存，天良安在？顾蘉然以槽枥余生，不自揣量，妄欲以其君之不可者而自为其可，是何异饰马牛之骨，扬溲勃之灰，以加臭乎吾民，以淫污乎当世，而令我令公先德，皆为其贱淫，白璧黄金，尽渲其瑕秽，此尤我元戎巨帅，良将劲卒，硕士伟人，所同羞共愤，深恶痛绝，而不能曲为之宥者也。汇此种种，袁氏之恶，实上通于天，万死不赦。军府奉崇大义，慨念民生，谨托我黄祖威灵，恭行天罚，辄宣兹义辞，告我众士，招我同德。今将历数其罪，我国民其悉心以听！夫国为重器，神严尊惮，覆载所同。建国之始，义当就职南京，明其所受；袁乃顾影自惭，妄怀畏惧，阴纵部兵，称变京邑，用以要吓国人，迁就受职，使国权出于遥授，玩视国家之尊严，其罪一也。活佛称异，势等毛羽，新国既成，鼓我朝锐，相机挞伐，举足可定；袁乃瞻顾私权，妄怀疑忌，全国请讨，置不听从，迁延养敌，废时失机，授他邦以蹈隙纵刃之间，失主权于外力纠纷之后，遂使巨蜓蜒嶂，弃此南金，万里边城，跃马可入，贻宗邦后顾之殷忧，损五族雄飞之资望，其罪二也。政体更新，荡涤瑕秽，私门政习，首宜改选，故内阁部首，须获议院同意，所以树公政之基，明众共之义；袁乃病其严责，阴图放佚，于第一次内阁联翩去职之后，尽登嬖宠，嗾使军警，围逼议员，索责同意，用以示威国人，开武力政治之渐，使民意机关，失其自由宣泄之用，其罪三也。国有大维，是曰法纪，信守不立，谥为国难，乱政巫行，于焉作俑，故侵官败法，为世大诟；袁为元首，尤宜凛遵，乃受事未几，即不依法定程序，滥用政府威权，诬杀建国勋人张振武，使法律信用，失其效能。国宪随以动摇，政本因而销铄，其罪四也。国宪之立，系以三权，共和之邦，主权在民，立法之府，谊尤尊显，地方三级，制实虚冗，建国除秽，亦既罢斥；袁乃急欲市恩，妄复旧制，不俟公决，辄以令行，使议院立法，失其尊严，国权行使，因以紊乱，其罪五也。财政担负，直累民福，外债侵逼，尤伤国权，议案成立，特事严谨，众院赞可，宪尤著明；袁乃私立外约，断送盐税，换借外赀二千五百万镑，厉民害国，不经众院，暧昧挥霍，不事报闻，蔑视通宪，为逆已甚，其罪六也。国有元首，政俗式凭，行系国华，止为民范；袁乃知除异己，不自爱重，阴遣死士，狙杀国党领袖宋教仁，以元首资格，为谋杀凶犯，既辱国体，又诒外讥，国家威严，因以扫地，其罪七也。共和之国，建础为公，民意所在，亦曰神圣，百尔职司，义宜退听，国会初立，人民望治；袁恐政制严明，不获周逞，乃私拨国币，肥养爪牙，收买议员，笼络政客，用以陷辱国会，迷夺众情，使议政要区，化为捣乱之场，法案迁延，藉作独裁之柄，其罪八也。元首登选，国有常经，揖让讴歌，盛德固尔，抑共和定疑，国宪崇废，悉于是觇，世法懔懔，斯为第一；袁于临时任满正式更选之际，鄙夫患失，至兵围国会，囚逼议员，使强选总统，以就己名，致元首尊官，成于劫夺，共和大宪，根本动摇，国是益以危疑，后进难乎为继，其罪九也。国民代表，职司立法，非还诉民意，毋得断阕；袁于总统既获，复虑旁掣，辜恩反噬，遽为枭獍，乃假托危词，罗织党狱，滥用行政权，私削议员资格，用以鸩杀国会，并吞立法部，使建国约法，由是推翻，元首生身，等于孽子，其罪十也。国家组织，法系严明，苟非选民，焉能造法？袁于戕杀国会之后，妄以私意召集官僚，开政治会议，约法会议，冒称民意，更改约法，摹拟君主，独揽大权，使民国政制，荡然无存，浩浩新邦，悬为虚器，其罪十一也。民国肇造，本以图存，时风所迁，民强则兴，发挥群能，腾达众志，公私权利，宜获敬尊；袁乃倒行逆施，黜民崇吏，既吞立法，复尽灭各级地方议会，密布游探，诬扳党狱，良士俊民，任意捕杀，人民权利，全失保障，致群生股栗，海内寒心，毒吏得以横行，民业日以凋敝，民力壮盛，有如捕风，国势颓隳，益以卑下，其罪十二也。国局始奠，海内虚耗，财用竭蹶，义宜根本整理；袁乃专事虚缘，日以借债政策，利诱他邦为私托外援之计，断送利权，绝不顾惜，逐鹿争臭，垄集庙朝，遂妄以北中二部，横断铁道，分许外人，惹起国交之猜疑，增益宗邦之危难，其罪十三也。欧陆战争，义以严守中立，及时奋进；袁乃内骄外谋，折冲无状，既反复狼狈，贻羞东鲁，复徘徊雌伏，巽立要盟，失满、蒙矿权，至于九处，承他邦意旨，发布誓言，辱国辱民，倾海不涤，其罪十四也。民族虎争，领土强食，外债毒国，既若饮鸩，竭泽厉民，何异自杀？袁于欧战既发，外赀猝断，乃专事培克，内为恶税，房亩烟赌，一再搜括，复先后发行内国公债，额逾万万，接省配摊，指额求盈，小吏承旨，比户勒索，等于罚锾，致富户惊逃，闾里嗟怨，国民信爱，斫伤无余，神州陆沉，殷忧可畏，其罪十五也。生利致用，民贵有恒，纵博浪游，谥曰败子，盗贼充斥，此为厉阶，修政明刑，首宜致谨；袁乃纵容粤吏，复弛赌禁，使南疆富庶之区，负群盗如毛之痛，苛政猛虎，同恶相济，清乡剿杀，无时或已，政以福民，今为陷阱，其罪十六也。烟害流离，久痼华族，张皇人道，仅获禁约，奋厉阕绝，犹惧不亟；袁乃饫其厚获，倚以箕敛，宠登劣吏，设局专卖，重播官烟，飞扬淫毒，失信害民，辱国贻讥，其罪十七也。民权政治，积流成海，国家公有，炳若日星，世室旧家，且凛兹盛谊，汲汲改进，华族后起，方发皇古训，追踪世法，断脰流血，久而后得，大义既伸，近则不忠，乔木既登，返则不智；袁乃身为豪奴，叛国称帝，监谤饰非，咆哮求是，狐假虎威，因以反噬，使凶德播流，戾气横溢，妖孽丧邦，甘为祸首，其罪十八也。易象系天，筮曰无妄，圣学传经，谊唯存诚，故忠信笃敬，保为民彝，衍为世德；袁乃机械变诈，崇事怪诡，貌为恭谨，潜藏祸谋，秘电飞词，转兴众口，涂乌引鹿，指称民意，欺世盗名，载鬼盈车，背食誓言，日月舛忤，使道德信义，全为废词，民质国华，尽量消失，其罪十九也。维我当世耆德，草野名贤，或手握兵符，风云在抱；或权领方牧，虎步龙骧；或道系乡间，鹤鸣凤翔，细瞩理化，横流若此，起瞩国家，悲悯何如？凡属衣冠之伦，幸及斯文未丧，等是邦家之主，胡堪义愤填膺。谯彼昏逆，洵堪发指，修我矛戟，盍赋同仇？书到都府，励者便合，聚众兴师，都邑子弟，各整戎马，选尔车徒，同我六师，随集义廑，共扶社稷。昆仑山上，谁非黄帝子孙？逐鹿中原，合洗蚩尤兵甲。军府则总摄机宜，折冲内外，张皇国是，为兹要约。曰：凡属中华民国之国民，其恪遵成宪，翊卫共和，誓除国贼，义一；改造中央政府，由军府召集正式国会，更选元首以代表中华民国，义二；罢除一切阴谋政治所发生，不经国会违反民意之法律，与国人更始，义三；发挥民权政治之精神，实行代议制度，尊重各级地方议会之权能，期策进民力，求上下一心全力外应之效，义四；采用联邦制度，省长民选，组织活泼有为之地方政府，以观摩新治，维护国基，义五。建此五义，奉以纲维，普天率土，罔或二心。军府又为军中之约曰：凡兹官吏，粤若军民，受事公朝，皆为同德。义师所指，戮在一人，元恶既除，勿有所问。其有党恶朋奸，甘为逆羽，杀无赦！为间谍，杀无赦！抗义行，杀无赦！故违军法，杀无赦！如律令。布告天下，迄于满、蒙、回、藏、青海、伊犁之域。

　　檄语煌煌，钲鼓阗阗，云南护国三大军，次第组成。除唐督留守外，第一军总司令蔡锷，先向四川进发，第二军总司令李烈钧，亦向广西进发，分道扬镳，为国效力去了。写得有声有色。袁世凯迭闻警耗，料知非口舌所能平定，乃决计用兵进攻，即于一月四日，再开军事会议，首划定戒严区域，次规定攻击方略。戒严区域，分为三等，列表如下：

　　（一）紧急区　自百色、泗城经兴义、威宁及泸州、宁远，定为紧急区。

　　（二）临时区　自桂林经贵阳及重庆，定为临时区。

　　（三）预备区　由雷、琼，经辰、沅、荆、襄及汉中，定为预备区。

护国战争时期的蔡锷

攻击方略，亦分作三路，照上例表明：

（一）由湖南进兵　用马继增为司令官，带领第六师，由湖南经贵州向滇进攻，以常德为根据地，并发飞机两架，由秦国镛统带，赴军候用。

（二）由四川进兵　用张敬尧为司令官，带领第七师，由川入滇，以重庆为根据地，并饬王鸹统带飞机四架，赞助军机。以上两路，特任第三师长曹锟为总司令，统辖川、湘两军，马、张以下，均归节制。

（三）由广西进兵　用龙觐光为总司令，召集粤、桂军，由广西百色县，向滇进击，以南宁为根据地。

筹议已定，又下一申令，略说："唐继尧、蔡锷等，权利熏心，造谣煽乱，予以薄德，忝受推戴，唯有速戡反侧，聊谢国人"云云。越日，再电饬近滇各省，一体严防。又越日，令龙济光、张勋、冯国璋、陆荣廷、段芝贵、赵倜、汤芗铭、李纯、倪嗣冲等，简选精锐，听候调用。又越日，令曹锟率第三师全部，及第七师一旅，速即入川，马继增率本部继进，所有岳州防务，另派第二师一部接管。再命湖北将军王占元，就汉口设立军事远输局，督办军需，接济征滇军队。老袁意中，以为着着筹备，非常严密，偌大云南，不值一扫。哪知曹锟所率的第三师，就是民国元年，袁迁南来，嗾令变乱的军士，当时焚都市，戮妇女，几闹得不可收拾，老袁反格外优待，不特未加惩处，反且密行超迁。他们骄淫成习，毫无纪律，自奉令入川后，沿途经过湘、鄂诸境，仍是淫杀抢掳，任所欲为，曹锟亦不能禁止，坐视骚扰，肃政厅据实弹劾，总算由老袁特颁军约，号令军前，但也只是官样文书，掩人耳目罢了。兵不可玩，玩则不震。一月十日，参政院代行立法院，复奏请速正大位，藉弭内乱等情。老袁令大典筹备处复议，一面遣农商总长周自齐，出使日本，名目上是庆贺日皇加冕，赍赠高等勋章，暗中却馈送一份大礼，作为承认帝制的交换品。不意周自齐方衔命登程，那日使馆中，竟发出一个照会，递至外交部，害得老袁色沮神丧，魂散魄销。正是：

卖国且难逢受主，比邻竟尔拒行人。

毕竟照会中有何说话，请看官接阅下回。

阅云南檄文，义正词严，不得目为太过，盖袁氏之欺民久矣，一经檄告，方令全国人民，洞烛其私，所有种种伎俩，俱表襮无遗。足令后之好欺者，引为炯戒，亦有关世道之文也。袁氏决计兴师，种种筹划，缜密之至，清康熙帝平三藩之策，无以过之。然卒至于挠败者，由人心之已去，而兵气之不扬故也。况沿途所经，任情焚掠，以是行车，安往不败？要之袁氏成于欺，而亦败于欺，孟子有言，以德行仁者王，以力假仁者霸，德不必问，至若以力假仁，亦且未逮，何王霸之足云！

第二十回

泄秘谋拒绝卖国使
得密书发生炸弹案

却说周自齐奉命出使，本受老袁密嘱，要他联络日本，愿将从前中日悬案的第五款，再予让步，作为承认帝制的交换品。相传密嘱中有七种条件：一是将吉林割归日本；二是将奉天司法权让与日本；三是将津浦铁路北段，割归日本；四是将天津、山东沿海权，划归日本；五是聘日本人为财政顾问；六是聘日本人教练军队；七是中国枪炮厂，由中日合办。这七种条件，差不多是三国时候的张松，把益州地图，献与刘备的模样。丧心病狂，一至于此！巧值日使日置益，仍到京都，复回原任，他本与老袁密商，订有口头契约，特地归国，向政府说明，大隈内阁，颇有承认交换的意思，因此日置益复任后，转语老袁，袁即遣周自齐为专使，赍送一份大礼券，献与日本政府。日置益已探悉行期，即于一月十四日，邀自齐至使署，备了盛馔，把酒饯行，宾主尽欢而散。自齐即遣农商视察团，先日启程，自己亦召集随员，正要东渡，不意十六日辰刻，由外交部接到日使照会，略云：

现因有若干之情，致日本天皇不便于此际接待中国专使，故帝国政府请中国政府，将周专使自齐之行期，暂为展缓，特此知照。

陆徵祥接着照会，慌忙禀达老袁。看官！试想皇皇钦命的专使，被他半路撵回，这是国际上少有的怪事，就是老袁就任元首后，也是破题儿第一遭。老袁看了照会，几半晌说不出话来，惊疑了好一歇，方向陆徵祥道："这……这是何故？"徵祥道："闻得外人议论，却有三说：一说是俄日协约，正在磋议，无暇接待我国的专使。"老袁摇首道："恐未必为此。"我也说是不确。徵祥复道："第二说是日皇离京，不便招待。"老袁又道："此语越离奇了。"甚是，甚是。徵祥接着道："第三说是大隈被刺，国中恐有他变，所以却回我使。"老袁道："日本新闻纸中，却亦载着此事，据言本月十二日，大隈至丰明殿中，陪宴俄太公，宴毕归邸，途经山次町，猝遭弹击，幸尚未中。照此看来，大隈并未受伤，咋今两日东京新闻，也没有记着内变消息，如何拒却我使哩？"袁氏心目中只防日本，故于日本报纸，格外留意。徵祥道："现在日本国中，也分党派，有几个是赞成陛下，有几个是首鼠两端的。"老袁怅然道："外交事真难办得很，我国明明自主，并不受外人节制，偏偏我要改革国体，他竟出来瞎闹。暗指五国警告。看他照会上面，还说是友好邻邦，并非干涉中国内政。为什么出年以来，投递各使馆文件，只为了洪宪元年四字，尽被却还。日使日置益，且说是总好商量，但教日本承认帝制，各国亦自然照行。今乃拒绝我国的专使，显是前后不符，自相矛盾，别国还不必怪他，日本真欺我太甚呢。"你要欺人，人亦欺你，这是人事循环，何必懊恨。借老袁口中，补出却还文件，及日使面允事，都是省文之法。徵祥连声称是。老袁又道："你且去邀了日置益来，看他何说。"

徵祥应命而去，即备柬去请日使，日使只说就来，偏偏待了一日，未见足音。翌日，复由老袁着人往邀，又是"就来"两字，做了回话手本；好容易盼到薄暮，才见日置益乘轩而来，既至新华宫，昂然直入，老袁与他相见，正要开口诘问，但见日置益已沉着脸儿，淡淡地说道："秘密秘密，好似鸣锣击鼓一般，这样叫作秘密，我今日才得领教了。"老袁听着，几乎摸不着头脑，只好还问日置益，要他说明。日置益道："袁大总统，你既要我国帮忙，与我订定条约，彼此应各守秘密，为什么英、法诸国，均已知晓呢？"老袁被他一诘，不由得发怔起来。日置益又道："英、法、美、俄、意五国，将中日秘密结约，与前此密谈的话儿，统探听得明明白白，竟向我国政府提出质问。袁总统，你想我国政府，还是承认呢？还是不承认呢？"句句要他自答，然是厉害。老袁听了许多冷语，才道："我处是严守秘密，并未曾走漏风声。"

日置益又冷笑道："照总统说来，简直是要归咎他人了。现在我国政府，已不想甚么权利，所以请总统不必费心，周使不必过去。"这数句话，说得老袁愧愤交并，无词可答，只目炯炯地望着日置益。*形容尽致。*日置益又道："本使拟效忠总统，费了一番跋涉，坏了若干唇舌，徒落得一事无成，这正叫作画饼充饥哩。"老袁才嗫嚅地说道："贵使替我尽力，我是很感激的，但事体已办到这个地步，好歹总请帮忙。"日置益不俟说罢，便摆着首道："这事莫怪！本使已爱莫能助了。"言至此，即出座告别，掉头自去。

老袁送出日使，只好饬止周自齐，但一时想不出那走漏秘密的原因。看官，你道这种密约，究竟是何人泄漏呢？古人说得好："天下无难事，总教有心人。"今人说得好："天下无难事，总教现银子。"当袁氏求好日使，秘密进行的时候，日使屡至总统府，不防法使康悌氏，冷眼相窥，已料有特别事故，至日置益无端回国，又无端复任，接连是袁氏派遣周自齐，蛛丝马迹，约略相寻，十成中已瞧料五六。*螳螂捕蝉，黄雀随后。*只没有探听虚实，总不能凭空揣摩。凑巧自己使馆中，有一个华人方璟生，当差有年，遂传召进来，嘱他暗中侦探，且说是得着实据，就使耗费数万金钱，也不足惜。方璟生得此美差，自然唯命是从，竭力报效。*这是中国人的坏处，然此次探出秘密，反保全若干权利，却是反恶为善。*他有两个莫逆的朋友，都在总统府办事，一是内史沈祖宪，一是内尉勾克明，当下就折柬相邀，请他到宅中小酌。沈、勾两人，自然到来，三人入席狂饮，你一杯，我一盏，相续不已，真个是酒逢知己，千杯嫌少。饮至兴酣且热，渐渐地谈到帝制，又渐渐地谈到赚钱的法儿。沈、勾两人，只恨是所入有限，不敷挥霍，那时方璟生便顺流使篙，竟将法公使嘱托事件，秘密告诉，要他两人代为效劳，将来总有若干金酬谢。两人听到金银两字，不觉垂涎，明知此事由老袁预嘱，不便宣布，但要想发点大财，正好乘此进行，管什么预嘱不预嘱呢。*总是银钱要紧。*于是共同商酌，先索重资。方璟生以十万为约，两人才承认而去。唯沈、勾两人，虽俱在总统府当差，沈是职司外事，若要探悉秘密，还须仰仗勾克明，勾又与沈酌定，办成此事，须要二八分赃，沈亦含糊答应。看官道勾是何人？他是袁府中乳媪的儿子。乳媪死后，只遗一儿，伶仃孤苦，老袁大发慈悲，将他收作家奴，待勾已长成，模样儿很是俊俏，性情儿又很伶俐，无论什么事件，但教他去办理，无不合老袁心理。老袁很是宠爱，就与他取名克明。*居然排入皇子行。*至帝制将成，特别加赏，竟封他一个内尉的职衔。那时新华宫中的秘密文件，勾克明多半知晓，有时却交勾收管，勾颇慎密行事，未生歹心，偏此次热心利欲，又受那方、沈二人的怂恿，竟暗将中、日秘密草约，偷录一份，邀同沈祖宪，回报方璟生。方璟生得着密件，喜从天降，急忙取出中法银行的纸币，约莫有一大卷，仔细检点，足足十万金。三人分起肥来。勾得十分之七，沈得十分之二，方只取了一成，总算是一注意外财。勾、沈喜气盈腮，收了此款，洋洋去讫。方璟生入报法使，只称这次用费，不下三四十万金，还算不辱使命，才得将此项底稿，窃取出来。法使见了中日草约，极口赞他灵敏，所有用费，悉听开销。方璟生又赚了二三十万的法币，面团团作富家翁了。能赚外人的金银，我亦赞他灵敏。唯法使既探出秘密，忙去通知英、美、俄、意四公使，四公使也留意此事，只恨无从窥探，今既得法使报告，哪有不喜之理？法使道：“自欧战开手，我等协约国，曾有战事以内，不得与别国私行订约，日本政府，也曾愿入协约国团体，为何与中国秘密订约？”美使道：“日本政府，向来主张暗度金针，我国虽尚守中立，未曾加入协约团体，但日本如此举动，本使也很不赞成。况袁世凯想行帝制，定要生出内乱，内乱一生，我等通商诸国，各有妨得，不如赶紧去质问他罢。”各国之质问日本，具有绝大理由，法、英、俄、意固为协约上起见，美未加入协约，暗中却嫉视日本，故作者借笔下一一演述，俾看官一一接洽。大众同说道：“我等先去质问日使，看他怎么对答？”说罢，便相偕至日本使馆，向日置益诘问起来。日置益不便承认，只推说未曾与闻，五公使冷笑而出，竟公同拍电去问那日本政府。日本政府领袖大隈伯，正因途中被刺，尚未拿住刺客，默料被刺缘由，多半为日本民党，反对政府默助老袁，所以有此暗杀行为，忽又接到五公使电文，便勃然变计，致电日使，叫他拒绝袁氏专使周自齐，一面电复五公使，否认中日秘约。可怜这踌躇满志的袁皇帝，陡遭这种打击，害得一场空欢喜，且一时想不出那泄漏秘密的叛徒，徒在室中叹息罢了。

　　谁知不如意事，竟相接而来，新华宫中，跑进了段芝贵，见了老袁，也不及施礼，只叫了一声陛下，何不叫御干爹？便从袖中掏出一封密信来。老袁接入手中，信面上署着姓名，乃是袁瑛密呈张作霖，急忙启视，系约张觊日举义，共讨袁逆等情。看官！你想老袁方惊疑未定，看了此书，能不惊上加惊，疑中生疑？便顾着段芝贵道：“你去叫了袁乃宽来，怎么生出这种逆子，还要潜匿不报。”段芝贵领命去了。

不一时，乃宽趋入，面上已带着几分灰色，行至老袁座旁，就扑通跪下，磕头请示。老袁恨恨道："袁瑛是你的爱子么？他去结连奉天将军张作霖，要来图我，你莫非纵子为恶，坐视不言？"*袁瑛、张作霖履历，借此叙明。*乃宽闻到此语，已吓得浑身发颤，仿佛似浇冷水一般，口中勉强答道："臣……臣倅并未知晓。"说到"晓"字，猛觉头上碰着一物，慌忙一摸，那物已随手落下，拾来细瞧，就是一纸逆书，分明是亲儿手笔。那时无可抵赖，只好拼作老头皮，向地毡上接连乱捣，且满口说着该死。*胡不遄死？*老袁复道："你的爱子，可曾在家否？"乃宽一面碰头，一面流涕道："逆子向来游荡，镇日不在家中，臣倅恐他闯祸，时常着人找寻，有时寻了回来，严加训斥，他总是不肯遵行，这几天内，又许久不见他面了，谁料他竟胆敢出此。若疑臣倅与子同谋，臣倅就使病狂，也不至丧心若此。试想陛下恩遇，何等高深，正愧无自报称，难道还敢大逆不道么？"说着时，竟鼻涕眼泪，一古脑儿迸将出来。*可与言妾妇之道。*老袁见他这副形容，怒气已平了三分，便掉转脸色道："我也料你未必知情，但我既与你联宗，简直如家人父子一般，今乃闹出这种大事，传将出去，岂非是一场大笑话？你去赶紧追问，休得再事纵容！"乃宽忙磕头谢恩，并面奏着："这等逆子，应该重惩，臣倅若寻着了他，立刻拘住送案，唯恐他避迹远扬，急切无从追获，还求陛下电饬近畿，一体严拿，休使漏网。"老袁愀然道："你难道还不知我的用意？我想保全袁家脸面，所以令你追问，你快回去照办。畿辅一带，你自去拍发密电，叫他缉获罢。"乃宽听了，越觉感激涕零，又碰了几个响头，起身驰去。

原来袁瑛字仲德，系乃宽次子，他与乃父宗旨不同，故自号不同，平时尝隐嫉老袁，蓄谋革命，外面却不露声色，有时随父入官，拜谒老袁，竟以族祖相呼，至谒见老袁妻妾，也称他为族祖母及族庶祖母，彬彬有礼，屡蒙奖赏，其实他想借此入手，刺杀老袁。偏是老袁防卫甚严，无从下手。他竟怀着一不做二不休的心思，暗暗布置，*确是袁氏同宗，厉害与袁相似。*一面电致各省，令他外溃，一面运动京内模范军，令他内变，怎奈天不作美，奉天将军张作霖，竟将原函封寄段芝贵，托他告发，遂致密谋失败。老袁既打发乃宽出室，又加了一层疑团，暗想外交上的泄漏，尚未查出何人，接连又是这场逆案，莫非宫内的吏役，统是叛徒不成？左思右想，愈觉危险。可巧门外响了一声，不由得吓了一跳，亟令左右出视，返报是寂静无人。老袁不信，遍令搜查，谁知不查犹可，一经查勘，却查出一桩绝大的危险品来。看官，道是何物？

乃是铁皮包裹，埋在地中的大炸弹。袁氏未该绝命，所以查出炸弹。这一案非同小可，闹得新华宫里，天翻地覆，你也掘，我也爬，等到宫里宫外，尽行搜勘，竟得了大小炸弹，好几十枚。那时大家诧异，不但袁皇帝惊疑得很，就是一班皇娘妃子，及太子公主等，统吓得魂飞天外，彼此忘餐废寝，只恐还有炸弹埋着，半夜爆裂。好容易过了一宵，忽由天津邮局，寄来一函，外面写着袁大总统亲启，书内却有一篇绝妙好词，略云：

伪皇帝国贼听者！吾袁氏清白家声，乌肯与操莽为伍，况联宗乎？余所以腼颜族祖汝者，盖扶有绝大之目的来也。其目的维何？即意将手刃汝，而为我共和民国，一扫阴霾耳。不图汝防范谨严，余未克如愿，因以炸弹饷汝，亦不料所谋未成，殆亦天助恶奴耶？或者汝罪未满盈，彼苍特留汝生存于世间，以待多其罪，予以显戮乎？是未可料。今吾已脱身远去，自今而后，吾匪惟不认汝为同宗，即对于我父，吾亦不甘为其子。汝欲索吾，吾已见机而作，所之地址，迄未有定，吾他日归来，行见汝悬首都门，再与汝为末次之晤面。汝脱戢除野心，取销帝制，解职待罪，静候国民之裁判，或者念及前功，从宽末减，汝亦得保全首领。二者唯汝自择之！匆匆留此警告，不尽欲言。

老袁阅毕，怒不可遏，又欲促召袁乃宽。巧值乃宽进来，奏称逆子袁瑛，已由天津警察厅拘住，即日解京来了。正是：

昨日搜宫忙未罢，来朝梆子戏重排。

欲知老袁如何答话，且看下回便知。

中国既为民主国，则袁氏之为总统，不过一民国代表，其实一民国公仆耳。袁氏可以欺民，则沈、勾诸人，何不可欺袁氏？同一主仆名义，无惑乎其效尤也。袁乃宽甘作华歆，而其子袁瑛，偏欲做祢正平，是又一绝大怪事。然吾宁取袁瑛，不欲取乃宽，袁瑛犹知大义，乃宽直一小人而已矣。

第二十一回

争疑案怒批江朝宗
督义旅公推刘显世

　　却说袁乃宽入奏新华宫，正值老袁盛怒，听了袁瑛被拘的禀报，无名火越高起三丈，顿时怒目鹰视，恨不将那爱侄乃宽，也一口儿吞他下去。乃宽瞧着，就知道另有变故，慌忙跪下磕头。老袁用足蹴着道："你的逆子，真无法无天了。我与他有甚么冤仇，竟要害死我全家性命。"说到"命"字，便掷下一纸，又向外面指示道："你瞧你瞧！"乃宽掉头一望，见外面堆着数十枚炸弹，复将纸面一瞧，便是那亲子寄袁世凯书，这一吓，几把乃宽的三魂六魄，统逃得不知去向，好一歇，答不出话来，仿佛是死人一般；*描绘尽致*。忽咬牙切齿道："教子不严，臣侄亦自知罪了，待逆子拘到，同至陛下前请死。"老袁厉声道："你也自知罪名么？若非念同宗情谊，管教你满门抄斩。"*写尽虎威*。言毕，起身入内。

　　乃宽此时，也不知怎样才好，转思跪在此地，也是无益，因即爬了起来，匆匆返家。一入家门，便大嚷道："坏了，坏了，祸及全家了。"那家人莫明其妙，过来问明底细，都被他呵斥了去，自己奔入卧室，躺在床上，不知流了若干眼泪。待至晌午，妻妾们请他午餐，也似不见不闻，忽觉外面有人语道："二少爷回来了。"他也不及问明，陡从床上爬起，跂着双履，三脚两步地走了出去。既至厅前，正值袁瑛当面，他口中只说"逆子"两字，手中已伸出巨掌，向袁瑛劈面击去。袁瑛见来势甚猛，闪过一旁，巧巧巨掌落空，几乎扑跌地上，亏得仆役随着，将他扶住。只听袁瑛高声道："要杀要剐，由我自去，一身做事一身当，与你老子何涉！"这数语，气得乃宽暴跳如雷，正要再击第二掌，那袁瑛已转身自行。乃宽忙连叫拿着，一面追出门首，但见外面立着警察数名，好几个将袁瑛拦住，又有一警吏模样，走至乃宽面前，行礼请安，复呈上名刺，由乃宽匆匆一瞧，具名是天津警察厅长杨以德，<small>点清警察厅长姓名，用笔不直。</small>当下吩咐警吏道："你休使逆子远飏，快与我送至新华宫去，我就来了。"警察诺诺连声，押着袁瑛先行。乃宽即穿好双履，趋上马车，随至新华宫来。转眼间已到宫门，见袁瑛等已是待着，当即下车跑入，突被侍卫阻住，他又吓得面如土色，<small>进出都不得自由，无怪吓杀。</small>但听侍卫传旨道："今上有命，着你将令郎袁瑛，送交军政执法处便了。"乃宽不知是好是歹，只得遵旨带领袁瑛，径至军政执法处。此时处长系雷震春，闻得袁瑛拘到，即传命处内人员，把袁瑛收禁，乃父无辜，任他归去。乃宽得了此信，好似皇恩大赦，踉跄归家。<small>放心一大半。</small>

原来袁氏姬妾，素爱乃宽，自袁瑛发生逆案，都为乃宽捏一把冷汗，适见老袁负气入内，料他是迁怒乃宽，此时欲劝不敢，不劝又不忍，毕竟洪姨伶牙俐齿，竟挺身向前道："陛下为了袁瑛，气坏龙体，殊属不值。他本是个无知竖子，也未敢胆大若此，据妾想来，定是受乱党唆使，想借此搅乱龙心，今已拘到，但把他收禁起来，已足断绝乱党导线。若讲到乃宽身上，想必未曾知情，陛下既待他厚恩，索性加恩到底，渠非木石，宁有不格外图报吗？"<small>说得委婉动人。</small>老袁佯笑道："你敢是为乃宽做说客么？"这一语，打动洪姨心坎，几急得粉颊生红，一时说不下去。适背后有人接口道："妾意是乃宽不当办，就是他逆子袁瑛，也不必急办。"<small>进一步说法，比洪姨又过一筹。</small>洪姨听着，乃是忆秦楼周氏声音，料他来作后劲，暗暗喜欢。猛闻得老袁道："你等串同一气，来帮乃宽父子，莫非是与他同谋不成？"这句话更加沉重，几令人担当不起。哪知周姨竟转动珠喉，从容答道："妾闻雍齿封侯，汉基乃定，陛下今日，正当追效汉高，借定众心。试思陛下延期登极，无非为外交方面，借口内变，时来牵制。今云南肇乱，尚未荡平，复生宫中的变案，越加滋人口实，陛下待至何时，方得登基呢？若陛下疑妾等同谋，妾等已蒙陛下深恩，备选妃嫱，现成的富贵，不要享受，还去寻那杀头的勾当么？"<small>语语打入老袁心坎，亏作者描绘出来。</small>老袁听了，不禁点首，便改怒为喜道："女苏秦，依你该如何办法？"周姨道："妾已说过了，乃宽不当惩办，袁瑛也不必急办。"伏一笔愈妙。老袁沉思一会儿，想不出另外妙法，竟从了女苏秦计策，转嘱左右，俟乃宽拘子到来，令他转解军政执法处，一面传语雷震春，只收禁袁瑛一人。雷震春也已喻意，所以奉旨照行。

隔了三四天，步军统领江朝宗，奉了密令，往拘沈祖宪、勾克明，密令中也不说出犯罪情由，朝宗只道他是袁瑛同党，忙带了似虎似貔的军役，跑至沈、勾两人寓中，巧巧两人俱未外出，一并捉住，并由军役严搜，查出盟单一纸，内列姓名，多系内外军政两界要人。朝宗徼功性急，查有数人寄住交通次长麦信坚宅内，便不分皂白，竟转至麦家，指名索犯。麦次长无可如何，只好令他带去。还有司法次长江庸弟尔鹗，名单上也曾列着，索性乘着便道，统行逮捕，一古脑儿带至步军统领衙门，亲自讯问。卤莽可笑。沈、勾二人先行上堂，当由朝宗坐讯道："你等为何唆使袁瑛，叫他谋为不轨？"两人莫明其妙，便向他转诘道："江统领！你如何诬我唆使袁瑛？我等与袁瑛，简直是素不相识呢。"朝宗复掷下盟单，令他自阅。两人阅罢，递交朝宗，齐声道："名单上列着的，统是我两人旧交，称兄道弟，联为异姓骨肉，原是有的，但并未列着袁瑛姓名，为何凭空架害？"朝宗道："你两人的拜把弟兄，何故有这般么样多呢？"沈祖宪先冷笑道："今上并未有旨，禁止我等交结朋友，且试问你为官多年，难道是独往独来的？平日我与你亦时常会面，彼此也称兄道弟，不过名单上面，尚未列着大名罢了。"朝宗被他一驳，不觉怒气上冲，便道："你等藐我太甚，我且带你等至军政执法处，看你等如何答辩？"沈、勾二人又齐声道："去便去，怕他甚么！"朝宗遂下座出堂，领着沈、勾诸人，竟至军政执法处，拜会雷震春。

这时候的雷处长，早已问过袁瑛，袁瑛供由克端主使，所有从前往来书信，也非自己手笔。这种供词，吓得震春瞠目无言，只好仍令收禁。看官曾阅过前回，克端是袁家四公子，系老袁爱妾何氏所生，面似冠玉，肤如凝脂，并且机警过人，素为老袁所爱，平时尝语人道："此子他日，必光大袁氏门闾。"嗣是克端恃宠生骄，暗中已寓着传位思想，有时且入对老袁，诉说各弟兄短处，因此克定以下，屡遭呵责，甚至鞭挞不贷。克定正恐青宫一席，被他攘夺，所以时时戒备，平居阴蓄死士，作为护符。袁瑛出入宫中，早已瞧在眼里，此时便信口乱供，索性闹一回大乱子。幸震春颇具细心，饬令还禁，免他胡言瞎闹。新华宫内，不生喋血之祸，还亏老雷保全。正在打定主意，偏江朝宗领着若干人犯，奔至军政执法处来，两下相见，朝宗即欲将罪犯交清，归雷讯办。雷震春道："你可曾问出主乱的人么？"朝宗就将盟单取出，作为证据。震春看了一遍，便道："他是结盟弟兄，并不是甚么乱党，况且袁瑛姓名，并未列着，怎得牵东拉西？"朝宗道："今上有密旨拘讯，你怎得违旨不究？"震春道："密旨中如何说法？"朝宗道："是从电话传来，叫我速拘沈、勾二人。"震春道："你敢是听错了？"朝宗道："并没有听错。"震春道："今上既嘱你速拘两人，你拘住两人便了，为何又拘了若干名？"朝宗道："名单上列着诸人，如何不立即往拿？否则都远飏去了。"震春微哂道："这是你的大勋，我且不便分功。"朝宗道："我只有逮捕权，讯办权握在你手，彼此同是为公，说什么有功不有功？"震春用鼻一哼道："你且去奏闻今上，交我未迟。"朝宗不觉性急道："这是关系重大的案件，你既身为处长，应该切实讯明，方好联衔奏闻，候旨处决。"震春仍是推辞，朝宗只管紧逼，顿时恼动了雷震春，拍的一掌，不偏不倚，正中江朝宗的嘴巴。不枉姓雷。朝宗吃了这个眼前亏，怎肯干休，也一脚踢将过去。以脚还拳的是少林宗派。于是拳足互加，竟在军政执法处，演出一出王天化比武来了。幸亏朱启钤、段芝贵相偕趋入，力为解开，朝宗尚喧嚷不休，段芝贵带劝带问道："江宇兄！朝宗字宇澄。今上叫你传询沈、勾两人，你为何在此打架？"朝宗气喘吁吁道："兄弟正拘到这班罪犯，要他讯办，偏他左推右诿，我只说了一两句话儿，他便给我一个嘴巴，两公到来正好，应该与评论曲直。这种大逆不道的罪犯，应否由我速拘？应否由他速办？他敢是与逆犯同谋，所以这般回护吗？"朱启钤道："这是两案，不是一案。"朝宗闻这一语，方有些惊悟起来，便道："如何分作两案？"朱启钤道："沈、勾一案，是为外交上泄漏嫌疑，并非与袁瑛相关。"朝宗发了一回怔，复嚷着道："就是我弄错了，也不应敲我嘴巴。"雷震春不禁狞笑道："我又未奉主子密令，不过据理想来，定然是不相牵连，所以劝你禀明主子，再行定夺，你偏硬要我讯办，还要唠唠叨叨，说出许多话儿，我吃朝廷俸禄，不吃你的俸禄，要你来训斥我吗？给你一掌，正是教你清头呢。"应该击掌。朝宗还要再嚷，朱、段两人，复从旁婉劝，且代雷震春陪了一个小心，朝宗方悻悻自去。剩下沈、勾等人，由段芝贵密语雷震春，嘱他略行讯问，如无实证，不如释放了案，免兴大狱。震春允诺，当即送客出门。是夕招集沈、勾等，略问数语，沈、勾两人，推得干干净净，便于翌晨释出，只袁瑛尚在羁中，一场大狱，化作冰消，都人士纷纷疑议，莫衷一是。又越日，见《亚细亚报》载着道：

> 沈、勾一案，与袁四无涉，沈、勾系有人证指其有嫌疑情事，遂行传询，并非被捕，现已讯无他，故即于昨日释出。至袁四公子，素有荒唐之目，时与刘积学相往来，其致函某将军煽乱一事，查系刘某笔迹，迨经执法访缉刘某，早已远飏。既无佐证，故政府对于袁四，亦不复究，但均与犯上作乱者不同。

《亚细亚报》，名为御用报，这种词调，为袁氏讳，已可想而知。小子已于上文中叙述大略，谅阅者自能洞悉，无俟哓哓了。总结一段。

且说云、贵两省，地本毗连，自唐继尧调镇云南，贵州亦归他兼领，只有巡按使龙建章，留任省城，实行管辖地方政务。会护军使刘显世，通好云南，联名讨袁，他得了这个风声，料想兵戈一动，危在旦夕，自己又力不能制，只好筹一离身的法子，遂电呈政府，托言归视母疾，请假三月。也是一个好法儿。偏经政府电复，责他有意规避，应付惩戒，且督令出省视师，巡按使一职，暂由刘显潜署理云云。那时龙建章已预备行装，接了复文，便将计就计，把印信交与刘显潜，自借出巡为名，竟跑出省城，飘然径去。政务厅长及黔中、镇远两道尹，闻龙出走，也相继远飏，顿时贵阳城里，风声鹤唳，草木皆兵。军警两界，合电政府暨各省，请另行召集国民会议，表决国体，袁政府不加答辩，只饬令署理巡按使刘显潜，会同护军使刘显世，派兵分防，静待援军。两刘本系弟兄，老袁此策，还想把官爵利禄，诱他归诚，显世以滇兵未到，黔兵甚孤，一时未便独立，就拍发密电到京，要求兵费三十万，情愿率兵攻滇。老袁得电后，自幸密谋已遂，竟复电允准。哪知刘显世计中有计，想把袁政府的军费，取来讨袁，即以其人之财，还治其人之身。既接复音，遂按兵不动，专待军费汇来。

是时云南护国军第一梯团长刘云峰，带领第一支队长邓太中，第二支队长杨蓁，已入四川境内，川军司令伍祥祯，与滇有约，不战自退，刘军遂分两路进攻，直逼叙州。伍祥祯步步退却，眼见得叙州一城，被刘军占领了。总司令蔡锷，闻叙州已经得手，便命第四梯团长戴戡，率着步兵一营，炮兵一队，亟向贵阳进发，联络刘显世，会同北征，自率第二梯团长赵又新，第三梯团长顾品珍，随后继进。刘显世正望滇军到来，既与戴戡相晤，自然欣慰异常。可巧袁氏允准的军费，亦接连汇到，并接蔡锷军电，已至黔境威宁，于是军威既壮，声讨乃彰，当由公民一千七百余人，公推刘显世为都督，宣布黔省独立。刘显世接受都督印信，布告全省道：

为布告事！迩以袁氏背叛国家，窃窃神器，逞其凶焰，举兵逼黔，我父老昆弟，愤其僭窃，痛其凶残，以大义相责，委任相托。本都督顾念国家，关怀桑梓，不忍四方豪俊，无限头颅心血铸造之邦，沦于奸人之手；重以逆军湖湘流而上，咄咄逼人，亡国破家，迫于眉睫，爰于一月二十七日，宣告独立，所有各种文告，业已印发在案。当滇省宣布罪状，唤起国民救亡之初，本都督本于个人之良心，应即立举义旗，共讨叛贼，徒以战端一启，黔当其冲，仓卒举兵，颇难运转；且意袁氏向非至愚，一经忠告，或能悔祸，故不惜双方调处，委曲求全。何图凶心不死，逆焰愈张。曹锟等率师东下，着着进行，希图一逞。曹兵残暴，邦人所知，赣宁之役，淫掳烧杀，无所不至。倘使兵力集中，立即乘虚攻我，以达其分道进兵之计划，即令我以善意开门揖入，彼岂肯长驱直捣，进薄滇边，不疑我掊其后耶？则蟠踞我城垣，迫散我军队，掳掠我金粟，荼毒我人民，城社邱墟，宁复顾惜？故无论如何，断未有逆军入境，而不糜烂地方，亦决无听其来黔，蹂躏境土之理。唯查逆军情状，多所迟回，此不第直壮曲老之势，可以预决，即就其众叛亲离言之，亦决无可畏。袁氏纵其二三鹰犬，伪造民意，帝制自为，中外同羞，天人共愤，沿江各省，相约枕戈，或以时机未熟，虚与委蛇，或与逆师杂居，尚虞投鼠，云集响应，指顾间事。袁氏亦自知罪恶通天，为众所弃，杯弓蛇影，处处筹防，决不能抽提一军，以作曹兵之后盾。且从而分调徽辅重兵，麋集大江南北，以防各省之景从，情见势绌，亡无日矣。夫顺逆既分，胜负可决，黔唯有保守疆土，整备兵戎，以待联合各省义师，共诛独夫，巩固民国，以图生存于大地而已。所有地方治安，本都督自应率属，共负完全保护之责，各色人等，务望各安本业，勿得稍事纷扰，自召虚惊。为此通令，仰各该官长等，立即出示，晓谕人民，一体知照。

布告既颁，即日委任戴戡为中华民国护国第一军右翼总司令，联合滇军，共归蔡锷节制，率兵北伐。于是护国第一军部下，分作两翼，右翼为黔军，左翼为滇军，小子有诗咏道：

> 桴鼓声传远迩闻，滇黔共起讨袁军。
> 试看义旅联镳日，民意原来顺逆分。

滇黔既联合出兵，川湘边境，顿时大震，究竟孰胜孰败，且至下回再详。

　　袁氏生平，专喜秘密，故人亦即以秘密报之。袁瑛也，沈祖宪也，勾克明也，无在非以密谋报袁，转令老袁无所措手，亦只可模糊了事。江朝宗反欲张皇，而雷震春竟批其颊，雷其可为袁氏之知己乎？至若刘显世之请求军费，还而讨袁，计诚巧矣，吾谓亦从老袁处学来。袁惯以密谋饵人，人即密谋饵袁，报施之巧，无逾于此。故圣人言治国齐家，必以诚意为本云。

第二十二回

侍宴乞封两姨争宠
轻装观剧万目评花

却说滇、黔两军，联络北伐，黔军司令官戴戡，由遵义直趋重庆，驻师松坎，并遣第一团长王文华，第三团长吴哕鸾，分攻湘境，牵制袁军。滇军总司令蔡锷，自威宁通道毕节，直达永宁。永宁为川南要塞，系四川第二师长刘存厚驻守地。刘原驻泸州，四川将军陈宧，闻刘有暗通滇军消息，特调驻永宁，至滇军一到，刘果弃了永宁，退至纳溪，途次接蔡锷来书，劝他即日起义，一同讨袁，他遂自称护国军四川总司令，通电各省，声明独立情状，略云：

袁氏不遵约章，悖戾民彝，昔当鼎革之时，即欲拥兵肆逞，同人本天下为公，乃概付以治权，冀其出精白不二之忱，宏兹国脉。何图掌国以来，言夫内政，则征敛如此，言夫外交，则败辱如彼。任官吏辄引其所昵，选总统竟临之以兵；甚至立法权揽为己有，暗杀案实主其谋，妨功害能，殄民败国，综其暴戾，罄竹难书。同人惧摇国本，犹复沉吟不发，冀补救于将来。乃彼独夫夭夺其魄，恣乱日厉，竟敢假民意以推翻共和，挥党徒而谋兴帝制。蝇营狗苟，上下若狂，劝进之电，出于宫闱，选举之场，设于军府，势威利诱，无丑不陈，中外腾讥，群情愤激，辛召强邻之干涉，将陷民命于沦胥。凡有血气之伦，莫不仰天兴叹，滇黔首义，一檄遥传，薄海同钦，景从恐后。存厚不敏，外审大势，内问良知，痛此危亡，中心欲裂。爰整其旅，环甲出征，联合滇黔，挥旗北伐，誓拟盟成白马，重整五色之旗，行看痛饮黄龙，一扫群凶之焰。公等或为望重当时之俊彦，或系首造民宪之元勋，同领师干，身关治乱。岂于此日，遂负初心，宁以爵赏之羁，尽入奸雄之彀？呜呼！挥戈讨逆，事不同于阋墙，拨乱扶危，义实系乎救国。倘袁氏能及时徒窜，还我共和，则本府当卷此旌旗，不为已甚，皇天后土，实式凭之。

是时防泸司令冯玉祥，正进援叙州，泸城空虚，刘存厚遂乘隙攻泸，会玉祥自叙州败还，竟率师截击，玉祥遁去，部兵多半投降。适值蔡锷部下，第二梯团支队长董鸿勋，亦率队到来，两军会合，并力攻泸，一夕即下，于是川南一带，也入护国军范围了。这是陈宧速变之力。

袁世凯本拟于阴历元旦，即阳历二月三日。或阴历正月初四日，实行登极，阴历正月初三日立春，当时有大地回春，万象更新之义，故谋吉于初四日。偏是西南警报，络绎传来，又害得踌躇莫决，暗地愁烦，每日除阅视公文外，就与几位候补妃嫔，围坐宫中，小饮解闷。各位美人儿，还道他从容寻乐，定由诸事顺手，可以指日登极，所有候补妃嫔的资格，当然好正式册封。不过同辈中共有十数人，将来沐封时，总不免有一二三等阶级，阶级一定，反致高下悬殊，令人不平，因此大家一喜一忧，各自盼望荣封，免落人后，洪、周二姨，愈加着急。无非特宠。某夕，洪姨见老袁微醉，含着三分喜色，便乘间进言道："陛下封赏群僚，凡各省将军巡按使，沐有五等勋爵，首列公侯，次为子男，如妾等入侍巾栉，亦已有年，独未得仰邀封典，徒令向隅。古人说的帝泽如春，还求陛下矜察！"老袁笑道："各省将军巡按使，统是外人，不得不先行加封，免他怨望，你等是一家人，何必这般性急，待找登极后，册封未迟。"周姨向袁一笑道："陛下此言，总不免厚外薄内呢。"一唱一和，总是他二人起头。老袁也笑道："你等要我加封，何妨自拟封号。"周姨道："册封妃嫔，系何等大事，我等妇人女子，怎能自拟封号？就使拟议起来，得蒙陛下恩准，也不啻自封一般。试问各省将军巡按使，所有公侯伯子男荣典，还是陛下所定，还是他自行拟就，奏请陛下照封呢？若是他拟就请封，便似汉朝的韩信，请封假齐王的故事了，恐陛下未必照准，他亦未敢如此，所以妾等想沐荣封，总须陛下颁赐名位，方为正当办法。"老袁又笑道："女苏秦又引经据典，前来辩论了。"<small>女苏秦三字，回应前回。</small>周姨答道："妾据理辩论，并非为个人争此虚荣，实为全体姊妹行正名定分哩。陛下果怜妾等相随多年，俯如所请，姊妹们都尽沐隆恩，怎只妾一人被泽呢？"<small>假公济私，娓娓动听。</small>老袁道："要我加封，却也不难，但须有两种分别。"周姨问两种分别的理由，老袁捻着微髭道："有生子与不生子的分别，如已生子，应照母以子贵的古例，加封为妃，若未曾生子，只好封作贵人罢了。"周姨听到此语，忽然变色，蛾眉渐蹙，蟬领低垂，一双俏眼中，几乎要流出泪珠儿来。洪姨瞧着，已料她未曾生子，所以变喜为愁，现出许多委屈的样子，当即代做调人道："方今时代，与往古不同，陛下亦须变通办理。妾意封妃问题，应以随侍陛下的年数为定，年份较浅，名位或稍示等差，生子不生子，似不必拘泥呢。"语至此，忽有两人起座道："妾等入府，不过两三年，但床上的呱呱小儿几何莫非陛下一块肉？若使如洪姨太的议论，似于理上说不过去，还请陛下三思！"<small>皇帝尚未曾做得，床头人已争论不休。</small>洪姨视之，乃是十四、十五两姨，十五姨本是洪姨侄女，她竟也来争宠，不禁恼动洪姨，竟呼她小名道："翠媛，你好休了！你得随侍陛下，还亏我一人作成，今日幸蒙上宠，便想将我抹煞，与我争论起来，就是你的血块儿，哼哼，我也不必明说了。"翠媛此时也变羞成怒，反唇相讥道："谁不知你是红姨太，不过你侍陛下，我也侍陛下，没有甚么红白的分别。你得封妃，难道我不得封妃吗？并且我的儿子，不是陛下生的，是哪个生的？"<small>前时原是姑侄，此时已是平等，应该大家同封。</small>香姨即十四姨。亦从旁插嘴道："俗语说得好，有福同享，洪姨也乐得大度，何必损人利己哩。"洪姨闻言，竟将嘴唇皮一抿，向她冷笑道："你今日尚得在此侍宴，总算是我的大度，否则连宫门外面，也轮你不着站立了。"<small>又是一段隐语。</small>老袁听她双方争执，越说越不成话儿，急忙出言拦阻道："你等休得相争，我自有处置，一经登极，便当正式册封，不致无端分级，你等且放心罢！"大家方才无言，仍旧团坐陪宴。

看官！你道十四、十五两姨，究竟有何秘史，令洪姨作为话柄呢？相传香姨自婢女当选，平日侍奉老袁，曲尽殷勤，但老夫少妇，感及枯杨，总不免惹人议论。香姨又起居未谨，尝与某卫士攀谈，事经洪姨察悉，密禀老袁，老袁疑信参半，托词戒备深宫，饬侍卫鬒夜巡查。不到数日，果见某卫士蛰伏宫外，立刻鸣枪，将他击仆，捆缚起来，一面禀报老袁。老袁说是匪党唆使，即命枪毙，并拟斥逐香姨，洪姨又代她缓颊，阿香才得保全，未几即生一子，得宠如故。至若翠媛入侍，也由洪姨介绍，洪姨本欲增一心腹，厚己势力，不防翠媛暗怀妒意，竟与乃姑夺宠，那洪姨懊恨不及，竟想得一策，嘱使婢仆捏造蜚言，只说翠媛诱通皇嗣，将有聚麀的嫌疑。这话传入袁耳，遂诫诸子不许擅入，并且密诘翠媛，翠媛自誓无他。后来翠媛生子，状类老袁，老袁才得放心。*洪姨媒孽侄女，犹且如此，安知香姨之事，不由洪姨撮弄。然老袁纳妾甚多，恐亦难免作元绪公。*这是洪宪宫闱中的逸闻，小子有闻必录，所以叙入略迹，证明洪姨的话柄。究竟是实是虚，小子不敢臆断，且俟他日有暇，往问白头老宫人便了，话休叙烦。

且说忆秦楼周氏，自伤无嗣，始终郁郁不乐。老袁见她玉容惨淡，泪眼模糊，转不禁怜惜起来，撤宴以后，即携住她的玉手，同赴寝室。袁氏平日，向有几口烟癖，每吃烟时，必至洪、周两姨房中，领略那福寿膏滋味。周姨既随老袁入房，当然取出烟具，给他过瘾，老袁一面吃烟，一面向周姨道："你也太多心了，我未曾正式册封，不过预先拟议，姑作此论，他日实行，自当妥行定夺，断不使你受屈的。"周姨凄然道："妾已想定主意，情愿媵妾终身，无论什么妃嫔，什么贵人，妾一概不敢领赐了。"*妒意如绘。*说着时，眼波儿又红了一圈。老袁忙劝慰道："你的福命很佳，忆自我得你后不久，即出山任事，被选总统，可见你命实旺夫，安知日后不生贵子？常言道：'后来居上'，似你的福命，恐不止一妃嫔呢。"*向爱妾拍马，总算善处宫闱。*周姨瞅了老袁一眼，佯作笑容道："这是妾平日梦中，也未敢妄想哩。今日陛下登基，乞封为妃，尚不可得，他日上有皇后，下有储君，恐不免去作人彘，还有甚么侥幸？"说到此句，喉中又哽噎起来，几乎说不成词。老袁道："你休担忧，我总不许人欺你，就是我册封诸姨，也不使你居人下；想你到此间，执掌内部书札，勤劳得很，即就此劳绩论来，也理应晋封，倘得天赐麟儿，那更是可庆可贺了。"周姨闻此，仍默不一言。老袁已吸毕福寿膏，自觉精神骤增，脑力充足，捻着须想了一会，便语周姨道："你且去磨墨展毫，待我手定几条内规，传与后人，你等便好安心了。"周姨奉命照行，当请老袁入座，递过纸笔。老袁即信手疾书，但见上面写着，"内训大纲"四大字，继即另行分条，逐项写下云：

第一条　母后不得佐治嗣帝，垂帘听政。

第二条　生前严禁册立储二，且废除立嫡立长成例，但择诸皇子中有才德者，使承大统。如欲传某子，先书某名，藏诸金匮石室中，封固严密，俟其升遐后，由顾命大臣于太庙中，当众启视。

第三条　诸皇子不得封王，更不许参预政治，第厚给财赀，俾享毕生安闲之福。

第四条　椒房之亲，不得位列要津。

　　老袁写罢，便掷笔向周姨道："你瞧！有这规条，皇后皇太子，都无从欺负你们，你能产下麟儿，果使福慧双全，那时凭我手中，写就名字，岂不是就好传位，你不是好做皇太后么？"*你既痴心，还要代周姨妄想，真是一片邯郸梦境。*周姨才转悲为喜，吐出娇媚的声音道："这还须效华封三祝，颂祷陛下，多福多寿多男子，贱妾方得叨恩哩。"*不脱经史。*老袁听了，也不觉兴会神来，随即拥着一枝解语花，同入罗帏，演一套龙凤呈祥的好戏；等到兴阑意倦，俱栩栩入睡乡中，去做皇帝梦皇后梦去了。翌日，老袁起床，取了手订的内训大纲，出示大公子克定。克定看到第二条，大为拂意，即欲出言反对。老袁先已窥着，便嘱道："这种条规，为后世子孙计，并非专指汝等言，我胸中自有成竹，你不必多疑。"*对妾对子，总不脱一欺字。*克定方才无语，快快自去。老袁也往政事堂，与国务卿等商议朝事，且不必说。

　　唯周姨暗地心欢，满望登极届期，皇妃的位置，总是拿稳，且享了几年快乐，再图后福。好容易盼到阴历过年，仍未得登极消息，越宿为阴历元旦，不过照例筵宴，又到了初四日，依旧寂静过去，她又禁不住烦恼起来。黄昏岑寂，坐对孤灯，正在百感交乘的时候，忽有一人牵动珠帏，翩然直入，仔细一瞧，乃是女官长安静生，当下欠身邀坐，安恭谨从命，两下里谈述琐事，甚觉投机。*彼此胸中，俱含有几个文字，自然格外投契。*继且各叙近怀，周姨未免叹息。安女士忽问道："妃子爱观新剧否？"周姨道："这是我生平第一嗜好，从前看过谭鑫培、梅兰芳等戏剧，犹觉印入脑中，至今未忘，端的是好戏哩。"安女士道："明日前门外同乐园中，敦请梅兰芳登台，演黛玉葬花新剧，妃子何不往观，借遣愁闷？"周姨摇首道："恐怕不便。"安女士道："妃子深居简出，外人本来罕见，若改装往观，难识芳颜？宫内也无人敢说，明日下午，臣妾愿随妃子一行，可好么？"*未免逢恶。*周姨笑道："这也是暗度陈仓的好计，我就与你同去。"安女士随即告别。

次日午餐毕，安女士即入会周姨，替她改装，扮作女官模样，潜导出宫。侍卫等见是女官，也不去查问，由她自去。两人乘舆偕行，转瞬间即至同乐园，园中已经开演，看客甚众，几乎无处容足，安女士入与园主商量，贳一包厢，园主与安女士，本有一点认识，且知她为女官长，不得不殷勤款待，遂与他客熟商，并让一特别包厢，导引入内，才有坐地。看了好几出，方见梅伶发场，一种神采，射将过来，几与忆秦楼斗艳。既而曼声度曲，袅袅动人，没一句不中调，没一字不合拍，惹得周姨目注神驰，低声喝彩。一时上下座客，也连声叫好，哄动全园。周姨密语安女士道："梅伶色艺，与年俱增，较前日又有进步，我当出资重赏。"安女士不便旁阻，只好赞成，遂替周姨召过按目，由周姨取出纸币，约有数百元，慨然给付，令赏梅伶。*老袁筹款维艰，反令爱妾好行其德，真是百姓晦气，梅伶交运。*梅伶演戏既毕，亟趋前叩谢，座客皆为瞩目，互相私议道："偌大女官，能有这般阔绰？莫非新华宫中，纯是金银么？"忽有一人遥视良久，才掉头语座客道："这是袁皇帝的宠妃，怪不得有此挥霍。"座客听到此语，益觉惊异，并问他如何相识？那人便道："我曾于万牲园中，一睹芳姿，友人告我是袁氏宠姬，所以认识。此次改装女官，想是掩人耳目呢。"座客再问那人姓名？那人不肯吐实，只说是在部中当差。*也恐多言贾祸。*于是一传十，十传百，就是园主与各伶人，也都闻知，共至周姨前长跽叩安。周姨知瞧破行踪，忙即摇手麾去，一面挈安女士衣袖，抢步出园，仍坐原舆回宫。*耗去了数百元，还要累得惊慌，真是何苦？*为此一事，都下传作新闻，各报章相率登载，连御用报亦采入新闻栏。老袁瞧着报语，大致说是新华宫宠妃，与女官长偕行观剧，竟不由得动起愤来，立召安女士入问。正是：

博得皇妃偿意愿，哪堪天子动猜疑。

未知安女士如何答复，下回再行说明。

当滇、黔起义以后，四川护军使刘存厚，亦起而响应，正战鼓鞺鞳之时，忽插入宫中数段逸闻，欲急反缓，好似锣鼓声中，接入金樽檀板，令人不可捉摸，此为用笔变换处，亦为叙事拗折处。若以实事论，则全回以洪、周二姨为主，而注重者尤为周姨，洪最狡黠，而周姨又济之以才，几玩老袁于股掌之上，老袁亦幸而不得为帝耳，若使为帝，宫闱中不知惹出若干衅隙，袁氏且覆宗矣。先圣谓女子小人为难养，诚哉是言！

第二十三回

洪宠妃卖情庇女党
陆将军托病见亲翁

却说安静生奉召入觐，偷眼一瞧，见袁皇帝面带怒容，慌忙屈着双膝，俯伏座前。老袁掷下御用报，叫她自阅，安女士已瞧过新闻栏，心下早经明白，不待再阅报章，便磕头道："臣妾正来请罪，日前周妃欲观新剧，由臣妾随着同去，未曾奏闻圣上，还乞恩恕！"老袁叱道："你为何这般荒唐？须知宫府内外，防范宜严，我任你为女官长，正因你年龄较长，见识较多，不致甚么轻率，就使周姨等要你同去，你也应代为谏阻，谏阻不从，可来告我，为什么不顾名誉，竟尔妄行？你想是该不该呢？"周姨要去看戏，恐你也阻她不住。安静生被他一诘，无可答辩，只好靠着地毡，碰头不已。老袁又道："看你也不配做女官长，你与我滚出去罢！"安静生不敢多嘴，只称谢恩，慢慢地立将起来，转身自去。侍卫等暗瞩花容，已是青一阵，白一阵，不胜变态了。如见其人。

早有人通报周姨，周姨已料定老袁，要来诘责，忙去邀了洪姨，在房待着。果然老袁发放了安静主，即刻走至周姨卧室中来。周姨起身迎接，洪姨亦起随后面，待老袁坐定，两人左右侍立，但见老袁目视周姨道："你好你好！"周姨佯作不解，垂首无言。老袁又哼着道："梅兰芳的戏剧，究竟如何？想你眼帘中还留着哩。"洪姨即在旁接入道："她正为了此事，与妾商量，恐惹动主上怒意，要来请罪。妾以为陛下近日，政躬多事，区区失检，亦未必遂触天威。"说至"威"字，已闻老袁接口道："你看得这般轻易，须知宫眷轻出，易失名誉，各报中已传作笑柄了，还说是区区失检么？"洪姨道："今日失检，尚属不妨。"老袁问是何因？洪姨道："陛下若已登极，妾等俱沐封为妃，那时宫禁森严，原不能自由出入呢。"*还是她的理长。*老袁道："你又来强辩了。我想这事起因，总是由安静生巴结讨好，我且先把她撵出，省得你们被哄，有玷闺箴。"*不能制服姬妾。却把别人出气。*说至此，周姨已扑地跪下，抽着珠喉道："妾情愿受罪，若说由安静生怂恿，未免冤枉了他。"*竭力为安女士庇护，何其多情？*洪姨亦随即跪下道："妾愿为周妹乞恩，并愿为安女士乞恩，此次恕她初犯，下次若再轻出，妾亦连坐受罚。"老袁见她两人哀吁，心儿也就软了，便转嘱周姨道："以后休要如此！我今日看洪姨面上，饶了你罢。"周姨复吁请道："妾蒙陛下赦罪，感激万分，只安女士已撵去否？"说着，将头枕在老袁膝上，呜呜咽咽地哭将起来。*好一个娇儿模样。*老袁俯首一瞧，见她乌云般的灵蛇髻，光滑得很，一阵阵油香扑鼻，把胸中留着的余怒，都熏得不知去向；当下伸开两手，把两姨扶起，口中连声说着道："算了，算了。"洪姨又道："现在女学尚未发达，所有当选的女官，统不过粗识之无，毫无学问，自奉陛下命令，在宫中开设女校，由安女士为校长，指导有方，各女官才稍有进步，今日若把她撵出，不唯各女官没人督率，且亦没人教导，为此种种障碍，所以求陛下格外优容，唯须下一禁令，此后自女官长以下，不准私出，有犯必惩，那便足惩前毖后了。"*面面圆到，善于饰辞。*老袁点首，随即踱出房外，自行申禁去了。

周姨致谢洪姨，正在彼此谦逊，那安女士已跑了进来，泥首称谢。两姨将她扶住，方才起身，复谈了半小时，安始告退。是日即接奉禁令，略言"宫中执役女官，无故不准自由外出，犯者严惩不贷，女官长一同坐罪"云云。各女官出入不便，未免怨恨安女士，但因安女士得有内援，势力雄厚，大家无法可施，也只得暗地讪谤罢了。安女士经此小挫，格外勤谨，每日传集女官，挨次分派，使有专责，夜间十二时后，必亲率各女官归寝，寝室系蟹形式筑就，东西对峙，门户相望，外面护着铁栅栏，由安女士手编号次，不得乱居。至逼近铁栅的居室，安自住着，亲司管钥，众入即锁，众出乃启，真是严肃得很。老袁偶往巡察，见她布置周密，井井有条，颇喜她因过知奋，温语嘉奖，从此安女士的权力，比从前更加巩固了。*也好算只功狗。*

唯安女士本有良人，曾住居前门外东茶食胡同薛家湾，姓张名景福，夫妻爱情颇深，从前禁令未下，不妨自由进出，每当暇时，免不得回去敦伦，此次申严宫禁，只好长住宫中，徐娘半老，未免有情，她竟想出一策，密请洪妃，为乃夫谋一宫中庶务司核账员一席。洪妃替她说项，竟如所请。这回作妻荣夫贵。嗣是夫妻聚首，日夕相见，夜阑人静好合鸳俦，真个是怨女旷夫，各得其所了。未始非老袁仁政，但可惜只及安女士，未能普遍鸿恩。

一夕，安女士亲自夜巡，遥见有一男一女，喁喁私语；正要出言呵责，那男子已飞奔而去，只剩女子一人，急切无从奔避，站立一旁。安女士走近逼视，乃是女官中的金翠鸿，当下便唤她入室，私自讯问。翠鸿不能尽讳，只说是与侍从武官，向订姻好，现为宫中同事，所以相见谈心，恳女官长格外垂怜，幸勿举发等语。安女士佯作嗔怒道："这却不便，明日请你出宫。"翠鸿跪下哀求，愿罚三月俸金。安女士沉吟半晌，方道："我也不为已甚，但你须谨慎小心，一露破绽，连我俱要坐罪了。"投鼠本须忌器，况又有三月俸金，可入私囊，乐得秘密了事。翠鸿拜谢去讫。隔了月余，翠鸿忽抱病在床，委顿不起，安女士已瞧破机关，也不去问明底细，便令她给假养病，移居别室调治，经旬乃瘳。看官！你道她是什么病症呢？原来翠鸿是妓女出身，运动得选，充入女官，入值以后，巧遇侍从某官，与有旧好，遂不免偷寒送暖，倚翠偎红，安女士得贿卖放，两人仍私续旧欢，未几有娠，设法堕胎，遂至成病。病愈后，益感激安女士，格外报效，事极秘密，无人知觉。安女士也暗自欣幸。银钱到手，安得不喜？

既而宫中又出一奇闻，女官沈畹兰，竟自缢身亡，安女士闻着，慌忙奏闻，有旨令她督殓，异葬郊外。各女官半多惊哗，连安女士也为叹息。看官听着！沈畹兰系天津女师范学校卒业生，年甫及笄，貌既出群，材亦迈众，为人又极和蔼，自应征女官时，得居首选，入宫承值，上下翕然。老袁亦爱她秀慧，特别宠遇，不到一月，即将自己的出纳账目，令她管核。为这一着，遂令绝世芳妹，送入枉死城中，做了冤鬼。先是老袁出纳，由洪姨掌管，每月用途极繁，多至数十万金。洪姨从中侵蚀，约可得百分的二三，无端被沈夺去，心殊不甘，但未便显然反对，只好设计中伤。常言道："明枪易躲，暗箭难防。"沈女官执掌的铁匣，骤失去钞票二百余元，那时捕风捉影，无从觅获，洪姨诬她监守自盗，竟唆袁密饬心腹，搜检沈箧，果然原封不动，几如原额。沈女官无从辩冤，没奈何悬梁毕命。老袁只疑她畏法自尽，哪知种种陷害，统是洪姨一人所为。洪姨复得任原差，可怜那沈女官无故遭冤，死得不明不白，徒落得埋骨荒丘，衔恨地下罢了。塞翁得马，安知非祸，沈女官亦如是尔。小子未曾入新华宫，偏述及各种秘闻，看官或疑我杜撰，其实小子统有依据，试看近人所编《新华春梦记》，及《洪宪宫闱秘史》，统已详列无遗，就是新华宫中的故役，自袁氏死后，统已出宫，讲将起来，多说是有些确凿，看官也不必疑猜呢。话分两头。

且说袁皇帝日思登极，择定阴历元旦，或正月初四日，举行大典，偏值西南警报，络绎到京，不得已顺延过去。嗣闻湖南西境，如晃州、沅州一带，统被黔军攻入，着着进行，不禁惊愕道："刘显世是真反了。"你道他是假反？遂令第八师长李长泰，抽调劲旅，自津门南下，一面令湖南将军汤芗铭，立派军队，协同马继增一军，相机痛剿。又命唐尔锟督理贵州军务，褫去刘显世官职，听候查办。嗣复特任龙觐光为临武将军，兼云南查办使，速由粤西入滇，除带领所部外，即在南宁招兵十营，借扩军额，并饬广西将军陆荣廷，赶紧募兵二十营，助龙攻滇，饷械均由中央接济。小子叙到此处，又要把袁氏心理，推测一番。滇、桂本属毗连，就是滇省护国第二军，亦指定从桂进发，袁皇帝欲分道攻滇，应该将桂边一路，责成陆荣廷，如龙觐光等，只好备作后援，何故前后倒置，舍近求远呢？原来陆荣廷初入戎行，不过一寻常弁目，自经岑春煊督粤，方将他拔擢起来。民国肇造，陆任都督，粤西偏安。至癸丑一役，岑春煊曾为大元帅，与袁反抗，赣、宁失败，岑亦他避。老袁与岑有隙，遂忌及荣廷，只因桂省僻处西南，关系尚小，所以仍命镇边，未曾调动。不意滇事发生，川、湘、贵三路，变作要塞，倘或陆荣廷与滇通谋，岂非又增一敌？为此特任龙觐光攻滇，但命陆募兵协助。揭出老袁意思，标识特详。还有一着布置，龙子运乾，系陆荣廷女夫，彼此是儿女亲家，当然不致龃龉，既可借龙制陆，复可借龙劝陆，实是当日无上的妙计。计策固好，谁知偏不如所料。

龙觐光拟全拨粤军，奋力攻滇，可奈民党中人，都因滇、黔起义，相率遥应。前粤督陈炯明，邀同柏文蔚、林虎、钮永建、熊克武、龚振鹏、谭人凤、李根源、冷遹、耿毅等，癸丑之变，多已见过。在南洋新加坡，设一总机关部，派军入粤，进攻惠州。粤军自顾不遑，哪里还好调拨？不过广东将军龙济光，是龙觐光弟兄，骨肉至亲，不得不极力腾挪，当派陆军第二旅第三团长李文富为先锋，虎门要塞司令黄恩锡

龙觐光与龙济光

为前敌司令，率军四千人，陆续出发。龙觐光自带卫队数十名，潜乘广利兵轮，至北海登岸，经过廉州，直抵南宁。南宁即粤西省会，将军陆荣廷，就此驻扎。前清以桂林为省会，民国始移至南宁。龙觐光已入省城，并未见荣廷出迎，至投刺入见，尚在客厅中坐候多时，好容易盼到主人，还是缓步进来，差不多有重病模样。当下行过常礼，略叙寒暄，但闻荣廷低声道："兄弟近日，适患心疾，昼不得安，夜不得眠，害得精神困惫，几难支持，亲翁此来，有失远迎，幸勿见罪！"龙觐光道："曾否延名医诊治？"荣廷道："医生亦诊过数次，可奈服药少效。"心病还须心药医，岂寻常医生可以疗治？龙觐光道："目下滇、黔谋变，粤西正当要冲，兄弟奉命西行，全仗亲翁协助，偏偏尊体违和，如何是好？"他正为你生病。荣廷答道："弟正为此事烦燥，益觉寝馈不安，添了好几分贱恙，医生说须静心调养，方可渐瘥。亲翁来得正好，一切军事，好凭大才调度，弟可向中央请假数旬。"觐光道："粤东亦有乱事，军队只堪自顾，兄弟带来的兵士，不过三四千名，奉中央命令，饬在此处招添十营，且闻亲翁处亦令招募，想亲翁总也接洽呢。"荣廷半晌才答道："命令是已经接到了，只因有病在身，不能亲募，现已托王巡按使代理，亲翁若有教言，请直接与他面谈罢。"说着，用手扪心，并皱着两眉，似有无限的痛苦。那时觐光不便多谈，只好起座告别道："亲翁且自休养，弟且到王巡按处，商议军情便了"。急惊风碰着慢医生，真也没法。荣廷也不挽留，随送出厅。觐光用手相拦，请他不必远送，荣廷也即止步，只道了"简慢"两字。待觐光出门，即展颜入内，自不消说。

觐光转至巡按使署，巡按使王祖同，忙即迎入，两下晤谈，述及募兵办法。王祖同道："粤西硗瘠，公所深知，欲要募兵，先需军费。前日陆将军召弟商议，委弟筹款垫发，且令弟代行招募，弟正为此事踌躇呢。"又是一个为难。觐光见他支吾情状，不由得躁急道："救兵如救火，不容迟缓，况政府已有明令，饷械由中央接济，尊处能筹款垫付，不消几日，便可由中央汇到，一律给还了。"王祖同道："兄弟也这般想，但急切提不出这种现款，也是没法，昨已驰电达京，催解汇款去了。"觐光道："募兵已有地点么？"祖同道："已借军械局开办。"觐光道："我且去一观，何如？"祖同说了"奉陪"二字，便与觐光一同出署，至局所中巡视一周。但见临武将军行辕，已经设着，觐光便就此寄居。祖同自行返署。

看官道这陆、王二人，究竟是甚么意见呢？原来陆氏宗旨，是完全地保障共和，反对帝制，且已接着岑春煊及梁启超等密函，劝他联络滇、黔，勉图独立，他已怦怦欲动，只因饷械未足，不便冒昧举事，并且长子裕勋，在京为官，一或发难，未免投鼠忌器，所以托词心疾，请假养病；独王祖同是骑墙人物，袁氏曾命他会办军务，监察老陆，他持着中立态度，两面敷衍，此次对付觐光，也是这番手段。最好是这种手段。觐光在局募兵，起初是京款未到，只好静坐以待，及款已汇至，赶紧招募，偏桂人不甚踊跃，每日来局报名，多不过百人，少仅数十人，任你龙将军如何劝导，也一时不能成军。忽一日，由贵来电，龙济光已击退乱党，解惠州围，中央加封济光为郡王。插入粤事，较省笔墨。觐光也为心喜，当即发电道贺，并商令酌拨粤军，由海道来南宁，以便即日赴滇等语。嗣得复电，略言："惠州虽然得捷，乱党仍然蔓延，随在需防，无兵可拨，赴滇军请自行募足"云云。于是觐光无援可恃，且又不便久留，只好把新募各兵，检点起来，约得四千名，加入前时带去的粤军，共计得八千人，新旧合组，得二十营，号称一万二千。分作五路，令李文富为前锋，率兵千五百名，由百色进发。黄恩锡率兵千五百名，间道出广南，会合李军，进攻剥隘。再令粤西军官张耀山、吕春绾，各率兵两千，作为前后两路的援应，并令侄儿体乾，统领两军，称为第三第四队。又另遣朱桂英率兵千人，入窥黔边，牵制黔军援滇。觐光仍驻节南宁，满望着旗开得胜，马到成功，小子有诗叹道：

> 士甘焚死不封侯，气节销磨一代羞。
> 争说两龙跨粤海，为何甘作顺风牛？

觐光既遣发各军，当然奏报中央，欲知后事，且看下回。

上半回是叙述内情，缴足上回文字，下半回是叙述外事，暗启下回文字。观内情之蒙蔽，已知袁氏之难乎为帝，观外事之溃散，尤知袁氏之不能为帝。洪姨受姬也，而欺之，陆荣廷，良将也，而亦欺之，余如安女士之朋比为奸，王巡按之模棱两可，更不必问。内外交构，何事可成？故本回虽显分两撅，而暗中却自有相对处，是在阅者之静心体察可耳。

第二十四回

暗刺明讥冯张解体
邀功争宠川蜀麋兵

　　却说袁皇帝接到龙觐光奏章，披阅以后，深喜他实心效忠，不负委任，桂边一路，似可无忧，川、湘一带，已是大兵迭发，当亦不致有意外情事。唯江宁将军冯国璋，前曾调他来京，任为参谋总长，偏他请假养疴，相隔数月，尚未到任，老袁愈觉生疑，特派遣蒋雁行，南赴江宁，调查防务，临行时且有密言相嘱。蒋衔命南下，与冯相见，谈了许久，冯只管无情无绪，淡淡地答了数声，有几语简直不答。雁行因奉着主命，未便敷衍过去，便进言道："极峰意见，要上将出任行军总司令，因未得尊意赞成，所以嘱弟转达。"无非要老冯离任。国璋哑然失笑道："我去岁入京觐见，谈及帝制问题，总统誓不承认；且言国人相逼，当挂冠航海，往游伦敦。目下欧战虽剧，伦敦尚是无恙，总统何不前往，还要兴什么大军？授什么总司令呢？"国璋入觐，借他口中补叙，并补述袁氏前言，以证其欺。雁行道："往事也不必重提了。但上将与总统相知有年，也应助他一臂，藉尽友谊。"国璋道："我正为友谊相关，始终不敢背弃，无如抱病未瘥，力不从心，还请代达总统，求他原谅！"陆既称病，冯亦如是，真是一个病夫国。雁行又道："总统亦系念贵体，特遣兄弟前来探望，并嘱令代阅防务，俾上将安心休养，早日告瘥，得以销假视事。"国璋笑答道："多谢总统盛意，近日一切政务，也多委王镇守使代理，今又得足下代劳，兄弟不胜感激哩。"说罢，即呵欠了好几声。雁行料不便多言，遂即退出，向镇守使王廷桢处，会叙多时，至回寓后，即将冯国璋言动情形，叙入电稿，寄达中央。隔了一天，即由政事堂传出申令，因冯国璋尚在假中，着王廷桢暂行代理。是电一传，与冯交好的疆吏，多疑老袁将免冯职，致起违言。**即后文所谓河间系。**山东将军靳云鹏，江西将军李纯，电袁留冯，略谓："冯保障东南，关系大局，不应无故调动"等情，于是老袁改了初念，另派佐命功臣阮忠枢，至徐州来说张勋。张勋自任长江巡阅使后，以徐州为盘踞地，逍遥河上，花酒耽情，除宠妾小毛子外，复纳一个女优王克琴，端的是风流大帅，洪福齐天；唯他有一种特别的性格，终身不忘故主宣统帝，**东海等人应输他一筹。**所以袁氏要想登极，他虽阳示赞同，暗地里实是反对。滇、黔发难，竟上书直谏老袁，内有大不忍四则，能言人所未言，小子因胪述如下：

（甲）纵容长子，谋复帝制，密电岂能戡乱？国本因而动摇，不忍一。

（乙）赣、宁乱后，元气亏损，无开诚布公之洽，辟奸佞尝试之门，贪图尊荣，孤注国家，不忍二。

（丙）云南不靖，兄弟阋墙，寡人之妻，孤人之子，生灵堕于涂炭，地方夷为灰烬，国家养兵，反而自祸，不忍三。

（丁）宣统名号，依然存在，妄自称尊，惭负隆裕，生不齿于世人，殁受诛于春秋，不忍四。

这四大不忍等语，呈将上去，袁皇帝却容受得住，并不加责。**亏他耐得住。**他知张大帅的性质，并非袒护滇、黔，不过系念故主，聊发牢骚，但教好言抚慰，虚名笼络，仍可受我约束，不致生变，因此派遣阮忠枢，来与张大帅商叙军情。张勋接入，便开口道："老斗，你来做什么？"**阮字斗瞻，张大帅一经开口，便肖性情。**忠枢道："闻大帅新纳名妹，特来贺喜。"张勋道："你怎么知道？"忠枢笑道："上海滩上第一个名伶，被你选取了来，已收尽江南春色，全国统已知晓，小弟也有耳目，难道不闻不知么？"张勋道："照你说来，你简直到此，来敲我几台喜席。我这里有酒有肉，任你吃，任你喝，可好么？"**豪爽得很。**忠枢道："这是蒙大帅的赏赐，还有何说？但小弟还有特别要求，未知大帅肯赏光么？"张勋道："你且说来！"忠枢笑道："要请贵姨太太出见，赏光一套西皮调，给我恭听，那是格外承情了。"张勋笑道："老斗，你又来胡闹了。闲话少说，我吩咐厨役，备些可口的菜蔬，与你畅饮，你若有暇，请在此多逛几天，多年老友，难得常聚哩。"忠枢说声叨扰。张勋便嘱咐左右，传语厨子去讫。两人又闲谈了一时，外面已搬进酒肴，由张勋邀客入座，豪饮起来。酒至半酣，忠枢用言挑着道："长江一带，幸亏大帅坐镇雍容，才保无事。"张勋不待说毕，便接入道："百姓并不要造反，只外面的革命党，里面的袁项城，统是无风生浪，瞎闹一场，所以国家不能太平。"忠枢道："项城也只望太平哩。"张勋哈哈大笑道："你是十三太保中的领袖，怪不得有这般说。项城世受清恩，前时投入革党，赞成共和，硬逼故帝退位，已是铸成大错，此次要重行帝制，谅亦有些悔意了。但现成的宣统皇帝，尚在宫中，何不请他出来，再坐龙廷？他今朝要自做皇帝，哼哼，恐怕有些为难呢！"*快人快语，如闻其声。*忠枢闻言，不觉面上一红，勉强答应道："这也是出自民意，项城不能强辞，就是大帅前日，也曾推举项城，难道是贵人善忘吗？"*以矛攻盾，却也能言。*张勋顿时变色道："他屡次给我密函，要我向他劝进，我的秘书，也向我说着，不如顾全旧谊，休与反对，我才叫他写了几句，电复了事，横直将来人多意多，总有几个硬头子，出来反抗，我老张也不是真呆，何苦与他结怨，现在云南、贵州，已创起什么护国军，竟不出我所料，项城想我出去打仗，我为了项城的事情，惹人怨骂，还要我兜掉面子，向外国人陪礼，我已吃尽苦楚，此番不来上他的当了。"*尽情出之，好似并剪哀梨。*忠枢听说，尚未回答，张勋又道："我所以说了四大不忍，呈将进去，叫项城自去返省。"忠枢趁势探着道："云南、贵州的变事，大帅还是反对，还是赞成哩？"张勋道："我去赞成他做甚么？我只晓得整顿军备，保卫地方罢了。"*这两语亦太自夸。*忠枢又进一步道："大帅高见，很足钦佩，但云、贵既已倡乱，应该如何对付，方得平和？"张勋沉着脸道："他闹他的云、贵，我守我的徐州，干我甚事？"*又是快语。*忠枢知不可喻，不得已据实相告道："项城本意，也不要调动大帅，不过想抽调军队，并添设长江上游巡阅使，敢问大帅意下如何？"张勋佯笑道："我料你是贵忙得很，断不至无因至此。你去回报项城，长江上游巡阅使，他欲要设，尽管去设，我老张不来多嘴，但恐增设一人，也是无益。若要抽调军队，我的兵士，素不服他人节制，调往他处，非但无益，反恐有损呢。"忠枢至此，已晓得张勋用意，不必再与多谈，便又借贺喜为名，敬了张勋数杯。张勋亦回敬数杯，随即吃过了饭，撤席散坐。是夕，复呼枭喝卢，极尽豪兴，最后仍央请张大帅，唤出新姬，果然是绝世尤物，倾国倾城，惹得这位阮钦使，也不禁目眩神迷，魂飞色舞。待王姨太太道了万福，转身进去，那时才对着张大帅道："大帅真好艳福，小弟一无所赠，未免惶愧得很。"说至此，即从怀中取出钞币十张，约得百圆，双手奉上道："这便代作赠物罢。区区不腆，幸转送香闺，祈请赏收！"张勋道："又要老友破钞，谨代小妾道谢。"于是分手归寝，翌日起床，阮忠枢即拟辞别张勋，吃过早点，眼巴巴望着张勋出来，偏是望眼将穿，杳无消息，待至午餐，方见张大帅登堂陪客，忠枢有事在心，也不多饮，便于席间辞行，草草毕席，即告别出署，回京复命去了。*也是一番空跑，犹幸得见艳姬，还算有些眼福。*

　　老袁已遣阮南下，想不至虚此一行，便在统率办事处内，添设临时军务处，遥领军政，实行指挥。当拟组织征滇第二军，令张勋、倪嗣冲各出十营，驻鲁第五师，出步兵一团，防兵一营，驻陕军出一混成旅，驻奉第二十及第二十七第二十八师，各出一混成旅，余由他省选调骑兵数营，合成一师，限月终拔往战地。正在筹划的时候，那阮忠枢已回来了，当下听他禀报，已知张勋不肯从命，很是懊怅。再电致奉天、山东各省，陆续接复，多半是："防务吃紧，兵不敷用，职守所在，碍难遵命，否则本省有变，不负责任"云云。老袁急得没法，乃将调兵的政策，变为募兵，*调兵已非善策，募兵更属无谓。*拟由直隶、山东、河南三省，募兵二万，听候调遣，一面电催赴敌各军，速行进击，并调四川、两湖军队，协同接济。统计自正月中旬，至三月上浣，袁军运到川、湘，差不多有十万人。看官欲晓明大略，且由小子一一叙来：

　　在川各军。

　　（一）曹锟军，即第三师，约八千五百人。（二）张敬尧军，即第七师，约六千人。（三）李长泰军，即第八师，约七千八百人。（四）周骏军，即四川第一师，嗣改编为第十五师，约六千人。（五）伍祥桢军，即第四混成旅，约四千人。（六）冯玉祥军，即第十六混成旅，约四千人。

　　在湘各军。

　　（一）曹锟军，即第三师之一部，约二千人。（二）马继增军，即第六师，约万人。（三）唐天喜军，即第七混成旅，约四千人。（四）李长泰军，即第八师之一部，约三千人。（五）范国璋军，即第二十师，约四千人。（六）张作霖军，即第二十七师，约三四千人。（七）倪毓棻军，即安武军十五营，约三四千人。（八）王金镜军，即第二师，约四千人。（九）胡叔麒军，即湖南混成旅，约四千人。（十）卢金山军。系湖北独立旅，约四千人。

　　这十万大军，云集川、湘，总有几个效忠袁氏的将吏，拼着了命，与护国军争个胜负，好博得几个勋章，几等勋位。只是滇、黔军乘着锐气，杀入川、湘，或合攻，或分攻。川路自叙州起，经泸州、重庆、万县、夔州，直达湖北的宜昌。湘路自沅州起，经麻阳、芷江等县，直趋宝庆、常德，战线延长，约有二千多里。总司令曹锟，先行筹防，分檄各路兵将，择要驻守，十万军中，已去了五成。尚有五万名作为战兵，大约自川中进攻，计二万人，自湘中进攻，计三万人。五万袁军压川、湘，当时已传遍天下，气焰亦可谓不弱。滇、黔两军，统共不过三万名，与袁氏战兵相比例，尚不及半数。曹锟因老袁催逼，乃简率精锐，会合冯玉祥、张敬尧各军，兼程前进，直指叙、泸，另檄第六师长马继增，驻扎湘西，抵御黔军。

　　此时云南护国第一军总司令蔡锷，早已由黔入川，闻曹锟等尽锐前来，急令刘云峰、赵又新、顾品珍等，分头拦截，哪知来兵很是凶勇，凭你如何截击，总是抵挡不住；并且顾左失右，得此失彼，眼见得主客异形，众寡不敌，一阵阵地向后退去。刘、赵、顾三人，无可如何，只得向总司令处告急。蔡锷闻报，踌躇一番，默想曹、张各军，用着全力，来攻叙、泸，若要与他死战，徒伤士卒，无济于事；且弹药等件，亦只能暂支目前，未能持久，计不如变攻为守，以逸待劳，一面联合粤西，调出李军，并力北向，再决雌雄，也为未晚。此即兵法所谓避实二字。乃即令刘、赵、顾各军，且战且退，自己亦退入永宁，准备固守。

　　曹锟遂分兵大进，自克綦江，冯玉祥克叙州，张敬尧克泸州，纷纷向中央告捷。四川形势，顿时大变。黔督刘显世，闻滇军撤归，也为一惊，亟檄总司令戴戡，调还一旅，驻守黎平。那时马继增跃跃欲逞，拟乘势攻入黔境，与川军并奏奇功，当下发令进兵，行了半日，因天色已晚，驻营辰州，到了夜半，除巡兵未睡外，余皆安寝。待至天晓，全营统已早餐，秣马厉兵，待令即发，不意这位马师长，竟长眠不起，由阎罗王请去做先锋了。小子有诗咏马继增道：

未曾前敌即身亡，暴毙营中也可伤。

自古人生谁不死，甘心助逆死无光。

毕竟马继增如何致毙，且至下回表明。

冯、张两人，宗旨不同，而其不满袁氏也则一。本回借冯、张之口，讥讽袁氏，足令袁氏，无颜对人，而张大帅粗豪率直，描摹口吻，尤觉逼肖，岂其尚有张桓侯之遗风欤？《民国演义》中有此人，亦足生色矣。夫以冯、张之为袁氏心腹，犹离心若此，彼川、湘一带之十万师，宁皆能效忠袁氏耶？不过凭一时之勇气，直入叙、泸，转眼间即已告馁，乃知师直为壮，曲为老，一时之强弱成败，固不足以概全体也。

第二十五回

龙觐光孤营受困
陆荣廷正式兴师

却说马继增到了辰州，过了一夕，竟尔长眠不起，由队官等上前相呼，已是魂入冥乡，寂无声响了。大家惊讶不已，细检尸体，但见满身青黑，也不知什么病症，大约是中毒身亡，一时无从究诘，只好飞电中央，另简主帅。为此一番转折，湘、黔两造，各按兵不动。唯龙觐光所遣各军，攻入滇边，前锋李文富，先抵剥隘。剥隘系由桂入滇的要塞，滇兵驻守，只有两连，<u>现时步兵编制法，步兵以十四人为一棚，三棚为一排，三排为一连，四连为一营。</u>闻得敌军骤至，慌忙对仗，一面向总司令处求援。总司令李烈钧，方驻扎土富州，距剥隘尚数百里，未免鞭长莫及。<u>李烈钧到了此时，尚未出滇境一步，也不免迟滞。</u>剥隘孤兵，敌不住李文富军，勉强对仗，伤毙军官一人，部众溃散。李文富据剥隘，即向龙觐光处报捷。龙体乾亦潜入滇境，联结土司，围蒙自，占个旧，也自然飞递捷书。觐光连得捷报，喜欢得了不得，当即连电奏捷。老袁一再嘉奖，又颁给几个勋位勋章，作为赏赐。于是龙觐光以下，无不踊跃，乘势杀入云南，搏个你死我活。觐光也移驻百色，指挥进攻，几乎有灭此朝食的气势。哪知背后的广西省内，已是一声霹雳，响彻西南，险些儿把个龙将军，弄得不能进，不能退，把他龙筋龙脉，要抽将出来。

看官！可记得广西将军陆荣廷么？荣廷因病乞假，并函致长子裕勋，南来侍疾。

裕勋得信，当然禀闻老袁，即拟南下。老袁也即照准，且命人伴送途中，慰他寂寞。到了汉口，裕勋竟得着急症，医治不及，霎时身亡，假惺惺的袁皇帝，反连电粤西，极表哀悼。专用此种手段，何其忍心？荣廷明知此事，由老袁预嘱同伴，将子毒死，但已不能重生，只好以假应假，复电称谢；自是决计独立，先向中央要求军饷百万，快枪五千支，自告奋勇，督师征黔。老袁如数发给，且授为贵州宣抚使，令他即日赴黔，相机剿抚，一面饬第一师长陈炳焜，暂代陆职，护理军务。荣廷既接京电，拟召集军事会议，决定行止，可巧来了梁启超，与荣廷晤谈起来，所有讨袁政策，很表同情。梁本受蔡锷密托，特地来见荣廷，做一个说客，应前回联合粤西语。不期荣廷已决心举义，无待多言，哪得不喜出望外，当下邀入陈炳焜，与他密商。炳焜豪爽得很，简直是请陆独立，不必迟疑。于是召集全师，公议军事。陆荣廷为主席，把助袁助滇两事，宣告出来，待众解决。炳焜先起座道："袁氏欺人欺己，得罪全国，已不足责，即为将军代计，今日助袁为逆，对国不忠；公子裕勋，被袁无故毒毙，不思报复，对子不慈；岑云帅岑春煊字云阶。为将军故主，他已屡函劝勉，不闻相从，对主不义。将军今日，如即独立，尚可改过为功，否则军民解体，恐将军也成为民国罪人了。"荣廷怃然道："陈师长责我甚当，我就指日独立，自改前非，为问众弟兄可赞成否？"说声甫毕，但见大众统已起立，自第二师长谭浩明，及旅长莫荣新、马济以下，没一个不拍掌赞成。荣廷遂向天宣誓道："皇天后土，鉴临廷等，一德一心，驱逐国贼，保卫民生，如有违异，饮弹而死。"陈炳焜等应声道："谨如陆将军言。"是谓同德，是谓同心。宣誓已毕，即下动员令，饬马济率游击队六千，星夜前赴百色，托名攻滇，暗断龙军的后路，又亲率十二营，往扎柳州，阳言攻黔，其实欲取道桂林，进逼湖南。

　　龙觐光尚睡在梦里，檄令李文富等进攻土富州。李烈钧已密接桂军消息，令第一梯团司令官黄开儒，率军前敌，与桂军约就夹攻。又由滇督唐继尧，拨遣第三梯团司令官黄毓成，绕道黔境，由兴义出泗城，潜入西林，攻击龙军右面。三路议定，一齐动手。马济密嘱营长黄自新，先至龙军，佯称助战。龙觐光不知有诈，调赴军前。那时李文富等与黄开儒对垒交锋，两下里排成阵势，你枪我炮，互相冲击，正在难解难分的时候，忽龙军阵内，跃出黄自新一军，倒转枪枝，扑通扑通的几声，将龙军击了数十名。龙军顿时哗噪，自乱队伍，滇军趁势攻入，杀得龙军七零八落。李文富等连忙收兵，且战且退，不意后面喊声大起，炮弹随来。粤西旅长马济，复带了一支生力军，前来攻击。看官！你想此时的李文富、黄恩锡等，还能支持得住么？亏得龙觐光接闻军警，自率亲军援应，总算保全了一半，狼狈回营；当下飞调龙体乾还援。体乾弃了个旧，急至百色，谁知张耀山、吕春绾两军，统已心变，不服约束，自率所部回粤西，桂人回桂，理之当然。剩得体乾身旁，只有数十个亲随，入百色营。

此时百色附近，已是密密层层，布满敌兵。营内只有一二千名残卒，眼见得保守不住，龙觐光满面愁容，一筹莫展，既见体乾，竟洒着泪道："我与你要死在此地了。可恨陆亲家背我，连电求援，并无复信。"你果死了，倒不愧袁氏忠臣。体乾也含着泪道："何不叫兄弟发一急电，向他丈母哀请？只说我辈死在目前，全仗援救，妇人总有爱惜儿女的心思，若得他转告老陆，我等才得有命哩。"觐光道："我一时神志慌乱，竟忘怀了。唯运乾不在军中，你赶紧电告运乾，叫他转电陆夫人，设法救我才是。"体乾立即照行，果然驰电到粤，不消两日，已接复电，说是："陆妻谭氏，已向陆说情，当有好音相报。"觐光稍稍放心，敌兵也不来紧逼。双方停战数日，方来了陆子裕光，传达父命，要龙军缴械投诚，才令滇、桂两军罢战。觐光急得没法，只好应允，但恳留卫队驳壳枪三百支。裕光以未奉父命，不肯勉从。那觐光顾命要紧，没奈何下令各军，缴出机关枪四十架，炮十四尊，步枪五十支，现银二十万元，军官遣回原籍，兵丁另行改编，直隶马济部下。于是贪功争宠的临武将军，遂俯首敌前，做了一位降将军了。蛟龙失水遭虾戏。

袁皇帝尚未闻悉，正为了洪姨生日，开筵庆贺。洪姨购得一副绝精巧的麻雀牌，统是羊脂白玉制成，大小厚薄，不差分毫，所刻的花纹字迹，乃是京内著名美术家宋小坡手笔，价值约五千元以上，此日正拟试新，各姬妾席终入局，叉万金一底的麻雀。洪姨赌运不佳，只管输去，看看要输至两底，老袁从外趋入，见洪姨所负过巨，便笑语道："我替你翻他转来。"洪姨乃让袁入座，自立在旁，约莫叉了一圈，一副都碰和不成，累得洪姨愈加着急，从旁说道："我道皇帝的财运，总是好的，谁意反比我不如哩。"老袁闻言，急得面红耳赤，要想做副大牌，反负为赢，偏偏牌风不佳，手气又是甚恶，顿时懊恼异常，口中咴咴不已；后来得了一副全万子，将要做成，只少九万一张，凑巧对面竟打了一张九万，他不禁拍手道："和了和了，这遭好翻本了。"哪知右旁坐着汪姨嘻嘻地笑道："且慢！我也是和了。"老袁还道他是顽话，至摊牌一瞧，果然是一副平和，巧巧不先不后，被他拦去，便是帝制不成之兆。顿气得双目突出，胡须倒竖，把手中的牌尽行掷去，几乎击得粉碎。正在拍案狂呼，忽见一女官入奏道："外边有紧急公文，请万岁爷出阅！"老袁听了，乃起身外出，复至办公室，由秘书长呈上电文，说是广西发来，已经译出，随即瞧着，其文云：

前大总统袁公惠鉴：痛自强行帝制，民怨沸腾，云、贵责言，干戈斯起，兵连祸结，徂冬涉春，国命阽危，未知所届。远推祸本，则由我公数年来，殃民秕政，种怨毒于四民；近促杀机，则由我公数月来，盗国阴谋，贻笑侮于万国。查约法第四十六条，有总统对于国民负责任之规定，失政犯宪，万目具瞻，厉阶之生，责将谁卸？云、贵既扶义以兴，势无返顾，我公犹执迷不悟，何术自全？荣廷奉职岩疆，保安是亟，启超历游各地，触目滋惊。因念辛亥之役，前清以三百年之垂统，犹且不忍于生民涂炭，退为让皇，今我公徒以私天下之故，不惜戕亿万人之生命，以蹙国家于亡，以较胜朝，能无颜汗？况事终无成，徒见僇笑，名为智者，顾若此乎？荣廷等以数年来共事之情好，不忍我公终以祸国者自祸，谨沥诚奉劝，即日辞职，以谢天下。荣廷等当更任力劝云、贵同日息兵，则公志既可以自白，而国难亦可以立纾矣。事机安危，间不容发，务乞以二十四小时赐复，俾决进止，不胜沉痛待命之至！陆荣廷、梁启超、陈炳焜、谭浩明、莫荣新、马济、王祖同。

老袁览毕，气愤填胸，好似痰迷心窍，半晌说不出话来；到了神志渐清，才旁顾秘书长道："国务卿等到哪里去了？"秘书长道："早已归去，现在已过夜半哩。"老袁自阅金表，已一点多钟，乃踱出办公室，仍然入内，见里面也已散局，唯洪姨尚怏怏地留着，便启口问道："你在此做甚么？"洪姨道："妾在此待着陛下，替妾还赌债哩。"老袁道："输了若干？"洪姨道："约四五万圆。"老袁道："四五万圆，值甚么大事？你难道取不出么？"洪姨装娇撒痴，定要老袁代还。老袁道："算了罢，明日由我账内支付，我现在烦躁得很，你不要再向我絮聒了。"说罢，便挈着洪姨入房就寝，是夕无话。次日至办公室，无非邀了国务卿，及六君子、十三太保等，取示电文，会议对付粤西的法儿。有主战的，有主和的，发言盈廷，日中未决。还是老袁主议道："电文中虽列着王祖同，但我料祖同必不负我，大约是陆荣廷等，背地列入，现且先礼后兵，电致王祖同，叫他劝止荣廷，他能就此罢休，我也不去多事呢。"陆徵祥道："郡王龙济光，与陆有亲戚关系，也应叫他转劝为是。"老袁点首道："这也是要着，快拟定电稿，分途拍发罢。"当下召入秘书长，拟就电文，略说是："四川、湖南，俱已击破逆军，一部叛徒，虚言护国，济甚么事？因亟劝告陆荣廷等，毋从乱党，免贻后悔"等语。自己叛国，还目他人为叛徒，仿佛一只跖犬。老袁亲自鉴定，即日寄去。

是夕，才接到龙觐光军报，知已失败。又于次日开御前会议，大众都游移不定，左丞杨士琦，仍主张和解。老袁道："我与他和解，他不肯依我，如何是好？"大众听了，统面面相觑，不发一言。忽外面又呈入急电，由老袁瞧阅，系是王祖同的复奏，内称"陆已独立，无可挽回，请中央善自处置"云云。老袁阅罢，便宣示大众道："事已至此，料不能和平解决了。我的意见，只好责成龙济光罢。"遂不待大众议定，即致电龙济光，令严行戒备，先守后战，且须转饬肇罗镇守使李耀汉，分兵扼险，节节设防。一面令江西将军李纯，派兵拒守桂、赣交界，一面令湖南将军汤芗铭，移屯精锐，至永州把守，严拒桂军；且檄冯国璋、倪嗣冲等调兵入湘，借厚兵力。计划已定，会议复散。

是日为三月十六日，先一日已报广西独立，各省连接通电，第一电是广西军官，公推陆荣廷为都督，宣布正式独立；第二电是由陆荣廷出名，劝告各省协同讨袁。小子分录如下：

广西军官通电

民国成立，四载于兹，元首固无变更国体之权，人民应负拥护共和之责，乃袁氏伪造民意，帝制自为，吸吾脂膏，以供运动，禁吾言论，以遂阴谋，正气摧残，群邪竞进，大信全失，邦本动摇，我同胞艰苦缔造之中华民国，竟断送于袁氏之手，凡有血气，罔不痛心。比者滇、黔起义，全国风从，事尚可为，责无旁贷。炳焜彷徨瞻顾，欲罢不能，当经会议表决，即日宣布广西独立，公推我上将军为广西都督，事关民国存亡，应请都督力膺艰巨，督饬进行，誓歼民贼，以维国本。除通电京省各机关外，谨此电闻！陈炳焜、谭浩明、莫荣新暨军民全体同叩。

广西都督通电

自帝制发生，人心大惑，无信不立，荣廷早虑国家危亡，顾念改革以来，民力凋残，邦基杌陧，万不欲一夫作难，再致同室操戈。迄自滇中首义，黔阳从风，长江、川、湘，雷动响应，国民真意，昭若日星。袁氏宜幡然悔罪，削除伪号，尊重民意，以张四维，乃竟包藏祸心，离间将士，以金钱为买命之法，以名器为佣奴之酬。猛虎斑羊，蝇营狗苟，玩五族于股掌，希万世之帝王。此而可忍，宁谓有人？及今不图，其何能国？兹我三省父老兄弟，枕戈以待，投袂奋兴，洒涕中原，瞻言马首。荣廷虽身起草茅，尚知纲纪，不得不率此旧部，完我初心，誓除专制之余腥，重整共和之约法。除联合云、贵声罪致讨外，敬告各省文武忠勇志士，协心勠力，诛彼独夫，载宣国威，庶内慰四年死义之英魂，外固万国缔交之大信。仗兹正气，弹压河山，无任呕心沥血，传檄以闻！都督陆荣廷叩。

是时陆荣廷尚在柳州行营，应上文。省会中一切规划。统由陈炳焜代理，当改将军署为都督府，照会各国领事，谓所有交涉，仍照条约办理，并收管梧州、南宁、龙州等处海关。外人也未闻相拒，且说他理由充足，行为正当，啧啧有羡词。唯檄文传到百色，百色军民，硬迫龙觐光宣读。觐光战栗失色，勉勉强强地读完檄文，才保无事，但自己总未免心虚，不得已函达荣廷，乞全蚁命，放他回粤。荣廷乃遥馈赆仪，并饬马济派兵，护送出境。还有巡按使王祖同，自知留居不便，也请求回籍。荣廷也就准请，由他自去，随即拍电粤东，寄去一封哀的美敦书。正是：

> 声讨聿彰民意显，国家为重戚情轻。

欲知书中内容，请看官续阅下回。

粤西独立，为袁氏帝制之一大打击，当护国军小挫之时，帝制妖孽，余焰复张，非陆荣廷之起为后劲，滇、黔其曷自支持乎？但粤西地瘠民贫，陆之迟回审慎，不敢轻身发难者，尚欲求一自全之策，至长子被毒，梁启超、陈炳焜等，先后进言，方决计独立，是陆之铤而走险者，亦何莫非袁氏激之也。予昔读《春秋》，至楚灵王败于乾溪，自叹曰："余杀人子多矣，能无及此乎？"袁氏毋乃类是。至若本回中插入聚赌一段，一以叙袁家之极奢，一以验袁氏将败，虽非独立标目，而内蠹外江之情形，已可极见，袁氏之不腊也宜哉！

第二十六回

埋伏计连败北军
警告书促开大会

　　却说陆荣廷既通电各省，声明讨袁，复任梁启超为总参谋，先贻书粤东，劝龙济光一同举义。书中大意，差不多似哀的美敦书，文云：

　　广东龙上将军，张巡按使同鉴：张巡按即张鸣岐。前大总统袁世凯谋逆叛国，神人共愤，自滇、黔首义，湘、蜀奏功，舆情所趋，昭然可见。本都督曾会同本军总参谋联名电劝袁氏退位，以谢天下，乃袁氏怙恶不悛，顽勿见答，今已徇军民之请，出师讨贼。粤、桂比邻，谊同唇齿，伏望两公董率所属，载歌同胞，不胜欣幸。军机迫切，乞以十二小时赐复为盼。两广护国军总司令陆荣廷，总参谋梁启超。

　　看官！你想龙济光方受封郡王，戚阔得很，哪里肯就依老陆，平白地将郡王衔丢去海外？因即悬搁不复。陆荣廷待了一日，杳无复音，便下令东指，逾柳江，入浔江，驰抵梧州，命第一师第二旅长莫荣新为先锋，进临肇庆，第二师长谭浩明，直趋钦、廉，是为攻粤兵；再命团长秦步衢，率第一师中的步兵一旅、炮兵一营，会同黔军，进逼衡州，是谓攻湘兵；又檄云南第二军总司令李烈钧，统领全师，径行北伐，珠江流域，鼓声渊渊，大有叱咤风云的状态了。*也叙得如火如荼。*云南护国第一军总司

176

令蔡锷，闻粤西已经出师，东顾无忧，遂亲督左翼军，再入川境，进攻叙、泸。适张敬尧等驻守泸州，纵兵淫掠，难民相率逃避，沿途委顿，不堪寓目。蔡锷出资抚恤，并遗书张敬尧道：

> 两军争点，其目的在共和帝制二端。共和死，则同胞为帝制人民，帝制死，则同胞享共和幸福。无论谁胜谁负，苟无民何以为国？今贵军挟其势力，蹂躏群黎，吾窃为阁下所不取。翻阅近来中外报纸，咸记载贵军野蛮，吾为阁下计，正宜一雪此耻，胡反加之厉乎？且也帝制未成，先屠百姓，自今以往，世界上又曷贵有皇帝耶？公身为大将，不思整饬军纪，但知媚兹一人，已属罪不容死；况更虐我同胞，人将不食尔余矣。谨率义旅，北向待命，公如不悛，速决雌雄！

敬尧得书，又羞又怒，当即调集各军，与滇军决一死战，且令侦骑四出，探悉滇军行踪，准备截击。未几，即有警报络绎前来，江安、南川，相继失守，敌锋已到纳溪了。敬尧即督兵往援，途次来了一个土匪头目，自言姓名，叫作卢叫鸡，愿投麾下，作为前锋。敬尧召入，细诘一番，所有沿途地势，无不洞晓；并如滇军情形，亦说得了如指掌。敬尧大喜，遂命为向导，慰劳有加。卢叫鸡奉命拜谢，即引敬尧军前行。约经数十里，但见前面层山叠嶂，险恶异常，天色又将薄暮，敬尧颇有畏心，传令军士缓进。军士方拟小憩，忽由卢叫鸡返禀道："此山系纳溪间道，若越过此岭，不过十里，便到纳溪，大帅何不乘此前进，掩袭敌营，包管此夜可荡平敌军了。"敬尧道："你说虽是，但山势重复，倘遇他变，如何对付？"却也乖觉。卢叫鸡道："此路连土著乡民，尚少知晓，不瞒大帅说，叫鸡是个失业游民，平时尝审迹山林，所以识此行径呢。"敬尧道："我军冒险前进，全仗你为耳目，成功应加重赏，否则不堪设想，你自问可有把握否？"卢叫鸡道："如或有失，就使叫鸡身为齑粉，也偿不了全军性命哩。"敬尧方才相信，唯暗中密嘱前队，注意卢叫鸡，休使脱逃；并嘱咐各军须要小心，不要躁率。自己仍停留山下，待前军得手，方定行止。亏有此着。

卢叫鸡便引军先行，一队一队地走进山口，已觉崎岖得很，入后愈进愈险，天色又昏黑起来，亏得各军携有火具，随手热着，还能辨出路径；只北军不惯山行，走了一程，已是气喘交作，不胜困惫，正要择地休息，蓦闻炮声一响，四面八方，统是敌军杀来。各军料知中计，叫苦不迭。前队的队长，急将卢叫鸡捆住，麾兵倒退。可奈枪弹雨下，无从躲避，军士不是倒毙，便是受伤，还有陨崖坠谷的兵士，不计其数。忽听山上大叫道："北军听着！今日你等到此，已经走入绝地，本可一鼓就歼，但你我都是同胞，不应自相残杀；且助纣为虐的张敬尧，未曾入山，被他幸逃性命，特借你等口传，叫他速即悔过，免遭诛戮，你等亦休得再来。这次恕你，下次是不能留情了。"*也学诸葛孔明擒纵之法。*言毕，枪声渐止。各军士才得抱头鼠窜，回出山口，向外一望，并不见张敬尧踪迹，只剩数十百个尸骸，东倒西仆，大众统惊诧得很，只因死里逃生，已算万幸，还有何心顾及？匆匆的奔回泸州去了。

看官！道这种尸骸，是哪里来的？原来蔡锷知张军入山，急密遣劲卒，绕出间道，抄截张敬尧的归路。偏敬尧生得乖巧，起初是不肯随入，后闻山中炮声震响，料有他变，忙麾军退还，至滇军抄出山前，燃炮轰击，只打死张军后队百余名，张敬尧早已遁去，追赶不及，也收兵回营。纳溪守兵，闻张军败绩，自然不战而降，唯张敬尧奔回泸州，检集残兵，已伤亡大半，队官绑入卢叫鸡，恼得张敬尧怒眦欲裂，拍案痛詈道："狗强盗！你敢勾通逆军，来算计我吗？"卢叫鸡大笑道："我虽是个强盗，不似你狐群狗党，专知帮着袁贼，屠戮川民。蔡司令拥护共和，邀我相助，我感他热忱爱国，是以前来诈降，满望诱你入险，送你归天，谁知你还阳寿未绝，逃出天网，只晦气了同胞若干人。我已拼死而来，杀死了我，倒可流芳百世，省得人人骂我为盗魁呢。"*蔡锷计遣卢叫鸡，即从卢口中说明。*敬尧大怒，喝令左右乱刀齐下，霎时间砍成肉泥。*卢系叙、泸间巨匪，作孽已多，该受身报，唯美名反借是以传，一死可无遗憾。*

寻闻纳溪又失，忙向各处乞援。冯玉祥派兵驰至，还有伍祥祯军，也闻信赶到。敬尧乃会军固守，静待蔡军到来。蔡锷得卢叫鸡死信，很是叹息，即进兵直指泸州，将至城下，遥见前面深沟高垒，状颇坚固，急切料难攻入，乃挥兵少退，择险驻营。休息一天，得綦江出兵消息，他将营务交代刘云峰，暂行主持，自率轻兵五百人，前往掩袭，沿江一带，统是路转山回，不胜拗曲，他恐忙中有错，即向土民问讯，凑巧有一矍铄老翁，移步进前，当即下马婉询，并用好言抚慰。那老人自述姓王，名思孝，年已七十有奇，且云："北军近据綦江，骚扰得很，强买民间什物，奸淫良家妇女，小民怨苦得很，今得护国军到来，或者得重见天日了。"蔡锷道："此间与綦江相通，何处最为要道？"老人道："莫若松坎。"蔡锷道："松坎距此，约若干里？"老人道："不过十余里了。"蔡锷复问及路径，老人道："小民愿为前导。"蔡锷道："老翁尚健行么？"老人道："十余里路程，怕甚么！"蔡锷大喜，便令老人前行，自率军后随，约一小时，即到了松坎，两旁皆山，只中间留一小径，可通行人。山上大松丛杂，蔽日干霄，就使埋伏千人，一时也无从窥悉。蔡锷语老人道："地号松坎，果然名实相符，但我军因留驻此间，老翁不如归休，免得多劳。"老人道："此处最便伏兵，倘或北军前来，即可掩杀过去，任他千军万马，也是死多活少了。"*此老颇知兵法*。蔡锷不胜惊异，还疑他是北军间谍，不由得迟疑起来。老人道："小民愿在军前，看将军杀贼哩。"说至此，便散步登山，甫上山腰，向綦江一面眺着，隐隐见有北军旗帜，飘动途中。老人忙抢下道："北军来了。"蔡锷也上冈一望，果然有大队北军，迤逦而来，急忙传令五百人，左右埋伏，俟有口令，即行杀下。各兵俱遵令四伏，蔡锷自与老人，据冈倚树，兀坐望着。

綦江军奋勇来前，势甚飘忽，不一时已入径中，蔡锷即引吭高呼，宣达口号。一声呼毕，顿时枪声交作，喊杀连天。蔡锷也无暇顾及老人，即下山指挥，蝟攻敌众。綦江兵虽有数千，到了窄径中间，好似鼠斗穴中，无从展技，前队逃避不及，尽被击毙，后队急忙退还，也已一半伤亡，剩了几百个长脚兵，一哄儿逃回綦江。蔡锷也不追赶，检查军士，五百个一人不少，只受伤了数十名，且夺得机关枪十余架，令军士带归。只有老人王思孝，不知去向，四处寻觅，方见他奄卧林间，额上淍淍血出，竟中弹毙命了。*想是老命，应绝此地*。蔡锷不觉流泪，并向他下拜道："王翁王翁！我得你立了战功，你为我死在战地，英灵未泯，随我归家，我总不令你虚死哩。"军士亦相率掩泣，随即由蔡锷嘱咐，舁着尸首，返至原处，查明家属，令他领尸，且出洋数百圆，作为抚恤。蔡锷又沽酒亲奠，且拜且泣，乡民皆为动容，统说老人有福，得邀将军祭奠，死有余荣了。

蔡锷辞别老人家眷，驰回营中，刘云峰等接着，叙及战事，统是欢慰异常，翌日早起，蔡锷令军士饱餐，进扑泸城，敬尧也驱军出来，一场鏖战，互有杀伤。次日再战，两军互击一阵，蔡锷勒兵退后，做佯败状。冯、伍两军，乘胜追去。张军恐蹈故辙，不敢前行，只慢慢儿地随着后面。但见前军踊跃得很，霎时间已隔数里，远远有一丛林，那前军已趋入林间去了。张军知是不妙，代为前军担忧，果然炮声骤发，枪声继起，一片鼎沸声，从林间遥应过来。那时张军只好驰救，赶至林前，望将进去，顿令人心惊胆落。看官！道是何故？原来冯、伍二军，已被蔡锷军诱入垓心，四面围住，团团攻击，眼见得冯、伍军要同归于尽。张军一声呐喊，用机关枪猛击过去，方冲开蔡军一角，冯、伍各军，乘隙逃出，已只剩了一半。蔡军又并力还攻，连张军也抵敌不住，转身逃回。有几百个晦气的兵士，也中弹丧命，好容易驰入泸城，统是狼狈不堪，连声叫苦。张敬尧经此一挫，尚望曹锟派兵救应，哪知曹军扎住綦江，为了松坎一役，多已气夺，不敢出援。敬尧无法，命尽毁城中大厦，开了旁门，率兵逃去。自己不能守城，徒借居民出气，是何居心？蔡锷挥军薄城，城门已经大开，百姓均伏道欢迎。护国军一拥而入，唯蔡锷亲自下骑，慰劳泸民，且因民多露宿，即出资分给，令暂买芦席，圈棚为屋，藉免风寒。一面煮粥赈饥，百姓始稍免冻馁了。应该有此仁政，但较诸张军，已不啻天渊之隔。

　　泸城一下，川省复震，免不得有急电到京，老袁也觉惊惶。嗣又接湖广警报，李烈钧攻入湖南，陆荣廷攻入广东，顿时惊上加惊，愁上加愁。接连是日本公使日置益，又提出外交意见书，送达外交部，书中大意，说是"奉本国政府训令，因中国内乱蔓延，北京政府，既无平乱能力，滇、桂、黔方面，又系维持共和，不得视为乱党，本国政府，现已承认为交战团体"等语。未几，又有英、法、俄、美各公使，陆续至外交部，请老袁速即取消帝制，免得久乱。老袁正应接不遑，忽来了一道长电，急忙令秘书照译。起首二语，是为速行取消帝制，以安人心事。老袁见了，忙令译末尾数码，一经译出，顿令一位阴鸷险狠的袁皇帝，挫闪了腰，扑塌一声，向睡椅上奄卧下了。看官！你道这电是何人发来？原来是江苏将军冯国璋、山东将军靳云鹏、江西将军李纯、浙江将军朱瑞及徐州将军张勋。这五位将军，本是大江南北的重要人物，平时又是袁氏心膂，此次为了帝制问题，已不免有些解体，老袁很为注意，陡然来了这道电文，哪得不令他丧气。秘书员见老袁躺倒，还疑他是昏晕过去，偷眼一瞧，只见他睁着双眼，竖起两眉，拳头又握得很紧，越发令人惊怕；他又不敢呼唤，但密令左右去请太子。不一刻，克定进来，走近老袁椅前，老袁忽挺身坐起道："你……你好！你一心一意地劝我为帝，你好将来承袭，我听了你，费尽心机，反惹出这种祸祟。现在人心已变，西崩东应，叫我如何下台呢？"克定支吾道："目下只有滇、黔、桂三省，起兵为逆，想也没甚要紧。"老袁道："你不看五将军电文么？"克定乃转至案前，见秘书所译，约有原文一大半。看了一遍，也吓得不敢作声。_{也只有这些胆量。}老袁又道："你快去请了段芝泉来。"克定闻得段芝泉三字,暗想自己是他的对头,就使去请,如何肯来,便嗫嚅道:"恐……恐他未必肯来哩。"老袁道:"曹锟、张敬尧有密电前来,统说要起用老段,目今事已急了,只好请他出来罢。"克定不敢多嘴,没奈何硬着头皮,去请段祺瑞,果然闭门不纳,紧称挡驾,于是怏怏而返,仍旧来见老袁。老袁长叹道:"多年交谊,一旦销磨,统是由儿辈淘气哩!"_{谁叫你听儿子语?}克定道:"徐老伯尚在天津,不如去请他罢。"老袁道:"快去,快去!"克定奉命趋出,竟向天津去讫。

老袁再阅五将军警告,看他语意,似乎帝制不撤,也要仿滇、黔、桂三省,宣告独立。这一急非同小可,不得不申召群僚,大开御前会议。除六君子、十三太保外,所有国务卿以下,如各部总长等,统共与会。老袁先取出五将军电文,晓示大众,随即唏嘘道:"照五将军来电,是要我取消帝制,我本没有帝王思想,只因群情所迫,勉强出此。_{想欺人。}今既有人不服,我也似不应拘执哩。"言未已,见朱启钤、梁士诒已山奏道:"陛下如取消帝制,是威信俱堕,示人以弱了。臣等不敢从命。"说至"命"字,又有人抗声道:"自帝制发生以来,愚意已暗抱悲观,不过京中人望,多表赞成,怎敢妄参异议?目今西南大势,十去八九,总统悔祸,虑及大难,计唯下令罪己,严惩首要,或足收拾人心,挽回万一。倘帝制取消,党人尚不肯罢兵,是曲在党人,不在总统。即如各国公使,也无从援为话柄,助逆畔顺,变乱自可立平了。大总统前日,尝谓宁牺牲子孙,救国救民,奈何恋恋这帝位呢?"_{袁廷中有此说论,却是难得。但也只顾到一半。}袁总统闻言一瞧,乃是署教育总长的张一麐,遂淡淡地答道:"仲仁,一麐字。你去岁曾劝阻帝制,我悔不从你的话呢。"_{晓得迟了。}梁士诒等本欲与辩,奈老袁已有悔意,未便哓哓力争,唯说出"陛下慎重"四字,总算是最后良策。老袁又沉吟起来,到了散会,仍然未决。是夕满腹踌躇,眼巴巴地望着徐东海,替他解决一切。待至次日巳牌,尚未见克定转来,唯外面呈入一书,当即披览。看了第一句,已不免惊讶得很,正是:

破晓方回皇帝梦,展书惊得圣人言。

究竟书中写着何词,且到下回再说。

　　自护国军起义后，与袁军交绥，多半从略，独于蔡锷督师入蜀，连败张敬尧等，详述靡遗。盖一以嘉蔡之首义，二以见蔡之多才，民国中有此英雄，庶不愧为伟人耳。且滇、黔、桂发难于先，五将军警告于后，而袁氏智尽能索，不得已有取消帝制之议，再造共和，微蔡公之力不至此。若张一麟辈，虽抗直有声，要不过一成败论人之见，作者且不没其直，况蔡公乎？春秋之义在褒贬，吾知作者之意，亦此物此志云尔。

第二十七回

撤除帝制洪宪销沉
怅断皇恩群姬环泣

却说袁世凯展阅来书，看了第一句，即不免惊疑。看官！道是甚么奇谈？原来是一封信：

慰庭总统老弟大鉴：*总统下加入老弟二字，真是奇称。*

老袁暗想道："为何有这般称呼？"正要看下，忽见克定趋入道："徐伯伯来了！"老袁把书信放下，连忙道一"请"字。克定即至门外传请，须臾，见徐世昌趋入，老袁忙起身相迎。徐世昌向前施礼，慌得老袁赶紧拦阻，且随口说道："老友何必客气，快请坐罢！"世昌方才入座。老袁也坐了主席，便道："你在天津享福，我在这里受苦，所以命克定前来邀请，烦你老友替我设法才是。"世昌道："不瞒总统说，世昌年已老了，既没有才力，又没有权势，只好做个废民罢了，还有何心问世？今因大公子苦口相邀，世昌不忍拂情，所以来此一行，乘便请安。若为政局起见，请总统转询他人，世昌不敢与闻。"*乐得推诿。*老袁笑答道："菊人，你我是患难故交，今复惠然肯来，足见盛情，还要说甚么套话？好歹总替我想个法儿，凡事总可商量的。"世昌才说道："他事且不必论，现在财政如何？"*开口即说财政，到*

底是老成人语。老袁皱着眉道："不必说了。现在各省的解款，多半延宕，所订外国借款，又被乱党煽惑，停止交付，总之由我做错，目下只仗老友挽回哩。"世昌未便急答，却从案上一望，但见有一叠信纸摊着，大约有十多张，便问老袁道："这是何人书信？"老袁道："我倒忘记了。我只看过一句，叫我作总统老弟，想是有点来历哩。"说着，便起身取下，与世昌同阅。世昌瞧着第一句，也是惊异，入后乃洋洋洒洒，历揭老袁行事的错处，且为老袁想了三策，上策是避位高蹈，中策是去号践盟，下策是将王莽的渐台、董卓的郿坞，作为比例，末后是说从前强学会中，彼此饮酒高谈，坐以齿序，我为兄，你为弟，交情具在，因此忠告。统篇约有一万字，好似苏东坡、王荆公的万言，署名乃是康有为。原来就是文圣人。两人看罢，由徐世昌偷瞧老袁，面上似不胜愠色，便道："这等书呆子，也不必尽去睬他，但世昌却有一言相质，究竟总统是仍行帝制呢，还是取消帝制？"老袁半晌才答道："但能天下太平，我亦无可无不可。"你亦想学圣人么？世昌道："总统如果随缘，平乱谅亦容易，但须邀段芝泉出来帮忙，他是北洋武人的领袖，或还能镇压得定呢。"老袁摇首道："我已去请他过了，他不肯来，奈何？"世昌道："他的意思，无非是反对帝制，若果把帝制取消，我料他非全然无情。"老袁道："别人去请，恐是无益，我又不便亲邀，若老友能代我一行，那是极好的了。"世昌想了一会儿，方起身道："我且去走一遭罢。"老袁道："全仗老友偏劳。"

世昌自去，老袁在室中待着，见克定复趋入道："徐老伯如何说法？"老袁道："他要我取消帝制，现在去邀请段芝泉了。"克定道："帝制似不便取消哩。"老袁道："楚歌四面，如何对待？"克定道："不如用武力解决。"老袁哼了一声道："靠你几个模范军，有甚么用处？我自有主见，不必多言。"克定乃退。既而徐世昌转来，说是段芝泉已有允意，唯必须撤销帝制，方肯出来效力。老袁沉着脸道："罢！罢！我就取消帝制罢。明日要芝泉前来会议，我总依他便是。"世昌应了一声，又辞别出去。翌晨再开会议，徐世昌先至，段祺瑞亦接踵到来，余如国务卿等统已齐集。只六君子、十三太保，却有一大半请假。想是无颜再至。老袁也不欲再召，只把取消帝制的理由，约略说明，言下很有怅容。世昌道："大总统改过不吝，众所共仰，似无容疑议了。"大众统俯首无词，老袁道："菊人、芝泉统是我的老友，往事休提，此后仍须借着大力，共挽时艰。"段祺瑞道："大总统尚肯转圜，祺瑞何敢固执，善后事宜，唯力是视便了。"老袁乃命秘书长草拟撤消帝制命令，一面散会，一面邀徐、段两人，及王式通、阮忠枢留着，俟命令已经拟定，再令四人善为润色。段本是个武夫，阮又是个帝制派中的健将，两人不来多嘴，全凭那斫轮老手徐世昌，及倚马长才王式通，悉心研究，哪一句尚未妥适，哪一字还须修改，彼此评议了好多时，方才酌定，随将草稿呈袁自阅，但见稿中写着：

民国肇建，变故纷乘，薄德如予，躬膺巨艰。忧国之士，怵于祸至之无日，多主恢复帝制，以绝争端而策久安，癸丑以来，言不绝耳，予屡加呵斥，至为严峻；自上年时异势殊，几不可遏，佥谓："中国国本，非实行君主立宪，决不足以图存，倘有葡、墨之争，必为越、缅之续。"遂有多数人主张恢复帝制，言之成理，将士吏庶，同此悃忱，文电纷陈，迫切呼吁。予以原有之地位，应有维持之责，一再宣言，人不之谅。嗣经代行立法院议定，由国民代表大会，解决国体，各省区国民代表，一致赞成君主立宪，并合词推戴。中国主权，本于国民全体，既经国民代表大会，全体表决，予更无讨论之余地，然终以骤跻大位，背弃誓词，道德信义，无以自解，掬诚辞让，以表素怀。乃该院坚谓元首誓词根于地位，当随民意为从违，责备弥周，已至无可诿避，始以筹备为词，借塞众望，并未实行，及滇、黔变作，明令决计从缓，凡劝进之文，均不许呈递，旋即提前召集立法院，以期早日开会，征求意见，以示转圜。越掬越臭。予本忧患余生，无心问世，遯迹洹上，理乱不知；辛亥事起，谬为众论所推，勉出维持，力持危局，但知救国，不知其他。中国数千年来，史册所载帝王子孙之祸，历历可征。予独何心，贪恋高位？乃国民代表，既不谅其辞让之诚，而一部分之人民，又疑为权利思想，性情隔阂，酿为厉阶。诚不足以感人，明不足以烛物，实予不德，于人何尤？辜我生灵，劳我将士，以致中情惶惑，商业凋零，抚衷内省，良用矍然。屈己从人，予何惜焉？代行立法院转陈推戴事件，予仍认为不合事宜，着将上年十二月十一日，承认帝位之案，即行撤销，由政事堂将各省区推戴书，一律发还参政院代行立法院，转发销毁。呜呼痛哉！所有筹备事宜，立即停止，庶希古人罪己之诚，以洽上天好生之德，洗心涤虑，息事宁人。盖在主张帝制者，本图巩固国基，然爱国非其道，转足以害国；其反对帝制者，亦为发抒政见，然断不至矫枉过正，危及国家。务各激发天良，捐除意见，同心协力，共济事艰，使我神州华胄，免同室操戈之祸，化乖戾为祥和。总之万方有罪，在予一人。终不脱皇帝口吻。今承认之案，业已撤销，如有扰乱地方，自贻口实，则祸福皆由自召，本大总统本有统治全国之责，亦不能坐视沦胥而不顾也。仍自称大总统，未免厚颜。方今闾阎困苦，纲纪凌夷，吏治不修，真才未进，言念及此，终夜以兴。长此因循，将何以国？嗣后文武百官，务当痛除积习，黾勉图功，凡应兴应革诸大端，各尽职守，实力进行，毋托空言，毋存私见。予唯以综核名实，信赏必罚，为制治之大纲。我将吏军民，尚其共体兹意！此令。

老袁瞧毕，好一歇方道："算了罢！明日颁发便了。"徐、段诸人，统行退出。老袁又把这稿底，瞧了又瞧，暗想把这种文字，宣布出去，分明是自己坍台，但若捺住不发，将来大众离心，连总统都做不成。目下火烧眉毛，只好暂顾眼前，再作计较，乃咬定牙龈，将这命令交与秘书，携往印铸局排印。忽有一书呈入，当即启阅，乃是克定手笔，略云：

自筹安会发生，以迄于今，已历七阅月。此七阅月中，呕几许心血，绞几许脑力，牺牲几许生命，耗费几许金钱，千回百折，始达到实行帝制之目的。兹以西南数省称兵，即行取消帝制，适足长反对者要挟之心。且陛下不为帝制，必仍为总统，则今日西南各省，既不慊于陛下为帝，而以独立要挟取消帝制者，安知他日若辈不因不慊于父为总统，而又以独立要挟取消总统乎？窃恐其得步进步，或无已时也。料得正着。今为陛下计，不如仍积极进行之为愈。且西南各省，虽先后反抗，而北方军民，则固相安无事。陛下苟于此际正位，即使西南革党，兴兵北犯，然地隔万里，纵旷日持久，未必能直捣幽燕。况军力之强弱各殊，主客之劳逸迥别，胜败之结果，尚在不可知之数乎？就令若辈不肯归化，亦不过以长江或黄河南北，为鸿沟已耳，则陛下纵不能统一万方，亦胡不可偏安半壁哉？较今兹自行取消帝制，孰得孰失，何去何从，愿陛下熟思之。

老袁览到此书，又不禁动了疑心，便独自一人，踱入内厅，背着了两只手，在那厅室中打着磨旋，好似镬沿上的蚂蚁一般。蓦闻背后有人道："万岁爷有请！"急忙回视，乃是女官长安静生，便道："你不要叫我万岁爷，仍叫我大总统。"安静生道："万岁自万岁，总统自总统，为甚么做了万岁，又做总统呢？"却是奇怪。
老袁道："你晓得什么？你传何人的命令，敢来请我？"安静生道："皇后娘娘及妃
子等，统请皇上入内，有事相禀。"老袁乃随她进去。一入内室，但见一后十四妃，
均聚集一堂，黑压压地立着。洪姨先抢前一步，运着娇喉，向老袁道："陛下为什么
要取消帝制？须知妾等朝盼夕望，刚刚有些望着了，哪知陛下反半途拆桥哩。"说着
那泪珠儿已淌了下来。老袁瞧着，不由得心中一酸，好像万把钢刃，穿入心房，一时
说不出苦楚。周姨又上前道："取消帝制的命令，已宣布么？"老袁方逼出一语道：
"已交到印铸局去了。"洪姨带哭带呼道："安女官长，你快传出去，叫侍卫去收回
成命。"安静生口虽应诺，却亦不敢径行。于夫人亦启口道："前日我曾说过，皇帝
是不容易做的，你等都想做什么妃嫔，反说我是黄脸婆，不中抬举。今日我这黄脸
婆，已被你等抬举得够了，这个叫我国母，那个叫我皇娘，忽地儿又要取消这等名
目，我的黄脸儿，却没处藏躲呢。"看官，听到此语，几疑于夫人何故变志，也想做
皇后娘娘？原来徐东海夫人，及孙宝琦夫人，曾寄寓京师，与于夫人尝相往来，当是
年阴历元旦，入宫贺年，居然行叩安礼，于氏亦觉得光荣无比，渐渐地热衷起来，今
又闻要取消帝制，自然愤懑异常，所以有些夹七夹八的话儿。富贵迷人，然是厉害。洪
姨听了，益觉胆大，催安静生去取回命令。安静生尚呆呆站着，老袁也拿不定主意，
便嘱安静生道："你叫侍卫去取，只说是篇中文字，尚有误处，须再加改正，方好排
印哩。"安静生才奉命去了。不一时已将原稿取到，呈与老袁，老袁藏在袋中，默默
坐着。各姬妾等破涕为笑，又在老袁前说长论短，老袁也无心听及，只管对人发怔。
转瞬间已是天晚，姬妾等陪他夜膳，他也食不甘味，胡乱地吃了一顿。

　　食毕，又去过那老瘾，才吸数口，忽由安静生传入道："外面有徐世昌求见。"
老袁忙即出来，见了世昌，但闻他开口道："世昌特来辞行，翌晨要仍往天津去
了。"突如其来。老袁道："你既承认帮忙，为何又要他去？"世昌道："总统好变
卦，难道不准世昌变卦么？"老袁知他语中有因，便道："我明日准发取消帝制令，
老友不必多疑。"世昌道："闻得山东、浙江、湖南等省，统有独立消息，若要仍行
帝制，恐不到两日，都发生变端了。"老袁愈加着急，忙从袋中掏出稿纸，交与左
右，令印铸局连夜排印，一面语世昌道："这国务卿一职，仍请老友复任。"世昌
道："陆子欣也没甚误事，否则改用段芝泉。"老袁不待说完，便道："我意已定，

请你勿辞，芝泉呢，任他做参谋总长便了。"世昌起座道："且至明日再议。"老袁点首，世昌复去。

老袁退入内室，各姬妾复来问讯，老袁凄然道："我到手的帝位，不料竟成泡影，我是德薄能鲜，无容多说了，你等也福命不齐，做了几十日的皇帝家眷，殊不值得。但我虽然不得为帝，总还好做大总统，倘或天缘辐辏，将来仍好恢复帝制，可惜我年老了，恐此生不能如愿了。"自知将死。言毕，竟泪下数行。各姬妾等见他状态颓丧，语言凄楚，无不掩面涕泣，就是能言善辩的洪、周两姨，至此也不便再劝，空落得泪珠满面，变成了带雨梨花。一场空欢喜，却是难受。大家哭了一场，陆续地溜入房中，各自归寝。老袁也随择一室，做总统梦去了。

次日为三月二十二日，颁示取消帝制命令，并废止洪宪年号，仍称中华民国五年，收回洪宪公债，改为五年公债，谕禁各省官吏，不得再称皇帝圣上，自称臣仆奴才，一面解国务卿陆徵祥兼职，仍令徐世昌复任，且就政事堂中，再开联席会议。徐、段等均来列席，筹议了小半日，始决定善后办法三条：

（一）电知驻外各公使，将帝制撤销事件，转告各国政府；驻京外使，由外交部次长曹汝霖面达。

（二）责令警厅谕示国民。

（三）通令各省大吏，销毁推戴书及代表名册，并征求其最后意见，限二十四小时答复。

三条件外，又召集代行立法院，开临时会，即以次日为会期。这代行立法院中的参政员，本有三派，一为帝制派，二为非帝制派，三为中立派。自帝制派得势，第二派多挂冠辞去，院中人数，已去了三分之一。至帝制撤销，第一派又无颜出席，所以二十三日开会，不过寥寥数人，未能如额，仍然散去。延至二十五日，再行召集，帝制派大半不到，唯非帝制派，却有好几人到会，勉强凑成个半数。徐世昌代表老袁，出席演述，略言："时局危急，务请各参政为国宣劳，筹议善后。"说至此，忽惹起一片喧嚷声，不是骂洪宪功臣，就是说共和蟊贼，大家瞎闹一场，经院长溥伦及梁士诒、王印川、陈汉第、江瀚、汪有龄、施愚、胡钧等，竭力维持，才算静了小半日，议了三案：一是咨请政府撤销国民代表大会公决的君主立宪案；二是取消参政院为国民代表大会总代表名义案；三是咨请政府恢复帝制中修改的民国法令案。三案议定，天已日昃，徐世昌出了院门，回报老袁，并请退还推戴书。老袁乃令朱启钤照行，将推戴书缴还代行立法院，自己懊闷得很，复检出宫中帝制文件，共有八百四十通，一古脑儿塞入炉中，付祝融氏收藏，再令袁乃宽检出各项御用品，也一并销毁。最后拟烧到新制的万岁牌，被乃宽双手抢住，不肯付火，还算保全。此外如价值五六十万元的衮龙袍，价值四十万元的檀香宝座，价值六十元的登极御袜等，统留贮后宫，作为袁皇帝的纪念品。可怜自民国四年十二月三十一日起，至五年三月二十二日止，统共八十三日，闹了一场屋里皇帝的大梦。小子有诗叹道：

> 一纸官书示百僚，新华王气黯然销。
> 早知世态沧桑变，何苦当时梦帝朝。

这八十三日的皇帝梦中，所有费用，核算起来，煞是惊人，待小子下回申明。

徐、段心中，只反对帝制，并非深恨老袁，故袁氏有撤销帝制之命，而两人即联翩登台，盖未知帝制撤销后之尚有余波也。袁克定作书阻父，颇有先见之明，但楚歌四逼，以项羽之勇，尚且自刎乌江，宁袁氏得偏安燕、蓟乎？袁氏撤销帝制，其死速，袁氏不撤销帝制，其死愈速，且恐不止一死而已。故有为袁氏计，谓撤销帝制为非策者，亦谬论也。观老袁之踌躇未决，取回成命，而其后卒决计宣布者，亦职是故耳。群姬何知大计？自不免以一哭了之，然老袁之死期，已于此兆矣。

第二十八回

迫退位袁项城丧胆
闹会场颜启汉行凶

却说帝制时代的费用，原定额数系六千万元，大典筹备处，约二千万元，登极
犒军，约一千万元，余如收买国民代表，津贴请愿代表，贿嘱各地报馆，补助各处机
关，以及各处联络，各种运动，总数为三千万。欲要问他财政的来源，无非是内外借
款，救国储金，各项税则，以及中国、交通两银行的资本金。总言是民脂民膏。看官！
你想大好的中华民国，无端生出帝制问题来，空令百姓加了无数负担，真是何心？是
可忍，孰不可忍。到了帝制不成，大典筹备处，已将二千万元报销用尽，就是三千万元
的杂费，也差不多是要合讫了。唯犒军费一千万，拨作川、湘、桂军饷，总算是易
一用途，但尚且不敷甚巨。老袁撤销帝制，一大半为财政困难，无法久持，所以忍
痛中断，并非全为五将军警告，及徐、段两人要求，看官想亦洞鉴呢。再加论断。闲
话休提。

且说徐世昌既复任国务卿，段祺瑞亦接奉命令，任为参谋总长，一文一武，携
手登台，第一着便是调和南北，当下由二人发起，邀入副总统黎元洪，联名拍电，分
致蔡锷、唐继尧、陆荣廷诸人。略谓："帝制取消，公等目的已达，务望先戢干戈，
共图善后。"哪知此电拍去，似石沉海，绝不见复。唯各省大吏，奉到二十四小时答
复公文，还算次第呈词，多主和平。应上文。江苏将军冯国璋，且谓："撤销帝制，

系现时救急良法，嗣后长江一带，可保无虞"云云。徐、段等稍稍安心。嗣复想了一策，因前时有康有为书，曾劝老袁取销帝制，此时帝制已罢，正好复函通问，并请他转劝梁启超顾全大局，首创和议，且令梁转告蔡锷，商议和解条件。从两代师生入手，也算苦心。和款共六条：（一）滇、黔、桂三省，取消独立；（二）责令三省维持治安；（三）省添募新兵，一律解散；（四）三省战地所有兵，退至原驻地点；（五）即日为始，三省兵不准与官兵交战；（六）三省各派代表一人来京筹商善后。这六条和议传达粤东，康将原文电梁，梁亦将原文电蔡，蔡锷正进兵叙州，与西医汤根、鲁特，磋商停战事宜。汤、鲁二人，系由四川将军陈宧嘱托，浼他调停。蔡允停战一星期，嗣接到议和转电，不愿相从，乃径电黎、徐、段三人道：

　　北京黎副总统、徐国务卿、段总长鉴：奉来电，敬谂起居无恙，良慰远系。迩者国家不幸，至肇兵戎，门庭喋血，言之病心。比闻项城悔祸，撤销帝制，足副喁望，遂听下风，曷胜钦感。唯国是飘摇，人心罔定，祸源不靖，乱终靡已。默察全国形势，人民心理，尚未能为项城曲谅，凛已往之玄黄乍变，虑日后之覆雨翻云，已失之人心难复，既堕之威信难挽。若项城本悲天悯人之怀，为洁身引退之计，国人转念前劳，感怀大德，馨香崇奉，岂有涯量？公等为国柱石，系海内人望，知必有以奠定国家，造福生民也。临电无任惶悚景企之至。锷叩。

　　徐、段等接到此电，料他未肯就绪，再电令龙济光与陆荣廷婉商。龙正为粤东一带，党人蜂起，防不胜防，又闻桂军逼粤，焦急得很。一奉中央命令，当即电告陆荣廷，说得非常恳切，并挽陆出作调人。陆本无和意，不得已转告滇、黔，滇督唐继尧，黔督刘显世，均不肯照允，且言："如欲求和，应由中央承认六大条件。"也是六条。这六大条件，却非常严厉，由小子开述如下：

　　（一）袁世凯于一定期限内退位，可贷其一死，但须驱逐至国外。

　　（二）依云南起义时之要求，诛戮附逆之杨度、段芝贵等十三人，以谢天下。

　　（三）关于帝制之筹备费及此次军费约六千万，应抄没袁世凯及附逆十三人家产赔偿。

（四）袁世凯之子孙，三世剥夺公权。

（五）袁世凯退位后，即按照约法，以黎副总统元洪继任。

（六）文武官吏，除国务员外，一律仍旧供职。但军队驻扎地点，须听护国军都督之指命。

看官！你想这六条要求，与中央开出的六条款约，简直是南辕北辙，相差甚远，有什么和议可言？还有最要的声明，说是"袁氏一日不退位，和议一日不就范"云云。那老袁取消帝制，已是着末一出，若还要他辞去总统，就使护国军入逼京畿，他也是不肯承认的。天下事有进无退，老袁退了一步，便要驱他入瓮，正不出大公子所料。滇、黔既协商定议，遂电复陆荣廷，陆即电龙，龙即电北京。徐、段入报老袁，老袁又吃了一大惊，连忙转问徐、段，再用何法维持。徐、段沉吟一会儿，想不出什么良策，只好虚言劝慰，说了几句通套话，告别出来。老袁暗暗着急，想了一夜，复从无法中想出两法，一是嘱参政院长溥伦，要他运动参政，合词挽留；一是再派阮忠枢南下，运动冯、张，要他联合各省，一体拥护。谁料溥伦奉了密令，去向各参政商量，各参政多半摇头，不肯再蹈前辙。阮忠枢到了江宁，与冯密商，冯国璋也是推诿，转身跑到徐州，张辫帅颇肯效力，奈电询各省，只有朱家宝、倪嗣冲两人复电照允，他省是不置一词。于是袁氏两策，尽归失败。葫芦里的法儿，只可一用，第二次便无效了。老袁焦急得很，又召集那班帝制元勋，解决最后问题。帝制派人，复提出挞伐主义，要老袁继续用兵，一面联络倪嗣冲、段芝贵等，教他上书决战，自请出师。那老袁又胆壮起来，密电总司令曹锟等道：

蔡、唐、陆、刘、梁，迫予退位，予念各将士随予多年，富贵与共，自问相待不薄，望各激发天良，共图生存。万一不幸，予之地位，不能维持，尔等身家俱将不保。现时乱军要求甚苛，政府均未承认，各将士慎勿轻信谣传，堕人术中，务必准备军务，猛奋进攻，切切！特嘱。

这密电方拍发出去，外面又来了好几条密电，一电是四川将军陈宧发来，一电是湖南将军汤芗铭发来，统是主和不主战。至是冯国璋一电，比汤、陈两人所说，更进一层，略云：

　　南军希望甚奢，仅仅取消帝制，实不足以服其心。就国璋愚见，政府方面，须于取消而外，从速为根本的解决。从前帝制发生，国璋已信其必酿乱阶，始终反对，唯间于谗邪之口，言不见用，且恐独抒己见，疑为煽动。望政府回想往事，立即再进一步，以救现局。再进一步，便是要老袁退位。

　　老袁迭阅各电，料想武力难持，没奈何再电冯、陈，嘱他极力调停。冯电尚无复音，忽接到龙济光电文，乃是请命独立。看官！独立两字，是反抗政府的代名词，哪里有宣布独立，还要请命中央，这真是奇怪得很呢。**我也称奇。**看官不必惊异，由小子叙述出来，便晓得龙郡王独立的苦心。原来粤东方面，是革命党的生长地，前时陈炯明攻入惠州，被龙军击退，他哪里就肯罢休，索性把新加坡总机关内的人物，尽行运出，来攻粤东，名目亦叫作护国军，总司令推戴黄兴。还有一派革命军，乃是孙文手下的老同志，也乘着热闹，进攻粤境。两派分道长驱，你占一城，我夺一邑，几把那粤东省中，割得四分五裂，就中最著名的约有数路，除陈炯明外，有徐勤军，有魏邦屏军，有林虎军，有朱执信军，有邓铿军，有叶夏声军，有何海鸣军，有李耀汉、陆兰卿军，有梁德、李华、刘少廷、梁廷桂、陈少怀、何克夫、林干材、周其英、刘华良、叶谨各军，真是云集影从，数不胜数。既而团长莫擎宇，独立潮、汕，镇守使隆世储，道尹冯相荣，独立钦、廉，四面八方，陆续趋集，把一个天矫不群的老龙王，逼得死守孤城，好像个瓮中鳖罐里鳅。还有陆荣廷率师压境，急得老龙王无法摆布，只好哀告陆荣廷，求他顾念姻亲，放条生路。陆荣廷也觉不忍，但叫他脱离中央，速即独立，包管保全位置，并一族的生命财产。龙乃与鸦片专卖局长蔡乃煌熟商，暂行独立。这蔡乃煌系老袁私人，老袁曾派为苏、赣、粤专卖鸦片委员，筹款运动帝制，是民国四年四月中事。此时又嘱他监制老龙，他就替老龙想出一法，令向老袁处请训，一面由龙、蔡联衔，密请老袁速派劲旅，来粤协防。老袁得了请命独立的电文，颇也惊疑，转思龙济光定有隐情，径批了独立拥护中央六字。**独立以下，加拥护中央四字，确与龙王针锋相对。**

　　方才写毕，请兵的电文亦到，乃电令驻沪第十师，速行援粤，另调南苑第十二师赴沪接防。这电不能隐讳，旅沪粤民，先自鼓噪，拟阻止沪军赴粤，免得沪上空虚。粤中军民，也不愿客军入境，群起违言。四月四日，寄碇广州的宝璧、江大两兵舰，竟驶附民军，投入魏邦屏部下。魏邦屏遂统率舰队，驰抵海珠，预备攻城。城内人民，相率惊慌，吁请龙氏独立。军队亦高悬旗帜，上面写着，听候将军龙济光、巡按使张鸣岐宣布独立等字样。适袁氏批复独立的六字诀，也从京颁到，龙济光即于四月六日宣布独立，其布告云：

为布告事。现据广东绅商学各界，全体公呈，粤省连年灾患，地方已极凋零，近来各省多已反对袁氏，宣布独立。粤省危机四伏，糜烂堪虞，各界全体，为保持全省人民生命财产起见，集众公议，联请龙上将军，为广东都督，以原有职权，保卫地方，维持秩序，此系拥护共和，天经地义，请即刚断执行等情。查阅来呈，持议甚题，本都督身任地方，自以维持治安为前提，刻经通电各省各机关各团体，及本省各属地方文武官，即日宣布独立，所有各地方官民人等，及各国旅粤官商，统由本都督率领所属文武官，担任保护，务须照常安居营业，毋庸惊疑。如有不逞之徒，假托民军，借端扰害治安，即为人民公敌，分明是指斥民军。本都督定当严拿重办，以尽除莠安良之责。其各同心协力，保卫安宁，有厚望焉！特此布告。

看这布告，并没有一字罪及老袁，不过是维持自己的职位，暂借这独立两字，掩人耳目罢了。魏邦屏闻龙已独立，驶回北江，嗣闻龙济光空言独立，毫无举动，且把寻常逮捕的国事犯，一个儿未曾释放，料他全是假意，哄骗民军，于是驰书质问，是否真诚独立？旋得答复，只说是："陆、梁来粤，当卸职他去。"魏邦屏似信非信，分电各处护国军，商议进止。陈炯明、朱执信等，统说老龙多诈，非勒令龙军缴械，不便与和。独护国军总司令徐勤，系梁启超同学，得梁来电，声言龙果独立，当和平对待，不必再用武力等语。梁之来电，仍是顾着陆氏姻亲。于是徐勤出为调人，作书致龙，商议善后事宜。龙济光即令顾问官谭学夔，及警察厅长王广龄，电邀徐勤，到海珠警察署，面议一切，词甚诚恳。徐勤放胆前行，到了海珠，谭、王两人，果来欢迎，延至署内，即由王广龄笑语道："此次独立，确出至诚，我当以全家性命，作为保证。"只要你的性命，不必牵及全家。徐勤答道："龙都督果出至诚，尚有何言。"

王即电达督署，报称徐勤已到，当时即得复电，略云"徐君已至，着王厅长优待，务出至诚。现已在巡按署内设招待所，专待陆、梁诸公。徐君能早日来署，尤表欢迎"云云。徐勤即托王电复，说是"由陆、梁诸公到后，当同来遇见，畅聆雅教"等语。未几，由粤城内外官绅，陆续至海珠探问，力求徐勤维持治安，转檄护国军罢兵，免致地方糜烂。徐勤遂拟定函电数十通，分发各路，并电促陆、梁，即日来粤。

待了两天，陆荣廷派了代表汤睿，乘轮至海珠，并传述梁意，浼徐勤为代表。徐勤倒也允诺，谭、王两人与汤晤谈，备极殷勤，自不消说。晚间汤、徐共寝一室，汤睿密语徐勤道："今日险极，几与君不能相见。"徐勤惊问何故？汤睿道："我乘轮到此，路过海珠炮台，台上忽发开花炮四门，向我舰轰击，伤我水手一人，我舰上大声质问，方闻台官答言，疑是江大轮船到此，所以开炮误击。徐君！你想危险不危险呢？"*你的生命，还有一天好活。*徐勤尚未答复，汤睿道："我看龙济光鬼鬼祟祟，总有些靠他不住。我的友人，或劝我即行离省，不必与他会议，我想奉命前来，无论好歹，总须冒险一行，徐君以为如何？"*然而死了。*徐勤道："我亦这般想。今日闻龙济光部下各统领，如贺文彪、梁永燊、蔡春华、潘斯凯、颜启汉等，秘密会议，决定推戴龙济光，拟置我死地，我想眼见是真，耳闻是假，且此次会议，关系两粤生灵，若只知顾己，不知顾人，还是回去享福，何必出来问事呢。"*宅心正大，所以得生。*汤睿答了一个"是"字，随即就寝。

次日为四月十二日，两方代表，就在警察署内，会集议事。看官记着！这就叫作海珠会议。*特别点醒。*时至巳牌，商会团长岑伯铸、李戒欺、陈子贞、王伟、吕仲明等，共到会所，汤睿、徐勤二人，也携手入会。谭学夔、王广龄，时已在场接待，招呼很是周到。过了片刻，但见警卫军统领贺文彪、潘斯凯、蔡文华、何福桥等，带着卫队，携械而来，接着是浓眉大眼的颜启汉，也领了卫卒十名，荷枪入场。*颜是主谋行凶，故特笔提出。*数统领都面带杀气，映入汤、徐二人的眼中，也觉有些不妙，嗣经谭、王等替他介绍，不得不勉与周旋。王广龄复推举汤、徐为主席，汤睿乃起立道："兄弟奉陆、梁二公的命令，特地来此，联络两粤感情，今龙督既已独立，又得各绅商各统领，共保治安，诚为万幸，兄弟实无任欣慰。"汤已说毕，徐勤继起道："兄弟此次到来，只计公安，不问艰险，座中诸公，想亦见谅。若使今日帝制已成，周自齐卖国条件，统已实行，我国已变成高丽，还要会议甚么？且或我等军舰到省，水陆并举，彼此交争，此地已变作瓦砾场，也没有诸公高会的地点。今得免此二害，与诸公相见一堂，岂非幸事？弟于昨日已通电各路护国军，即行停战，共决和平，在座绅商统领，均志存公益，如有宏谋伟论，幸即赐教。"语未已，贺文彪、潘斯凯齐声道："两方既和平解决，护国军当然取消，应编入我警卫军内，请徐先生转达护国军，速即照行。"徐勤尚未开口，颜启汉即接入道："贺、潘两君所说，很是正当，应请徐君入室修函。"一面说，一面即展开巨手，将徐勤扯入耳房。徐勤正要答辩，适有一卫卒持名刺入，口称将军请代表赴署。徐勤乘势出室，蓦闻枪声一响，弹子飞射过来，慌得徐勤无从躲避，竟向地下躺倒，直挺挺地卧着。小子有诗叹道：

> 拼将生命作牺牲，会所居然起变争。
> 怪底人心蛇蝎似，枪声一起可怜生。

未知徐勤性命如何，且至下回续表。

有袁世凯之为主，即有龙济光之为臣，袁好诈，龙亦好诈，袁好杀，龙亦好杀袁以好诈好杀而致败，故取消帝制之不足，且群起而攻之，龙岂未之闻，尚欲以好诈好杀，快一时之意志耶？海珠会议，颜启汉诱入汤、徐，竟尔举枪相向，非龙氏使之而谁使之欤？呜呼袁皇帝！呜呼龙郡王！

第二十九回

伪独立屈映光弄巧
卖旧友蔡乃煌受刑

却说徐勤仆倒地上，那弹子向身上擦过，险些儿击人腰脊，他却装着死尸，僵卧不动，但闻外面枪声四起，闹成一片，顿时呼喝声，哀号声，乱作一团糟。徐勤开眼偷觑，从烟尘缭乱中，仔细认明，觉身旁已无一人，他想此时不走，更待何时，当下爬将起来，拟从外闯出；偏外面尸体枕藉，桌椅颠倒，满地都是碍足物，料知一时难走，索性转身入内，向楼上暂避。楼上是警察寝处，留有衣服等件，他是情急智生，即将身上长衣，脱卸下来，把袋中的文件，尽行毁去，一面换得警察制服，穿在身上。改装毕，听外面已无喧声，他便轻轻地走向楼下，适遇一仆登楼，还道他是警吏，也不去细问，即让他下楼，三脚两步地趋至门口，见汤睿、谭学夔等尸身，血肉模糊，尚是摆着，他也顾不得伤心洒泪，竟一溜烟地跑出；行至海边，长堤上统插颜字旗帜，亏得身着警服，没人盘诘。到了长堤尽处，巧遇一只快船，也不暇问明底细，竟跃入舟中，慨畀舟子数十金，飞渡过江，*恍如子胥离楚，遇着渔父模样。*竟奔向香港去了。*命不该绝，总有救星。*翌日，得海军司令谭学衡电文，才识当场伤毙的人数，文云：

梧州探投陆都督、梁任公台鉴：今日海珠会议，汤君觉顿、汤睿字觉顿。舍弟学夒，当场受枪殒命，王君协吉、王广龄字协吉。吕君清吕仲明名清。受重伤，随后亦毙。当经力请龙、张两公，终始维持，毋使广东糜烂，均盼台从星夜来粤，安筹善后办法。全粤幸甚。学衡叩。

　　陆、梁二人接到此电，当然愤怒交迫，下令讨龙，正要发兵东下，突来了广东巡按使张鸣岐，替龙剖辩，把海珠一场惨变，统推在蔡乃煌、颜启汉身上。陆荣廷即问道："龙济光到哪里去了？"**大约到龙宫里去。**张鸣岐道："龙督本在署中，候汤、徐两君会议，不料蔡乃煌、颜启汉等，暗地设谋，拟害汤、徐，待龙督闻知，即派兵弹压，已不及了。"**何人相信。**梁自超接入道："龙济光的用意，简直要害我两人，偏汤、徐两君做了替身，徐君幸得脱逃，汤觉顿竟致毙命，还有王警长、谭顾问、吕会长等也同时遇难。坚白兄，**张字坚白。**你想玉、谭两君，是他的麾下，不过主张和平，便一古脑儿死在会场，这老龙还有天理么？我等非诛逐龙济光，如何对得住汤君？就是王、谭、吕诸人，也对他不住呢。"**理直气壮。**张鸣岐忙答辩道："龙督实未与闻，现在专待两公到粤，和解粤局，断无异心。"梁启超冷笑道："我等还想多活几天，保障共和，休再用老法欺我。"张鸣岐又道："两公如下见信，鸣岐情愿为质，可好么？"**竭力为龙帮忙。**梁启超亦道："你休做第二个王协吉，着了龙王的道儿。"张鸣岐还要再辩，陆荣廷道："龙济光如无歹心，须要依我六款。"鸣岐即请陆宣示，荣廷道："第一条，须交出蔡乃煌、颜启汉；第二条，须分调警卫军出省；第三条，须整顿龙军军律，解散侦探；第四条，是我若来粤，寓所由我自择，龙须到我处会谈，我不往龙处；第五条，龙军将来，一半留龙自卫，一半须随护国军征赣；第六条，我军到粤，龙须让出东园，俾我军驻扎。这六条如果见从，我就不去驱逐老龙，若有一条不依，我也顾不得亲戚关系了，且与他争个高下，看他还能害我么？"**总还顾着戚谊。**鸣岐道："且先去电问，何如？"陆即允诺。

　　当自电陈六款，迫龙遵约，旋得复电，说是："悉如陆命，唯善后条件，请张面决。"张乃与陆、梁两人，协议善后，共有四款：一是查办海珠祸首，以明心迹；二是由陆、梁至粤，维持粤局；三是电请护国军总司令徐勤，通饬各路护国军，暂停进行，静待解决；四是严办土匪，保护地方。四款议定后，彼此依约办理。

　　张鸣岐方回粤去，不期粤东的独立，尚未就绪，浙江的独立，又闹出一番笑话。

原来广东独立的消息，传到浙中，浙江将军朱瑞，及巡按使屈映光，亟向中央请兵，巩固浙防，一面将城内屯兵两旅，调驻城外。旅长童保暄，本是辛亥革命的发起人，朱瑞恐他为变，所以将他调出。还有叶焕华一旅，亦令移驻，无非是防童联络，所以一体迁移。是时驻沪第十师，本拟调粤，因浙事吃紧，由袁政府改令赴浙。且南苑第十二师，航海南来，亦有直接赴浙的消息。*应上回。*浙人大哗，纷纷电阻。那时有志共和的童旅长，复跃然奋起，入城见朱，请即独立。朱瑞集众会议，参谋长金华林，师长叶颂清，均反对童说，就是旅长叶焕华，也说是独立非宜。童保暄道："今日不独立，恐他日无暇独立了。"朱瑞道："本将军的意见，不必独立，也不必不独立，就是中立了罢。"*此策却好，其难如愿何？*大众才退。隔了一天，童保暄探得军署密谋，拟诱他入署，置诸死地，他乃想出先发制人的计策，号召二十三团二十四团，乘着四月十一日夜间，潜行入城，直攻军署。军署守卫，猝不及防，竟一哄儿散去。童保暄抢步当先，趋入署中，左右四顾，不见一人，一直跑进内室，将楼上楼下，尽行找寻，不但毫无人影，连鬼都没有了。看官！你道这将军朱瑞，及全署人员，统从哪里逃去？原来朱瑞乖巧得很，自闻桂、粤独立，早已防有他变，先将家眷运往上海，只自己留住署中。此次辕门遇警，即忙换了便服，走至后院，觑定墙角空隙处，有一枯树，便攀援上去，一脚跨到墙头，复解下腰带，挂在树梢，用手握住带端，把身子绉了下去。等到脚踏实地，便放开两腿，向北逸去。还有署中人役，正要入报将军，见朱瑞正在逾墙，大家也学了此法，次第出走。*比军令还要灵捷。*童保暄四觅无着，知已远飏，复转身出来，移兵至师长署，叶颂清也早走了。再往寻参谋长金华林，旅长叶焕华，统已不知去向。*大难来时各自飞。*乃复赴巡按使署，巡按使屈映光，倒还从容不迫，出来相迎，见面攀谈，却很是赞成独立，并极力褒奖童保暄，愿推他为都督。*又是一种做品，比朱瑞高出一筹。*保暄推让道："都督一席，当然推举屈公，如保暄资轻望浅，怎能胜任？今日此举，无非是舆情趋向，不得不然呢。"屈映光道："且集众公举便了。"当下召集长官，共同推举，结果是老屈当选。屈仍避去都督字样，只自称巡按使兼浙军总司令，与童会衔，电知各处镇守使吕公望、张载阳、周凤岐等。于是宁、绍、嘉、湖、台等处，也即日宣告与袁政府脱离关系。谁知老屈的私意，也是模仿龙郡王，当时晓谕人民，比龙王还要圆滑，他说是：

　　为出示晓谕事。照得省城十一夜，军民拥至军署，要求独立，将军失踪，本使为军政绅商学各界，以浙江地方秩序相迫，已于今日决定以浙江巡按使兼浙军总司令，维持全省秩序，主任军民要政。除总司令部人员另行组织外，所有在省文武机关部署，一律照常办事，不准擅离职守。传谕所属，一体遵照！

　　据这告示，连独立两字，都不敢说出，可知屈映光是全然作伪哩。果然一道密奏，电达九重，极陈不得已的苦衷，并乞鉴宥云云。他是两面讨好，总道是绝对妙法，可以安然无事，突来了宁台镇守使周凤岐急电，略言："省城、宁、绍，先后独立，人心欢忭，秩序井然。今公复沿旧称，群情迷惑。宁、绍众志成城，誓死讨逆，万无反复余地，务即明白赐复，凤岐等当严阵以待。"老屈接阅后，已是惊惶不定，忽闻北京政事堂中，又颁发一道申令，其文云：

　　据浙江巡按使屈映光电称"四月十一日夜四时，突有军民，拥至军署，将军失踪，当经密派警队防护本署，次早军官士绅，以地方秩序关系，强迫映光为都督，誓死不从，往复数四，午后旋有各机关官长暨绅商领袖，合词吁恳，最后即请以巡按使名义兼浙江总司令，借以维持地方秩序，固辞不获，于今日下午，始行承诺，以维军民而保治安。现在人心已定，秩序如恒"等语。该使职略冠时，才堪应变，军民翕服，全浙安然，功在国家，极堪嘉奖。着加将军衔，兼署督理浙江军务。当此时势艰危，该使毅力热心，顾全大局，既已声望昭彰，务当始终维持，共策匡定，本大总统有厚望焉。此令。

　　这道申令，竟将老屈的秘密奏闻，和盘托出，直令老屈无从自解。恐怕由老袁使乖。凤岐等遂通电各省，攻讦老屈道：

　　屈以巡按使兼总司令，布告中外，非驴非马，惊骇万状。论屈在浙四载，唯知竭民脂膏，以固一己荣宠，旋复俯首称臣，首先劝进。滇、黔事起，各省中立，独屈筹饷括款，进供恐后。祸害民国，厥罪甚深。若复戴为本省长官，实令我三千万浙人，无面目以见天下。且通电输诚，伪命嘉奖，既誓死于独夫，奚忠诚于民国。反侧堪虞，粤事可鉴。宜速斥逐，勿悺贻祸。

屈映光连接这种文件，真是不如意事，杂沓而来。可巧商会中请他赴宴，他正烦恼得很，递笔写了一条，回复出去。商会中看他复条，顿时哄堂大笑。看官！道是什么笑话？他的条上写着道："本使向不吃饭，今天更不吃饭。"莫非是学张子房一向辟谷？这两句传作新闻，其实他也不致这样茅塞，无非是提笔匆匆，不加检点罢了。忠厚待人。是时浙省官绅，正组织参议会，共得二十六人，正会长举定王文卿，副会长举定张翘、莫永贞，四月十四日，在都督府开成立大会。屈映光乘机与商，托他代为斡旋，正副会长等，乃请他正式独立。屈尚沉吟未决，会接粤中来电，龙都督与粤西联盟，居然主张北伐，声讨老袁。那时屈映光才放大了胆，将巡按使的名目，革除了去，竟自称为都督了。

小子于浙事略行叙过，又要述及粤事。粤督龙济光，自承认陆荣廷条件，本应逐条照行，偏颜启汉闻风先遁，匿迹沪上。蔡乃煌又是济光旧友，一时不忍下手。第一条先难履约。他只有虚声北伐，自明真正独立的态度。陆、梁因六大条件，无一履行，遂统兵进至肇庆，迫龙遵约。龙又束手无策，只得仍央恳张鸣岐，偕谭学衡同行，往见陆、梁。陆荣廷道："坚白屡来调停，总算顾全友谊，但据我想来，粤督一席，子诚济光字。已做不安稳，不如另易他人，请岑西林即岑春煊。来上台罢。"张鸣岐道："他事总可商量，唯欲他交卸粤督，总难如命。"袁不肯舍总统，龙亦不肯舍粤督，两人心理又同。陆荣廷道："子诚号令，已不能出广州一步，难道许多民军，肯归他节制么？"张鸣岐道："粤中民军，尽可受广西节制，唯广东都督，仍令子诚挂名，这事可行得么？"梁启超从旁笑着道："这叫作儿戏都督，坚白兄果爱子诚，也不应叫他做个傀儡呢。"陆荣廷又道："坚白，他既承认我六大条件，应该即行，否则唯力是视，也无庸再说了。"斩钉截铁。张鸣岐告辞道："且与子诚熟商，再行报命。"陆复顾谭学衡道："海珠惨变，令弟遭难，君何不立索仇人，为弟报冤？古人有言：'兄弟之仇，不反兵而斗'，难道此言未闻么？"应该诘责。谭学衡无词可答，只好唯唯退去。

张、谭二人去后，陆荣廷即令莫荣新，率军五千，进抵三水。三水离广州不远，警报连达省城，龙济光知不能了，没奈何与张鸣岐，同至肇庆，双方再行协议，决定五款：一广东暂留龙为都督；二肇庆设立两广总司令部，举岑春煊为总司令；三处蔡乃煌死刑；四从速实行北伐；五各地民军，自岑入粤，设法抚绥，并自三水划清防界，以马口为鸿沟，西南以上，归魏邦屏、李耀汉、陆兰清防守，西南以下，归龙分派巡船防守，彼此均不得逾越，免致冲突。陆、梁又齐声道："这五条协约，是即日就要履行的。我等为亲友关系，竭力为君和解，你不要再事抵赖呢。"说得龙济光满面羞惭，没奈何�喏唏连声，告别而去。一入省城，即与谭学衡密谈数语，学衡会意，便调了军士数百名，直至蔡乃煌寓所，闯将进去。乃煌莫明其妙，尚与那新纳的箧室，对饮谈心，备极旖旎，猛见了谭学衡，知是不佳，急忙起身欲遁，哪经得谭学衡的武力，一把抓住，仿佛与老鹰攫鸡相似。可怜这个蔡老头儿，生平未尝吃过这个王法，吓得浑身乱颤，带抖带哭道："这……这是为着何事？"谭学衡也不与细说，一径拖出门外，交与军士，自己随押出城，行至长堤，喝一声道："快将杀人造意犯，捆绑起来，送他到地狱中去。"蔡乃煌才知死在目前，当向谭学衡道："我不犯什么大罪，就是罪应处死，也要令我一见子诚，如何你得杀我？"问你何故设计杀人？谭学衡道："你还说没有大罪么？往事不必论，就是现在海珠会议，你与颜启汉等通谋，害死多人，我弟学夔，也死在你手，问你该死不该死呢？"乃煌不禁大哭道："龙济光卖友保身，谭学衡替弟复仇，总算我蔡乃煌晦气，一古脑儿为人受罪，我不想活了六七十岁，反在此地处死呢。"谁叫你做到这般？语尚未毕，已被军士缚在柱上，一声怪响，枪弹洞胸，蔡乃煌动了几动，便一道魂灵，驰归故乡去了。堤上观看的行人，统说是这个贪贼，应该枪毙，并没有一个爱惜。蓦地里来了一位美人儿，行至乃煌身旁，总算哭了几声老头儿，老杀胚，后经军士说明，才晓得这个俏女郎，就是与乃煌对饮的美妾，还不过与乃煌做了半月夫妻。小子有诗咏乃煌道：

享尽荣华逞尽刁，长堤被缚泪潇潇。
贪夫一死人称快，只有多情泣阿娇。

乃煌处死后，龙济光即遵约北伐，欲知一切情形，容待下回分解。

本回以粤事为主体，而浙事附之。盖粤、浙先后独立，屈之举动，正以龙为师，故时人有粤、浙二光之目。济光、映光，似衣钵之相传，此作者之所以因粤及浙，连类并叙，非特为时日之关系已也。且朱、屈为故友，而屈负朱窃位，龙、蔡亦为故友，而龙杀蔡求和。朱非不可逐，蔡非不可杀，但朱去而屈继，蔡死而龙生，友道其尚堪问乎？要之假公济私，见利忘义，系近代一般人心之污点。二光固有光矣、鉴于二光者，盍亦为之返省耶？

第三十回

段合肥重组内阁
冯河间会议南京

却说龙济光既联络桂军，应该遵约北伐，当委段尔源为广东护国军第一军司令，马存发、李鸿祥为广东护国第二、第三两军司令，扬言北伐。其实他的本心，仍然拥护中央，不过为陆、梁所迫，没奈何反抗老袁，虚张声势哩。**实是舍不掉郡王衔。**唯粤省独立，闽防吃紧，浙省独立，江防吃紧，老袁拟调的第十师，及第十二师，只能顾守江防，不能分管闽防，乃别调海陆各军，令海军总长刘冠雄统率南来，海军用海容、海圻两兵舰装载，陆军无船可乘，竟将天津寄泊的招商局轮船，扣住数艘，如新康、新裕、新铭、爱仁等船，强迫装兵，由津出发。行至浙江温州洋面，正值大雾迷蒙，茫不可辨，新裕商轮，向南行驶，不知如何与海容相撞，碰损机具，不到二十分钟，全舰沉没，计死团长、团副各一人，兵士七百四十名，机师水手伙夫二十四名，损失军饷十万元，机关炮四架，山炮六尊，弹药五十万颗，军衣军械无数。余舰到了福州，与福建护军使李厚基布置防务，闽省少安。

刘冠雄电奏中央，备陈新裕沉没状，老袁不胜叹息，默思天意绝人，万难再战，只好再请徐、段二公，商议良策。徐、段仍提出冯、陈两人，要他东西协力，调停和议。当下申电冯、陈，不到两日，得陈宧复电，略言："与蔡锷电商，先将总统留任一节，提作首项，已由蔡锷允达滇、黔，俟有成议，再行报命。"独冯国璋并无电复。原来江苏沿海，民党往来甚便，沪上一隅，华洋杂处，尤为党人溷迹地。陈其美系民党翘楚，自袁氏称帝，已由日本来沪，设立机关，潜图革命。虽与护国军宗旨不同，但推翻袁氏的意思，总是相合。**独提出陈其美，为下文被刺张本。**起初百计促冯，逼他独立，冯却寂然不动，但也未尝嫉视党人。陈知独立无望，遂派同志混入镇江，谋刺要塞司令龚青云。会机谋被泄，徒落得扰攘一宵，仍然退去；转至江阴，遂走旅长方更生，居然宣布独立，推举尤民为总司令，萧光礼为要塞司令。尤民本绿林出身，专事敲诈，不知抚恤，江阴人民，大起恐慌，连电江宁，向冯求救。冯国璋忙派兵往援，人民也群起逐尤，内应外合，任你尤民臂粗拳大，也只得推位让国，弃城远飏。萧光礼已闻风先走了。冯正恨老袁疑忌，绝不谅他拥护的苦心，几乎要与袁决裂，偏中央屡次发电，哀恳他竭力调停，他又顾念旧情，害得忐忑不安。嗣又得徐、段电文，略言："四川将军陈宧，已向蔡锷提出议和条件，仍戴袁为总统。"于是顺风使帆，依方加药，即提出调停意见八条：（一）应遵照清室遗言，交付袁氏组织共和政府全权，使仍居民国大总统地位；（二）慎选议员，重开国会，但须排除激烈分子；（三）惩办祸首；（四）各省军队，须以全国军队按次编号，不分畛域，并实行征兵制；（五）明定宪法，宪法未定以前，用民国元年约法；（六）照民国四年冬季的将军、巡按使，一概仍旧；（七）滇事发生后，所有派至川、湘各军一律撤回原地；（八）大赦党人。这八大纲通电传出，尚未接复，忽闻陈宧电达中央，说是蔡锷电商滇、黔，唐、刘未能满意，不由得愤愤道："袁项城专会欺人，今徐菊人、段芝泉，也来欺我么？"遂电致政事堂，劝袁退位。略云：

国璋耿直性成，未能随时俯仰，他人肆其谗构，不免浸润日深，遂至因间生疏，因疏生忌，倚若心腹，而秘密不尽与闻，责以事功，而举动复多掣肘，减其军费，削其实权，全省兵力四分，统系不一，设非平日信义能孚，则今日江苏已为粤、浙之续矣。顾国璋方以政府电知川省，协议和平，用意既复略同，敢弗赞助，以故力任调人，冀回劫运，乃报载陈将军致中央电，声明蔡锷提出条件后，滇、黔于第一条未能满意，桂、粤迄未见复，而此间接到堂转陈电，似将首段删去。值此事机危迫，尤不肯相见以诚，调人暗于内容，将何处着手？现虽照电川省，商论开议事宜，双方未得疏通，正恐熬费周折。默察国民心理，怨诽尤多，语以和平，殊难餍望，实缘威信既骎，人心已涣，纵挟万钧之力，难为驷马之追，保存地位，良非易易。若察时度理，已见无术挽回，毋宁敝屣尊荣，亟筹自全之策，庶几令闻可复，危险无虞，国璋不胜翘切待命之至。

国务卿徐世昌，接到冯电，暗想道："这遭坏了，华甫也有变志了。"急忙入报老袁，老袁亦惶急万分，徐世昌道："现在事已燃眉，还请总统放宽一步，挽回大局。"老袁皱着眉道："难道我真个退位不成？"世昌道："并非退位问题，但请总统规复内阁制，并用几个新党人物，或尚能调停就绪，也未可知。"老袁道："除要我退位外，总请老友替我做主，我已心烦意乱，不知所从了。"世昌即草拟阁员，陆军蔡锷，内务戴戡，农商张謇，教育汤化龙，司法梁启超，财政熊希龄，递交老袁酌阅。老袁虽然不愿，也只好略略点首。世昌乃出发各电，待至两日，一无复音。再电请熊希龄、张謇、伍廷芳、唐绍仪、范源濂、蔡元培、王正廷、王宠惠等到京，商组内阁，哪知一班名流，电复世昌，统是要老袁退位，余无别言。世昌不禁长叹道："项城，项城，你搅到这个地步，叫我如何收拾呢？"遂筹思一会儿，入见老袁，略将外来各电，叙述一二，继复进言道："据我看来还是要芝泉组织内阁，芝泉是军阀中人，且与冯华甫很是莫逆，将来或战或和，较有把握，请总统即日照行。"老袁道："你既要芝泉出场，我亦不能不依，但你不可他去，一切善后方法，仍应替我商酌呢。"世昌道："谨遵钧命，我总在京便了。"把圈儿套与别人，不愧老练。老袁乃召入段祺瑞，嘱他组阁。段再三推让，经世昌从旁力劝，方允暂认，遂于四月二十一日，公布政府组织令，委任国务卿担任政务，称为责任内阁。越日，任段为国务卿，组织阁员。陆军由段自兼，外交仍任陆徵祥，财政改任孙宝琦，内务改任王揖唐，海军仍任刘冠雄，交通改任曹汝霖，教育改任张国淦，农商改任金邦平，司法仍任章宗祥。各部总长，发表出来，都人士仍称为帝制内阁。什么叫作帝制内阁呢？看官试想！这部长中所列八人，哪一个不是帝制派，而且财政、交通两部统属梁士诒党系。财神始终得势。至若军务全权，仍操诸统率办事处，未曾交与段氏。段氏登台，不过取消政事堂，恢复国务院，改机要局为秘书厅，易主计局为统计局，修正大总统公文程式，总算是恢复国体的表示。此外目的，唯调停南北，主张和议罢了。但冯、段究系故交，段既为内阁领袖，冯应格外帮忙，为此一着，遂创出南京大会议来。当由冯国璋首先发起，通电各省道：

上略滇、黔、桂、粤，意见尚持极端，接洽且难，遑云开议。现就国璋思虑所及，筹一提前办法，首在与各省联络，结成团体，各守疆土，共保治安，一面贯通一气，对于四省与中央，可以左右为轻重，然后依据法律，审度国情，妥定正当方针，再行发言建议，融洽双方。我辈操纵有资，谈判或易就绪。若四省仍显违众论，自当视同公敌，经营力征。政府如有异同，亦当一致争持，不少改易。似此按层进步，现状或可望转机，否则沦胥迁就，愈滋变乱。一旦土崩瓦解，省自为谋，中央将孤立无援，我辈亦相随俱尽矣。看此两语，仍然是拥护中央。牖见如此，特电奉商。诸公或愿表同情，或见为不可，均望从速电复。临电激切，无任翘企！

电文去后，未曾独立的省分，陆续电复，均表同情。冯乃再就前日提出的八大纲，略加变更，仍分八条：（一）总统问题，仍当暂属袁总统，俟国会召集，再行解决；（二）国会问题，应提前筹办，慎定资格，严防流弊；（三）宪法问题，以民国元年约法为标准，视有未合事件，应斟酌修改，便利推行；（四）经济问题，当由中央将近来收支情形，明白宣布。滇、黔二省，筹办善后，亦宜声明需用实数，设法匀拨；（五）军队问题，南北各军，均调回旧驻地点，所有两方添招军队，一律遣散，借抒财力；（六）官吏问题，凡所有官制官规，均应暂守旧章，免致纷乱；（七）祸首问题，杨度等谬论流传，逼开战祸，应先削除国籍，俟国会成立后，宣布罪状，依法判决；（八）党人问题，由政府审查原案，咨送国会讨论，俟得同意，宣告大赦，方免抵触法律，贻祸将来。以上八问题电达各省，均无异议。唯旅沪二十二行省公民，如唐绍仪、谭延闿、汤化龙等，集得一万五千九百余人，抗议反对，于第一条尤驳斥无遗。冯国璋欲罢不能，竟至蚌埠见倪嗣冲，筹商了大半夜，又邀倪同至徐州，会晤张勋。倪、张本拥戴老袁，遂与冯国璋联络一气，发起南京会议，由徐州通告各省，略云：

川边开战以来，今已数月，虽迭经提出和议，顾以各省意见，未能融洽，迄无正当解决。当此时机，危亡呼吸，内氛时伏，外侮时来，中央已无解决之权，各省成抱一隅之见，谣言传播，真相难知。而滇、黔各省，恣意要求，且有加无已，长此相持，祸伊胡底？国璋实深忧之。曾就管见所及，酌提和议八条，已通电奉布，计达典签；唯兹事体重大，关系匪浅，往返电商，殊多不便。爰亲诣徐府，商之于勋，道出蚌埠，邀嗣冲偕行，本日抵徐，彼此晤商，斟酌再四，以为目今时局，日臻危逼，我辈既以调停自任，必先固结团体，然后可以共策进行。言出为公，事求必济，否则因循以往，国事必无收拾之望。兹特通电奉商，拟请诸公明赐教益，并各派全权代表一人，于五月十五日以前，齐集宁垣，开会协议，共图进止，庶免纷歧而期实际。勋等筹商移晷，意见相同，为中央计，为国家计，谅亦舍此更无他策。诸公有何卓见，并所派代表衔名，先行电示，借便率循，无任盼祷。张勋、冯国璋、倪嗣冲印。

　　张、冯、倪三人，既发起南京会议，并电达中央，随即分手，订定后会。倪回蚌埠，冯归南京。是时广东方面，已在肇庆地点，设立两广司令部，举岑春煊为都司令，梁启超为总参谋，李根源为副参谋。岑自香港至肇庆，即日誓师北伐，有"袁生岑死，岑生袁死"等语。一面组织军务院，遥奉副总统黎元洪为民国大总统，兼陆海军大元帅。院设抚军，即以唐继尧、刘显世、陆荣廷、龙济光、岑春煊、梁启超、蔡锷、李烈钧、陈炳焜诸人充任。又由各抚军公推唐为抚军长，岑为副抚军长，于五月八日通告军务院成立。
　　适值浙督屈映光辞职，公举嘉湖镇守使吕公望继任。吕就职后，明目张胆，誓讨袁氏，任周凤岐、童葆暄为师长，列入护国军。与屈迥不相同。檄至粤东，军务院遂依着条例，请他就抚军职，于是滇、黔、两粤及浙江，并力讨袁。老袁闻知，又添了好几分愁恨，急召杨度、朱启钤、周自齐、梁士诒、袁乃宽等，密谋抵制。帝制要人，始终相倚。席间唯闻纸笔声，并没有什么谈论，后来转将所拟底稿，尽付一炬。越秘密，越坏事。看官！道是甚么秘计？他不过电达外使，令转告各国政府，勿遽承认南军团体，一面向未曾独立各省，催他速至南京，解决时事。各处新闻纸，探出原电，即登载出来。秘密何用？文云：

　　各省将军、巡按使、都统、护军使、镇守使鉴：接广东电开："革命首领宣告南方独立各省已组织成立新政府，以广州为首都，以黎元洪为大总统，及陆海军大元

陆军警备纪念

民国八年七月廿日摄于广东省都督府

岑春煊等人在两广都督司令部的合影

帅，废除北京政府。其宣告中并为设立军务院，定明权限，并兼理外交财政陆军各行政事务。云南都督唐继尧被举为军务院主任，岑春煊为副主任"各等语。查北京政府始而临时，继而正式，几经法律手续，始克成立，全国奉行，列邦承认，岂少数革命首领，所能废除？首都问题，系由国家议会决定，奠定业已数年，有约各国，驻使所在地点，载诸约章，国际关系最切，对内对外，岂少数革命首领，所能擅易？大总统地位，由全国人民代表，按照根本大法选举，全国元首，五族拥戴，又岂少数革命首领，所能指派？且黎公现居北京，谨守法度，又岂肯受少数革命首领之指派？广东距京数千里，强假黎之虚名，而由唐、岑等主其实权，不啻挟为傀儡，侮蔑黎公，莫此为甚。凡此种种，违背共和，划除民意，实系与国家为仇，国民为敌。政府方欲息事宁人，力谋统一，而少数革命首领，窃据一隅，以共和为号召，乃竟将共和原理，国民公意，一概蹂躏而抹煞之。此而可忍，国将不国。谁生厉阶，至今为梗。尊处如有意见，望迳电南京，请冯、张、倪三公，会同各省代表，并案讨论。院处电。

这电自五月十日发出，转眼间已是望日，南京会议，期限已届，各省代表，先后到宁，共得二十余人。计开：

直隶代表　刘锡钧、吴焘
奉天代表　赵锡福、刘恩洪
吉林代表　张恕、戴艺简
黑龙江代表　李莘林
山西代表　崔廷献、李骏
山东代表　孙家林、丁世峄
河南代表　毕太昌、叶济
湖南代表　陈裔时
湖北代表　冯篑、杨文恺
江西代表　何恩溥、程用杰
福建代表　贾文祥
安徽代表　万绳栻

热河代表　夏东骁

察哈尔代表　何元春

绥远代表　熊开光

上海代表　赵禅、王滨

徐州代表　李庆璋

蚌埠代表　裴景福

还有中央特派员蒋雁行，及海军司令饶怀文、参谋长师景文等，也一律与会。唯陕西因乱未复，四川路远，所派代表张联棻、张轸援二人，均在途未至。五月十七日，南京会议第一次举行，由冯国璋主席，各省代表，统行列座，除蒋雁行并非代表，只能旁听外，各代表均有发言权。冯即宣言第一条总统问题，赞成冯说的，不过十分之二三，反对冯说的，却有十分之三四，其余各守中立态度，既不反对，又不赞成。论辩了好几时，第一条终不能通过。冯国璋不便强迫，只好说是改日再议，代表等当然散席。李庆璋、裴景福两人，即电达张、倪，竟尔告急。隔了一天，蚌埠倪将军，亲自带兵三营，直抵江宁，正是：

全局已经成瓦解，将军还欲挟兵来。

欲知倪嗣冲到会情形，且从下回叙明。

冯、段两人，遭袁氏之疑忌，至于途穷日暮，再请他登场，重演一出压台戏，非谚所谓急时抱佛脚者耶？冯、段不念旧恶，犹为袁氏竭力帮忙，一组内阁，一开会议，平心论之，未始非友道可风。然内则帝孽具存，外则人心已涣，徒恃一二人之笔舌，亦安能骤事挽回？昔人有言："小人之使为国家，菑害并至，虽有善者，亦无如之何矣。"况冯、段乎？而倪、张更无论已。

第三十一回

陈其美中计被刺
陆建章缴械逃生

却说倪嗣冲带兵至宁，意欲仗着兵力，迫胁各省代表，仍承认袁世凯为大总统，五月十九日，开第二次会议，倪昂然莅会，代表安徽，出席宣言道："总统退位问题，关系全局安危，倘或骤然易位，恐怕财政军政两方面，必有危险情事发现出来，所以愚见仍推戴袁总统，请他留任是为。"言甫毕，山东代表丁世峄起言道："倪将军的高见，鄙人非不赞成，但自袁总统热心帝制，种种行为，大失信用，即袁总统也自知错误，已有去意，难道中国除了袁总统，便没人维持大局么？"_{颇有胆识。}倪嗣冲闻言变色道："项城下台，应请何人继任？"丁世峄尚未及答，与丁偕来的孙家林，便从旁答言道："自然应属副总统，何消多问。"_{明白爽快。}倪怒目视丁、孙两人道："你两人是靳将军派来么？靳将军拥护中央，竭诚报国，为何派你二人到来？你二人莫非私通南军，来此捣乱不成？"_{不如你意，便硬指他犯上作乱。}丁、孙两人正要答辩，那湖南代表陈裔时，已起立道："古人有言，君子爱人以德，倪将军毋太拘执，应请三思！"湖北代表冯笾，江西代表何恩溥等，亦应声道："敝代表等也有此意。"倪嗣冲见反对多人，怒不可遏，竟投袂奋臂道："袁总统离位一日，中国便捣乱一日，我只知挽留袁总统，若有异议，就用武力解决。"_{全是蛮话，试思袁总统尚然在位，何故扰乱至此，劳你会议耶？}丁世峄、孙家林等冷笑道："既须凭着武力，何用开此会议哩？"冯国璋时在主席，睹这情形，恐惹出一场争闹，遂出为调人道："诸君不必徒争意气，须知能战然后能和，今南方五省，已极端反抗中央；就使项城退位，他也必有种种要求，继任的总统，恐也难一律应诺，将来仍不免相争。国璋始终主和，但欲和平解决，亦应先准备武力，免令南方轻觑，要挟不情，各代表诸公，以为何如？"这一席话，才引出燕、奉、吉、豫、热、夏诸代表同声赞成。冯复议及兵力财力二问题，燕、奉、吉、豫等代表，或愿出若干兵队，或愿认若干军饷，余代表多托词推诿。山东、江西、两湖各代表，且默不一言。冯国璋料难裁决，乃宣告散会，越宿再议。

次日复齐集会场，各代表多主和不主战，冯、倪也不便力辩。至提及总统问题，大众拟付国会表决，冯却游移两可，倪独不以为然。越日，再开第四次会议，仍无结果。徐州代表李庆璋，倡言南中虽然独立，并非自外中国，既为和平解决起见，不如令他派遣代表，同到此处议决，方期一劳永逸。这数语颇得多数赞成，遂由李主稿电达独立各省，静候复音。至散会后，他竟随着倪嗣冲，扬长去了。不数日，即有张辫帅一篇通电，其文云：

据散处代表回徐报告，此次江宁之会，业经各代表次第宣言，知各省军民长官，多数以拥护中央、保存元首为宗旨，是退位问题，已属无可讨论。仍是你一人自说。且由冯上将军主张，欲求和平，非先以武力为准备不可，所有应备军旅饷项，并经各代表预先分别担任，敌忾同仇，可钦可敬。乃鲁、湘、鄂、赣诸代表，多方辩难，辗转波折，故甚其辞，显见受人播弄，暗中串合，故与南方诸省，同其声调，必非该本长官所授本意。况靳、汤、王、李诸将军，公忠国体，咸信久孚，或军当困难，百折不回，或地处冲繁，一心为国，勋处屡接来电，莫不慷慨淋漓，令人起敬。而该代表竟敢擅违民意，妄逞词锋，实属害群之马，允宜鸣鼓而攻。虽现在电致南方各省，令派代表到宁与议，复电能否依从，尚难遽定，而我方内容，有不可不加整饬，以求一致。诚以退位问题，关系存亡，非特总统才，难以胜任，即以外交军政财政而论，险象尤难罄述。如果国本轻摇，必沦胥俱尽。即使南方各省，果派代表到宁与议，亦当一意坚持，推诚相告，如不见听，即以兵戈。倘内容不饰，先馁其词，则国家之亡，有可立待。用此通电布告，愿我同胞，共相切磋。设有非此旨者，即以公敌视之可也。临电迫切，无暇择言。勋印。

　　张辫帅虽有此电，各省长官，仍然徘徊观望，不甚赞成。山东、两湖等省，且潜图独立，云、贵、两粤等，更不消说，简直是置诸不理罢了。唯当南京会议期间，却有一个革命党魁被刺上海，相传由袁皇帝贿嘱刺客，赴沪设法，用了若干心力，才得报功。究竟被刺的是何人？行刺的又是何人？待小子叙了出来，便有分晓。小子于前文中，曾说过沪上一带，多藏着民党踪迹，就中首领，要算陈其美。从前肇和兵舰的变动，与镇江、江阴的独立，都由他一人指使，不但袁政府视为仇敌，就是南京上将军冯国璋，也加意防备，随时侦探密查。陈其美却不肯罢休，仍拟伺隙进行，只因资财支绌，未免为难。凑巧党人李海秋，介绍两个阔客，一个叫作许谷兰，一个叫作宿振芳，统说是煤矿公司的经理。这煤矿公司，牌号鸿丰，曾在法租界赁屋数幢，暂作机关，形式上很是阔绰。两人与陈见面后，约谈了好几个时辰，真个彼此倾心，非常亲昵。嗣后常相过从，联成知己。陈有时与他晤谈，免不得短叹长吁，两人问他心事，他遂和盘托出，一一告知。两人顺口道："我等虽是商人，却也怀着公义，可惜所有私蓄，都做了公司的股本了。现在未知公司的股单，可否向别人抵押？如有此主顾，那就好换作现银，帮助民军起义呢。"陈其美不禁跃然道："两君为公忘私，真足令人起敬，我且与日商接洽，若可暂时作抵，得了若干金，充作军饷，等到成功以后，自当加倍奉还。"天下有几个卜式，陈其美何不小心？两人唯唯告别。

　　过了数日，陈已与日商洋行议定押款，即至鸿丰煤矿公司，与许、宿两人面洽。两人并不食言，约于次日送交股单，亲至陈寓签字。陈以午后为期，两人允诺，随邀陈入平康里，作狎邪游。由许、宿两人，做了东道主，他即坐了首席，开怀畅饮，猜拳行令，赌酒听歌，直饮到月上三更，方才回寓。这是送往阎家的饯行酒。翌日起床，差不多是午牌时候，盥洗既毕，便吃午餐，餐后在寓中守候，专待许、宿到来。俄听壁上报时钟，已咚咚地敲了两下，他暗中自忖道："时已未正了，如何许、宿两人，尚未见到？难道另有变卦么？"又过了二十分钟，方有侍役入报道："许、宿二公来了。"陈忙起身出迎，但见两人联袂趋入，即含笑与语道："两君可谓信人。"一语未毕，忽觉得一声怪响，震入脑筋，那身子便麻木不仁，应声而倒。等到怪声再发，那陈其美已魂散魄荡，驰入鬼门关去了。许、宿二人，见已得手，一溜烟跑出门外，急向原来的汽车，一跃而上，开足了汽，好似风驰电掣一般，逃窜去了。是时陈寓内的侍役，闻声出视，见陈已僵卧地上，用手一按，已无气息，但见脑浆迸裂，尚是点滴不住，仔细瞧着，脑壳已被枪弹击破，弹子从脑门穿出，飞过一旁，圆溜溜地摆着，赶忙出外张望，那凶手已不知去向，于是飞报党人，四处邀集。大家见陈惨死，不免动了公愤，一面购棺敛尸，一面鸣捕缉凶，好容易拿住许、宿两犯，由法捕房审讯，许、宿语多支吾，毫无实供。嗣经再三鞫问，许供由南京军官嘱托，宿供由北京政府主使，究竟属南属北，无从讯实，结果是杀人抵罪，把许、宿问成死刑罢了。南北统不免嫌疑。

袁世凯闻陈已刺死，除了一个大患，自然欣慰，不意陕西来一急电，乃是将军陆建章，及镇守使陈树藩联衔，略说是：

> 秦人反对帝制甚烈，数月以来，讨袁讨逆各军，蜂起云涌，树藩因欲缩短中原战祸，减少陕西破坏区域，业于九日以陕西护国军名义，宣言独立，一面请求建章改称都督，与中央脱离关系。建章念总统廿载相知之雅，则断不敢赞同，念陕西八百万生命所关，则又不忍反对。现拟各行其是，由树藩以都督兼民政长名义，担负全省治安，建章即当遄返都门，束身待罪，以明心迹。

老袁瞧到此处，把电稿抛置案上，恨恨道："树藩谋逆，建章逃生，都是一班负恩忘义的人物，还要把这等电文，敷衍搪塞，真正令人气极了。"你自己思想，能不负恩忘义？嗣是忧愤交迫，渐渐地生起病来。小子且把陕西独立，交代清楚，再叙那袁皇帝的病症。原来陕西将军陆建章，本是袁皇帝的心腹，他受命到陕，残暴凶横，常借清乡为名，骚扰里间，见有烟土，非但没收，还要重罚，自己却私运鲁、豫，贩售得值，统饱私囊。陕人素来嗜烟，探知情弊，无不怨恨。四月初旬，郃阳、韩城间，忽有刀客百余名，呼聚攻城，未克而去。既而党人王义山、曹士英、郭坚、杨介、焦子静等，据有朝邑、宜川、白水、富平、同官、宜君、洛川等处，招集土豪，部勒军法，举李岐山为司令，竖起讨袁旗来，陕西大震。陆建章闻报，亟饬陕北镇守使陈树藩往讨。树藩本陕人，辛亥举义，他与张钫独立关中，响应鄂师。民国成立，受任陕南镇守使，驻扎汉中。至滇、黔事起，陆建章恐他生变，调任陕北，另派贾耀汉代任陕南。树藩已逆知陆意，移驻榆林，已是怏怏不悦，此次奉了陆檄，出兵三原，部下多系刀客，遂进说树藩，劝他反正。树藩因即允许，乃自称陕西护国军总司令，倒戈南向，进攻西安。

陆建章又派兵两营，命子承武统带，迎击树藩，甫到富平，树藩前队，已见到来，两下交锋，约互击了一小时，陕军纷纷败退。树藩驱兵大进，追击至十余里，方收兵回营。承武收集败兵，暂就中途安歇一宵，另遣干员赍夜回省，乞请援军。哪知时至夜半，营外枪声四起，吓得全营股栗，大众逃命要紧，还管甚么陆公子。陆承武从睡梦中惊醒，慌忙起来，见营中已似山倒，你也逃，我也窜，他也只好拼命出来，走了他娘。偏偏事不凑巧，才出营门，正碰着树藩部下的胡营长，一声喝住，那承武的双脚，好似钉住模样，眼见得束手受擒，被胡营长麾下的营弁活捉了去，捉住一个豚犬，没甚稀罕。当下牵回大营。陈树藩尚顾念友谊，好意款待，只陆建章闻着消息，惊惶得了不得，老牛舐犊。急遣得力军官，往陈处乞和，但教家人父子，生命财产，保全无碍，情愿把将军位置，让与树藩，且将所有军械，一概缴出。陈树藩总算照允，便于五月十五日，带着陆承武，竟入西安。陆建章出署相迎，一眼瞧去，承武依然无恙，树藩却格外威风，前后左右，统有卫军护着，比自己出辕巡阅，还要烜赫三分。看官！你想此时的陆建章，已是余威扫地，不得不装着笑脸，欢迎树藩。曾否自知惶愧？树藩乐得客气，下马直前仍向陆建章行了军礼。建章慌忙答让，彼此握手入署。承武亦随了进去。两下坐定，树藩将兵变情形，略述一遍，并言："胡营长冒犯公子，非常抱歉。"陆建章也婉词答谢。树藩复道："现在军心已反对中央，将军不如俯顺舆情，改任都督，与南方护国军联同一气，维持治安，树藩等仍可受教。"建章迟疑半晌，方道："我已决计让贤，此处有君等主持，当然不至扰乱了。"始终不肯背袁，也算好友。树藩道："将军既不愿就职，公子尽可任事。"建章道："儿辈无知，恐也不胜重任呢。"树藩方提及缴械问题，由陆建章允行，约于十七日照办。树藩退出，到了十七日，树藩复带兵至将军署，先与陆建章议定电稿，拍致北京，小子已录载上文，毋容赘说。电既发出，然后由建章出令，饬所部军队，一齐缴械，归陈军接受。缴械已毕，树藩仍委陆承武为护国军总司令，并编自己部属为二师，用曹士英为第一师长，李岐山为第二师长，自称陕西都督兼民政长，布告全省，宣言独立，秦中粗安。

陆建章收拾行装，共得辎重百余辆，即于五月二十日挈领全眷，退出西安。陈树藩派兵护送，才出东门，不意陈军中有一弁目，瞧着若干辎重，未免垂涎起来，当下自语同侪道："这等辎重，都是本省的民脂民膏，今被陆将军捆载了去，他好安享后福，我陕民真苦不胜言哩。"为这一句话儿，顿时激动全体，大家喧呼道："何不叫他截留？他是来做将军，并不是来刮地皮，如何有这许多行李呢？"陆建章虽然听着，也只好装聋作哑，由他喧闹。偏是卫队数十名，闻言不服，竟与陈军争执起来。陆建章喝止不住，但听陈军齐呼道："兄弟们快来！"一语才毕，大众一拥而上，把所有辎重百余辆，抢劫一空。还有陆氏的妻妾子女，也被他东牵西扯，任意侮弄。所戴的金珠首饰，统已不翼而飞。陆建章叫苦不迭，就是几十名卫队，也自知众寡不敌，只好袖手旁观，任他劫掠。小子有诗叹道：

悖入非无悖出时，临歧知悔已嫌迟。

小惩大诫由来说，到底贪官不可为。

欲知陆建章如何启行，且至下回续叙。

陈其美之被刺沪上也，全属袁政府之辣手，与宋渔父、林颂亭诸人，惨遭狙击，万众含悲，同可痛惜者也。陆建章为袁氏爪牙，加虐秦民，得赃累累，至树藩独立，彼为保全身家计，乃愿缴械辞官，若辈之目的，唯一金钱而已，金钱到手，余不足恤，或谓其为袁效忠，尚非确论。至于退出西安，辎重被劫，妻妾子女，亦受侮辱，眼前报应如此其速，奈何世之见利忘义者，尚沉迷而不之悟乎？揭而出之，为军阀戒，亦著书人之苦心也。

第三十二回

好迁怒陈妻受谴
硬索款周妈生嗔

却说陆建章出城被劫，数年蓄积，一旦成空，又累得妻妾子女，抛头露面，无端受辱，真是哑子吃黄连，说不出的苦楚。还亏陈树藩得知此信，忙饬兵官到来，夺还若干辎重，畀他启行，才得惘惘登程，挈眷去讫。袁世凯闻陕西独立，不得不发兵对付，可奈中央已无兵可遣，无饷可筹，所有中、交两银行，已被梁财神任意提用，现款殆尽。五月十二日，且有两行钞票，停止兑现的阁令，京中金融，大起恐慌，不但银币无着，连铜币也无从兑换，商民怨声载道，统归咎段国务卿，其实都是梁财神的计策。他因两行纸币，充塞街衢，倘或群来兑现，势必无从应付，所以先发制人，密拟停止兑现的命令，迫段盖印。段祺瑞明知不便，但上受袁制，下被梁迫，阁员又多半梁党，均附梁议，没奈何盖印颁行。当时都下相传，称为段内阁的经济政策。为梁受谤，似不能不替段鸣冤，但段既出组责任内阁，如何仍用帝制余孽？自诒伊戚，不得辞咎。

自此令发布，袁政府的信用，越觉扫地，一切调遣，多不奉命。老袁没法，不得不从外面着想，饬倪嗣冲转调倪毓棻军，自湘移陕，倪嗣冲复电遵行。既而山东将军靳云鹏，迭致警电，一电说民党吴大洲等，入据周村，自称护国军山东都督，一电说革命党居正等，入据潍县，自称东北军总司令。着末又有一电，是劝老袁即日退位，免致糜烂等语。老袁忧愤益迫，遂令靳速即来京，面陈鲁事，将军一缺，命张怀芝暂

218

行代理。是时段芝贵已出任奉天将军，袁复调他入鲁，为严剿计，一方面是待交卸，一方面是要启行，断非一日两日，可以照办；而且全国警电，纷达京师，不是痛骂，就是劝退，害得老袁又气又愁，急成一种尿毒症，每遇小便，非常痛苦，延医服药，毫不见效。虽是忧愤成疾，然未始非平时渔色所致。徐世昌系念朋情，入府探疾，袁与详述病源，徐即推荐前御医陈莲舫，劝袁召治。袁即如言召陈，至陈入京诊视，略言："脏腑伏毒，已是有年，今适爆发，为祸甚烈，些须药石，恐难奏功。"袁复乞问良方，陈医士乃写了数语，呈袁自阅。看官！道是甚么方法？他说："现时救急良方，只有每次溲溺后，须用人口吮咂，舐去毒液。当未吮咂时，先用清水麻油漱口，除去口中热毒，方可吮含，徐徐舐去毒液，或可稍奏微效。"老袁点首无语。待陈医退出，即召众妾入室，令他如法施行。众妾都有难色，你看我，我看你，大家不发一言。有爱情者，其如此乎？令人一叹。老袁不禁懊恼起来，便道："你等太没良心，难道坐视我死么？"众妾仍然无语。此时洪、周两姨，何亦反舌无声？老袁顾着众妾，较量一番，又开口道："还是汪姨、香儿、翠媛三人罢。"何不叫洪、周两姨充役？三妾听到此语，都怏怏不悦，奈又不好推辞，只得勉强应命。每遇老袁溲溺，由三妾轮流吮咂。其味何如？舌舐稍重，老袁即痛彻肺腑，呻吟不已。有时痛到极处，且乱挞三妾，三妾无从呼冤，只把那陈医士的姓名，背地呼骂，稍稍泄愤。过了半月，老袁的尿毒症，果然少瘥，三妾私相庆幸，得免污役。五月二十三日，轮着翠媛值差，自昼至夜，不劳吮咂。老袁因她逐日辛苦，加意湿存，傍晚即在翠媛室中，闲谈一切，且就与翠媛共桌晚餐。

　　方两人对酌时，由安女官长送入电报一则，呈与老袁。老袁不瞧犹可，瞧了一遍，不觉怒发如雷，提起手中杯盏，向女官长掷了过去。安女士把头一偏，那杯子哗啦一声，跌得粉碎。翠媛莫明其妙，急忙起座，至老袁座侧，来阅电文。哪知老袁复随携一碗，向翠媛掷来。翠媛赶紧躲闪，已是不及，左额角间，被碗擦过，顿时皮破血流，痛不可耐。安女士时已溜出，传呼婢媪，趋入数人，一见翠媛受伤，忙取了创伤药，替她敷上，且乘便就翠媛腰间，扯出白方布，代为包裹。扎束方就，被老袁瞧着，尚怒向婢仆道："我尚未死，你等便用了白布，与她缠首，莫非要咒我死么？"语已，竟起身四觅，得了一个门闩，左敲右击，把婢仆打得落花流水，方释手出室。可怜婢仆等无端受扑，多半头青肤肿，怨苦连声。唯转念老袁平日，待遇下

人，尚属宽仁，此次忽尔反常，好似疯狂一般，又不由得猜疑起来。**反常则死，此即
袁氏死征。**于是出室探查，侦得老袁高坐内厅，面含愠色，究不知为着何事？待过了
一小时，忽来了一个命妇，约有三四十岁，踉跄入厅，跪谒老袁。大家从外遥望，见
这命妇非别，乃是于夫人的义女，四川将军陈宧字二庵的正室。**迷布疑团，令人莫测。**
原来陈宧生平，与正妻不甚和协，所以就职入川，只令二三姬妾随行，把正妻撇在京
中。唯陈妻素性笃实，夙承于夫人宠爱，视同己女，因此时常入宫，聊慰岑寂，或至
数日始返。宫中眷属，竟呼她为大小姐，各无闲言。此次老袁传召，自然奉命前来，
一入内厅，仰见义父尊容，已觉可怕，不禁跪下磕头。老袁愤愤道："你知二庵近事
否？"**上文特书陈宧表字，便为此语埋根。**陈妻答称未知。老袁厉声道："他已与西南
各省的乱党，同一谋逆了。"**你叛民国，莫怪人家叛你。**陈妻惊讶失措，支吾答道：
"他……他受恩深重，当不至有此事，想系传闻错误的缘故。"老袁不待词毕，便从
袖中取出一纸，掷向地上，并呵叱道："你尚为乃夫辩护么？他有电文在此，你去一
瞧！"陈妻拾起电文，两手微颤，紧紧捧阅，但见上面写着：

北京国务院统率办事处鉴：宧以庸愚，治军巴蜀，痛念今日国事，非内部速弭争
端，则外人必坐收渔人之利，亡国痛史，思之寒心。川省当滇、黔兵战之冲，人民所
受痛苦极巨，疮痍满目，村落为墟。忧时之彦，爱国之英，皆希望项城早日退位，庶
大局可得和平解决。宧既念时局之艰难，又悚于人民之呼吁，因于江日即五月三日。
径电项城，恳其退位，为第一次之忠告，原冀其鉴此忧悯，回易视听，当机立断，解
此纠纷。乃复电传来，则以妥筹善后之言，为因循延宕之地。宧窃不自量，复于文日
即十二日。为第二次之忠告，谓退位为一事，善后一事，二者不可并为一谈，请
即日宣告退位，示天下以大信。嗣得复电，则谓已交由冯华甫在南京会议时提议。是
项城所谓退位云者，决非出于诚意，或为左右群小所挟持。宧为川民请命，项城虚与
委蛇，是项城先自绝于川，宧不能不代表川人，与项城告绝。自今日始，四川省与袁
氏个人，断绝关系。袁氏在任一日，其以政府名义处分川事者，川省皆视为无效。至
于地方秩序，宧有守土之责，谨当为国家尽力维持。新任大总统选出，即奉土地以听
命，并即解兵柄以归田，此则区区私志，于私于公，以求无负者也。皇天后土，实闻
此言，谨露布以闻！中华民国五年五月二十二日四川都督陈宧印。

陈妻阅毕，无词可答，禁不住流下泪来。妇女们惯作此腔。老袁又道："我改元洪宪时，他未尝独立，今我已取消帝制，他却独立起来，我不晓得他是甚么用意？难道我的总统位置，他不肯承认吗？别人与我反对，还属可恕，你夫的功名富贵，统是我亲手拔擢，今竟宣布独立，太属负恩，我恨不手刃了他，泄我忿恨。现在他居四川，我不能拘他到京，只有将你为质，你若自己要命，即应发电至川，令他即日到来，束身归罪，否则你夫一日不来，你一日不得卸责。"言至此，即叫入女官道："你把她牵了出去，幽禁别室，休得放走！"女官领命，即将陈妻扶出，引至一间僻室中，令她居住。陈妻无奈，只好央告女官，通报于夫人，从旁解劝。女官倒也应允，遂向于夫人报告。于夫人颇出了一惊，立呼侍婢吩咐道："你快去传语陈夫人，只说是我甚挂念，本拟代为缓颊，因我与老头儿不睦，恐难为力，不如转求洪姨太太罢。"皇后势力，不及妃子，这是古今通病。侍婢奉了主命，复去告知陈妻，陈妻复转托女官，向洪姨求情。洪姨一闻此事，便道："你放她回去罢了！"女官道："这……这事恐不便擅行呢。"洪姨道："有我担当，怕他甚么！"毕竟要算红姨太。女官方应声而出，竟将陈妻释归。

翌日，洪姨竟报闻老袁。老袁怒道："你敢破坏我法令么？"洪姨却含笑道："妾闻罪不及孥，古有明训，就使陛下晋位为帝，亦当效法前王，况仍为民国元首呢？"老袁又怒道："我已有令，不准你等再称陛下，及万岁爷等名词，如何你又犯禁？"洪姨复笑道："古称皇帝为元首，今亦称总统为元首，元首可以并称，陛下亦何不可并呼？"老袁听了，颇属有理，便稍稍开颜道："你可为善辩了。"无非喜她恭维。洪姨又道："陈夫人伉俪不睦，人所共知，陈宧独立，夫人哪得与闻？陛下以为锢住了她，可以牵制陈宧，妾料陈宧闻妻受罪，方且感激不遑，陛下奈何为宧杀妇，令宧暗笑？"舌上生莲，我也佩服。老袁不觉点首，只口中尚大骂陈宧，闹个不休。洪姨复劝慰数语，老袁乃至办公室，召集段祺瑞等，商议四川事宜。结局是免去陈职，令周骏督理四川军务，曹锟督办四川防务，张敬尧帮办四川防务，当即拟定命令，盖印发出，然后还宫。

一入宫中，忽来了一个老婆子，说是从湖南到来，有要事面陈总统。老袁急忙召见，那老婆子便大模大样的走了进来，一见老袁，但把双手捧合，作了揖衽的模样，一面道了"总统万福"四字。老袁就询问道："湘老可好？"老婆子旋答言："仰托洪福。"两语说毕,便呈上一函,由老袁亲自展阅。小子乘老袁阅书,无词可述的时候,就把那老婆子的来历,略叙数言。这位老婆子姓周,乃是湘南名士王闿运的家人,朝侍案,暮荐枕,名义上唤作主仆,实际上不啻夫妻。王闿运表字湘绮,自称湘绮老人,前时在京,老袁曾令为国史馆长,后来选任参政,亦列入大名,唯他是前清老翰林,脑筋中尚怀着清恩,有心复辟,凡老袁一切举动,却是未曾赞成,尝戏撰总统府对联,上联云:"民犹是也,国犹是也,何分南北?"下联云:"总而言之,统而言之,什么东西!"确是妙句。这联语脍炙人口。到了帝制发生,他即乞假还乡,与这位周妈妈,消磨那清闲岁月。后来老袁强奸民意,凡政绅军商各界,无不有请愿书,独耆硕遗老,尚付阙如,老袁想到王闿运身上,意欲借重大名,列表劝进,遂密电湖南将军汤芗铭,嘱他与王关说。王索代价洋三十万元,方能从命。一字十万元,此老也会敲竹杠。汤芗铭以索价太奢,不敢做主,电复老袁,请示办法。老袁竟愿如所请,立电汤如数拨给,准就应解公款项下扣除。汤急切不能筹垫,勉强挪凑,只得十余万元,乃与王磋商,先付半数,余俟项城登极后,一并交清。王允如约,唯索得债券而去。后来帝制取消,王恐是款无着,即向汤处催索。汤谓帝制无成,当然废约。王不甘割舍,竟遣周妈入京,函致老袁,直接索款。哪知这位汤将军,早已报称全缴,并未言止给半数。老袁看了王函,不免惊疑,便语周妈道:"是款据汤将军报告,早已如数交清,奈何来函所称,还有一半未缴?难道是汤将军捏词虚报,还是你家主人,与我恶作剧么?"周妈道:"这又奇了。我家老王,若已如数收清,还要遣老妇来做什么?倘谓我老王另有别情,何不将已交半数,一并赖去呢?"语有芒刺。老袁急易说道:"既如此,待我电询汤将军,俟有复音,再行核夺。我与你主人多年老友,你在此闲逛数天,尽属无妨。"周妈方才称谢,老袁即命女官引导周妈,送至洪姨处住宿,并传语优礼相待。

　　周妈一见洪姨,也不暇施礼,便道:"这位好姐姐,仿佛天仙一般,想是几世修来,才得住此。"洪姨也笑语相答,周妈又说短论长,语多滑稽,引人解颐,但鄙俗中却带着三分风雅,不似那《石头记》中的刘姥姥,一味粗鲁,想其受教于湘绮也久矣。因此洪姨与她叙谈,倒也不觉讨厌,且反引她至各处游玩。她到一处,赞一处,竟称新华王气,比众不同。唯见了袁氏姬妾,年纪较长的呼作嫂嫂,年纪较轻的呼作姐姐。各姬妾听她语无伦次,不禁暗笑,但由老袁传嘱优待,自然不敢怠慢;就是遇着于夫人，也以平辈相处，于夫人素来忠厚，周妈妈又悉本天真，两下相谈，颇称莫逆。自是日间与各人会叙，说也有，笑也有，娓娓不倦；又善谈乡曲遗闻逸事，耐人清听，夜间住在洪姨室中，安安稳稳地过了数日。

巧值老袁至洪姨室内，面目间很是懊丧，洪姨正欲启问，周妈却先开口道："汤将军有否复音？"老袁沉着脸道："他已独立了，我去问他，他简直没有答复。"湖南独立事，即从老袁口中带叙。周妈道："我家老王事，当如何裁处？"老袁道："无论此款是否交齐，就是有一半未缴，我事已完全失败，你主人何必斤斤计较？"周妈道："咦！大总统此语，未免欺人了。我家老王，前日列名劝进，不过敦促成事，并非担保成功。今日帝制不成，大总统就要食言，倘或竟登大宝，我老王能要求例外的权利么？况日前的请愿书，乃是大总统授意，并非我老王干请，大总统言出必行，怎忍反汗？今汤将军已经独立，总统更可晓得汤氏的心思，他得做将军，想总是总统的特恩，这且悍然不顾，昧金事更不必说了。且老妇住在宫中，未悉外间情事，今闻湖南独立，致起忧疑，我家老王，年越八旬，平时出入，必须老妇扶持，此次特遣老妇来京，本是万不得已，不料省中竟有变端，他不知急得甚么相似，还乞大总统即日付款，俾老妇归遗老人，想老王也深感厚情呢。"不愧广长舌。老袁踌躇多时道："你既眷念主人，即欲回去，我亦不便强留，唯所索款项，现时尚难报命，容俟他日汇寄。"周妈道："老妇跋涉长途，来此取款，若徒手空回，如何对付老王？这事务求原谅！"老袁始终不肯，周妈再三固请。老袁不耐噪聒，愤然作色道："我不给你主人款项，你将奈何？"周妈道："不给我款，宁死不去。"老袁道："你不肯去，我便逐你。"周妈道："你要逐我，我也弗怕。"老袁道："我将杀你，你可怕么？"周妈至此，不能再忍，竟厉声道："你要杀我，请你就杀，你要我主人劝进，许给若干金银，今我主人遣我来索，你不但靳款不付，反欲将我杀死，哼哼！你的手段，也算太辣了。你未做皇帝，就有这般威虐，他日做了皇帝，我湖南人统要灭族了。你既有此杀人手段，何不向西南各省，把什么唐继尧，什么蔡锷等，杀个净尽，得逞你愿？今乃欲甘心老妇，把我杀死，岂不是小题大做，欺软怕硬么？"说至此，更放声大哭，且哭且语，自言老王给我入京，使我一副老皮囊，葬身异地，真正可怜。老袁面前，只可用此手段对付。洪姨见她泼辣情状，恐闹得不成话儿，只得从旁解劝，婉言排解，老袁含怒出去。一生威福，反不行于老妇。众姬妾闻声走视，见周妈箕踞地上，尚是啼哭不止，大家做好做歹地劝了一回，方才收泪，且语诸姬道："我在王家多年，曾见你总统的族祖袁甲三，与我老王为忘形交，老王至袁家饮宴，彼时总统尚是小孩子，嘻憨跳掷，何等活泼？我老王摩顶笑道：'此儿他日必大贵。'不意今日果做了总统，且欲改做皇帝，众位嫂嫂姐姐们，试想袁、王两家，何等交情？就是老妇今日，受命前来，要向袁总统借若干万金，他亦应即日照付，何况是欠款不缴哩？"似有至理。众姬妾也不好与辩，无非说是再待数日，当拟缴清。周妈乃转悲为喜，复阅两三天，仍与洪姨商议，乞她筹划。洪姨本司老袁家账，没奈何支出纸币数万元，并给现银若干，畀作川资，周妈方告别南归。小子有诗咏此事道：

> 拼生争得巨金回，老妇居然一使才。
>
> 我为名流犹叹惜，累名毕竟自贪财。

周妈南归以后，究竟湖南曾否独立，且俟下回说明。

本回宗旨，在川、湘独立，却用陈妻、周妈两事掩映成文，此为旁敲侧击之法，所以避上文西南各省之重复，而别开生面，令人悦目者也。然陈妻之得释，由洪姨道之，周妈之得款，亦由洪姨付之，洪姨太之势力，至于如此；幸袁氏不得为帝，且即病死耳，否则洪姨不为吕武，亦将为赵飞燕、杨玉环之流亚，袁氏虽欲不亡，亦不可得也。人第知袁氏之误由于六君子、十三太保，不知尚有一红姨太。阅者试前后参观，乃知哲妇倾城，其为祸固不亚宵小也已。

第三十三回

论父病互斗新华宫
托家事做完皇帝梦

却说湖南将军汤芗铭，与四川将军陈宧，本皆袁氏心腹，只因云、贵义师，直逼境内，不得不变计求安。陈于五月二十二日，宣布独立，汤犹在却顾中。是时零陵镇守使望云亭，已早与桂军联合，在永州宣告独立，自称湘南护国军总司令，且有电致汤，劝他速定大计，毋容瞻徇等语。汤正焦急万分，适宣慰使熊希龄到省，两下商议，想出一策，联名电达中央，要求撤退北军，免延战祸。老袁复电照准，既而又有悔心，仍令北军驻湘，且调倪毓棻军，回防湘境，另派雷震春赴陕。倪至岳州，汤执前说力争，倪不得入，乃率兵退去。五月二十四日，湘西镇守使田应诏，又在凤凰厅独立，自称湘西护国军总司令。于是汤芗铭为势所迫，不得已宣布独立，劝袁退位。第一电拍致老袁，其词云：

北京袁前大总统钧鉴：前接冯上将军通电，吁请我公敛展尊荣，诚见我公本有为国牺牲之宣言，信我公之深，爱我公之挚，以有此电。循环三复，怦怦动心。国事棘矣，祸机丛伏，乃如万箭在弦，触机即发，非可以武力争也。武力之势力，可以与武力相抗，今兹之势力，乃起于无丝毫武力之人心。军兴以来，遍国中人，直接间接，积极消极，殆无一不为我公之梗阻。芗铭武人，初不知人心之势力乃至于此，即我公

225

亦或未知其势力之遽至于此。既已至此，靖人心而全末路，实别无他术，出乎敝屣尊荣之上。我公所谓为国牺牲者，今犹及为之，及今不图，则我公与国家同牺牲耳。议者谓我公方借善后之说，以为延宕之计，诚不免妄测高深。顾我公一日不退，即大局一日不安，现状已不能维持，更无善后之可言。湘省军心民气，久已激昂，至南京会议，迄无结果，和平希望，遥遥无期，军民愤慨，无可再抑。兹于二十九日，已徇全湘众民之请，宣布独立，与滇、黔、桂、粤、浙、川、陕诸省，取一致之行动，以促我公引退之决心，以速大局之解决。芝铭体我公爱国之计，感知遇之私，捧诚上贡，深望毅然独断，即日引退，以奠国家，以永令誉。曾任干冒，言尽于斯。汤芗铭叩。

第二电更加愤激，直欲与老袁开战。其词云：

自筹安会发生，枢府大僚，日以叛国之行为，密授意旨，电书雨下，怵诱兼至，傀儡疆吏，奴隶国民，畴实使然，路人共见。芗铭忍尤含垢，眦裂冠冲，以卵石之相悬，每徘徊而太息。天佑中国，义举西南，正欲提我健儿，共襄大举，乃以瘝牛全力，压我湖湘，左挈右牵，有加无已。现已忍无可忍，于本日誓师会众，与云、贵、粤、桂、浙、陕、川诸省，取一致之行动。须知公即取消帝制，不能免国法之罪人。芗铭虽有知遇私情，不能忘国家之大义。前经尽情忠告，电请退位息争，既充耳而不闻，弥拊心而滋痛。大局累卵，安能长此依违？将士同胞，实已义无反顾。但使有穷途之悔悟，正不为其豆相煎，如必举全国而牺牲，惟有以干戈相见。情义两迫，严阵上言。汤芗铭叩。

看官！你想陈宦、汤芗铭两人，受袁之恩，算得深重，至此尽反唇相讥，恩将仇报，哪得不气煞老袁？老袁所染尿毒症，至此复变成屎毒症，每届饭后，必腹痛甚剧，起初下浊物如泥，继即便血，延西医诊视，说他脏腑有毒，啖以药水，似觉稍宽。越日，病恙复作，腹如刀刺，老袁痛不可耐，连呼西医误我，隆裕以腹疾致死，老袁亦以腹疾亡身，莫谓无报应也。乃另聘中医入治。中医谓是症乃尿毒蔓延，仍当从治尿毒入手，老袁颇以为然，亟命开方煎服。服了下去，肠中乱鸣，亟欲大解，忙令人扶掖至厕，才行蹲坐，北方大小便，皆至厕所。忽觉一阵头晕，支持不住，一个倒栽葱，竟堕入厕中。侍役连忙扶起，已是满身污秽，臭不可近。各姬妾闻报往视，闻着一大阵臭气，连掩鼻都来不及，哪里还敢近前？独第八妾叶氏，不嫌腌臜，急替他换易衫裤，并用热水揩洗。老袁扶叶氏臂，吁吁叹息道："你平时沉默寡言，至今能独任劳苦，不怕臭秽，我才知你的心了。"叶氏之心，至此才知，无怪受人蒙蔽，始终未能瞧破。叶氏为之泣下。老袁亦洒了几点痛泪。

至扶入寝室后，精神委顿不堪，闭目静卧，似寐非寐。但觉光绪帝与隆裕太后，立在面前，怒容可怖；倏忽间，变作戊戌六君子；又倏忽间，变作宋教仁、应桂馨、武士英、赵秉钧等；又倏忽间，变作林述庆、徐宝山、陈其美等；后来有无数鬼魂，面血模糊，统要向他索命的模样，这是心虚病魔，并非真个有鬼。他不觉大叫一声，吓得冷汗遍体，及启目四瞧，并无别人，只有叶氏在旁侍着，并低声问明痛苦，当即答言道："我不过精神恍惚，此外还没有甚么痛楚，但你也很困乏了，如何不去休息？她们如何并不见来？"叶氏道："姊妹们都来过了，她见陛下安睡，不敢惊动，所以退去。"老袁道："你何故未退？"叶氏忍着泪道："天下可无妾，不可无公，妾怎忍退休？"老袁不禁唏嘘道："可惜我平日待卿，未尝稍厚，今日自觉愧悔哩。"

言未已，见闵姨进来，自思许多姬妾，唯闵氏资格最老，而且性情浑厚，从不闻她争论，只自己得了新欢，往往忘却旧爱，此时回溯生平，也觉抱歉得很。闵姨却近前婉询，很是殷勤，反惹起老袁许多怅触，便与语道："你随我多年，好算是患难夫妻，今日我已病剧，恐怕要长别了。"闵姨道："陛下何出此言？疾病是人生常事，静养数日，自然复原，何必过虑！"老袁道："我年已望六，死不为夭，但回忆从前，诸多错误，就是待遇卿等，也觉厚薄不均。我死后，卿等幸勿抱怨。"闵姨呜咽道："妾到此已二十多年，一衣一食，无不蒙恩，怎敢再生异想？但愿陛下逐渐安康，妾仍得托庇帷帟。万一不幸，妾……妾也不愿再生呢。"为下文自尽伏笔。说到末句，已是涕泪满颐，语不可辨。老袁此时，益觉悲从中来，痰喘交作。经叶、闵两姨，替他抚胸捶背，方略略舒服，蒙胧睡去。

既而诸子陆续入室，请安问疾，见老袁委顿情状，多半掩面涕泣。闵、叶两氏，恐惊扰老袁，嘱诸子退至外寝，静心待着。诸子退后，克文见乃兄形态，似乎不甚要紧，且面上亦并无泪容，不由得懊恼道："阿兄！你知父病从何而起？"克定道："无非寒热相侵，因有此病。"克文摇首道："论起病源，兄实祸首。"克定沉着脸道:"我有甚么坏处?"克文道:"父亲热心帝制,都由阿兄怂恿起来,今日帝制失败,西南各省,纷纷独立,连日接到电报,都是明讥热刺,令人难堪,你想阿父年近花甲,怎能受此侮辱?古语有云:'忧劳所以致疾',况且郁愤交集,怎能不病?"克定道:"我曾禀告父亲,切勿取消帝制,他不从我,遂致西南革党,得步进步,前日反对我父为帝,今日反对我父为总统,他日恐还要抄我家,覆我族哩。我父自己不明,与我何干!"推得好干净。克文冷笑道:"兄不自己引咎,反要埋怨老父,可谓太忍心了。试思我父曾有誓言,决不为帝,为了阿兄想做太子,竭力撺掇,遂至我父顾子情深,竟背前誓。弟前日尝谏阻此事,不敢表示赞同,今日阿父抱病,弟亦何忍非议我父,致背亲恩。公义私情,各应顾到,兄奈何甘做忍人哩。"是时克端亦在旁座,他与克定素有芥蒂,亦勃然道:"大哥素无骨肉情,二哥说他什么?"克端性暴,故口吻如此。克定被二弟讥嘲,顿觉恼羞成怒,便大声道:"你两人算是孝子,我却是个不孝的罪人,你等何不入请父前,杀死了我?将来袁氏门楣,由你等支撑,袁氏家产,也由你等处分,你等才得快意了。"克文尚未答言,克端已喧嚷道:"皇天有眼,帝制未成,假使我父做了皇帝,大哥做了太子,恐怕我等早已就死。"克定不待说毕,竟恶狠狠的指着道:"你是什么人,配来讲话?"克端也不肯少让,极端相持,几乎要动起武来。猛听得内室有声,指名呼克定入内。克定闻是父音,方才趋入,但听床内怒骂道:"我尚未死,你兄弟便吵闹不休,你既害死了我,还要害死兄弟么?"说着,喘咳不止。克定见这情形,只好伏地认罪。待至老袁喘定,又指斥了数语,并召诸子入室,约略训责,挥手令退。

嗣是病势逐日加重,起初还传谕秘书厅,遇有紧要文件,必呈送亲阅,到六月初二三日,病不能兴,连文件亦不愿寓目。急得袁氏全眷,没一个不泪眼愁眉,就是向不和爱的于夫人,亦念着老年夫妻的情谊,镇日里求神拜佛,虔诚祷告,并愿减损自己寿数,假夫天年。虽是迷信,但也是一片至诚,可见老年人总尚足恃。各房姨太太,只与诸公子商量,不是请中医,就是请西医,结果是神佛无灵,医药无效,老袁不言亦不食,昏昏然如失知觉,鼾眠了一两天。到了六月五日辰刻,忽觉清醒起来,传命克定,速请徐东海入宫。克定即令侍卫往请,不一刻,东海到来,趋就病榻,老袁握住徐手,向他哽咽道:"老友!我将与你永诀了。"徐东海尚强词慰藉,老袁长叹道:"人生总有一死,不过我死在今日,太不合时。国事一误再误,将来仗老友等维持,我也顾不得许多了。只我自己家事，也当尽托老友，愿老友勿辞！"徐答道："我与元首系总角交，虽属异姓，不啻同胞，如有见委，敢不效劳。"老袁道："我死在旦夕，我死后，儿辈知识既浅，阅历未深，全赖老友指导，或可免辱门楣。"徐又答道："诸公子多属大器，如或询及老朽，自当竭尽愚忱，以报知己。"老袁闻言，命侍从召诸子齐集，乃一律嘱咐道："我将死了，我死后，你等大小事宜，统向徐伯父请训，然后再行。须知徐伯父与我至交，你等事徐伯父，当如事我一样，休得违我遗嘱！"诸子皆涕泣应命。老袁又顾徐东海道："老友承你不弃，视死如生，应受儿曹一拜。"徐欲出言推让，那克定等已遵着父命，长跪徐前。徐急忙挽起克定，并请诸子皆起。老袁道："一诺千金，一言百系，想老友古道照人，定不负所托呢。"

　　言至此，微觉气喘起来、好一歇不发一声。徐东海起身欲辞，老袁亟阻住道："老友且坐！我尚有许多事情，拟托老友，幸勿却去！"徐乃复坐。袁命诸子退出，令传召各姬妾入室，各姬妾依次毕集。去了一班，又来一班，东海老眼，恐被他惹得昏花了。老袁复指语道："这是我平生好友，我死后，你等有疑难情事，尽可请命老友，酌夺施行。如你等不守范围，我老友得代为干涉，诸子中有欺负你等，你等亦可禀白我友，静待解决，慎勿徒事争执，惹人笑谈！"既托诸子，又托诸妾，念念不忘家属，乌肯努力为公？只老徐无缘无故，代挑许多担子，却也晦气。各姬妾闻了此语，相对痛哭，老袁也不胜哽咽，连老徐也凄切起来。约过一二刻，老袁又命诸妾退出，悄语东海道："你看她们何如？"徐随口贡谀道："统是幽娴贞重的福相。"老袁微哂道："君太过奖了，这十数姬妾中，当有三种区别，周、洪二氏最号聪明，然性太阴刻，不足载福；你亦晓得么？闵氏、黄氏、何氏、柳氏，随我多年，当不至有他变，但性质庸柔，免不得受人欺弄，我颇为深虑；范氏、贵儿及尹氏姊妹，尚不脱小家气象，幸各有所出，将来或依子终身，不致中途改节；下至阿香、翠媛两人，年纪尚轻，前途难恃，我拟命我妇挈她回籍，加意管束，但我妇是否允负责任，她两人是否肯就钤制，这倒是一桩大难事，还乞老友开导我妇，曲为保全。"谁叫你年已望六，还要纳此少艾？徐亦随口允诺。老袁又道："我遍观诸姬中，唯第八妾叶氏，秉性纯良，得天独厚，且子嗣亦多，他日或得享受厚福。"徐即答道："元首鉴别，当然不谬。"老袁复道："老友！我死后，各姬妾等能相安无事，不必说了，万一周、洪两妾，生风作浪，凌逼他姬，还乞老友顾念旧情，代为裁处，似老友的威望，不怕她不慑服呢。"说着，又牵住徐衣，泣语道："老友！我死后，我诸子必将分产，或将酿成绝大的争剧，我宗族中，没人能排难解纷，这事非老友不办。抑强扶弱，全仗大力。"徐嗫嚅道："这……这事却不便从命！"老袁瞿然道："老友！你的意思，我也晓得了，我当立一遗嘱，先令儿辈与老友面证，将来自不致异言。"语至此，命侍从取过纸笔，由老袁倚枕作书，且写且歇，且歇且写，好容易才算成篇，递交徐手。徐见上面写着：

予初致疾，第遗毒耳，想是熟读《三国演义》，尚记得刘先主遗嘱，故摹仿特肖。不图因此百病丛生，竟尔不起。予死后，尔曹当恪守家风，慎勿贻门楣之玷。对于诸母及诸弟昆无失德者，尤当敬礼而护惜之。须知母虽分嫡庶，要皆为予之遗爱，弟昆虽非同胞，要皆为予之血胤，万勿显分轩轾也。夫予辛苦半生，积得财产约百数十万镑，尔曹将来噉饭之地，尚可勿忧竭蹶，果使感情浃洽，意见不生，共族而居，同室而处，岂不甚善？第患不能副予之期望耳。万一他日分产，除汝母与汝当然分受优异之份不计外，其余约分三种：（一）随予多年而生有子女者；（二）随予多年而无子女者；（三）事予未久而有所出及无所出者，当酌量以与之。大率以予财产百之十之八之六依次递减。至若吾女，其出室者，各给以百之一，未受聘者，各给百之三。若夫仆从婢女，谨愿者留之，狡黠者去之。然无论或去或留，悉提百之一，分别摊派之，亦以侍予之年份久暂，定酬资之多寡为断。惟分析时，须以礼貌敦请徐伯父为中证。而分书一节，亦必经徐伯父审定，始可发生效力。如有敢持异议者，非违徐伯父，即违余也。则汝侪大不孝之罪，上通于天矣。今草此遗训，并使我诸子知之！

徐捧读毕，便向老袁道："甚好甚好。"老袁又召入克定等，令徐宣读草嘱，俾他听受。于是用函封固，暂置枕畔，俟弥留时，再行交掷。老袁至此，已有倦容，徐亦告退，约于翌晨再会。适段国务卿等，也入内问病，袁已不愿多谈，由克定代述病状，袁第点首示意。徐、段等遂相偕退去。嗣是老袁鼾睡至晚，昏沉不省人事，是夕于夫人以下，统行陪坐，等到夜半时，袁又苏醒转来，见于夫人在侧，乃与语道："此后家事，赖汝主持，我因汝生平忠厚，恐不能驾驭全家，已将大事尽托徐东海了。"复顾众姬妾道："你等切须自爱！"再顾诸子道："我言已具遗嘱中。但我身后大殁，不必过丰，唯祭天礼服，不应废除。死欲速朽，何用此服？治丧以后，亟应带领全眷，扶柩回籍，葬我洹上，大家和睦度日，不宜再入政界，余事悉照遗嘱中履行。"诸子均伏地受命。老袁略饮汤水，复沉沉睡去。既而鸡声报晓，又不觉呻吟起来，忽瞪目呼道："快！快！"说了两个"快"字，觉得舌已木强，话不下去。克定听了，料已垂危，急命左右请徐、段入宫。不一时，段已到来，由老袁挣出最简单的声音，带喘带语道："可……可照新约法请黎陂代任，你快去拟了遗令来。"段慌忙趋出，徐亦赶到，见老袁脸上，大放红光，睁着眼，嘘着口，动了好一回嘴唇，方叫出"老友"两字。又歇了半晌，才作拱手模样，又说了"重重拜托"四字。徐不觉垂泪道："元首放心罢！"旋听老袁复直声叫道："杨度，杨度，误我，误我。"两语说毕，痰已壅上，把嘴巴张嗡两次，撒手去了。时正六月六日巳刻，享寿五十八岁。后来黄克强有一挽联，邮寄京师，联语云：

好算得四十余年天下英雄，陡起野心，假筹安两字美名，一意进行，居然想学袁公路。

仅做了八旬三日屋里皇帝，伤哉短命，援快活一时谚语，两相比较，毕竟差胜郭彦威。

老袁已死，全眷悲号，忽有一人大踏步进来，顿足道："迟了，迟了！"究竟此人为谁，容至下回表明。

阅此回，可为世之多妻者鉴，并为世之多子者鉴，且为世之贪心不足，终归于尽者鉴。为人如袁世凯，可为富贵极矣，而不能长保其妻孥，至于弥留之际，再三嘱托老友，彼于热心帝制时，岂料有如此下场耶？夫不能治家，焉能治国？只知为私，安能为公？袁氏一生心术，于此回总揭之，即可于此回总评之。然人之将死，其言也善，观其种种悔悟，不可谓非良心之未死，然已无及矣。呜呼！袁氏固一世之雄也，而今安在哉。

第三十四回

殉故主留遗绝命书
结同盟抵制新政府

却说新华宫中的人物，正在哀号的时候，突有人入内来探望，自悔来迟。这人非别，便是国务卿段祺瑞。段已拟定遗命，想呈交老袁亲阅，不意袁已长逝，因此惊呼。当下递与徐世昌，请他酌夺。徐即忙取视，见遗令中云：

民国成立，五载于兹，本大总统忝膺国民付托之重，徒以德薄能鲜，心余力绌，于救国救民之素愿，愧未能发摅万一。溯自就任以来，蚤作夜思，殚勤擘划，虽国基未固，民困未苏，应革应兴，万端待理，而赖我官吏将士之力，得使各省秩序，粗就安宁，列强邦交，克臻辑洽，抚衷稍慰，怀疚仍多。方期及时引退，得以休养林泉，遂吾初服，不意感疾，寝至弥留。顾念国事至重，寄托必须得人，依约法第二十九条大总统因故去职，或不能视事时，副总统代行其职权，本大总统遵照约法宣告，以副总统黎元洪代行中华民国大总统职权。副总统恭厚仁明，必能弘济时艰，奠定大局，以补本大总统之阙失，而慰全国人民之望。所有京外文武官吏以及军警士民，尤当共念国步艰难，维持秩序，力保治安，专以国家为重。昔人有言："唯生者能自强，则死者为不死。"本大总统犹此志也。此令。

徐已瞧罢，便道："说得圆到，就这样颁发出去便了。但现在是元首绝续的时候，须赶紧戒严，维持大局要紧。一面通知副总统，即日就任，免生他变。"段即答道："这原是最要的事情，我就去照办罢。"言毕趋出。徐又劝止大众的哭声，准备棺殓，于是由袁克定做主，立召袁乃宽入内，命办理治丧事宜。乃宽唯唯从命，又是一种美差。当下遵了遗嘱，用祭天冕服殓尸。生不获端委临朝，死却得穿戴而去，老袁也可瞑目。自于夫人以下，统是哭泣尽哀，闵姨更带哭带诉，愿随老袁同去，旁人总道是一时悲感，不甚注意。待送殓已毕，徐回寓暂息，袁乃宽觅购灵柩，急切办不到上等材料，嗣向市肆中四处寻找，方得阴沉寿器一具，出了重价，购得回来。谁知前河南将军张镇芳，却进献了一具好棺材，说是百余年陈品，不知从何处采来？经克定再四审视，果与乃宽所购的材料，优劣不同。但只死了一人，却备着两口棺木，似觉预兆不祥，克定心中，很是快快，忽有人入报道："大姨太太殉节了！"克定等不胜惊讶，克文更昏晕过去，好容易叫醒克文，才大家趋入闵姨房中，但见闵姨僵卧榻上，玉容不改，气息无存。枕旁置有一函，由克定取出，匆匆展阅，乃是一纸绝命书，其词云：

于后及诸姊妹公鉴：碧蝉闵姨名，见前。无状，当今上升遐之日，不能佐理丧务，分后及诸姊妹之劳，竟随今上而去，蝉虽死，亦弗能稍赎罪戾。然在蝉自揣，确有不可不死之势与理。忆今上在日，嫔妃满前，侍女列后，虽一饮一食，一步一履，悉赖人料量而承应之。今兹鼎湖龙去，碧落黄泉，谁与为伴？形单影只，索然寡欢，安得不凄然泪下者乎？蝉年甫及笄，即随今上，频年以来，早经失宠，然既邀一日雨露之恩，即当竭终身涓埃之报，无如毕生愿望，迄未克偿。辄尝自矢，蝉纵不能报效于生前者，终当竭忠于死后，兹果酬蝉素志矣。夫在天愿为比翼鸟，在地愿为连理枝，蝉当日读白香山长恨之歌，未尝不叹明皇与玉环，其爱情何如之深且挚，蝉何人斯，既极愚陋，且又失宠，敢冀非分想哉？不过欲追随今上于地下者，聊尽侍奉之职务已耳。何况今上升遐，吾后与诸姊妹，讵忍以其龙章凤姿之体，消受夜台岑寂之况味？又岂无其人，与蝉有同志而欲接踵而去耶？然今蝉已着祖生先鞭矣，匪唯尽一己之义务，且为吾诸姊妹之代表，此后凡调护扶持之责任，尽属之于蝉一人，蝉纵极鲁钝，或不致有负委托也。即有继蝉而来者，窃恐不落蝉后，此着即蝉胜诸姊妹处也。零涕书此，罔知所云，尚乞矜而鉴之！

克定览到是书，忍不住一腔悲怀，泪如泉涌，就是于夫人及众姬妾，也不胜哀恸，比哭老袁时尤加凄惨。克文竟哭晕了好几次。袁氏诸子，要算克文最为大雅，且相传系闵姨所出，故特笔摹写。时适徐东海复行入内，得悉是耗，料知高丽姨太，定有特别苦衷，所以一死明志，及详问死状，知是吞金自尽，不禁称叹道："好一个贤妇！好一位节妇！"应该赞叹。待与克定、克文相见，又劝慰了好多语。克定凄然道："我正因有两具灵柩，恐致不祥，果然复出此变。"徐随答道："袁门中有此义妇，令人钦敬，不特令尊泉下，有人侍奉，且将来《列女传》中，亦应占入一席，岂不是千古光荣吗？但身后殡葬，亦须格外完备，好在寿具适另有购就，上品选制，足慰烈魂。据老朽想来，怕不是令尊有灵，阴为调遣么？"克定道："伯父有命，敢不敬从。"当将所购寿具，作为闵姨的灵柩，并用妃嫔礼为殓，停丧新华宫内偏殿中。自是大典筹备处，改作袁氏治丧所，挂灵守孝，唪经吹螺，另有一番排场。唯副总统黎元洪，即于六月七日就任，一切礼仪，因在前总统新丧期内，多半从略。黎既就职，迭下数令云：

元洪于本月七日就大总统任，自维德薄，良用兢兢。唯有遵守法律，巩固共和，造成法治之国，官吏士庶，尚其共体兹意，协力同心，匡所不逮，有厚望焉！此令。

现在时局颇危，本人总统骤膺重任，凡百政务，端资佐理，所有京外文武官吏，应仍旧供职，共济时艰，勿得稍存诿卸！此令。

民国肇兴，由于辛亥之役，前大总统赞成共和，奠定大局，苦心擘划，昕夕勤劳，天不假年，遘疾长逝，追怀首绩，薄海同悲。本大总统患难周旋，尤深怆痛，所有丧葬典礼，应由国务院转饬办理人员，参酌中外典章，详加拟议，务极优隆，用符国家崇德报功之至意！此令。

这三令联翩递下，当由各省将军、巡按使复电到京，并表贺忱，就是独立各省各都督亦一律电贺。陕西都督陈树藩，且即日取消独立，并请政府优礼袁氏，敬死恤生，这也是令人莫测的情态，小子特录述如下：

黎元洪就任大总统后在北京南苑骑马阅兵

国务院段国务卿各部总长公鉴：鱼电奉悉。袁大总统既已薨逝，陕西独立，应即宣布取消。树藩谨举陕西全境，奉还中央，一切悉听中央处分。维持秩序，自是树藩专责，断不敢稍存诿卸，贻政府西顾之忧。抑树藩更有请者，独立虽得九省，而袁大总统之薨逝，实在未退位以前，依其职位，究属中华共戴之尊，溯其勋劳，尤为民国不祧之祖。何前倨而后恭？所有饰终典礼，拟请格外从丰，并议订优待家属条件，以慰袁总统不能明言之隐，以表我国民犹有未尽之思。此外关于大局一应善后事宜，恳随时电示遵行，至深感祷！陕西都督兼民政长陈树藩叩。

次日，四川都督陈宧，亦取消独立，有电到京云：

国务院转呈黎大总统钧鉴：川省前因退位问题，与项城宣告断绝关系，现在钧座既经就职，宧谨遵照独立时宣言，应即日取消独立，嗣后川省一切事宜，谨服从中央命令，除通告各省外，伏乞训示祗遵！陈宧叩。

还有广东都督龙济光，于十三日电达中央，内称粤东独立，已于六月九日取消，其文云：

北京国务院段相国钧鉴：我公总秉国钧，再造共和，旋乾转坤，重光日月。济光已于青日，率属开会庆祝，上下胪欢，军民一致，即日取消独立，服从中央命令，唯粤省党派纷歧，诸多困难，俟部署周妥，再电驰陈。龙济光叩。

政府连接各电，甚为欣慰，特授陈树藩为汉武将军，督理陕西军务，兼署巡按使，并优奖龙济光，说他"具有世界眼光，急谋统一，热诚爱国，深堪嘉慰，该省善后事宜，统由该上将悉心筹划，妥为办理"等语。看官听着！这三省独立，原非本意，不过楚歌四逼，未便久持，没奈何暂时独立。此时袁死黎继，段氏执政，所以立即取消，讨好政府，但也由段氏素有威权，所以得此效果。

唯帝制派尚蟠踞国都，南方各省，仍处反对地位，一时未能统一。外面如张勋、倪嗣冲等，始终服从袁氏，正拟即日联合私党，自请出兵十万，开赴前敌，适因政局已变，方才改图。当由张辫帅深谋远虑，自思黎、段当国，定有一番变革，为自己地位计，不得不预先防患，绸缪未雨，乃即想出一法，把江宁会议的各省代表，截住归路，邀他暂留徐州，特开会议。这真叫作当道。可惜川、鄂、湘、赣、鲁、闽等处代表，从别路归省，无从拦阻，唯直隶、奉天、吉林、黑龙江、河南、山西数省，以及京兆、热河、察哈尔等代表，被他邀住，另有徐州镇守使张文生、徐海道尹李庆璋、安徽军署参谋长万绳栻三人，也同在会。六月九日，便在徐州军署会议，当由张勋主席，朗声宣言道：“现在政局新更，黄陂继任，中央政见，或因或革，未可预知。但世事纠纷，尚无定局，我辈身总师干，不能坐视，所望同心协力，共保治安。南北不可不统一，中央不可不拥护，就是前清皇室，及袁大总统身后一切，均宜请新政府实心优待，不得侮慢。愚见如此，诸君以为何如？”各代表齐声赞成。张勋又道：“既承列位赞同，不可不开列大纲，与众共守。”各代表又共答道：“即求指教。”张勋随命秘书员，草录十大纲，传示众览。看官！你道是什么十大纲，请看小子抄写出来：

（一）尊重优待前清皇室各条件。念兹在兹，不愧清室忠臣。

（二）保全袁总统之家属生命财产，及身后一切荣誉。袁氏小站练兵，张曾为其部属，此条顾全袁族，亦不失为信义。

（三）要求政府，依据正当手续，速行组织国会，施行完全宪政。名目甚大。

（四）催促独立各省，取消独立，倘若固执成见，仍以武力解决。始终以武力吓人。

（五）绝对抵制迭次倡乱一般暴烈分子，参预政权。无非排除异己。

（六）严整兵备，保卫各本省区地方治安。意与第四条相同。

（七）抱持正当宗旨，维持国家秩序，设有用兵之处，军旅饷项，通力合筹。结党自固。

（八）嗣后中央设有弊政，并为民害者，务当合电力争，以尽忠告。干涉政治之动机。

（九）固结团体，遇事筹商，对于国家前途，务取同一态度。补前二条之不足。

（十）俟国事稍定，联名电请中央减政，罢除苛细杂捐，以苏民困。此与第三条所述，同一取悦人心，实非会议本旨。

各代表等本无成见，乐得随声附和，共表赞成。张勋大喜道："诸君统热心为国，见谅鄙忱，鄙人当感佩不置，此次回省，应请转达贵将军贵都统，互守此约，幸勿背盟！"各代表又喏喏连声。散会后，由张勋盛筵饯行，并分赠赆仪，欢然送别。各代表鼓舞而去。醉酒饱饭，自然快意。此次会议，时人称为七省同盟，就是直、皖、晋、豫及关东三省，称作七省。所有特别区域，不计在内。张勋因会议告成，乐不可支，亟通电各省，详述会议情形，及录示十大纲，要求同意，这便是武人干政的滥觞。从此军阀风潮，摇及全国，稍有变动，即关大局，北京的大总统，好似傀儡一般，不似那袁总统得势时，一呼百诺，远近风从了。小子有诗叹道：

> 武夫当道势汹汹，一国三公谁适从。
>
> 尽说晚唐藩镇祸，谁知今日又重逢。

是时有一位大员，匍匐奔丧，比张辫帅的情谊，还要加添数倍。看官！道是谁人？且至下回再说。

闵姨自甘殉节，虽其中有特别苦衷，不得已而出此策，然烈妇殉夫，古今传为美谈，袁氏何修而得此妾乎？然闵姨生长高丽，有此烈性，以视吾国人之朝秦暮楚，反复无常者，殊不可同日语，揭而出之，所以风世也。绝命书见近刊《秘史》，未知是否的笔。即如上回之袁氏遗嘱，亦从《秘史》中采来，著书人有见必录。是真是伪，待诸确查。张勋不忘清室，并不忘袁氏，小忠小义，亦觉可风，但观其拥兵自卫，挟党联盟，启武夫干政之风，攘家国统治之柄，毋乃所谓跋扈将军耶？民国中有是人，欲其安定也难矣。

第三十五回

袁公子扶榇归故里
李司令集舰抗中央

却说袁氏治丧，已有数日，大小男妇，都在灵前伴着，并不缺少一人。突来了一个麻冕葛衣的大员，奔入灵前，抚棺大恸，连呼帝父不置。大众统是惊讶，及留神谛视，却是面熟得很，原来就是奉天将军段芝贵。久违了。段自奉老袁命，由奉调鲁，正拟积极进兵，大为君父效力，偏途次得着凶耗，惊得形神沮丧，急忙星夜进京。到了新华宫，即向治丧所索取麻冕葛衣，到灵前悲号一番，几乎比袁氏诸子，还要哀戚数倍。后来闻及大丧典礼，已由政府特派曹汝霖、王揖唐、周自齐敬谨承办，才无异言。义儿的义字上，并可加一孝字。曹汝霖、王揖唐、周自齐三人，本是帝制派中首领，又适充大丧典礼承办员，自然恭拟典章，务极隆备。先定丧礼条目十三条，次定奠祭事项八条，列表如下：

关于前大总统丧礼议定条目。

（一）各官署军营军舰海关下半旗二十七日，出殡日下半旗一日，灵榇驻在所亦下半旗，至出殡日为止。（二）文武官吏，停止宴会二十七日。（三）民间辍乐七日，及国民追悼日，各辍乐一日。（四）文官左臂缠黑纱二十七日。（五）武官及兵士，于左臂及刀柄上，缠黑纱二十七日。（六）官署公文封面纸面，用黑边，宽约五分，亦二十七日。（七）官署公文书，盖用黑色印花二十七日。（八）官报封面，亦用黑边二十七日。（九）自殓奠之后一日起，至释服日止，在京文武各机关，除公祭外，按日轮班前往行礼；京外大员有来京者，即以到日随本日轮祭机关前往行礼。（十）各省及特别行政区域，与驻外使馆，自接电日起，择公共处所，由长官率同僚属，设案望祭凡七日。（十一）出殡之日，鸣炮一百零八响，官署民间，均辍乐一日。京师学校，均于是日辍课。（十二）新华公府置黑边素纸签名簿二本，一备外交团签名用，一备中外官绅签名用。（十三）军队分班，至新华门举枪致敬。

前大总统大丧典礼奠祭事项。

（一）每日谒奠礼节，均着大礼服，不佩勋章，左臂缠黑纱，脱帽三鞠躬。（二）祭品用蔬果酒馔，按日于上午十时前陈设。（三）在京文武各机关，及附属各机关，每日各派四员，由各该长官率领，于上午九时三十分，齐集公府景福门外，十时敬诣灵筵前分班行礼。（四）单内未列各机关，有愿加入者，可随时赴府知照，亦于每日分班行礼。（五）外省来京大员，暨京外员绅谒奠者，可随时赴府签名，于每日各机关行礼时，另班行礼。（六）外宾及蒙、藏、回王公等谒奠者，即由外交部蒙藏院不拘时日，先期赴府知照，届时仍由外交部蒙藏院派员接待，导至灵筵前行礼。（七）清室派员吊祭时，应由特派接待员接待。（八）除各机关每日谒奠外，其各机关中如另有公祭者，先期一日赴府知照，另班上祭。

典仪既定，新华宫内吊客，日必数起，克定等终日应酬，几无暇晷。唯洪、周二姨已密议析产，商诸徐公。徐命克定略分现银，令他自行处置，才算无事。到了六月二十日左右，克定拟遵照遗嘱，扶柩回籍，当由恭办丧礼处，择定二十八日启行，先期发出通告云：

为通告事：本月二十八日，举行前大总统殡礼，所有执绋及在指定地点恭送人员，业经分别规定办法，合亟通告，俾便周知。

计开：

（甲）赴彰德人员。

（一）大总统特派承祭官一员。（二）文武各机关长官及上级军官佐。（三）文武各机关派员。（四）其他送殡人员。

（乙）送至中华门内人员。

（一）外交团。（二）清皇室代表。

（丙）送至车站人员。

（一）国务卿、国务员暨其他文武各机关长官。（二）文武各机关各派简任以下人员四员。

（丁）在中华门内恭送人员。

文武各机关人员，及绅商学各界。不拘人数，在中华门内，指定地点恭送。

附服式：凡执绋官员，均服制服，无制者，准服燕尾服，均用黑领结黑手套。有勋章大绶者，均佩勋章，带大绶，左臂暨刀剑柄，均缠黑纱。其余各文武及绅商，准用甲种大礼服，及军常服，或乙种礼服，学生制服，均缠黑纱于左臂。

自经此通告后，京内外政界诸公，除馈赠厚赙外，又致送诔词挽联，计数日间，竟达千余件。语中命意，不是夸张功绩，就是颂祷将来，还要拍马。却也无甚可述。唯筹安会中首领杨晳子，独措词微妙，言人未言。首联云："共和误民国，民国误共和，百世而后，再平是狱。"对联云："君宪负明公，明公负君宪，九泉之下，三复斯言。"这两联用竟丈贡缎，极品京墨，写染出来，真足令灵帏生色，冠绝一时。老袁有知，恐要骂他嚼舌。承办丧礼员等，日夜筹备，凡纸车纸马纸船纸亭等类，以及一切仪仗，色色办到，专待届期启灵。至若袁氏家眷，更忙碌不了，所有宝贵物品，紧要箱笼，均收拾停当，编列号次，逐渐登载簿记中，就是一丝一缕，也没有遗失，纷扰数天，方得藏事。还有一班女官，由袁克定嘱咐统行遣归，女官等亦摒挡行李，俟送柩出宫，才拟回去。安女士静生，因蒙死皇帝特宠，及各妃嫔厚爱，免不得依依难舍，一双俏眼中，泪珠儿已不知流了多少。刻画尽致，不肯放松一人，真是史公书法。

转眼间已是六月二十八日了，是日早晨，新华宫外，已是人山人海，拥挤不堪。到了辰牌，各项驺从舆卫，统已到齐，一队又一队，一排又一排，统执着器仗，异着亭舆，鱼贯而行。就中凤旌凤翟，仙幡宝幢，锦幛花圈，彩幄香橱，都是异样鲜明，特别工致，差不多与赛会相似。所经诸地，断绝交通，前后左右，悉有军队荷枪拥护；行过了好几万人，方见皇子皇孙等，引柩前来，一片麻衣，弥望无际。后面有一极大的灵舆，用了花车装载，接连又是一柩，就是闵姨棺木，两旁护从的人物，多且如蚁。各外交团及清室代表，并国务卿以下文武各官，都坐着摩托车，在后恭送。最后的便是袁家女眷，及袁氏女戚，与女官婢媪等数百人，有坐汽车的，有坐马车的，有坐骡车的，多半是淡装素抹，秀色可餐，这也毋庸细表。最注目的，是一个御干儿，追随灵柩，泣涕涟涟，而且满身缟素，与外此送殡人员，异样不同，**提出另叙，词笔亦令人注目**。旁观统启猜疑，间有晓得他的历史，方说是义重情深，不愧孝子。既到车站，站长已备好专车，将所有锦幛花圈，一齐收集，悬挂车上，然后妥奉灵槗，安置车内。一班送殡人员，均鞠躬告退，唯特派承祭官蒋作宾，及各机关派往奠殡的官吏，与感情较深的袁氏亲友，也陆续登车。外如箱笼行李等物，尽行搬上，好容易安排停当，才吹起汽笛，传放汽管，准备开车。女官侍从等，至此也下车折回，霎时间轮机转动，似风驰电掣一般，南赴彰德去了。

袁家事从此收场，再表那承先启后的黎政府。黎素性长厚，就职时，中外颇庆得人，独帝制派栗栗危惧，蠢然思动，意欲推倒了他，巩固自己地位。一时人心浮动，讹言百出，在京官吏纷纷移家天津，亏得段祺瑞竭力镇定，暂保无恙。至川、陕、粤取消独立，中央势力加厚一层。**段氏不为无功**。唯西南军务院抚军长唐继尧，电达政府，要求四大条件：（一）系恢复民国元年公布的旧约法；（二）召集民国二年解散的旧国会；（三）惩办帝制祸首十三人；（四）召集军事会议，筹商善后问题。副抚军长岑春煊，又通电中央及各省，略言："抚军长所言四事，系南中独立各省一致的主张，如政府一律照办，本院当克日撤销"云云。唐绍仪、梁启超等，更推阐四议，说得非常痛切，非常紧要。即如河南将军赵倜，南京将军冯国璋等，亦先后电京，力请恢复旧约法，召集旧国会。偏偏政府不理，杳无举动，于是旧议员谷钟秀、孙洪伊等，在上海登报广告，自行召集会员，除前时附逆外，所有各省议员，限期六月三十日以前，齐集上海，定期开会。约旬日间，议员到沪，已达三百人，这消息传达北京，段国务卿不便悬宕，乃致电南方各省，及全国重要各机关云：

黄陂继任，元首得人，半月以来，举国上下，所斳斳致辩争者，约法而已。然就约法而论，多人主张遵行元年约法，政府初无成见，但此项办法，多愿命令宣布，以期迅捷，政府则期期以为未可。盖命令变更法律，为各派法理学说所不容，贸然行之，后患不可胜言。是以迟回审顾，未敢附和也。或谓三年约法，不得以法律论，虽以命令废之而无足议，此不可也。三年约法，履行已久，历经依据，以为行政之准，一语抹煞，则国中一切法令，皆将因而动摇，不惟国际条约，关系至重，不容不再三审慎，而国内公债，以及法庭判决，将无不可一翻前案，如之何其可也？或又谓三年约法，出自约法会议，约法会议，出自政治会议，与议人士，皆政府命令所派，与民议不同，故此时以命令复行元年约法，只为命令变更命令，不得以变更命令论，此又不可也。三年约法，所以不餍人望者，谓其起法之本，根于命令耳。而何以元年约法，独不嫌以命令复之乎？且三年约法之为世诟病，佥以其创法之始，不合法理，邻于纵恣自为耳，然尚经几许咨诹，几许转折，然后始议修改，而今兹所望于政府者，奈何欲其毅然一令，以复修改以前之法律乎？此事既一误于前，今又何可再误于后？知其不可而欲尤而效之，诚不知其可也。如谓法律不妨以命令复也，则亦不妨以命令废矣。今日命令复之，明日命令废之，将等法律为何物？且甲氏命令复之，乙氏又何不可命令废之？可施之于约法者，又何不可施之于宪法？如是则元首每有更代，法律随为转移，人民将何所遵循乎？或谓国人之于元年约法，愿见之诚，几不终日，故以命令宣布为速。抑知法律争良否，不争迟速，法而良也，稍迟何害？法不良也，则愈速恐愈无以系天下之心，天下将蜂起而议其后矣。纵令人切望治，退无后言，犹不能不虑后世争乱之源，或且舞法为奸，援我以资为先例。是千秋万世，犹为国史增一污痕，决非政府所敢出也。总之复行元年约法，政府初无成见，所审度者复行之办法耳。诸君子有何良策，尚祈无吝教言，俾资考镜。祺瑞印。

又致上海国会议员电云：

上海议员诸君鉴：约法问题，议论纷纭，政府未便擅断，诸君爱国俊彦，法理精邃，必能折衷一是，敢希详加讨论，示以周行，无任企盼！

这两电发表后，南方各省极端反对，唐绍仪、梁启超复电辩论，略云：

三年约法，绝对不能视为法律，此次宣言恢复，绝对不能视为变更。今大总统之继任，及国务院之成立，均根据于元年约法，一法不能两容，三年约法若为法，则元年约法为非法。然三年约法，非特国人均不认为法，即今大总统及国务院之地位，皆必先不认为法，而始能存在也。

段祺瑞仍然未允，只拟修正约法，参加手续，或仿行约法会议办法，或参照南京参议院成例，由各省长官派选委员三人，或指选该省国会议员三人，组织修正约法委员会。正在筹议举行，忽上海海军，宣告独立，推李鼎新为总司令，传檄远近道：

自辛亥举义，海上将士，拥护共和，天下共见。癸丑之役，以民国初基，不堪动摇，遂决定拥护中央。然保守共和之至诚，仍后先一辙，想亦天下所共谅。洎乎帝制发生，滇南首义，筹安黑幕，一朝揭破，天下咸晓然于所谓民意者，皆由伪造，所谓推戴者，皆由势迫，人心愤激，全国骚扰，南北相持，解决无日。战祸迫于眉睫，国家濒于危亡。海上诸将士，佥以丁此奇变，徒博服从美名，当与护国军军务院联络一致行动，冀挽危局。正在进行，袁氏已殒，今黎大总统虽已就职，北京政府，仍根据袁氏擅改之约法，以遗令宣布，又岂能取信天下，餍服人心？其为帝党从中挟持，不问可知。我大总统陷于孤立，不克自由发表意见，即此可以类推。是则大难未已，后患方殷。今率海军将士，于六月二十五日，加入护国军，以拥护今大总统保障共和为目的，非俟恢复元年约法，国会开会，正式内阁成立后，北京海军部之命令，断不承受，誓为一劳永逸之图，勿贻姑息养奸之祸！庶几海内一家，相接以诚，相守以法，共循正轨而臻治安矣。特此布闻，幸赐公鉴！海军总司令李鼎新、第一舰队司令林葆怿、练习舰队司令曾兆麟叩。

这海军向分三队，就是第一舰队，第二舰队，及练习舰队。第一舰队，与练习舰队，同泊沪滨，所以同时独立。只第二舰队，尚泊长江各埠，未曾与闻。但第一舰队势力最强，军舰亦最多，一经独立，惹起全国注目，这一着有分教：

海上洪波方作势，京中大老已惊心。

欲知海军独立以后，如何处置，请看官续阅下回。

本回叙袁氏丧礼，将送殡各节，依据官报，择要撮录，见得袁氏虽死，气焰犹生，帝制派之从中主持，不问可知矣。夫袁氏一生之目的，莫过于为帝，而袁氏一生之大误，亦莫甚于为帝。小言之，则有背盟之咎，大言之，则有畔国之愆，其得保全首领，死正首邱，尚为幸事。乃后起之政府，反盛称其功绩，加厚其饰终典礼，是奖欺也，是助畔也，何以为民国训乎？段虽非帝制派人，要亦未免为苏味道。袁家约法，犹欲维持，非经西南各省之抗争，与上海海军之独立，则以暴易暴，不知其非，犹是一袁家天下也。呜呼袁氏！呜呼民国！

第三十六回

段芝泉重组阁员
龙济光久延战祸

却说海军第一舰队，与练习舰队，同时独立，这警报传达中央，段国务卿未免惊心，亟电致南京将军冯国璋，及淞沪护军使杨善德，令他设法调停，挽回此举。哪知冯、杨二人，已接李鼎新等密函，请守中立，两不相犯。冯本请恢复旧约法，当然与海军同志，杨虽为段氏爪牙，但子身处沪，前后被逼，也只好置身局外，作壁上观。段盼望回音，并不见答，偏国会议员二百九十九人，却联电国务卿道：

元年约法，与三年约法之争，端在先决二者孰为法律。如以三年约法为法律，当然不能以命令废止。唯查临时约法，为民国之所由成，议会总统，皆由兹产出，其效力至尊无上。在国会既成立以后，宪法未制定以前，如欲有所增修，依临时约法五十五条，及国会组织法十四条之规定，当由国会议员三分之二以上之提议，并经国会议员五分之四以上之出席，出席员四分之三以上之可决，而后其所增修者，乃为合法，乃得有效。三年约法会议，其组织及程序，既与临时约法五十五条所载不符，则其所增修者，自不得称之为法律，实属违宪之行为。是临时约法，本来存在，原无所谓恢复，今日以命令废止三年约法，乃使从前违宪之行为，归于无效，更无所谓以命令变更法律。现在各省尚未统一，调护维持，唯有一致遵守成宪，否则甲以其私制国法，转瞬乙又以其私制而代甲，循环效尤，人持一法，视成宪为土苴，国法前途，何堪设想。请公坚持大义，力赞大总统，毅然以明令宣告，不依法律组织之约法会议所议决之中华民国约法，及其附属之大总统选举法，国民会议立法院组织法，均与民国元年临时约法、国会组织法，并民国二年宪法会议制定之大总统选举法相违背，当然不生效力。此后凡百庶政，应与国人竭诚遵守真正国法，以固邦基而符民意。根本既决，大局斯安。特此电复。

段祺瑞接到此电，也有转意，并非畏惮议员，实仍是畏惮海军。乃入与黎总统商议，主张恢复约法。黎本反对袁制，只因段氏登台，挟有权力，一切规划，不得不归他取决，所以沉机观变，未尝独断独行，既闻段氏有心规复，哪有不允之理，便于六月二十九日，连下数令道：

（一）共和国体，首重民意，民意所寄，厥唯宪法。宪法之成，专待国会。我中华民国国会，自三年一月十日停止以后，时越两载，迄未召复，以致开国五年，宪法未定，大本不立，庶政无由进行，亟应召集国会，速定宪法，以协民志而固国本。宪法未定以前，仍遵用元年三月十一日公布之临时约法，至宪法成立时为止。其二年十月五日，宣布之大总统选举法，系宪法之一部，应仍有效。此令。

（二）兹依临时约法第五十三条续行召集国会，定于本年八月一日起，继续开会。此令。

（三）民国三年五月一日以后，所有各项条约，均应继续有效，其余法令，除有明令废止外，一切仍旧。此令。始终不肯尽废袁制。

（四）民国议会，业经续行召集，所有关于立法院国民会议各法令，应即撤销。此令。

（五）国会业经召集，内务部所属之办理选举事务局，应即改为筹备国会事务局，迅速筹备国会事务。此令。

（六）参政院应即裁撤，此令。

（七）平政院所属之肃政厅，应即裁撤，此令。

（八）特任段祺瑞为国务总理，此令。

数令迭下，全国人士欢呼雷动，争颂黎、段两人的功德，似乎民国共和，从此再造，当再不至似袁皇帝时代，有名无实了。嗟我国民，哪有这般幸福？唯段祺瑞受命组阁，再任国务总理，应该将旧有部员，酌量参换，方足一新面目，动人观听。换汤不换药，终属无益。他想老成硕望，莫如东海，当此新旧交替，遗大投艰的时候，正应向他妥商，免致再误，当下命驾至徐寓中，投刺求见。徐正为袁氏帮忙，闹得神疲力乏，卧床静养，忽闻祺瑞到来，料有要事相商，不便相拒，乃起身出室，迎段入厅。彼此闲谈数语，便由段述及组阁事情。徐答道："芝泉！你也任事多了，此次再出组阁，谅有特别把握，何必问我！"段又说道："论起今日的资望，莫如我公，公若肯出来组阁，祺瑞当面达总统，荐贤自代。"徐笑道："我为袁氏，惹人讥骂，难道尚不够揶揄么？今日若再出任事，不是冯妇，就是冯道了。"段复道："世上的议论，能有几语公正，如要面面讨好，连一事都不能做了。"徐即随口阻住道："芝泉，你的好意，我很感佩，但我已决定了心，誓不再做民国官吏。"*隐以总统自任。*段祺瑞听到此语，料已不便再劝，乃另提出一班人物，与徐东海密商起来。段说一姓名，徐答一"好"字，或答称"也好"。及段说出许世英三字，徐点首道："隽人是我的旧僚，与你也是莫逆，这人颇靠得住的，或令长内务，或令长交通，想总能胜任呢。"*隽人即许世英字，徐之称许，为公耶？为私耶？*段复说了多人，徐也不加评论，但总说一个"好"字，便算通过。至段问及行政要件，徐拈须半晌道："目前的要策，第一件是固结北洋团体，第二件是保守中央威信，第三件是解释民党宿嫌，三事并举，国家或尚能安静哩。"段拱手道："辱承指教，敢不如命。"说罢，便告辞而去。到了次日，即由黎总统下令道：

兼署外交总长交通总长曹汝霖、内务总长王揖唐、海军总长刘冠雄、司法总长兼署农商总长章宗祥、教育总长张国淦，呈请辞职。曹汝霖、王揖唐、刘冠雄、张国淦、章宗祥准免本职，此令。

特任唐绍仪为外交总长、许世英为内务总长、陈锦涛为财政总长、程璧光为海军总长、张耀曾为司法总长、孙洪伊为教育总长、张国淦为农商总长、汪大燮为交通总长，此令。

特任国务总理段祺瑞兼任陆军总长，此令。

此令下后，段内阁又复成立。总计此九部中，除陆军一席，向归段氏占有外，其余各部人员，分作三派，一民党，二官僚，三中立派，当时称为混合内阁。唯唐绍仪、孙洪伊、张耀曾，尚在南中，未即就职，于是外交由陈锦涛兼署，司法由张国淦兼署，教育由次长吴闿生权代。教育一事，视若虚设，未免舍本逐末。嗣因汪大燮不愿入阁，上呈固辞，乃改任许世英为交通总长，孙洪伊为内务总长，范源濂为教育总长。阁员既已凑齐，专俟国会开会，咨请追人，内外都无异言。段复从事外政，改定各省军民长官名称，武称督军，文称省长，所有署内组织及一切职权，暂仍旧制，唯另加任命，特请黎总统任定如下：

奉天督军　　　张作霖兼署省长

吉林督军　　　孟恩远　省长郭宗熙

黑龙江省长　　毕桂芳兼署督军

直隶省长　　　朱家宝兼署督军

山东督军　　　张怀芝　省长孙发绪

河南督军　　　赵倜　省长田文烈

山西督军　　　阎锡山　省长沈铭昌

江苏督军　　　冯国璋　省长齐耀琳

安徽督军　　　张勋　省长倪嗣冲

江西督军　　　李纯　省长戚扬

福建督军　　　李厚基　省长胡瑞霖

浙江督军　　　吕公望兼署省长

湖北督军　　　王占元　省长范守佑

湖南督军　　　陈宧兼署省长

陕西督军　　　陈树藩兼署省长

四川督军　　　蔡锷兼署省长

广东督军　　　陆荣廷　省长朱庆澜

广西督军　　　陈炳焜　省长罗佩金

云南督军　　　唐继尧　省长任可澄

贵州督军　　刘显世　省长戴戡

甘肃省长　　张广建兼署督军

新疆省长　　杨增新兼署督军

　　嗣是颁爵条例、文官官秩令，及惩办国贼条例、附乱自首特赦令、纠弹法，均即废止。又将政治犯一律释放。并特赦前川督尹昌衡，俾复自由，所有统率办事处，军政执法处，亦尽行撤销。海内人民，喁喁望治。其时川、粤、湘、鲁各省，尚在未靖，又经过一番措置，才得平安。小子只有一支秃笔，不能并叙，只好依次叙来。

　　先是陈宧独立四川，袁世凯命重庆镇守使周骏，督理四川军务，另用王陵基镇守重庆。周奉命后，尚按兵不动，至袁逝世，他反出兵西上，进逼成都，自称四川将军，旋复改称蜀军总司令，委任王陵基为先锋。王率前队抵龙泉驿，成都戒严。周一面迫陈出省，一面截陈归路，陈不禁大愤，将与决战。绅商急电政府，请禁周、陈冲突，免祸生灵。政府乃任蔡锷督川，调陈宧督湘，周骏还任。陈、周犹相持不下，蔡锷已自叙州起程，先电致二人，劝他息争。略云：

　　二君之不惜兵连祸结者，乃为争川督一席，抑何所见之小也？窃谓吾侪生于斯世，当以国是为前提，不应存自私自利之见。某今衔命入川，盖收拾未了之局，俟部署既定，则自请辞职，或于二君中推毂一人，以承斯乏，不过累公稍候时日耳。用特弛电奉告，即请解甲息兵，如或不然，锷虽不愿效龊龊官僚口吻，以违抗中央命令相责，而扰乱治安之咎，锷当声罪致讨，务希从速裁夺，锷秣马厉兵以待，唯二君鉴之！

　　陈宧得书，即日束装就道，出省自去。周骏心尚未死，竟乘虚入踞成都，自称都督，且欲撤去四川护国军招讨右司令，兼兵工厂总办杨维官职。杨本陈宧部下，闻着这个消息，竟举兵相抗，与周军战于城外，杨兵败溃。统是权利思想，中国其能靖乎？蔡锷旧病复发，不便督师，因虑周骏猖獗，乃檄罗佩金、刘存厚两军，分道进攻。刘军先至城下，周骏自知不敌，方偕王陵基退出成都。存厚入城，维持秩序，川民乃定。越日，罗佩金亦到。又越数日，蔡锷亦带兵到来，成都父老，相率欢迎。锷慰劳有加，力疾视事，川人始共庆更生了。**仍为蔡锷生色。**

　　还有粤东变乱，亦无非为权利起见，前时龙济光宣告独立，本非真心，后来取消独立，仍然仇视滇、桂各军。滇军司令李烈钧方由肇庆出北江，驻扎韶关，粤军闭关锁渡，屡与滇军龃龉，几开战衅。龙济光袒护自己军队，且调兵添防，并就观音山左右，密伏地雷，一意挑战。看官！你想这个李司令，哪肯容忍过去？当下派兵前敌，力攻源潭，一场鏖斗，战败粤军。李复联约桂军司令莫荣新，自西路攻克三水，彼此会师观音山，拟与龙王决一最后的胜负。龙济光颇也惊惶，亟电告政府，托词李烈钧反抗中央，出兵图粤。政府正嘉许龙王，当然袒护，但又不便得罪李烈钧，乃特授他勋二位，并上将衔，令即来京候用，一面令龙济光暂署广东督军，俟陆荣廷到任，才得交卸。政府虽似苦心，实已显露形迹。而且还有特别调剂，陈宧未赴湘任以前，着陆荣廷就近往湘，暂署督军。汤芗铭为湘人所逐，令即卸任，派往广东查办。**不能辨别功罪，乃东调西换，一何可笑？**这种政策，多是掩耳盗铃。看官！试想滇、桂各军，如何肯服？**袁政府之失权，便由此种酿成。**于是仍进攻观音山，相持不懈。粤中士民，日夜不安，到处吁请，各愿去龙安粤。唐绍仪、梁启超、温宗尧、王宠惠等，统隶粤籍，有志保乡，遂急电政府道：

　　龙济光督粤三年，假国权为修怨，纵兵士为虎狼，视生命财产如草芥，以刀锯斧钺为儿戏，综计三年之中，其倾人之家，灭人之门，寡人之妻，孤人之子，直无十百千万之数可言，但闻哀哭诅咒之声不绝。袁氏既倚为爪牙，粤民遂无从呼吁。日者义师之起，滇、黔、桂、浙，皆以讨袁为唯一之名，唯吾粤民，则以去龙为切身之事。方民军之起于四方，计此贼可歼于一鼓，盗亦有道，竟假独立为护符，人望太平，又复原心而略迹。然桂军同一独立，治乱之势悬殊，桂则秩序井然，人民康乐，粤则闾里几尽邱墟，村邑至绝薪米。推求其故，盖龙济光知结不解之怨于人民，遂集全省之兵以自卫，乃使州县患匪，省城患兵，要其督粤三载，唯守观音一山。此山而外，虽举广东全省，化为灰烬，人民化为虫沙，固非该督所惜也。天幸袁殒，人庆昭苏，粤民茹痛之深，本难复忍须臾，徒以大总统就职之始，不忍遽以一隅为言。且计该督腥闻于天，必为大总统烛照所及，因是隐忍，伫待后命。不意该督知难久安于其位，又以取消独立，取媚中央，一面大捕党人，复萌故智，近更横挑战祸，染血韶州，以该督三年所造孽，即令从此痛惩前非，人已不共戴天。该督且变本加厉，用敢迫切电陈，务乞将该督立予罢斥，解粤民之倒悬，仁惠既遍于一省，使贪虐者知儆，视听实动夫万方。倘蒙赏其知兵，师长之席固众，若或多其治绩，他省不难量移。万一论其取消独立之功，则有勋章诸等具在，粤民虽不敢望大总统伐罪以救民，大总统亦何忍驱粤民以示德？昔者所谓国家用人自有权衡一语，本为专制作威作福之言，已违自我民视民听之义。况以该督罪迹昭著，敢请派人遍询妇孺，除彼所亲一二狐鼠之外，但有举其毫发微末之功者，则诬罔之刑，某等所不敢避。此实千夫所指，咸以该督为寇仇，当蒙一线之仁，早出粤民于水火。大总统以共和为帜，当不以民意为嫌，仪等无凭借可言，敢先以哀词上请，无任翘企待援之至！

政府接到此电，大费踌躇，不期湖南军民，又拒绝陈宧，自举刘人熙为督军，请政府下令特任。那时大总统黎元洪，与国务总理段祺瑞，左右为难，也只好开起阁议来了。小子有诗叹道：

> 自古佳兵号不祥，干戈在握即强梁。
> 东崩西应成常事，从此朝纲渐不纲。

毕竟湘、粤两省，如何处置，且看下回叙明。

恢复旧约法，召集旧国会，并举袁氏恶制，大略更张，不可谓非段合肥之政绩，唯组织阁员，始终不离一调剂性质，民党居三之一，中立派居三之一，袁氏旧僚亦居三之一。政见不同，必有倾轧之虑，段氏更事已久，宁见不及此，而仍组此不伦不类之内阁耶？夫天下未有不任劳任怨，而可以当大事者，段氏第愿任劳，不敢任怨，故撮举三派而混合之，示无左袒之意，讵知将来冲突，万不能免，始基不慎，后患随之，此中外政法家言，所由以政党内阁为职志也。他若周、陈之争，龙、李之争，无非视政府之模棱，乃敢侥幸以图逞；迨至乱事粗平，而人民已受祸不浅矣。且曲者未见所谓曲，直者亦未见所谓直，曲直不明，但凭武力为解决，则后之强有力者，几何不挟权生变耶？故我尝为段氏谅，而又不禁为段氏惜。

第三十七回

撤军院复归统一
开国会再造共和

却说黎总统与段总理召集阁员，会议湘、粤乱事，各阁员或主张激烈，或主张调停，或主张先湘后粤，或主张先粤后湘，嗣经段总理以粤乱方殷，不如促陆荣廷速赴粤任，解决粤事，湖南督军一缺，暂从军民所请，归刘人熙署理。黎总统也以为然。议定后，随即下令，饬陆荣廷即日赴粤，特任刘人熙署湖南督军，兼湖南省长。原来湖南将军汤芗铭，当宣告独立时，曾由乃兄汤化龙，与民党议立五大条件：（一）民党承认汤芗铭为都督；（二）汤先拨军队三营或五营，交民党接收；（三）设民政府管理民政全权，民政长由民党公推；（四）组织北伐军总司令，由民党推任；（五）军事厅长，由民党推任。这约由化龙署押，转告芗铭接洽，芗铭并无异言。至袁氏死，芗铭即日背约，取消独立，绝不关照民党，民党如欧阳振声、赵恒惕、唐蟒、覃振等，本是署约中人，当然动了公愤，奋起逐汤。汤窜往岳州，由湖南护国军第一军总司令曾继梧代理都督，维持地方秩序。嗣闻政府令陈宧督湘，军民仍然不服。政府又命陆荣廷暂代，陆此时虽到衡州，终因事涉嫌疑，不肯赴任，并且自衡返桂。湖南军民，乃自推选刘人熙，请政府任命，政府勉强照允，*自称留后者，即许为留后，湘事不无相类。*湘祸少纾。后来改任谭延闿为督军，倒也相安无事。唯陆荣廷返驻桂林，因闻帝制派尚蟠踞京中，煽惑政府，袒龙抑李，一时不便赴粤，只好托词告病，逐日

253

延挨。此公大约喜病。就是岑春煊、唐继尧等，亦为祸首未惩，时有违言，政府不得已，命谴罪魁，特下申令道：

自变更国体之议起，全国扰攘，几陷沦亡，始祸诸人，实尸其咎。杨度、孙毓筠、顾鳌、梁士诒、夏寿田、朱启钤、周自齐、薛大可，均着拿交法庭，详确讯鞫，严行惩办，为后世戒。其余一概宽免。此令。

看官！你想帝制派中的要人，差不多有几十个，当时远近闻名，系六君子、十三太保，就是西南各省的要求，也请戮杨度、段芝贵等十三人，以谢天下。乃政府命令，只有八名，如袁乃宽、段芝贵等，均不在列，显见得政府用心，不过敷衍了事；并且逮捕令下，罪犯均已出京，一个儿都没有拿着，转眼间便成悬案；又转眼间且彼此无罪，仍好出头，这是中国近来的弊政，怪不得人心思乱，至今未了呢。慨乎言之。但西南各省诸首领，已是得休便休，不愿坚持到底，乃决议撤销军务院，由抚军长唐继尧、副长岑春煊、政务委员长梁启超，及抚军刘显世、陆荣廷、陈炳焜、吕公望、蔡锷、李烈钧、戴戡、刘存厚、罗佩金、李鼎新等，一并联名，布告全国。其词云：

帝制祸兴，滇黔首义，公理所趋，舆情一致，桂、粤、浙、秦、湘、蜀，相继仗义，其时因战祸迁延，未知所届，独立各省，前敌各军，不可无统一机关，爰暂设军务院，为对内对外之合议团体，其组织条例第十条规定，本院俟国务院依法成立时撤销。今约法国会，次第恢复，大总统依法继任，与独立各省最初之宣言，适相符合。虽国务院之任命，尚未经国会同意，然当国会闭会时，元首先任命以俟追认，实为约法所不禁。本军务院为力求统一起见，谨于本日宣告撤废，其抚军及政务委员长外交专使军事代表，均一并解除。国家一切政务，静听元首政府与国会主持。为此布告天下，咸使闻知。

军务院既宣告撤销，复将布告原文，电达北京。黎总统与段总理，自然欣慰，当由黎总统即日复电云：

承电示撤销军院，爱国之忱，昭然若揭。溯自帝制议兴，波诡云谲，输赀造意，缘法饰非，举国皆瘖，莫前发难。滇黔首义，薄海从风，会议机关，应时成立，披云见日，再缔共和，则是军院诸公，大有造于民国也。项城长逝，责在藐躬，猥承诸公拥护之殷，提撕之切，约法国会，获慰初心。虽幸免乎愆尤，犹自惭其濡滞，诸公乃主持正论，践履前盟，举重光之日月，还我国民，挈百战之山河，归诸政府。从此民有常轨，国无曲师，藩祸不兴，邻氛自戢，则是军院诸公，尤大有造于后世也。共和国家，匹夫有责，同舟共济，端赖群材，元洪忧患余生，久夷权位，布衣归老，于愿已偿，只以约法所推，责任攸寄，思与诸公左提右挈，宏济艰难，推诚以结邦交，虚己以从舆论，一日在位，万民具瞻。方今财政拮据，吏治霾靡，内忧外患，纷至沓来，补救之难，百倍畴曩。尚望不我遐弃，相与有成，毋以收拾军队，为天职已完，毋以召集国会，为人心已定，毋以恢复约法，为递跻法治，毋以惩办祸首，为永绝官邪，率此临事而惧之心，或收通力合作之效，此则元洪早作夜思，愿与诸公共勉者也。军务院既已撤销，一切善后事宜，仍希随时电告，共筹结束。其有奇材懋绩，为国贤劳者，并希胪举事实，借备延揽。元洪印。

这复电中的大意，是从交际上着笔，并非正式公文。至七月二十一日，始颁正式命令道：

据唐继尧、岑春煊、梁启超、刘显世、陆荣廷、陈炳焜、吕公望、蔡锷、李烈钧、戴戡、李鼎新、罗佩金、刘存厚等寒日电称：军务院已于七月十四日宣告撤废，其抚军及政务委员长、外交专使、军事代表均一并解除。国家一切政务，静听元首政府国会主持各等语。慨自改革以来，迭经变故，矩矱不立，丧乱弘多，法纪凌夷，民生涂炭，本大总统继任于危疑震撼之际，遵行元年约法，召集国会，组织责任政府，力崇民意，勉任艰虞。该督军等顾念时危，力阐大义，撤销军务院及抚军等职，纳政务于一轨，跻国势于大同。义闻仁声，皭如日月，千秋万世，为国之光。唯念大局虽宁，殷忧未艾，宜如何栽培元气，收拾人心，永绝乱源，导成法治。补苴罅漏，经纬万端。来日之难，倍于往昔。所期内外在官，各深兢惕，同心协力，感致祥和，以成未竟之功，益巩无疆之业，本大总统有厚望焉。此令。

自是南北统一，北京政府算有代表全国的资格了。唯粤东方面，龙、李交争，尚且未息，各督军多承政府意旨，归咎李烈钧，隐袒龙济光，张勋、倪嗣冲专电通告，尤斥李烈钧违令横行，请加声讨。无非党同伐异。政府乃一再电桂，催陆赴粤，陆至此亦不能再延，乃约同省长朱庆澜，相偕赴任，电告政府，指日启行。于是黎总统又下令道：

选据各方报告，广东纷扰，祸尤未已，生灵涂炭，外人复有烦言。长此迁延，靡知所届。龙济光未交卸以前，责在守土，自应约束将士，保卫治安。李烈钧统率士卒，责有攸归，着即严勒所部，即日停兵。该省督军陆荣廷，省长朱庆澜，现已星夜赴任，龙济光应将各项事宜，妥速预备交代，此后如再有抗令开衅情事，定当严行声讨，以肃国纪。此令。

令下后，复派萨镇冰为粤闽巡阅使，令他选调兵舰驶赴粤海，查办一切，并驻泊沙面等处，保护侨商。其实是震慑龙、李，隐示中央威力，教他知难而退。哪知龙济光尚不肯离粤，镇日里守住观音山，与李血战。陆荣廷到了肇庆，闻着消息，又复称病逗留，只遣朱庆澜到粤。朱亦颇有戒心，待至萨镇冰已到沙面，方启行至粤，先与萨会叙一番，然后携手入城。龙济光不便抗拒，只好迎入，将民政一部分，划归朱庆澜接管，一面索请巨款，但说是解散军队，必须先拨恩饷，方好办理。好容易筹了一宗款子，交给了他，方才把督军印信，付与朱庆澜，自己带了若干亲兵，向琼崖而去。阿堵物到手，才肯动身，这是现今军阀第一条秘诀。李烈钧闻龙已离粤，也即退兵，唯陆尚未肯到省，由朱庆澜饬人赍送印信，才行接收，粤事也就此作一结束。

小子于川、粤、湘三省，已经叙毕，就乘便叙入山东省了。山东民军，分作两党，吴大洲自称护国军，居正称东北军总司令，七十二回中曾已提及，但两军势力，均属有限，不过占据了几个县城，与川、湘、粤情形不同。自张怀芝奉袁氏命，署理山东将军，本思效忠袁氏，把民军逐出境外，可巧袁死黎继，由政府电令停战，双方静候解决，吴大洲、居正两人乃按兵守候。偏张怀芝乘他不备，袭夺民军所据的长山、安丘、临朐等县。民军大愤，一面质问政府，一面招集党人，将与张怀芝死战。吴大洲部下，约七八千人，居正部下，约一万四五千人，并运到飞机两架，声焰甚盛。张怀芝料不能平，始派员与他议和，各不相犯。延至八月中旬，由国务院派出陆军中将曲同丰，驰往山东，会同张怀芝等办理军事善后事宜。曲同丰与民军商议，改编军制，归隶中央，办理粗有眉目，即回京复命去了。是时留沪各议员，已齐集京师，重开国会，八月一日，举行国会第二次常会开会礼，先期二日，由两院通告，并订定礼节如下：

一八月一日午前九时，参众两院议员，各服礼服，齐集众议院。

二午前十时，两院议员，入礼场就席。

三赞礼员引大总统及国务员入礼场就席奏乐。

四主席宣告开会，并致开会词。

五大总统暨国务员致颂词。

六赞礼员报告向国旗行三鞠躬礼，在场者咸行礼如仪。

七主席宣告开会式礼成词。

八主席宣告大总统宣誓。

九大总统宣誓奏乐。

十主席宣告退席。

十一摄影散会。

是日，参议院议员，共到一百三十八人，众议院议员，共到三百十八人。参议院中，仍由王家襄、王正廷为正副议长，众议院中，仍由汤化龙、陈国祥为正副议长，临时公推王家襄为主席。黎总统及国务总理兼陆军总长段祺瑞，财政总长兼外交总长陈锦涛，交通总长兼内务总长许世英，教育总长范源濂，农商总长张国淦，海军总长程璧光，同时莅会。黎总统依照民国二年公布之大总统选举法第四条，郑重宣誓。誓云：

余以至诚遵守宪法，执行大总统之职务。

誓毕，全体欢呼，连称中华民国万岁，中华民国国会万岁，中华民国大总统万岁。睹群情之雀跃，复旦重光；瞻胜令之鸾旟，共和无恙。观者如堵，望慰云霓；国是再安，心倾中外。燕云之气象又新，鲸海之波涛不沸。是谓国会开幕的第二次，就是民国再造的第一日。极力表扬，隐寓厚望。午后同拍一影，然后散会。政府即改定公文程式，并停止觐见大总统礼，另订觐见礼八条，由国务院呈准施行。所有谒见礼列下：

一特任简任各职之晋见大总统，均用谒见礼。

二谒见员诣大总统府时，须先向承宣司递职名柬，柬用大名片，居中直行写职衔及姓名，背面并写姓名履历，由承宣官入启，俟大总统临延见室，再行导入。

三谒见员入延见室，应向大总统行一鞠躬礼。大总统延坐询答毕，谒见员兴辞，行一鞠躬礼退出。

四谒见均用常私服，但初次晋见者，须着燕尾服，曾得勋章者，并佩带勋章。

五大总统传见，及因公请见，或介绍请见者，均用谒见礼。

六荐任职以下，除大总统传见者外，均无庸谒见。

七满王公世爵，及蒙、回、藏汗王公等之晋见者，均用谒见礼。

八凡谒见员预请示期，或临时请期，经大总统定期或改期，或派代见，或免谒见，承宣司均应随时通知谒见员。

至若公文程式，亦从简单，分作十三项类别，一是大总统令，二是国务院令，三是各部院令，四是任命状，五是委任令，六是训令，七是指令，八是布告，九是咨，十是咨呈，十一是呈，十二是公函，十三是批。大致仿民国元年定例，与袁氏后改的程式，繁简不同，无非是惩戒帝制，规复共和的用意。就是参议院中，亦照旧约法办理，于八月十四日开议各案，黎总统便提出国务总理，咨情同意，两院接到来咨，免不得有一番手续了。正是：

元首有心筹总轴，议员依样画葫芦。

欲知两院是否同意，请至下回看明。

军务院撤销，南北始归统一，两院重行开会，民国乃见中兴，当时海内人士，喁喁望治。交颂黎、段功德，黎以长厚称，段以勤练著，未始非足与有为者。但帝制派之罪魁，不闻捕戮，龙、李两人之互哄，未别是非，中央之目的在苟安，外省之目的在自固，盖犹是过渡时代，非致治时代也。如病痈然，不去其酿毒之源，但塞其流毒之口，将来必有溃决之一日。识者于黎、段当国，冉造共和之日，盖已料其有初鲜终矣。

第三十八回

举副座冯华甫当选
返上海黄克强病终

  终却说两院议员，因接黎总统咨文，商及国务总理问题，当照例投票取决。众议院议员，已到四百十四人，投票检视，得四百零七票同意，当然通过；复交参议院解决，亦得大多数赞成，于是总揆一席，仍属段祺瑞接任。所有阁员，除农商总长张国淦，调任黑龙江省长，改由谷钟秀继任外，余均照前列单，咨请两院追认，两院也多数通过，内阁一律就绪。孙洪伊、张耀曾，先后莅京供职，唯唐绍仪一再告辞，始终不至，暂归财政总长陈锦涛兼理。直至十一月中旬，方特任伍廷芳为外交总长。外省长官，只直隶添一曹锟为督军，朱家宝专任省长，这且慢表。

  且说民国再造，中外胪欢，转瞬间已近双十节，应援照民国元二三年旧例，举行国庆典礼。民国四年，袁氏曾停止国庆典礼，故本届举行，特别提叙。黎总统系军阀出身，注重武事，先期数日，特谕参谋、陆军两部，在南苑举行阅兵式，其余一切事件，归各部筹议云云。各部乃援照元年公布国庆日大典，除大阅外，如放假休息，悬旗结彩，追祭，赏功，停刑，恤贫，宴会等项，均各照办。届期一律举行，概仿元年故事，毋庸细述。唯赏功一节，系随时论事，按照目前有功人物，分级酬庸。黎总统以创造民国应推孙、黄为首功，特授孙文大勋位，黄兴勋一位。蔡锷、唐继尧、陆荣廷、梁启超、岑春煊，再造民国，各授勋一位。荫昌、曹锟、刘显世、王占元、吕公望、柏文蔚、吴俊升、张敬尧、胡汉民，各授勋二位。新旧并容，似嫌夹杂。罗佩金、戴戡、朱庆澜、张怀芝、朱家宝、任可澄、陈炳焜、陈树藩、李根源、李长泰、周文炳、钮永建、陈炯明，各授勋三位。朱家宝第一称臣，受此勋位时，曾知愧否？李厚基、孟恩远、毕桂芳、张广建、王廷桢、刘存厚、熊克武，各授勋四位。段祺瑞、王士珍、冯国璋，各给一等大绶宝光嘉禾章。唐绍仪、马安良、曹锟、朱家宝、张作霖、阎锡山、陆荣廷、唐继尧、杨增新、姜桂题、蒋雁行，各授一等大绶嘉禾章。田文烈、齐耀琳、李纯、戚扬，各给二等宝光嘉禾章。蔡锷、郭宗熙、李根源、罗佩金、任可澄、程克均，各给二等大绶嘉禾章。赵倜、倪嗣冲、刘显世，各给二等嘉禾章。戴戡、沈铭昌、胡瑞霖、田中玉、潘矩楹、汪步端，各给三等嘉禾章。还有陈锦涛等一班阁员，或给二等宝光嘉禾章，或给二等大绶嘉禾章，或给二等嘉禾章，独张勋得给二等大绶宝光章。此外如萨镇冰、徐树铮、汤化龙、庄蕴宽、董康、周树模、贡桑诺尔布、孙宝琦、江朝宗等，均给二等嘉禾章，谭延闿等给三等宝光嘉禾章。又颁赏各等文虎章，人数众多，述不胜述。另有两令，系抚恤死难诸人，其文云：

自民国肇兴以来，患难相乘，义烈之士，蹈死不悔，糜躯断胉，前仆后继，再造玄黄，力回阳九。兹值国庆，宜慰忠魂，着陆军部查明五年以来死难将士各职名，及其后裔，各议所以抚恤之。此令。

前中国银行总裁汤睿等，奔走国事，惨遭海珠之变，着陆军部查明该次会议与难诸人，从优议恤。此令。

清室代表世续、载涛，及各国驻京公使，均至总统府祝贺。黎总统各赠给勋章，且授世续勋一位，大家欢声道谢，无不惬意。自黎总统就任以来，好算这一次是普天同庆，最称热闹了。如此数语，见得极盛难继。嗣是行政机关，与立法机关，相辅而行，不但国会开议，把重要议案，磋磨了好几次，就是各直省长官，亦奉政府命令，于十月一日，召集省议会议员，开议各省事宜，内外毕举，规模备具。唯副总统一席，尚未选定，应该早日补选，当经两议院提及，借符法制。小子曾就两议院议事日程，凡关系选举副总统案，汇录如下：

十月十二日，参议院议事日程：

提议选举副总统案。议员蓝公武提出；

提议请咨众议院定日期选举副总统案。议员宋渊源提出；

提议定期组织选举会选举副总统案。议员刘光旭提出。

同日众议院议事日程：

请依法速行补选副总统案。议员陈纯修等提出；

请议定日期，咨行参议院选举副总统案。议员覃寿公等提出；

请速组织总统选举会，补选副总统案。议员仇玉琳等提出；

请两院会合组织总统选举会补选副总统案。议员米观玄等提出。

议员呼声愈高，副总统产出乃速，当时全国人士，私下推测，得合副总统资格，不过寥寥数人。若论起老资格来，要算是段祺瑞、冯国璋，至讲到新资格上，要算是岑春煊、唐继尧。但岑、唐虽有再造民国的功劳，究不敌段、冯两人的势力，因此一般舆论，已料得副座当选，非段即冯了。待至十月二十四日，两院乃联合开会，续商选举副总统日期，择定在十月三十日，当下组织总统选举会，议决下列各条：

（一）以宪法会议议场，为总统选举会会场。

（二）总统选举会，以宪法会议议长为主席，以宪法会议副议长为副主席。

（三）两院各抽签八人，为开票检票发票员。

（四）开票时准人参观，参观人适用旁听规则。

（五）另设写票所，唱名写票。

原来民国宪法，未曾议定，此次重开国会，议员视此为重要事件，因即组织宪法会议，逐日筹商。适副总统问题发生，乃即就宪法会议中，作为选举场。届期投票，两院会合，共到七百二十四人。及票已投毕，开箧检视，冯国璋得五百二十票，最居多数，当即选冯为副总统，由选举会咨照黎总统算作决定。黎总统电达冯国璋，并仍令兼江苏督军。国璋当即就职，直任不辞。*望之久了，如何肯辞？* 于是内自总理，外自督军，统传电道贺。小子曾闻冯受任后，电复段总理道：

段总理鉴：卅电奉悉。国璋自维能力，保障一隅，收效已仅，若重其负荷，胜任亦未易言。谬承两院公推，竟以此职见属，邦基再造，国步方平，责望者怀有加无已之心，受宠者切名实难副之惧。所幸密勿经纬，寄之我公，大总统力与其成，国务员相助为理，国璋菲材备位，亦得勉竭庸愚，彼此勖共济之迈征，内外本一心相维系。寰区底定，会有其时，区区所引为荣誉者，固在彼不在此也。远辱赐贺，悚愧交并，复贡悃忱，尚希垂察！国璋印。

　　看官听着！冯、段两人都是北洋派的领袖，自从李鸿章总督直隶，创立北洋武备学堂，储养人材，备作将弁，冯、段统是北洋武备学生，段且游学德国，很有学识。至袁世凯练兵小站，多用北洋武备学生为军官，段与冯均得充选，两人本是同学，当然沆瀣相投，自是左提右挈，依次积功，相继擢为统领，冯生长河间，应属直派，段生长合肥，应属皖派，只因同学北洋，遂浑称为北洋派。北方人士，呼段为虎，拟冯为狗，无非以学识上的关系，隐示区别。民国成立，两人行事，迭见上文，段常在内，冯常在外，感情还算融洽。至袁氏去世，黎氏继任，定策首功，当推段氏，段亦未免以此自诩，目空一切，且因自己职居总揆，对于副总统一席，亦不甚介意。独冯氏联络长江各省，自植势力，且与民党亦晋接周旋，未尝失好，那民国第二次的副总统，遂由冯氏运动成熟，安然到手，段似反退居人后了。插入此段，为后文冯、段相忌伏笔。

　　贺电未终，悲电又起，勋一位陆军上将黄兴，竟于十月三十一日，病殁沪上。当黎黄陂就任时，首先招请孙、黄诸人，出为佐理，黄已于五月上旬，由美利坚东渡，返至上海，曾在虹口东洋旅馆，召集同志，秘密会议，誓死不再认袁为总统，愿恢复民国约法，请黎副总统继任，重行组织人才内阁。末几，袁即病死，黎电相邀，黄不欲遽入，仍寓沪待时。到了国庆纪念日，拟与同志会集味莼园，共申庆祝，早起散步，忽觉耳鸣目眩，支持不住，口鼻中忽喷出热血，竟致晕仆。长子一欧方侍侧，亟忙掖起，立延德医调治。医生用药剂灌入，才得救醒。味莼园遂不果行。午后，得京师来电，授他勋一位，他却喟然道："我奔走革命二十年，也是为国服务，算不得甚么大功，今黎总统畀我勋位，我难道就此实受么？"乃就病榻间，口授一欧属稿，拍电政府，婉词却谢。嗣复得中央电复，请勿固辞。越数日，病似渐瘳，又越数日，病

段祺瑞（右二）留学德国期间的合照片

复丛起，肝部膨胀，夜不能眠。旋觉皮肤上发现一种黄色，医士谓胆汁流入血管，颇为难医。俄而失血不止，至三十日，病势愈剧。适孙文、唐绍仪均来探视，他已自知不起，便语两人道："我与二公交好多年，此番恐要长别了。但不知我死以后，民国前途，究竟如何？看来政海暗潮，迭起未已，距太平日子，尚远得多哩。二公才望，本出我上，还望极力维持，补我遗憾，我死亦瞑目了。"死不忘国，好算有心人。孙、唐两人，含泪应诺，更劝慰了数语，随即告别。越日辰刻，又咯血无算，复招医士，投服药水，终不见效。迭延数医，谓已无可疗治，一欧不觉大恸。徐闻榻上有声道："人生总有一死，你也不必过哀，且留此一腔热泪，为同胞哭，才算克强有子了。"言已，喘息不止。延至午后四时，竟尔逝世，享年四十三岁。克强尚有老母，与妻室及二三四诸子，寓居日本长崎，当由一欧电召归国，一面电讣中央政府，及各省军民两长。黎总统即日下令道：

> 勋一位陆军上将黄兴，缔造共和，首兴义旅，数冒艰险，卒底于成，功在国家，薄海同瞻。乃以积劳遘疾，寝至不起，本大总统患难与共，夙资匡辅，骤闻溘逝，震悼尤深。着派王芝祥前往致祭，特给治丧费二万元，所有丧殡事宜，由江苏省长齐耀琳，就近妥为照料，并交国务院从优议恤，以示笃念殊勋之至意。此令。

是令下后，江苏省长齐耀琳，即派员赴沪，襄理丧仪。远近吊客，不下数千人。到了十一月十日，中央特派员王芝祥，已衔命南来，至黄宅致祭。翌晨，设奠灵前，献爵礼毕，由司礼官代读祭文。其词云：

> 维中华民国五年十一月十一日，大总统黎元洪，特遣王芝祥致祭于克强上将之灵前曰：呜呼！王纲解纽，海水横飞，国威不振，民命安归？天挺人豪，乘时而起，奋戈一麾，天日为靡。当其愤激，嚼齿皆空，云翻阵黑，血染波红。积二千年，专制余毒，一旦廓清，还归敦朴。江汉收功，金陵坐镇，文雅彬彬，施于有政。天不悔祸，国境再骚，四方豪杰，跂望旌旄。今者告于，万邦咸喜，不有元勋，孰臻上理？方期举国，酬报丰功，云何疢疾，遽殒英雄。八表震惊，空巷走哭，矧在菆躬，夙同茵毂。抚今追昔，悲感百端，临风陨泪，绕室盘桓。牲帛椒浆，敬奠毅魂，灵爽式昭，

永护民国。呜呼哀哉！尚飨！

读毕焚帛，致祭员奠爵告退，孝子匍匐谢宾。这种普遍仪制，不必细表。越宿，王芝祥回京复命，谁知京中复接东瀛急电，又闻得一位再造共和的伟人，在日本福冈医院，也一病身亡了。小子有诗叹道：

才经湘水赋招魂，日上扶桑倏又昏。

偏是伟人多短命，人生天道两难论。

究竟何人相继逝世，待至下回再表。

段合肥之功绩，不在倒袁，而在拥黎，黎黄陂之得以安然就职，不生他变者，全由段氏一人之力。厥后更张弊政，统一南方，亦无非段氏所造成。以功绩言，副总统一席，应属段氏无疑，乃偏选出冯河间，岂虎能啮人，而狗尚秉义乎？迨经著书人从中揭出，乃知冯之得选副座，有由来也。民国无论何事，莫不由运动得来。若不运动，就令尧、舜复生，无由为元首，周、孔复出，无由为总揆，其下焉者更不待言矣。苦夫创造民国之首功，应推孙、黄两人，黄克强生平行谊，容有未满人意之处，但视濒死时以国家为念，殆学未纯而志有足嘉者欤？特志其殁，亦隐寓悼惜之意，录及祭文，未始非借此阐扬也。

第三十九回

目断乡关伟人又殁
衅开府院政客交争

却说日本福冈医院，突有一人病逝，电讣到京，这人为谁？就是再造民国的蔡松坡。蔡本为四川督军，为什么东往日本呢？说来也觉话长，由小子撮要叙述：自蔡督四川后，川民渐安，但署中一切文件，已棼如乱丝，不得不认真料理，虽有罗佩金帮办，究竟不能不自行部署；又况军民两长，统归一身兼管，更觉忙碌得很，因此积劳过度，所有喉痛心疾，接连复发。适小凤仙自京致书，拟履行前约，愿来川中，他不免惹起情肠，增了若干愁闷，我是个愁多病身，怎当你倾国倾城貌。踌躇了一夜，方裁笺作答道：

> 自军兴以来，顿肩喉痛及失眠之症，今兹督川，难却黄陂盛意，故勉为其难，俟各事布置就绪，即出洋就医。尔时将挈卿偕行，放浪重洋，饱吸自由空气，卿姑待之！

是书发后，过了数日，病愈沉重，自觉不支，乃电达政府，请假就医，并荐罗佩金自代。政府准如所请，当即束装启行，航海至沪。沪上军商学各界，闻他到来，相率开会欢迎。渠因喉痛失音，未能到会，遂作书婉谢，唯居沪上寄庐中养疴，或至虹口某医院治疾，所有访客，一概挡驾。时梁任公亦自粤到沪，被他闻知，却立刻拜会，相见时，仍执弟子礼甚恭。任公道："你也太过谦了，此地非从前学校可比，何妨脱略形迹。"松坡道："一日为师，终身为父，这是从古到今，相传不易的名言。锷略读诗书，粗知礼义，岂可效袁项城一流人物，漠视这张四先生么？"述此数语，为学生听着！任公亦对他微笑，且密与语道："你在此地养病，还须谨慎要紧。帝制余孽，往来南北，他们恨我切骨，幸勿遭他毒手。"松坡又答道："这是弟子所最注意的。自到上海后，除赴医院诊治外，镇日里杜门不出，谢绝交游，就是寻常食品，亦必先行化验，然后取食，想当不致有意外危险。且弟子留此数日，万一医治无效，决拟至日本一行，那东京的医院，较此地似靠得住哩。"任公徐答道："这也好的，似你膂力方刚，正是经营四方时候，千万珍重，为国自爱。"松坡太息道："锷已过壮年，所有些须功业，统是先生一手造成，目下诸症百出，精神委顿，恐将来未必永年，不但有负国家，并且有负先生，为之奈何？"语中已寓将死之兆？任公听了，不禁凄然，半响才道："松坡，你如何作这般想？疾病是人生所常有的，如能安心休养，自可渐痊，奈何作此颓唐语？"松坡欲言未言，饮过了几口清茶，才答道："锷到沪已约一旬了。起初医生亦说是可治，不出两旬，可收效果，怎奈这几天间，喉间似有一物，嚅嚅欲动，每届饮食，艰难下咽，就是语言亦很觉为难，到了夜间，终夕不能安枕，想是血枯津竭的绝症，如何能持久哩！"言毕，起身欲行。任公复劝勉数语，两下作别。

越日，任公正欲回视，巧值电话传来，略言："锷拟东渡，决于今晚动身。"任公乃即往寄庐，叙谈了好多时。是夕，即送他下船，再三叮嘱而别。两别字前后相应，这一别是长别了。任公返寓后，过了五六天，接得蔡书，内言就医福冈医院，尚有效验，倒也稍稍放心。哪知到了十一月八号，竟由福冈医院来电，译将出来，乃是蔡松坡于本日下午四时去世十二字，这一惊非同小可，往外探问，已是传遍全沪，无论官商学界，统觉悲感得很。后来调查，松坡寓日，病状依然，至日本国庆日天长节，就是我国十月三十一日，是日扶桑三岛，全体庆祝，举行提灯大会，松坡因侨寓无聊，特与二三友人，入市遨游，颇称尽兴。到了傍晚，接着上海急电，知是黄兴逝世，不由得顿足呼天道："我中国又弱一个了。"自是愁闷益增，病亦愈剧。至十一月八日上午，势已垂危，东医束手，他闻病院外演试飞机，竟勉强起床，扶役夫肩，缓步出门。适飞机从空中驶过，翱翔自得，几似大鹏振翅，扶摇直上，望了一会儿，忽觉眼花缭乱，头痛异常，他即倚着役夫肩上，闭了双围，休息片时，复睁起病眼，向西遥望，唏嘘说道："中华祖国，从此长离，就使驾着飞机，恐也不能西归了。"**凄楚语不忍卒读**。说毕，返身入内，卧床无语。延至下午四时，奄然长逝，年仅三十七岁。越二日，由黎总统下令道：

> 勋一位上将衔陆军中将蔡锷，才略冠时，志气弘毅，年来奔走军旅，维持共和，厥功尤伟。前在四川督军任内，以积劳致疾，请假赴日本就医，方期调理可痊，长资倚畀，遽闻溘逝，震悼殊深。所有身后一切事宜，即着驻日公使章宗祥，遴派专员，妥为照料，给银二万元治丧。俟灵榇回国之日，另行派员致祭；并交国务院从优议恤，以示笃念殊勋之至意。此令。

自经此令一下，全国均已闻知，相传小凤仙尚在京师，得此噩耗，悲恸终日，誓不欲生。鸨母再三劝解，哭声乃止。到了次日，凤仙闭户不出，至午后尚是寂然。鸨母大疑，排闼入室，哪知已香消玉殒，物在人亡。案上留有绝命书，语极悲惨，略谓："妾与蔡君，生不相聚，死或可依。或者精魂犹毅，飞越重洋，追随蔡君，依依地下，长作流寓伴侣。如或不能，妾愿化恨海啼鹃，望白云苍莽中，是我蔡郎停尸处，夜夜悲鸣罢了。"这数语传达都门，脍炙人口。究竟这小凤仙曾否殉义，绝命书是真是假，小子一时也无从确查，只好人云亦云，留作一场佳话。如果实有此事，岂不是红粉英雄，有一无二，从前绿珠、关盼盼等，也应出小凤仙的下风了。**不肯下一断语，是史笔阙疑之法**。

还有一段奇梦，出诸松坡友人的口中，谓系松坡生前自述：癸丑年间，二次革命，黄、李等相继失败，松坡虽未曾与事，心中却郁郁不乐，时常借着杯中物，痛饮解闷。某日，醉后假寐，恍惚身入宫阙，有一人衮冕辉煌，高坐堂上，既见松坡，竟下阶相迎，向他长揖。松坡急忙还礼，忽背后被人一拍，痛不可忍，回头顾视，背后立着两人，一似乞丐模样，一似和尚模样，不由得惊讶起来。追询及姓名，答称为李铁拐、唐玄奘，且由唐玄奘自述："西行取经，备尝艰苦，此行将返京城，恐被孽龙夺去，现闻君腰下，佩有神剑，特乞拐仙介绍，求君除害安民"云云。松坡性本任侠，慨然照允，便与二人同出。返顾宫阙，倏忽不见，他也莫明其妙，掉头径去。约数十步，但见前面一带，统是云雾迷离，不可测摸，耳中闻得风涛澎湃，骇地震天，料知前途险恶，不易过去，正拟问明前导两人，借定行止，不意两人又不知去向，空中却现出一团红云，云端里面，飞出一条火龙，口喷赤霞，惹得满天皆赤。说时迟，那时快，松坡拔剑在手，奋身上跃，得登龙背。龙犹矫首仰视，被松坡用剑拟喉，正要刺入，突觉哗啦一声，身似坠下，惊醒转来，乃是南柯一梦。松坡细思梦境，不知主何朕兆，至袁氏称帝，护国军起，方觉梦有奇验，龙应袁氏，衮冕即帝服，下阶相迎，是袁氏任松坡为军事顾问官，唐玄奘应唐继尧，李拐仙应李烈钧，西行取经，恐被龙夺，是唐、李学取欧化，有志共和，几为袁氏破坏的隐兆。经松坡拔剑乘龙，龙乃被制，已见得帝制无成了。松坡奇梦已验，料无他虞，哪知身即坠下，亦兆死征。所以倒袁功成，松坡也即归天，这可见冥冥中间，未始没有定数呢。<small>可作新闻一则。</small>

后来《国葬法》颁行，第一条中，载着中国人民，为国家立有殊勋，身故后，经大总统咨请国会同意，或国会议决，准予举行国葬典礼。黄兴创造民国，蔡锷再造民国，均与第一条相符，当由国会议决，应予举行国葬典礼。乃由黎总统指令内务部，着查照《国葬法》办理，内务部遵即照办。十二月五日，蔡公灵柩回国，道经沪上，各界相率往奠，素车白马，竞集沪滨。中央亦派员致祭，比那黄上将治丧时，更觉拥挤。<small>两人相较，蔡似过黄一等。</small>生不虚生，死犹不死。及返乡归葬，依《国葬法》例，设立专墓，高树穹碑，迭镌生前功绩，垂光身后。黄上将返葬时，亦照此办法，不必细表。

且说段祺瑞主持国柄，拥护黄陂，表面上似两相融洽，无甚嫌隙，哪知内部却罩着黑幕，惹起暗潮，遂令府院两方面，无端生出恶感来。内务总长孙洪伊，籍隶天津，北洋军官，非亲即友，他本为同盟会健将，与孙、黄诸人，一鼻孔儿出气，所以平时议论，慷慨激昂，对于共和两字，尤主张积极进行。民国初造，两院成立，他因亲友推选，入为众议院议员，嗣复组织进步党，反对帝制，袁氏欲望正炽，时由他连电驳斥，且有一篇泣告北方同乡父老书，说得淋漓惨淡，差不多似击筑的高渐离，弹筝的李龟年，一面奔走南北，游说黎、冯，劝他早自计，切勿承认帝制。黎、冯两人颇加信从。至共和再造，黎氏继任，他遂入为阁员，按日里在总统府，参预庶政，每当总统见客，必侍坐黎侧。黎宽厚待人，就使有言逆耳，也常容忍过去，独他偏越俎抗谈，雌黄黑白，旁若无人，因此大小人员，无不侧目。<small>这是孙氏病根。</small>有时当国务院会议，他也直遂径行，与段总理时有龃龉，段未免介意。可巧国务院秘书长，乃是段氏高足徐树铮。树铮铜山人，尝在日本士官学校毕业，年少气盛，自称为文武才，段亦目为大器，引作高弟。洪宪以前，他已厕入段门，预议军事，不过政变无多，不堪表现。及袁氏称帝，乃劝段洁身自去，段遂辞职。滇、黔倡义，犹阴为段划策，密嘱曹锟、张敬尧诸将帅迁延观变。曹、张依训而行，免不得多方延宕。就是陕西独立也由他唆使出来。他与陆建章素有嫌隙，遂乘此借公济私。后来击毙陆建章亦伏于此。袁既病死，黎、段登台，拔茅连茹，弹冠相庆，徐遂入任为院秘书长。那时长才得展，视天下事如反掌，今朝陈一议，明朝献一策，都中段意。段即倚作臂助，甚至内外政策，均唯徐言是从。国务院中，尝称他为总理第二。挟权自恣，误段实多。偏遇着一个孙洪伊，也是个眼高于顶的朋友，闻徐树铮势倾全院，心中很是不平，凡遇院中公牍，送府用印，孙辄吹毛索瘢，见有瑕疵可指，当即驳还，或间加改窜，颁行出去。看官！你想这矫矫自命的徐秘书，怎肯低首下心，受那孙总长的批评？积嫌越深，衔怨愈甚。

一日，国务院又开会议，孙洪伊入参国政，又来作抵掌高谈的苏季子，正在说得高兴，突有一人出阻道："孙总长！你不要目中无人哩。须知智士千虑，不无一失，愚夫千虑，也有一得，难道除公以外，便不足与议么？"孙瞧将过去，正是这位徐秘书长，便冷笑道："足下的大才，我很佩服，但此处是阁员会议，俟足下入阁后，再来参议未迟。"徐树铮被他一嘲，不由得愤愤道："树铮不才，忝任国务院秘书，也总算是国家命史，并非绝对无言论权；况且国体共和，无论何等人民，均得上书言事，孙总长平日，自命维新，奈何反效专制时代，禁人旁议呢？"棋逢敌手。孙洪伊哼了一声道："足下既有伟大的议论，何妨先向总理陈明，俟总理提出会议，果可利国利民，我等无不赞成。足下既免埋才，又免越职，怕不是一举两得么？"徐树铮听了，即易一说道："孙总长！你教我等不可越俎，你如何自行越俎呢？"孙洪伊忙问何事！树铮道："你勾通报馆，泄漏院中秘密，尚说不是越俎吗？"孙洪伊勃然道："你有什么证据？"树铮微哂道："证据不证据，你不必问我，你自思可有这事么？"洪伊怒上加怒，便向段总理道："总理如何用此狂人？若再纵容过去，恐总理也要失望了。"段总理本信任徐树铮，闻了此言，面色顿变。各阁员睹这形态，连忙出为排解。那孙、徐两人，还是互相丑诋，喧嚷不休。这时段总理也忍耐不住，竟沉着脸道："这里是会议场，并不是喧闹场，孙总长也未免自失体统了。"责孙不责徐，左袒可知。言毕，拂袖自去。阁员劝出孙洪伊，才得罢争。

越日，段总理负气入府谒见黎总统，述及孙、徐冲突事。黎总统淡淡答道："孙总长原太性急，徐秘书亦未免欺人。"袒孙之意，亦在言外。段总理见语不投机，更增怅闷，便信口答道："孙总长是府中要人，树铮不过一院内委员，总统如以树铮为欺人，不但树铮可去，就是祺瑞亦何妨辞职。"明是要挟。黎总统听到此语，忙道："国家多故，全仗总理主持，如何为他两人，弃我自去呢？"段复道："祺瑞本无心再出，不过为势所逼，暂当此任。现在南北统一，大局稍平，阁员中不乏人才，总统可择贤代理，何必定需祺瑞，祺瑞也暂得息肩了。"黎总统道："我也并不愿做总统，无非为国家起见，望总理不必多心。"段又无情无绪地答了数语，即行告退。

黎总统经此波折，心下很是不安，当召国务员入商。交通总长许世英，以此事必需调人，非请徐东海出来，恐难就绪。黎总统颇也首肯。适徐已返居辉县，即日遣使，写了一封诚恳的手书，敦促来京。凑巧段氏意思，不谋而合，也去函请徐东海。使节相望，不绝于道。这位三朝元老徐世昌，因顾着双方友谊，不忍坐视，遂自辉县起程，乘着京汉铁路，直达京师，一至正阳门，但见府院中人，已在车站两旁，欢迎行旌。正是：

> 朝局又将成水火，都人胜似望云霓。

徐东海入京后，能否排难解纷，且至下回分解。

蔡松坡为推翻袁氏之第一人，即为再造共和之第一功，较诸黄克强之奔走革命，劳苦相等，而阅力实过之。黄少成而多败，蔡少败而多成，其优劣已可见一斑。即两人生平行谊，黄多缺憾，而蔡亦少疵，设令天假之年，使得展其骥足，保卫国家，未始非人民之福。乃年未强仕，即闻谢世，盗跖寿而颜子夭，古今殆有同慨欤？著书人于黄、蔡之殁，特从详述，铭其功也。彼夫孙、徐二人交争，无非意气用事，孙似有志而其质未纯，徐似有才而其心未正，两不相下，激成衅隙，而府院暗潮，遂由是酿成之。麟凤死而狐鼠生，华夏其何日靖乎？

第四十回

议宪法致生内哄
办外交惹起暗潮

　　却说徐东海入京以后，先谒黎总统，次见段总理，黎尚隐示通融，段却不甘退让，经徐苦口调停，方由段说出一言，先要孙洪伊免职，方令徐树铮辞差。**太要顾全面目。**徐东海再入总统府，与黎商及。黎似觉为难，徐喟然道："不照这么办法，恐祸起萧墙，势且波及全国，总统不如通权达变，暂歇风潮为是。"黎总统毕竟长厚，也就承认下去。于是十一月二十日，下令免孙洪伊职，越日，徐树铮始呈上辞职书，奉令照准，改任张国淦为秘书长。国淦自内务解职，令为黑龙江省长，他不愿就任，辞职留京，乃命继徐树铮后任。

　　树铮名虽去职，实仍在段氏幕中，段仍信任不疑。看官道是何因？小子前叙孙、徐冲突时，徐曾责孙泄漏机密，这也非凭空诬陷，最关重要的是中美实业借款一案。自中国、交通两银行，停止兑现后，商民怨声载道，吁请筹款维持。孙乃立主兑现，请黎总统速筹良法。黎与段熟商，段因国库如洗，只好从缓，偏黎已先入孙说，定要段设法筹款。看官！你想天下有几个点石成金的吕祖师，毁家纾难的楚令尹？国家没有的款，只好向外人商量，当由段总理委任财政总长陈锦涛，问各国乞贷。幸有美国资本团，愿贷美金五百万元，期限三年，利息六厘，每百元实收九一，以烟酒公卖税为抵押品，当由驻美华使，遵承中国财政总长委托全权的电报，代表政府，签立合同，一面由陈锦涛至两议院中，开秘密会议，要求通过。不料北京某报馆，偏已探悉底细，将中美借款合同，登载出来。

看官！你道彼此借贷何故要守秘密呢？原来民国二年曾有英、法、德、俄、日五国银行团与中国政府订定草约、此后政治借款，应归本团承借。前时已惹起许多纠葛，此次向美国借款，恐五国喷有烦言，所以慎守秘密。**向外借款，还有许多顾忌，真正可怜。**偏被报章揭出，无从隐饰，段、陈诸人，已疑由孙洪伊泄漏机关，恐滋外议，果然不到两天，英、法、俄、日四国银行团提出抗议书，质问财政部。经陈锦涛商诸段总理，据理答复，略言："此项借款，专供中国银行准备兑现的用途，本无政治性质。且民国二年的契约，乃中国政府与五国银行团所缔结，今只四国银行团，系与德国分离的别一团体，敝政府不能承受抗议"云云。**还亏德国久战未和，尚有借口之资。**四国银行团，尚未肯干休，段总理已将所借美款，划存中国银行，作为准备金。**交通银行，尚是向隅。**唯与外人交涉，还须笔舌，越觉迁怨孙洪伊，自从孙免职离阁，才出了胸中恶气。徐树铮是多年心腹，怎肯教他离开？这且慢表。

且说参众两院中，因草订民国宪法，连日会议，彼是此非，免不得又生党见。**这是中国人特性。**就中分作两大派，一派叫作宪法研究会，一派叫作益友社。有几个喜新厌故的人物拟加入主权、教育、国防神圣、省制、陆海军各问题，已审议了好几次，终因党见不同，未曾议决。至十二月八日又复开议，为了省制大纲互起龃龉。直隶议员籍忠寅，主张守旧，湖北议员刘成禺，主张维新，彼此相持不下，竟互动手脚，就会议场中，打起架来。刘成禺一方面，人众势强，籍忠寅一方面，人少势弱，强的原是逞威，弱的也不甘退步。起初还是抛墨盒，掷笔杆，文绉绉的举动；后来骂得起劲，闹得益凶，竟扭成一团，拳打足踢，好像不共戴天的样儿。**何苦乃尔？徒惹人笑。**结果是籍忠寅、刘崇佑、陈光焘、张金鉴等，被殴受伤，害得皮破血流，痛不可耐，愤愤地出了会议场，做了一篇大文章，竟向总检察厅提起公诉，一面请政府咨行议会，查明曲直，依法惩办。

一事未了，一事又生，京城里面有自称公民孙熙泽等，发起宪法促成会，宣布意见书，并通电各省，无非说"两院议员，会议多日，并无成效，徒闻滋闹"等语。参议员闻这消息，因他毁损名誉，扰乱国宪，要求政府速即禁止。司法总长答称，已令总检察厅彻查，议员等犹有违言。只因阳历岁阑十二月二十五日，又是云南起义纪念日，曾经两院议定，总统公布，照例放假休息，悬旗宴贺。叙笔不漏。大家既要祝庆，又要贺年，闲暇中间，带着几分忙碌，自然把公事暂搁。转眼间已是民国六年了，各省督军省长及各特别区域都统等，于五年残腊，联名电告政府，由副总统兼江苏督军领衔，其文云：

民国建元，于今五载，中经变故，起伏无端。国势日危，民生日蹙，政务日以丛脞。已往之事，今不复道。自此次之国体再奠，天下望治更切，以为元首恭己，总揆得人，议会重开，惩前毖后，必能立定国是，计日成功。乃半岁以来，事仍未理而争益甚，近日浮言骨动，尤有不可终日之势。国璋等守土待罪，忧惶无措，往返商榷，发为危言，幸垂察之！我大总统谦德仁闻，中外所钦，固无人不爱戴，自继任后，尤无日不矜如伤之怀，思出民于水火。然而功效不彰，实惠未至，虽有德意，无救倒悬。推原其故，在乎政务久不振。政务久不振，在乎信任之不专。前因道路传闻，府院之间，颇生意见，旋经国璋电询，奉大总统夏示，谓："虚己以听，负责有人。"是我大总统亦既推心置人腹中矣。皇天后土，实闻此言，国璋等成为国家庆。以我总理之清心沉毅，得此倚畀，当可一心一德，竟厥所施。今后政客更有飞短流长，为府院间者，愿我大总统我总理立予屏斥。国璋等闻见所及，亦当随时参揭，以肃纲纪而佐明良。任贤勿二，去邪勿疑，然后我大总统可责总理以实效，总理乃无可辞其责。有虚己之量，务见以诚，有负责之名，务征其实，献可替否，此国璋不敢不推诚为我大总统皆者也。自内阁更迭之说起，国璋等屡有函电，竭力拥护，一则虑继任乏人，益生纷扰，陷干无政府；一则深信我总理之德量威望，若竟其用，必能为国宣劳，收拾残局，非徒空言拥护也。现在大总统既表虚己之诚，正总理励精图治之会，目下所急待施设者，军政财政外交诸大端，皆宜早定计划，循序实行。国璋等拥护中央，但求有令可奉，有教可承，事势苟有可通，无不竭力奉宣，以举统一之实。此大方针，非我总统不能定，阁员与总理共负责任，得此领袖，理宜协恭。近如中行兑现，实轻率急切，致陷穷境。前事之师，可为鉴戒。阁员必有一贯之主张，取钧衡于总理，勿以一部所主茏，或迁就乎阁员。阁员苟有苦衷，不妨开示，公是公非，当可主持。孰轻孰重，尤当量衡。国璋等赤心为国，不惝乎他，此维持内阁之真意，不能不掬诚为我总理告者也。国会为国家立法机关，关系何等重大，举凡一切动作，必唯法律是循，始足以餍众望。此次两院恢复之初，原出一时权宜之计，其时政潮鼎沸，国事动摇，但期复我法规，故未过存顾虑，国璋极冀宪法早定，议政得平，不骛近功，不逞客气，予政府以可行之策，为国家立不敝之规，则此逾期再集绝而复续之国会，虽有未洽，天下之人，犹或共谅。不意开会以来，纷呶争竞，较胜于前，既无成绩可言，更绝进行之望。近则侵越司法，干涉行政，复议之案，不依法定人数，擅行表决，于是国民信仰之心，为之尽坠。谓前途殆已无所希冀，诟讥视之，不独国会自失尊严，即国璋等前此之主张恢复者，亦将因是而获戾。况临时约法，于自由集会开会闭会一切，无所牵掣，要须善用之耳。苟或矜持意气，专事凌越，则蓄意积愤，必有溃决之一日，甚且累及国家，国璋心实危之。我大总统我总理，至诚感人，望将此意为两院议员等切实警告，盖必自立于守法之地，而后乃能立法，设循此不改，越法侵权，陷国家于危亡之地，窃恐天下之人，忍无可忍，决不能再为曲谅矣。此国璋等对于国会之意见，不敢不掬诚入告者也。总之我总统能信任总理，然后总理方有负责之地。总理能秉持大政，然后国家方有转危之机。国会能持大经，巩固国基，则国存，国会乃有所附丽，否则非国璋等之所敢知，伏祈我大总统我总理兼察之。

看这等电文，原是持之有故，言之成理，但国会中的议员，方在意气相凌，怎肯和衷协议？就是段总理自信太深，也不免偏徇阿私，党同伐异。黎总统遇事优容，段意尚厌未足，民国六年一月一日，即免浙江督军兼省长吕公望本职，特任杨善德为浙江督军，齐耀珊为浙江省长。这道命令，虽由黎总统颁发，暗中却仍由段氏主张。杨善德素属段系，段长陆军部，极力援引，因得任松沪镇守使，嗣复擢松江护军使，倚若长城。适值浙江新任警察厅长傅其永，赴厅受事，各警察多半反对，致起风潮，甚至延及军队。督军吕公望无术镇驭，情愿辞职，段遂荐善德为浙江督军，破浙人治浙的旧习。松江护军使一缺，遂由护军副使卢永祥升任。卢亦段氏麾下的健将，浙人尚思抗杨，杨带着北军第四师，昂然南来，如入无人之境，一番大风潮，霎时平定，这真所谓兵威所及，如风偃草了。浙人无故逐吕，乃致段派乘间而入，木朽蛀生，非自取而何？

且说中美借款，由四国银行团抗议，就中的主动力，乃是日本国。日本自欧战发生后，极想趁这机会，扩张势力，做一个亚洲大霸王，原是个好机会，无怪东人。

每遇中国交涉格外留意，所以中美借款合同甫经订定，即邀集英、法、俄三国，同来抗问。中政府亦知他来意，特令交通银行出面，也向日本兴业、朝鲜、台湾三银行，订借日金五百万元，仍说是准备兑现。三银行却也照允，当即签定合同，利息七厘五分，三年为限。英、法、俄何不抗议？外如吉长铁路案，兴亚实业借款案，厦门设立警察案，郑家屯交涉案，种种发生，闹得舌敝唇焦，终归他得我失：（一）吉长铁路案，是由吉林至长春的铁路，前清末年，曾与日人订立借款自筑的约章，至是日人独要求改订，将该路归他代办。交通部没法拒绝，只好与他订约，即以本路财产及收入，担保借款限期四十年偿清，路权已一半让去了。（二）五年九月间，财政、农商两部，向日商兴亚公司借款五百万元，以安徽太平山、湖南水口山两矿为担保，约三个月内交款。嗣经国会反对，原约担保一层，不生效力，当由财政部另提担保品，与日商开议。日商不肯照允，经财政部承认赔偿，另给兴亚公司洋三十万元，方得改约。无端耗去三十万元，可谓慷慨。且仍订明两山开矿时，如需借外款，该公司得有优先权。且此约的丧失，也不算少了。（三）厦门系福建商埠，日人居然设立警察派出所，夺我行政权，叠经福建交涉员，向他交涉，终未撤退。及外交部照会日使，他却答称厦门设警，无非行使领事裁判权，与行政无涉，不得目为违约。外交部接到复文，以商埠居民，原归外国领事裁判，无从辩驳，没奈何延宕了事。（四）至郑家屯一案，龃龉多日，事缘中日军警，互生冲突，日商吉本，受伤殒命，日本即自由增兵，要挟多端。外交部费尽心力，才得商定五类：一申斥第二十八师师长；二军官依法处罚；三出示告谕军人，礼遇日本侨民；四由奉天督军表示歉忱；五给与日商恤金五百元。五款全体实行，日本始允将郑家屯派添各兵撤回。这案自民国五年八月为始，直至六年一月终旬，彼此和平解决。方保无事。中日交涉各案，稍有头绪，那驻京德使辛慈，忽赍交一个通牒，内言德政府准于二月一日以后，采用海上封锁政策。所有中立国轮船，不得在划定禁制区域内，自由航行，否则一切危险，概不负责等语。外交部得了此牒，忙呈报总统、总理，为这一事，大费周折，又惹起府院冲突的暗潮。中国宣告中立，已历三年，彼时袁氏热心帝制，无暇对外，所以守着旁观态度。至黎氏继任，又为了内政问题，扰攘半年，也不遑顾及外事。但华工寄居外洋，往往受外人雇用，充当军役，或在外国商轮办事，一入战线，动被德国潜艇，用炮击沉，华人却也死得不少。此次德国复欲封锁海上，遍布潜艇，依万国公法上论将起来，德国实不应出此。美国曾向德国抗议数次，段总理乃亦欲仿行。黎总统秉性优柔，尚不欲与德构衅，经段总理再三怂恿，乃令外交部酌定复文，向德抗议。略云：

查贵国从前依潜航艇战策，戕国人民生命，损害甚非浅鲜。兹复更行滥用，欲实行采用新潜艇战策，危及敝国人民之生命财产，实属蹂躏国际公法之本义。若承认此项通牒，其结果将使中立诸国间，及中立诸国与交战诸国间之正当通商，悉被侵犯，而导专横无道之主义于国际公法上。故敝国政府，关于二月一日宣言之新策，特对贵国政府提及严重之抗议。且为尊重中立国之权利，维持两国之亲善关系，期望贵国政府，勿实行此新战策。若事出望外，此抗议竟归无效，使敝国不得已而断绝两国现存之外交关系，实属可悲。然敝国政府之执此态度，全为增进世界之平和，保持国际公法之权威起见，幸贵国熟审之！

公文去后，德国竟置诸不理，于是欲罢不能，只好再进一步，与德绝交。先由国务院中，特设外交委员会，除国务院全体及各部所派中立办事员均列席外，再邀陆徵祥、夏诒霆、汪大燮、曹汝霖诸人，一同会议。巧值梁启超到京，主张绝德，著有意见书，段亦邀他入会，取决行止。梁善口才，详陈绝德与不绝德的利害，洋洋洒洒，颇动人听，各会员多半赞成。散会后，段总理入告黎总统，黎始终持重，不肯骤允。段总理道："前次抗议书中，已有抗议无效，断绝国交的预言，他至今不复，若非决定绝交，岂不令他藐视么？"*此说甚是。*黎总统迟疑半晌道："且商诸副总统，何如？"*未免迂拘。*段总理道："既如此说，当即发电，邀他到京面决为是。"黎总统点首无言，段即退出，拍电邀冯，速即北来。是时与德宣战诸协约国，闻中国有绝德消息，都来劝诱。且云："中国曾加入协约国，将来改正关税，收回领事裁判权，缓付赔款诸问题，均可磋商。"因此段总理意愈坚决。各政党复组织外交商榷会，国际协会外交后盾会等，讨论大体。两院议员，亦设一外交后援会，研究绝德问题。会冯副总统亦自宁到京与黎、段协商，大略以绝德为是。黎总统颇有动意，偏总统府中的秘书长饶汉祥，劝黎维持中文，不可绝德。饶本黎总统心腹，黎很信任，遂不愿与德绝交。三月四日，段总理进见总统，请电令驻协约国公使，向驻在国政府磋商与德绝交后条件。黎总统支吾道："这……这事须经国会通过，方好举行。"段总理道：

"现尚非正式绝交，不过向各国探明意旨，何必定要国会同意呢？"黎总统默然不答，恼动了段总理，不别而行，竟驰向天津去了。小子有诗咏段氏道：

直道何曾不足彰？过刚毕竟露锋芒。

一麾竟向津门去，盛气凌人乃尔狂。

段既出京赴津，一面令人赍呈辞职书，害得黎总统又着急起来。但看官且不要心焦，容小子暂时收憩，待至下回再详。

意气二字，是极端坏处，看本回所叙，皆意气之为厉，闹得内外不安，府院之冲突未已，而国会之党争起，国会之党争未休，而府院之冲突又生。国家公器也，乃挟私求逞，闹成一团糟，抑何可笑？无论孰是孰非，即此龃龉之迭出，已非治平气象，况对外怯而对内勇，其状态更属可鄙。家不和必败，国不和必倾，读此不回，不禁为民国前途危矣！